LA MAISON DE LA SOURCE

Née le 22 mai 1950 à Lorient, port breton fondé au XVIIe siècle par la Compagnie des Indes, Irène Frain publie son premier roman en 1982 *Le Nabab* (Lattès, prix des Maisons de la Presse), inspiré par le parcours authentique d'un petit mousse breton du XVIIIe siècle devenu chef de guerre en Inde. Cet ouvrage connut dès sa publication un immense succès. Après quinze ans d'enseignement en lycée et université comme professeur agrégé, elle décide de se consacrer entièrement à l'écriture. Elle publie successivement *Modern Style* (Lattès, 1984), *Désirs* (Lattès, 1986), *Secret de famille* (Lattès, 1989, adapté pour la télévision en 1992), un roman en grande partie autobiographique, *Histoire de Lou* (Fayard, 1990), *L'Homme fatal* (1995). Tous ces romans ont rencontré un très grand succès.
En 1989, parallèlement à l'écriture de ces textes et à sa carrière de journaliste à l'hebdomadaire *Paris Match*, Irène Frain commence une très longue enquête sur la femme-bandit indienne contemporaine Phoolan Devi. Cette enquête, qui l'amène à reprendre ses voyages en Inde, aboutira à la publication en 1993 de *Devi* (Fayard/Lattès), fiction inspirée par ces quatre années d'enquête, et de *Quai des Indes* (Fayard), ouvrage autobiographique où elle s'explique sur son rapport à l'Inde et la portée historique et sociologique de la trajectoire de Phoolan Devi. En 1994, à la suite d'un nouveau voyage, elle complète ces deux ouvrages par la publication d'un recueil de textes illustrés par l'aquarelliste André Julliard, *La Vallée des hommes perdus* (Editions DS).
Passionnée d'histoire, elle est également l'auteur de plusieurs ouvrages historiques ou de sociologie historique : *Quand les Bretons peuplaient les mers* (Fayard, 1979), sur l'histoire maritime de sa province natale, *La Guirlande de Julie* (Laffont, 1991), sur la naissance de la civilité amoureuse en France et l'origine du langage des fleurs, *Vive la mariée* (Du May, 1993), sur les rites du mariage.
Elle est enfin l'auteur de plusieurs livres de contes, *Les Contes du Cheval bleu les jours de grand vent* (1980), *La Fée Chocolat* (1995) et *Le Roi des Chats* (1996) ; enfin d'un essai sur Julien Gracq, *Julien Gracq et la Bretagne* (2001).

Paru dans Le Livre de Poche :

DÉSIRS

DEVI

L'HOMME FATAL

L'INIMITABLE

LE NABAB

SECRET DE FAMILLE

IRÈNE FRAIN

La Maison de la source

RÉCIT

FAYARD

A ceux qui m'ont fait passer le fleuve.

Deuxième à droite, et tout droit jusqu'au matin.

Indication donnée par Peter Pan à Wendy pour atteindre le Pays du Jamais-Jamais.

Il y a des années, j'ai habité une maison avec un jardin et un puits. Un minuscule morceau de terre. Par en dessous courait une source.

Après l'avoir quittée, longtemps je n'ai pu y retourner. La maison m'était interdite. Non qu'elle eût disparu, non que l'accès m'en fût refusé par des propriétaires ombrageux. Simplement, à l'heure où j'avais quitté l'enfance, j'avais dû l'abandonner, elle aussi. Depuis, j'avais construit devant elle une barrière invisible.

De loin en loin, je suis revenue dans la ville où elle se trouvait. A chaque passage, très banalement, je constatais les changements qui altéraient ou bouleversaient l'ancienne topographie. Là où il n'y avait autrefois qu'un ruisseau, des champs, je découvrais une bretelle de périphérique, un hypermarché. Des Tex-Mex, des parkings ou des succursales de banque remplaçaient les petites épiceries, les jeux de boules, les cafés, les grands jardins maraîchers ; des arbres que j'avais connus maigrelets, mal assurés dans leur terreau, bordaient maintenant les avenues avec tout le sérieux nécessaire, à croire qu'ils avaient toujours été là, solennels et florissants.

Cela me touchait à peine. Cette sensation, à chaque retour, était recouverte, submergée par une conviction aussi infantile qu'impossible à mettre en fuite : si les gens de la ville avaient goudronné les champs, rasé les vieilles fermes, englouti le paysage de mon enfance sous des cataractes de béton et le boutoir des pelleteuses, c'est qu'ils n'avaient pas pu faire autrement. De la même façon que les arbres, en grandissant, n'avaient rien fait d'autre que leur métier d'arbre, pousser. Mais un lieu était resté intact, j'en étais tout aussi certaine : celui de la maison et du jardin où j'avais moi-même grandi. Un secret vivant, intact, inviolé, qui continuait à palpiter derrière le barrage que je m'étais construit pour le protéger.

Barrière connue de moi seule, histoire qui ne serait jamais dite, étrangère à tous ces gens, autour de moi, qui entraient, sortaient des magasins, montaient dans les autobus, couraient à leur travail, ouvraient leur parapluie, allaient à la plage, prenaient un rai de soleil à une terrasse de café. Abandonnés à la vie ; laquelle, pareille aux arbres, s'obstinait comme partout à faire son métier de vie : continuer.

Mais il n'était qu'un seul endroit dans la ville où les choses ne continuaient pas, là-bas, dans la vieille maison au bout de sa venelle, avec sa petite cour et son puits.

C'était évidemment absurde : depuis le temps (plus de trente-cinq ans), la maison avait été vendue ; à coup sûr, transformée. Peut-être même rasée.

Pourtant, c'était plus fort que moi, je n'arrivais pas à me la représenter autrement que figée par un sortilège, plongée dans une sorte de sommeil magique qui l'affranchissait des lois du Temps ; et une règle tout aussi énigmatique me défendait, comme dans un conte, d'aller la réveiller.

Le jour viendrait, disait aussi le sortilège, un jour sonnerait l'heure. En attendant, ce n'était jamais le jour, jamais l'heure. Chaque fois que je revenais, j'évitais le quartier de la maison au puits. Quelquefois, je m'enhardissais, je tentais de m'en approcher, de braver la défense de la barrière invisible. Au dernier moment, je rebroussais chemin, troublée, fuyarde. Je me sauvais.

Jusqu'à cet après-midi d'un solstice d'été où j'ai compris que je ne serais sauvée qu'en ne me sauvant pas ; et qu'il fallait à tout prix, pour pouvoir continuer comme les arbres et la ville, que je regagne la rive ancienne du temps, là où était restée l'enfance, là où palpitait son secret si vif, si violent.

Cela s'est fait sans réfléchir, j'étais poussée, j'ai trouvé la passe sans l'avoir cherchée, traversé comme par étourderie le fleuve des années, j'ai descendu la venelle en courant, je suis tombée sur le jardin où, par chance, pleuvait ce jour-là la lumière d'été.

La maison, comme dans mon rêve, n'avait pas été rasée. Le puits était toujours là, avec le dessin du jardin, quelques-uns de ses vieux arbres ; et ses allées.

Mais le plaisir des retrouvailles avec la matière même de ce qui avait constitué mon enfance — détails anecdotiques, insignifiants pour tout autre que moi, une plaque de ciment sortie des mains de mon père, des plantes que je l'avais vu bouturer, les lichens et les scolopendres agrippés au granit du puits, une poutre du grenier, le bois d'une vieille barrière —, ce bonheur fut lui-même bousculé, recouvert par la joie puissante qui me saisit alors : l'allégresse d'avoir enfin gagné l'autre rive du temps. Cette maison de la source, je pouvais maintenant l'accueillir dans sa pleine vérité : elle était ma *source. Ce que je venais de retrouver, ce n'étaient pas des souvenirs, mais un trésor infiniment plus précieux, mon matin, ma matrice, mon principe, l'origine de tout ce que j'avais aimé, haï, souffert, voulu, refusé, cherché, lu, écrit, imaginé. Le sortilège était levé, la maison qui m'avait appris le monde recommençait à me parler.*

Et moi, à l'écouter, à nouveau enfant, suspendue entre deux paroles. Celle, mourante, du temps d'avant ; et, tantôt ardente, tantôt inquiète, celle des jours qui sous mes yeux naissaient.

Alors j'ai répondu à la maison. Dès que je suis sortie de la venelle, j'ai été hantée par le désir de reprendre le monde à sa source, de recommencer à l'écouter ; et ce qu'il me disait, de le raconter.

I

NUIT

Le monde est une maison. Mais il n'y a pas de maisons à l'intérieur du monde. Ou si peu. Avant l'obscurité où je me débats, quelque chose a existé, quelque chose s'est passé, d'encore plus noir.

La guerre. Elle est finie. Pas la douleur. Avant la guerre, pendant la guerre, après la guerre, il n'y a rien d'autre dans la vie des ombres que je devine attachées à mon souffle. Sans les comprendre, je pressens leurs peurs en maraude.

A des riens. Un sursaut quand, du côté d'où vient le vent qui sent le sel, vrombit un moteur d'avion. Ou dans certains soupirs, dans la fatigue des bras qui me soulèvent.

Plus tard seulement, bien plus tard, j'ai appris d'où venaient ces lassitudes et ces terreurs, le pourquoi de l'ombre sur les visages, jeunes ou vieux, qui se penchaient sur moi. On m'a parlé des bombes, des prisonniers, des otages, des déportés, des fusillés, des toits écroulés, des immeubles en feu, de la fuite. D'un retour dans une ville dévastée.

Des milliers de gens comme mes parents. Mais je n'en sais rien, je ne connais qu'eux, leurs bras que mes bras appellent, le son de leurs voix dans le noir. Autour d'eux pas de couleur, pas de lumière. J'existe, mais pas le monde. Ce n'est pas le rien. Seulement le noir. Et, dans le noir, même si j'y suis, le monde n'est pas.

Jusqu'à l'instant où un son m'arrête. C'est là que tout commence. Avec un mot : *maison,* un mot que je comprends.

Ça a dû se passer un soir — c'est le soir qu'ils parlent, après le travail, quand ils croient que les enfants dorment. Quelqu'un a dit : *une maison, une autre maison.*

Et les mots se sont enchaînés pour ne plus s'arrêter. Une maison, une maison en dur, une vieille maison comme avant guerre, pas une grande, bien sûr, rien qu'une petite, un bout de ferme, ça se trouve, assez pour nous cinq, même un morceau de maison c'est déjà une maison. Un toit, un toit à nous, pas comme ici avec le loyer à payer, une fortune pour un cagibi, tout le monde à s'entasser dans la même pièce au sol de terre battue. Une vraie maison qui prend le soleil et tient contre le vent, une maison avec un jardin, pour les légumes, pour les lapins, pour les enfants. Une maison qui sera dans la campagne, mais pas trop loin de la ville, si c'est cher on empruntera, s'il y a des travaux on les fera, on est comme les autres, on a deux mains, deux bras, et puis de toute façon, ici, à cinq dans une seule pièce, on ne tient plus — on ne tiendra pas.

Et voilà qu'au fil de leurs phrases, le monde, qui n'a toujours ni couleurs ni contours, commence à prendre vie. Dans le noir, dans la peur s'ouvre une brèche de sons. Je m'y engouffre. Soir après soir, à mesure que les paroles façonnent le mirage, j'émerge doucement du temps aveugle.

Car je veux partir, moi aussi, vers cet espoir violent. Le mot *maison,* avec son horizon brillant que promettent maintenant toutes les voix — celles de mes parents, de mes deux sœurs, de ma grand-mère, de mes tantes, des amis en visite —, je le bégaie à mon tour, le balbutie, le babille. Je le rabâche, je le tourne et retourne en bouche, plus goûteux que le sucre ou le lait, plus précieux que mes jouets, il a du poids, ce mot, plus encore qu'un plaisir, c'est du désir en marche, un rêve éveillé, si fiévreux que mon père, de son œil qui voit tout, finit par le remarquer et comprend dans l'instant que son espoir s'est perdu dans le mien.

Il est saisi d'une joie brève. Il part d'un grand rire, puis se met à singer la ritournelle où j'aligne les mots que j'ai choisis dans la cantilène de la famille : « *Papa... Belle maison... A moi !* »

*
* *

Ils ont dû partir à pied, avec le landau de bois noir, par les chemins creux, les routes éraillées de caillasse ou trouées de grandes flaques, les semblants de rues qui sillonnent le pourtour de la ville.

A moins qu'ils ne m'aient emmenée « à bras », j'étais si petite, si légère. Je ne sais pas. Comme j'ignore si mes deux sœurs étaient là.

Je ne connais pas non plus la date. Mais je sais comment j'ai vu le monde naître, je me rappelle l'endroit où il a commencé, le lieu exact, je pourrais le désigner à cinquante centimètres près. Le retrouver à tâtons, même si on l'avait noyé depuis des années sous une dalle de béton.

Je pourrais même, dans son détail, reconstituer le moment où les choses ont commencé leur histoire. La scène est là, précise et franche. Exacte, elle aussi, sans une ombre, sans un flou. Elle ne ternit pas, ne s'évanouit pas.

Je suis dans les bras de mon père. A notre droite, un arbre. Mon père scrute une façade. Il sait que ce sera là. Et moi, je sais qu'il sait. C'est violent.

Tellement violent que le monde, brusquement, se met à prendre couleur. Rose, comme les fleurs de l'arbre sous lequel mon père s'est immobilisé.

Aussi intense que ce rose, la joie se met à ruisseler sur moi, puissante et chaude, comme les bras de mon père, comme son cœur qui bat. Le monde a pris couleur d'arbre. Sa forme est celle d'une maison, la maison que mon père a trouvée. Sa puissance est celle de sa joie. Voici maintenant l'entier de son pourtour, ce jardin qui s'étire en pente du côté du soleil, derrière l'arbre, jusqu'à l'endroit d'où tombe la lumière, en longs ruisseaux.

D'ici on ne bougera plus, je le sais. Je ne quitterai pas non plus la place où je me trouve en cet instant rayonnant : les bras de mon père, petite dernière, à jamais.

*
* *

Seulement voilà : mon père se met à aller et venir dans la courette. De son œil implacable, il se met à tout passer en revue. Le rose de l'arbre se met à bouger. Il valse, suit la cadence de son pas.

Moi aussi. Mon père parle et je l'écoute, sa découverte est ma découverte, ses rêves m'appartiennent, ses trouvailles sont les miennes, sa volonté, ma volonté.

Ici, dit-il, il va bâtir une cuisine, avec un sol en ciment, fini la terre battue. Dans le jardin, il tracera des allées, délimitera des semis. Il devra fumer la terre, la contenir dans des coffrages de bois. Il faudra acheter des graines, des plants d'arbres, du ciment, des planches. Ça va coûter. Il n'a déjà pas assez d'argent pour la maison. Il va falloir économiser, emprunter. Mais je le sens qui ramasse toutes ses forces. Il espère. Il dit à ma mère : « On va lutter. »

Il ne rêve plus, il compte. Je respire maintenant au rythme de son anxiété. La joie l'a déserté. L'explosion de rose où le monde a surgi n'est plus qu'un souvenir — le premier.

*
* *

Mais voilà, le rêve s'est mis en marche. On ne l'arrêtera plus, on n'arrête jamais un rêve qui s'est mis en marche. Ici, je serai reine.

Reine, c'est un mot que je connais bien. En me soulevant dans ses bras, mon père, cent fois, mille fois m'a répété la même comptine : *Irène la petite reine*. Il m'a sans doute déjà raconté, comme à toute la famille, d'où il tient ce versiculet. C'est la boutade naïve qui a échappé à l'employé de mairie quand il est allé faire enregistrer ma naissance sur les registres de l'état civil.

Mon père aurait pu l'oublier. Il s'en est souvenu. Alors que j'étais une déception. La troisième de ses filles — au lieu du garçon qu'avec ma mère il souhaitait tant. Dans le silence du regard premier il m'a pourtant reconnue d'emblée ; et ce début de chanson lui revient toujours, lorsque je demande à me blottir dans ses bras. Je l'embrasse. Quand le soir s'approche, ses joues, son cou picotent. C'est assez désagréable. Cependant, méticuleuse et inlassable, j'y dépose les mêmes petits baisers d'oiseau — longtemps.

Bonheur immense. Et souffrance. Je ne veux pas le quitter, il faut que je reste avec lui, contre lui, à tout prix, j'ai à faire, tant à faire avec lui. Devenir l'unique et la régnante, la première, l'élue à vie. Moi la troisième, la petite — la petite dernière, comme ils disent aussi.

Ou la pignousse, la pissousse, comme ils s'écrient les jours où j'en fais vraiment trop, quand je les fatigue de pleurs, colères, caprices, jérémiades. Mais comment ne pas se plaindre, ne pas se rebeller ? Tant de désir dans ma tête. Et ce corps faible et ignorant, de l'autre côté, tout pataud, maladroit, qui ne sait pas, qui ne suit pas.

Mes sœurs, elles, sont fortes. Des grandes. A elles, le monde ne fait pas de mystères. Elles jouissent sur lui d'une infinité de pouvoirs. Tandis que moi, je ne suis que la menue, la fragile, celle qui marche depuis peu, pleure encore plus souvent qu'elle ne parle. Pour réclamer d'être câlinée, la plupart du temps. Pour être rassurée. Seul mon père est plus fort que la faiblesse. Plus fort que le noir, que la peur.

Justement, j'étais dans ses bras à l'instant où il a découvert la maison. Contre sa joue, contre son cœur. Et le mien alors a battu, je crois bien, aussi fort que le sien.

A présent qu'on s'installe, les fleurs du pêcher sont fanées. Dans le monde il y a donc un avant, un après. Avant la maison : le temps du noir et du rose qui explose. Après : l'arbre qui porte des fruits. Entre les deux ? Je ne sais pas. Je ne cherche pas. Instant après instant, je suis. Au cœur du monde qui est maison.

Voilà que mon père s'apprête à construire son royaume. Il bêche, soulève des sacs de ciment. J'admire sa force. Du fond de ma faiblesse, je mêle mon désir au sien. Ce royaume qu'il bâtit, je veux qu'il soit le mien.

Il avait été maçon. A coups de pelle, de seaux d'eau, de truelle et d'un curieux rouleau métallique qui ressemble à un jouet et dessine de petits motifs carrés dans le mortier frais, il dessine les contours du monde. Je le regarde faire. Il bâtit une cuisine, comme promis, il délimite une courette. Dès qu'il a étalé son enduit, il m'avertit : ne va pas marcher dans le ciment ! Il n'a pas tourné le dos que je désobéis. Je m'aventure dans le mortier frais, je tombe, je me blesse. Mais c'est plus fort que moi, tout ce que mon père façonne, il faut que j'y laisse ma trace. De main, de pied. De chute, immanquablement.

Il ne parvient pas toujours à réparer les dégâts. Ainsi, dans la courette qu'il a aménagée face à la cuisine, on voit nettement se détacher la marque de la seconde couche de mortier qu'il a dû étaler à l'endroit que j'ai saccagé. J'évite d'y marcher. J'ai l'impression qu'à cet endroit, le sol est blessé.

Quand je contourne cette plaie dans le ciment, j'entends dire que je m'y suis fêlé une jambe. Cette histoire me paraît étrange. Mais je sais qu'elle m'est arrivée, je ressens encore le délicieux vertige qui m'a poussée, une fois de plus, à marquer de mon pas le mortier humide.

Je sais aussi que cette marque est la mienne. Pas celle de ma jambe. Celle de ma tête, qui n'est plus contente du monde ni de ce qu'en fait mon père.

Pourquoi, partout, ces barrières ? Pourquoi ces « ne fais pas », « ne dis pas » ? Je veux faire, je veux dire. Je veux que mon père et le monde soient à moi. Rien qu'à moi. Mais mon père ne veut pas.

Cependant il a rigoureusement tenu sa promesse, il a acheté la maison, bâti la cuisine, tracé des allées dans le jardin, et maintenant il travaille dur pour la payer. Seulement voilà, avec toutes ces barrières qu'il dresse devant moi, je comprends qu'il l'a fait pour ma mère et mes sœurs autant que pour moi. C'est aussi pour elles qu'il maçonne, jointoie des dalles, tend des fils à linge, délimite des semis, enfouit des graines dans la terre, rapporte des boutures du marché, greffe des arbres, bâtit des clapiers pour les lapins. Et alors que mes sœurs y ont droit, le plus beau de ce royaume m'est refusé : le jardin.

*
* *

C'est à cause du puits. La maison est bâtie sur le parcours d'une source. Ou plutôt d'un réseau de petits cours d'eau souterrains qui infiltrent la dernière et pauvre voussure de roche avant la mer, une minuscule colline qui s'arrondit par-derrière la maison, en haut de la venelle, du côté de la rue — là-bas non plus, toute seule, je n'ai pas le droit d'aller.

C'est de cette maigre butte que sourd toute l'eau du quartier. Dans chaque champ, chaque jardin, on a foré des puits pour la capter. Ils sont sinistres. Des cylindres étroits, de ciment fruste. Le nôtre est beau. Il est de pierre, un vieux granit piqueté de lichen roux, avec une margelle généreuse, une ferronnerie travaillée où l'on suspend le seau. Les visiteurs le remarquent, mes parents en sont fiers. On dirait que c'est le puits qui les a attirés ici.

Moi, j'en ai peur. Je ne sais rien de lui ; entre la maison et le jardin, une barrière me l'interdit. Mais je l'épie souvent à travers les lattes. C'est une énigme, la première. Pourquoi cette eau cachée au fond de la terre, pourquoi me veut-elle tant de mal alors qu'elle fait tant de bien aux plantes et aux arbres, quand mon père la puise et qu'il la répand sur le jardin ? D'où vient-elle, qu'est-ce qu'elle cherche, où va-t-elle, est-ce la même que celle qui sort en bas de la pente, dans un jardin dans la diagonale du nôtre, au fond d'un lavoir vers lequel on descend par une volée de marches ? Et qu'est-ce qu'elle devient ensuite, après la haie de saules ? Là, je n'ai vu qu'un pré où les pieds s'enfoncent.

Avec l'eau qui s'arrête et les pieds qui ne peuvent plus avancer, le monde finit sans doute. Plus rien après, pas la peine d'aller voir. Mais le puits, le jardin, ce royaume de mon père, où je pourrais apprendre tout ce que les autres savent, pourquoi me le refuse-t-on ?

Je voudrais y aller. Y aller toute seule. Volonté éperdue. Invisible, souterraine, comme l'eau qui court sous la maison. M'en aller, comme elle, explorer les mystères du jardin. Jusqu'au fond, jusqu'au bout, là où tout s'arrête et où les pieds s'enfoncent. Mais il y a la barrière. Et, plus encore, ces mots qui reviennent dès qu'on me voit : « Elle est trop petite, elle ne peut pas. »

*
* *

Souvent je vais rôder du côté de la barrière. Je m'accroupis, je passe la main entre les lattes, je fouaille la terre du jardin. Un jour, j'y découvre un morceau de faïence. Il est d'un blanc brillant, frappé d'une guirlande de motifs bleus.

Un vrai bleu. Franc, aussi explosif et radieux que le rose du pêcher le jour où mon père a trouvé la maison. Mais, aujourd'hui, ce n'est pas la couleur qui m'arrête, c'est l'image. Cette fleur, je ne peux pas la cueillir ni arracher ses pétales. Elle est gelée dans la faïence. Elle n'a pas d'épaisseur, pas d'odeur.

Pourtant cette fleur est une fleur. Simplement, elle n'est pas vraie. Mais on doit pouvoir en trouver, puisqu'on l'a dessinée.

J'en veux une. Je veux la cueillir, la respirer. Elle est sans doute au jardin, de l'autre côté de la barrière, là où je n'ai pas le droit d'aller.

Morceau d'assiette en main, je vais voir ma mère. « C'est une rose bleue, me dit-elle, ça n'existe pas. » Je lui désigne à nouveau le morceau d'assiette. « Laisse donc, tu vas te couper. » Je veux bien, mais qu'elle me dise où je peux voir des roses bleues. La réponse est la même : « Ça n'existe pas. » Alors, pourquoi cette image sur l'assiette ? « Ça n'est rien qu'une image. Une rose bleue, c'est impossible. On peut dessiner des choses impossibles. » Comment on fait ? « On les invente. » Alors, pourquoi sont-elles impossibles ? « Elles sont impossibles, c'est comme ça. »

Je tiens donc dans la main un morceau d'impossible, un morceau de chose qui n'existe pas. Je retourne à la barrière, je l'enfouis dans la terre où je l'ai trouvé. Mais, dès qu'il n'est plus dans mes mains, je m'aperçois qu'il continue à flotter dans ma tête. Pourtant je le sens plus, je ne le vois pas.

Et il ne s'en va pas. J'ai beau même ne plus savoir où je l'ai enterré, chaque fois que je m'approche de la barrière, je le revois, le morceau de faïence, avec ses fleurs qui n'existent pas. Ça me rend toute chose, de voir apparaître ce morceau d'assiette qui a disparu, ces fleurs dont ma mère m'a dit qu'elles étaient impossibles. L'image est tenace, plus violente encore que celle que j'ai vue sur le morceau d'assiette ; elle n'arrête pas de flotter derrière mes yeux alors que mes yeux ne la voient pas.

Les autres n'en savent rien. Je suis toute seule avec ce que je vois. Je suis même toute seule avec les mots que je m'entends prononcer tout bas. Des mots furieux qui résonnent au fond de ma tête, en deçà de mes yeux. Si fort que le monde les entend, c'est sûr, même si je n'émets aucun son. Devant leur violence, il va me céder. Il ne peut pas s'en sortir, puisque je l'ai dit, puisque je me répète : « Je vais trouver des roses bleues. »

*
* *

C'est dans ces instants-là que le monde s'allume. Il prend couleur un petit moment. Puis s'éteint. Tout est alors dans le noir. Comme avant.

Mais les images colorées commencent à se relier, à s'enchaîner les unes aux autres. On dirait qu'elles le font pour me dire quelque chose. Quoi, je ne sais pas. Elles sont comme mes jambes, mal assurées. Leur maillage est lâche, elles vagabondent. Leurs détails vont souvent se perdre dans le noir.

Sauf un, toujours le même : le lieu précis où les images m'ont sauté à la face. Me souvenir, c'est voir. Plus exactement, situer. Mes images colorées sont toujours orientées. A deux seuls points cardinaux, pour l'instant : le haut et le bas. Le haut, c'est la maison et la cour, la partie du monde qu'il m'est permis de découvrir à ma guise. Le bas, le lieu où je ne vais jamais seule, le fond du jardin.

A force d'épier les autres à travers les planches de la barrière, j'ai remarqué quelque chose : ils n'ont pas la même tête lorsqu'ils sont au jardin. Surtout quand ils sont près du puits. Ils parlent entre eux. Et, quand ils sont seuls, ils ont l'air encore de se dire des choses. Lorsqu'ils sont près du puits, on dirait qu'ils sont comme moi : ils ont l'air de voir, d'entendre des choses qui ne font pas de bruit. Des mots derrière leurs yeux.

J'en trouve bientôt la raison : ils parlent au père du jardin, ils parlent au puits. C'est lui, le père du monde. Mais comment savoir ? Entre lui et moi il y a toujours cette barrière. Pour m'en assurer, il faudrait que j'aille voir au bout du monde. De l'autre côté de la haie de saules, dans le champ où les pieds s'enfoncent.

Cette haie revient de plus en plus souvent dans les images qui s'enchaînent les unes aux autres au fond de ma tête. Il y en a une où je constate que le champ lui-même a un fond. Un jour qu'on m'emmène voir les fleurs des saules — elles sont très douces, on les appelle *chatons* —, j'aperçois, au-delà des branchages, quelques toits, d'autres maisons.

J'aimerais bien aller voir. Mais comment faire ? Parmi les images qui s'assemblent dans le noir de ma tête, il en est d'effrayantes : la vipère, par exemple, enroulée sur le rebord du lavoir par un après-midi de soleil, aussi verte et gluante que les algues d'eau douce encollées au granit où elle se prélasse. Et d'autres qui me démontrent que le monde va encore m'échapper longtemps.

Ainsi le matin où je descends au jardin avec ma mère pour la regarder couper des lys. Elle sectionne les hampes avec une gravité recueillie. Les fleurs sont plus grandes que moi. Elles ont la même allure empesée que ma sœur aînée, l'instant d'après, en longue robe blanche devant la maison, et la tête encadrée d'un long voile transparent. Je ne l'ai jamais vue habillée comme ça. Je voudrais moi aussi un voile, une robe longue et des lys. On me dit une fois de plus qu'il faut attendre d'être grande, plus grande, très grande. Alors, comme d'habitude, le monde s'éteint.

Quand est venue la vipère ? Avant ou après les lys ? Impossible à dire. Je ne suis pas encore prise au filet de la mémoire, ses mailles sont flasques, immenses, elles me laissent dériver, libre et vague. Les jours sont sans couture, les saisons ne sont pas nées.

Et le temps, je crois bien, ne m'aurait pas de sitôt dévoilé la rudesse de sa face si n'était survenu, dans le jardin des voisins, ce qu'on appela ensuite l'« assassinat du chien ».

C'est par Solange que j'ai connu le chien. Mais je ne sais pas comment j'ai connu Solange. Elle a toujours été là, la fille des voisins.

Enfin, celle des vrais voisins. Ceux qui vont déranger la paix que mon père a cherchée, voulue avec cette maison.

Au moment de l'acheter, ça n'a pas pu lui échapper, pourtant, qu'il devrait s'accommoder d'eux, qui sont là, en face, au fond. Que ce ne serait pas une mince affaire. Mais il ne devait pas avoir le choix. Pas assez d'argent pour trouver mieux et il a appelé maison cette maison qui n'est qu'un morceau de maison.

L'extrémité d'une ancienne ferme, une bâtisse longue et basse dont le propriétaire, après la guerre, a fait quatre lots. Chaque fraction du bâtiment a été vendue avec un quart du terrain. Notre jardin n'est donc qu'un quart de jardin. Deux allées en croix délimitent les quatre terrains. Chacun des voisins a droit sur ces allées, comme sur le puits et sur le lavoir. Le puits, par conséquent, n'est pas vraiment à nous. Le lavoir aussi, en bas, est à tout le monde.

J'ignore depuis quand je le sais. Depuis que mes jambes, sans doute, dans la cour, m'ont portée vers Solange, qui vit en face. Elle n'est pas plus grande que moi, voilà ce qui m'a appelée. Elle aussi, ça l'a attirée, de me voir petite, en face d'elle.

On se retrouve au milieu de la cour, juste à

l'endroit où commence l'allée qui descend vers la haie de saules. Avant de retrouver Solange, je dois passer devant le bout de maison où vit un vieux. Il se met souvent en colère, je n'ai pas le droit de jouer dans son morceau de cour. Lui, en revanche, il peut, si ça lui chante, passer devant chez nous : il a droit sur les cabinets, près de la barrière. Il ne s'en prive pas. Il reste enfermé des heures derrière la porte de bois percée d'un petit losange, il n'a pas peur des mouches ni des mauvaises odeurs. Je prends mes jambes à mon cou pour traverser sa part de cour et me cache dès que je l'aperçois. La plupart du temps, il ne me voit pas.

J'arrive alors devant chez Maman Ec, juste après le couloir et la venelle qui débouche sur la rue. Elle est grosse, elle parle beaucoup, elle a des grands poils sous les bras qui sentent fort — un mélange de sueur et d'eau de vaisselle. Comme le vieux, elle vit dans une seule pièce, mais elle a les mains toujours remplies de bonbons. Dès qu'elle me voit, elle m'ouvre les bras. C'est pour ça que je l'appelle « Maman Ec ». Au début, j'avais dit « maman », elle aimait beaucoup. Mes parents, quand ils l'ont appris, se sont mis en colère ; et, comme elle se nommait madame Douarec, on a transigé, la voisine, ma mère et moi, sur ce « Maman Ec » qui a l'air d'arranger tout le monde.

C'est juste après la pièce de Maman Ec que commencent les voisins, les vrais. Les gens d'en face. Il y a un père, comme chez moi, qui s'en va comme le mien au travail à vélo, une mère qui reste à la maison, d'autres enfants et, au milieu d'eux, Solange.

Depuis que j'ai réussi à m'aventurer jusque chez elle, sous l'œil complice de Maman Ec, je sais que le monde de Solange n'est pas le mien. Dans la pièce où elle dort avec ses parents et ses sœurs, j'ai vu des lits défaits, des édredons qui traînaient par terre à côté d'un seau hygiénique ouvert, où nageaient des étrons. Dans la cuisine, j'ai aperçu des poêles, des casseroles empilées, des assiettes qui bavaient encore d'une sauce noire. A cet instant-là, sans savoir ce qu'est la saleté, j'ai compris la saleté. Pas seulement à cause du seau de pisse et des assiettes grasses ; il y a eu aussi l'expression molle de la mère de Solange quand elle nous a surprises. Puis elle nous a sèchement chassées.

On est allées dans le jardin de Solange. Lui non plus n'est pas comme le nôtre. D'abord il n'a pas de puits. Donc pas de barrière, on peut y jouer comme on veut. Et puis, c'est un chaos où tout s'enchevêtre, les légumes avec les bêtes, les fleurs avec le poulailler, quelques clapiers. Mais ce désordre-là n'est pas sinistre, il est vivant, étrange. Aux arbres pendent de vieux pneus, des peaux de lapins. Derrière un grillage défoncé, au fond d'un capharnaüm de remises, brillent des pots de graisse, des outils, des chaînes de vélo. Devant le poulailler, il y a même une toute petite maison en bois. On s'y installerait bien si ce n'était pas celle du chien.

Il nous court dans les jambes dès qu'il nous aperçoit. Il s'appelle Youki. Mince et vif, il a le poil noir et blanc. Il frétille sans cesse, ne tient pas en place. Il est vraiment chez lui dans ce monde du désordre, il n'arrête pas de baver et je le trouve sale, avec sa langue qui pend. Solange l'aime. Moi, je ne sais pas. Je trouve que c'est quand même un voisin.

Puis d'un seul coup, un après-midi — oui, vers la fin, me souffle ma mémoire, quand la lumière tombait sur le jardin en grande averse jaune, c'est toujours ainsi, ici, lorsqu'il fait chaud et que finit l'après-midi ; et je crois bien aussi que c'est arrivé dans la paix d'un dimanche —, tout explose. Un claquement de fusil, des hurlements, des cris, des pleurs. Puis le silence plus lourd que les tombées de soleil sur le jardin. Et, pour finir, ma mère qui dit : « Le voisin a tué Youki. »

Sur la maison retombe la peur. Peur d'avant la maison. Vraie peur noire, écrasante. Comme avant, quand il n'y avait dans le monde ni couleur ni lumière. Peur que tout s'arrête, peur de finir comme le chien.

Youki, ultime image du monde où les jours étaient

gourds, les saisons immobiles. Je crois aussi que ma mère a dit : « Le voisin était encore plein » ; et qu'après on est *allés voir*, peut-être parce que le voisin a voulu s'en prendre à sa femme et qu'elle a appelé mes parents à la rescousse.

Ou bien il a continué à boire jusqu'à en tomber raide et elle n'arrivait pas toute seule à le traîner dans son lit. En tout cas, je suis sûre qu'on est allés en face : dans les mailles encore lâches de ma mémoire, j'ai emprisonné l'image du chien.

Il continue de faire beau. Youki ne bouge plus. Il est aux pieds de Solange, en pleine lumière, à même la terre, entre le poulailler et les remises. Solange ne pleure pas. Moi non plus. Toutes deux, on regarde le chien. On fait comme lui. On ouvre grand les yeux, on reste comme on est. On ne bouge pas.

*

* *

Longtemps j'ai cru, devant la remise où le voisin entreposait ses fusils et ses vieux pneus, voir pendre la peau noire et blanche de Youki au milieu des peaux de lapins, empaillée et ballottée comme elles au gré des vents. L'ai-je inventé ? Peut-être. Le jardin d'en face m'était maintenant interdit. Défendu d'aller jouer chez les voisins, avaient arrêté mes parents après la mort de Youki.

Voilà donc que le cadavre du chien pose une nouvelle frontière au monde. Inutile de chercher à la vaincre. Elle ne se voit pas. Elle est au fond de ma tête, quand elle ne prend pas la forme de cette peau noire et blanche : le chien vidé de ses boyaux qui se balance à l'arbre et que je revois dès que je ferme les yeux.

J'essaie de le chasser. C'est difficile. Il y a toujours quelqu'un dans la cour qui finit par prononcer le nom de Youki. Alors j'entends le coup de carabine, les râles du chien en train de crever. Mais je ne suis peut-être pas la seule. A la maison, les voix se font sourdes quand on revient là-dessus. C'est toujours pour dire que le chien a été assassiné. Comme si c'était un voisin. Un humain.

C'est que Youki était un personnage de la cour, on ne pouvait pas le confondre avec les poules et les lapins, élevés pour finir dans les assiettes et, le jour venu, trucidés sans trop d'états d'âme. Youki, lui, on ne l'avait pas nourri pour le manger, il avait été choisi, voulu. Le voisin avait dû l'aimer puisqu'il l'avait logé dans une maison, une vraie, avec un toit. Ce qui lui était arrivé, prendre un coup de carabine, se retrouver tout raide et l'œil vitreux, puis pendu à l'arbre au milieu des peaux de lapins, ça pouvait donc nous tomber dessus, un jour où, une fois de plus, le voisin serait *plein*. Un après-midi. Ou un matin.

Qui prendrait le coup, dans la cour ? Solange, sa mère, ses sœurs, les miennes, Maman Ec ? mes parents ?

Pas de réponse, pas moyen d'en sortir avec cette cour commune, ces droits de passage qui s'enchevêtrent, le lavoir et le puits qui appartiennent à tout le monde, ce couloir, cette venelle unique pour accéder à la rue. Mes parents, le soir, ne parlent plus que de ça. Ils tentent de dresser entre le fusil et nous un rempart de mots, une barrière qui ne se voit pas. Mais quand ils arrêtent de parler du voisin et de Youki, il y a les odeurs de repas, les relents de chez lui, qui le ramènent ici. Ou bien les lessives qui, sitôt le linge tendu sur le fil, racontent les secrets de sa maison. Et nous, les enfants qui, en dépit des interdictions et des réprimandes, finissons toujours par nous retrouver à la croisée des allées, pour jouer.

Les traits de mon père se figent dans une sévérité anxieuse, ma mère soupire plus souvent et lâche parfois qu'elle se bile, qu'elle est contrariée, qu'elle se fait du mouron, qu'elle a du souci. A présent c'est l'angoisse qui dessine les contours du monde.

Bile, mouron, souci, mots noirs. Aussi sombres que la tête du voisin, les soirs où il déboule une fois de plus de la venelle en titubant, avec son vélo qui faseye autant que ses jambes. Bouts de phrases qui ressemblent à la nuit qui engloutit mon lit à l'heure où on me couche.

Seulement, maintenant, je sais comment faire. La lumière, les couleurs, je sais comment les faire venir, monter au fond de ma tête à mon gré. Dans mon lit, sous mon édredon, elles brillent rien que pour moi. C'est comme le bleu des roses bleues ou les fleurs de pêcher, personne n'en sait rien. Je les multiplie. Dans mon lit il y a maintenant autant de jardins et de puits que je veux. Pas de voisins ni de peur — sauf quand je l'ai décidé.

Parce que la peur, aussi, le soir, sous mon édredon, j'apprends à la faire venir, à la faire monter à volonté. Et la mettre en fuite. Il suffit que je parle tout bas, j'obtiens tout ce qui me plaît. Le défendu comme le permis. Ce qui fait du mal et ce qui fait du bien. La terreur, le rire, la joie.

Surtout la lumière, les images, tout ce flot d'étincelles qui sourd de mes mots chuchotés. Une eau grande et heureuse qui ne rencontre jamais de barrière. J'y cours chaque soir. Je m'y baigne, je m'en étourdis jusqu'à ne plus rien sentir — la noyade du sommeil.

Maintenant que Youki est mort, voilà ce qui fait le jour, la nuit. J'ai noué la peur au temps, je sais que les choses finissent autant qu'elles commencent. Mais entre le début et la fin, j'ai aussi découvert une terre qui n'appartient qu'à moi, un champ où j'avance à ma guise, où les pieds n'enfoncent pas. Personne pour me l'interdire, comme le puits ou le ciment frais de mon père ; rien pour m'y paralyser, yeux écarquillés, comme devant le cadavre du chien. Là, j'ai prise. Les choses naissent et meurent sur mon ordre. Grâce à cette lumière que j'allume toute seule dans le noir, puis ces formes que j'y déplace à ma guise, je sais maintenant comment faire, avec ce qui fait peur, ce qui fait mal.

Je compose avec la nuit, je noue alliance avec elle. J'imagine.

Mon lit, nouveau centre du monde. Mon puits à moi. Rien qu'à moi.

Il est de bois avec des barreaux sur les côtés, et des oiseaux bleu pâle, je crois bien, dessinés sur le plus haut de ses montants. Ils volent par deux au-dessus de ma tête. Comme le landau, comme mes robes, mes chandails, tricotés et détricotés plusieurs fois, il a déjà servi, mes sœurs y ont dormi. Mais c'est mon lit, maintenant, le petit lit, comme on dit. Le lit de la petite.

Lit de mes rêves, de mes secrets. Lit du *non* que j'oppose à la faiblesse du monde. Mon lit a certainement des jambes, des jambes qui le portent loin, aussi loin que les bateaux qui vont sur l'eau et qui eux-mêmes, s'ils n'en avaient pas, mon grand bêta, ne marcheraient pas. Le monde peut hurler, le fusil à nouveau claquer, le voisin venir débiter sous nos fenêtres ses injures avinées, mes parents chuchoter, les tempêtes de peur battre ses montants frêles, je sais de mieux en mieux le barrer, mon navire-lit. Chaque soir il est mieux lesté. Je ne le charge plus seulement des images qui me passent par la tête, j'y empile désormais tout ce que j'ai vu dans la journée. Car maintenant que j'imagine, je me souviens aussi. Le filet de la mémoire se resserre. Avec les jours, les nuits qui passent, il y a de plus en plus d'*avant*, de plus en plus d'*après*. Je les recoupe, les compare, mélange le faux, le vrai, ce que je veux et ce qui est. Plus je les mélange et plus je les distingue ; plus je découvre d'*avant* et d'*après*.

Il y a peu, par exemple, je me suis aperçue qu'il existait quelque chose au-delà des quatre jardins. Quelque chose pour de vrai. Je ne l'ai pas trouvé là où je l'espérais, derrière la haie de saules, dans le champ où les pieds s'enfoncent, mais en observant ce qui se passait par-delà le jardin de Maman Ec, un peu plus haut que le lavoir, du côté où le soleil disparaît tous les soirs. Derrière un grillage et un rang de groseilliers, j'ai distingué un jour une autre maison. Je ne l'aurais peut-être pas remarquée si je n'avais vu en sortir une femme qui, à cause du vêtement qu'elle portait, m'a évoqué le mot *reine*.

C'était une vieille. Elle était sans doute *en dimanche,* car elle portait un costume que je n'avais vu à personne. Sur sa tête elle avait posé un petit pouf brodé de plusieurs couleurs ; il était surmonté de deux superbes arcs de cercle en dentelle. Dans son dos, sur sa robe de velours noir, deux rubans descendaient de sa coiffe et formaient comme un long ruisseau bleu. La femme s'est retournée ; j'ai remarqué sa collerette blanche, très grande, plissée et raidie autour de son vieux visage.

Jamais je n'avais vu une femme aussi bien habillée. J'étais avec Maman Ec, ce jour-là. Je lui ai demandé pourquoi cette femme avait une si belle coiffe. Maman Ec m'a dit que c'était celle des *kernousses.* A cet instant, je me suis souvenue de ma grand-mère, avec sa coiffe toute plate, sans rubans, sans collerette ; j'ai dit à Maman Ec que ma grand-mère aussi allait s'habiller en kernousse. Maman Ec a éclaté de rire, puis elle m'a expliqué qu'elle n'avait pas le droit. Qu'il fallait être né ailleurs qu'ici pour porter cette coiffe-là.

Ailleurs très loin, a dit Maman Ec. Elle a vaguement agité la main du côté où s'en allait le soleil. Il n'y avait plus personne derrière le rang de groseilliers. Le soir même, dans mon royaume-lit, je me suis déguisée en kernousse, j'ai essayé de dessiner dans ma tête ce qu'était l'« ailleurs-très-loin » de Maman Ec.

Je n'y suis pas arrivée, ni cette nuit-là ni les nuits suivantes. Du coup, mon rêve du soir a fini par déborder sur le jour. Un beau matin, j'ai dit à Solange qu'on allait jouer à la kernousse.

Ça lui a plu tout de suite, elle aussi avait vu la kernousse. On s'est trouvé des ficelles, on les a attachées à nos cheveux, on a fait semblant d'avoir chaussé des talons très hauts — je ne sais pas pourquoi, d'ailleurs, car la kernousse n'en portait pas —, on s'est redressées autant qu'on a pu, on a pris des airs de reines, et, à nous deux, dans la grande allée qui écartèle les quatre jardins, on a organisé, le nez pointé vers les nuages, un défilé de kernousses.

On n'arrête plus, maintenant. Dès qu'on sent que quelqu'un, depuis la cour, se met à nous épier, on change de jeu. Mais comme Solange me suit dans mon rêve, je suis heureuse : les autres sont comme moi, ils ont besoin de croire.

Je ne suis donc pas si faible, puisque je sais donner à croire. Même interdite de jardin, de puits, de rue, de lavoir, de voile, de robe blanche, de roses bleues, de champ où les pieds enfoncent, même fragile, minuscule, menacée par des dangers sans nombre, je suis forte, rien qu'avec ce rien : les idées qui me passent par la tête.

Plus forte que tous les mots qui ressemblent à « tu es trop petite », « ailleurs-très-loin », « quand tu seras grande », « ça s'peut pas ». Plus forte que « ça n'existe pas ».

Alors, pas question d'abandonner mon petit jeu du lit, le soir, dans le noir. Pas question d'arrêter de me faire venir des choses derrière mes yeux. Leur donner forme, puis couleur. Les faire briller de partout, comme l'arbre, quand mon père a trouvé la maison. Quelquefois même, tout bas, balbutier leur nom.

Jusqu'au sommeil, jusqu'au réveil. Alors je file jouer dans la cour. Pour que le monde, à son tour, soit forcé de croire. De me croire.

*
* *

Ainsi passent les jours, ainsi s'en vont les nuits maintenant que Youki est mort. Je rêve et je joue, je joue à rêver, je rêve à mes jeux. Le temps coule, régulier, paisible en apparence. S'il y a de la violence au fond du monde, il y a aussi de l'ordre. Un ordre que je fais mien faute de pouvoir m'approprier le royaume de mon père, de devenir reine en son jardin.

Je joue seule ou avec Solange. Quelquefois, nous sommes rejointes par la cadette de mes sœurs ou par les nouveaux enfants qui sont arrivés chez le voisin — et il en arrive. Je me souviens seulement de celui qui avait eu du mal *à venir.* Ma mère avait couru chercher le médecin, puis s'était précipitée avec lui dans la maison d'en face. L'enfant a fini par arriver, il a grandi. C'est une fille, Christine. A présent, ce n'est plus un bébé, mais elle est restée ce qu'elle était : une plus petite que nous. Pourtant elle aussi, Christine, elle aime à croire. Elle aime nous regarder, Solange et moi, inventer.

Les jouets nous y aident. Mais seulement au début. On commence par copier des choses qu'on a vues dans la cour, les gestes de nos mères, les lessives, les repas, la toilette des bébés, la visite du marchand de beurre, du marchand de sardines, du marchand de cidre, du marchand de chiffons ou du marchand de charbon. On imite même parfois, avec nos nounours et nos baigneurs, la démarche du père de Solange quand il est *plein* — on crie alors qu'on joue *au bonhomme soûl.* Seulement on dirait que, dans tous ces jeux, mes mains sont gauches, aussi malhabiles que ma langue est adroite. Mon baigneur se retrouve bras et jambes désarticulés. Mon nounours perd ses yeux de verre. Ma dînette en un rien de temps est complètement dépareillée. Et quand on me somme de ranger mes jouets, je les fourre pêle-mêle dans un placard de la cuisine, à côté de l'évier.

C'est qu'aux jouets je préfère les mots que je brode

tout autour. Plus encore, les choses qui me tombent sous la main, telles quelles, les vraies choses : le sable, la terre, les insectes, les vers, les fleurs. Enfin l'eau, ma préférée.

Jouer à l'eau. Ça peut durer des jours. On n'a pas le droit de toucher aux robinets, on se sert de l'eau de pluie recueillie dans des cuvettes, des lessiveuses placées sous les gouttières. On n'en manque jamais, il pleut souvent. Personne n'y fait attention, sauf quand les averses sont trop drues et qu'il faut dépendre le linge en catastrophe. Il arrive ainsi — délices des délices ! — qu'on joue à l'eau sous la pluie.

De Solange et moi, à ce jeu, c'est moi la plus acharnée. Je peux passer des heures devant une bassine à dessiner des choses dont je ne vois jamais le bout. Des formes qui meurent aussitôt qu'elles sont nées. Je ne m'arrête qu'au moment où je vois se côteler et se ratatiner le bout de mes doigts. A ce moment-là, je me souviens des yeux vitreux du chien mort, et j'arrête tout. Mais, dès que ma peau est redevenue lisse, je recommence.

Jouissance sans fin, délectation de l'eau. Des heures durant, avec un verre de la dînette, transvaser l'eau d'un récipient à un autre. A l'aide d'une fourchette volée à la cuisine, percer la bouche puis l'entrecuisse de mon baigneur, lui enfourner dans le museau un biberon miniature et regarder l'eau jaillir entre ses jambes de celluloïd. Précipiter dans une cuvette des petites pierres, des sachées de sable, des poignées de terre. Les travailler jusqu'à ce que l'eau devienne autre chose que de l'eau. Puis, cette pâte informe, aller la jeter de l'autre côté de la barrière. Nettoyer la cuvette. La remplir encore. Y faire dériver ce qui me tombe sous la main, un petit morceau de bois, une assiette de la dînette. Soulever un ouragan. Organiser un naufrage, des noyades.

Ainsi périssent des poupées, des cailloux, des fourmis, des vers coupés en morceaux, des limaces, des escargots morts ou vivants, ça m'est égal, des coquilles d'huîtres, des fleurs chipées à travers les planches de la barrière, des mauvaises herbes, le mouron rouge et le mouron bleu qui font crever les lapins. Tous punis, punis comme les autres. Comme on aurait dû punir le père de Solange pour avoir tué le chien.

Puis lavages, savonnages féroces. Au-dessus des culottes et des robes de poupée, des bulles s'envolent, arcs-en-ciel fugaces. Ils explosent, le ciel les recueille. Décidément, du monde, l'eau est la forme la plus offerte, la plus vivante. Et puis toujours là. Donnée, présente. A portée de ma main.

*
* *

Sauf qu'il y a le pipi. Il n'y a que le pipi qui permette d'aller plus loin que l'eau. Solange et moi, on a des pipis. On le sait parce que chacune, on a vu celui de l'autre. Ensuite, on est allées vérifier son existence devant le meuble le plus important de nos maisons respectives : l'armoire à glace.

Nos poupées et nos baigneurs n'ont pas de pipis. Quant aux pipis des autres (sauf celui de Christine et de l'autre petite sœur qui vient d'arriver chez le voisin), on ne les voit jamais. Tant de mystère autour du pipi des autres, et si peu devant les nôtres. Ils doivent être les plus beaux. On est fières. Chacune trouve le sien mieux que l'autre. Le pipi de Solange, plus large et plus plat, me plaît infiniment moins que le mien.

S'il n'y avait que nous, d'ailleurs, on se promènerait tout le temps les fesses à l'air. Ce sont nos mères qui nous les culottent. Nous, on n'y pense pas, on ne demande jamais rien. Un jour que mes parents sont allés au marché — je marchais entre eux deux dans la rue — j'ai brusquement entendu ma mère s'exclamer : « Mon Dieu, la petite ! Elle a pas sa culotte ! » Mon père a eu l'air très contrarié. Ma mère a fait aussitôt demi-tour. Elle était toute rouge, elle paraissait écrasée de honte. Tout ce que j'en ai retenu, c'est que, dans la rue, les enfants sont obligés d'avoir une culotte, et que, dans la cour, ils font ce qu'ils veulent. Rien n'y est interdit, sauf de faire pipi dans la culotte en question ou de se soulager sur le ciment de la cour. Pour le reste, on peut n'en faire qu'à sa tête du moment qu'on n'est pas trop près des maisons.

Maman Ec, qui est toujours à nous observer derrière le compas de son tricot, nous a d'ailleurs dit que la terre aime le pipi. Dès qu'elle nous voit nous tortiller la main sur le bas du ventre, elle nous désigne son rang de dahlias, à la croisée des allées, et nous fait signe d'aller faire au pied de ses fleurs. Il y a même des jours où elle nous emmène jusqu'à son fumier, derrière son poulailler. Elle nous fait accroupir au-dessus de la fosse et, dès qu'on lâche notre jet, elle lance en riant : « V'la la marée ! »

On rit aussi, mais c'est pour lui faire plaisir. Elle ne sait pas qu'on a un petit jeu beaucoup plus intéressant que celui-là. Ou bien, si elle sait, elle ferme les yeux. Ça serait bien étonnant qu'elle n'ait rien remarqué, elle est toujours à tout espionner et notre petit manège ne varie jamais. Avec Solange, on commence par vérifier que toute personne qui pourrait nous prendre sur le fait et nous coller une raclée (ma mère, le vieux ou, pire encore, mon père) est absorbée par son jardin, son journal, sa lessive, ses poules ou ses lapins. On choisit un coin dans la cour. Toujours le même, devant chez moi, là où mon père a tout cimenté et où commence la pente qui s'en va vers le fond du jardin. On se tortille un petit moment debout, histoire de donner le change si jamais on se faisait pincer. Puis on fait mine de ne plus pouvoir se retenir et on s'accroupit. L'eau jaune jaillit sur le ciment.

On remonte nos culottes. Toujours accroupies, on la regarde faire. Elle commence par courir, puis se met à hésiter, glisse encore, bifurque, se reprend, se subdivise en une multitude de bras. Puis ralentit et s'arrête, sans forces.

Mais il faut qu'elle continue, qu'elle aille le plus loin possible, à tout prix. Elle doit faire ce que nous n'arrivons pas à faire : aller toute seule jusqu'au fond du jardin. On y plonge alors le doigt et on la pousse dans la pente. On établit des canaux entre ses bras, on l'aide dans son combat contre le ciment et sa propre faiblesse. Les nouveaux bras qu'on vient de créer, on les pousse à leur tour, jusqu'à ce qu'elle n'en puisse plus, la pauvre rivière de pipi, et qu'il ne reste sur le ciment qu'une traînée humide qui ne coulera jamais plus, n'ira jamais toute seule explorer le fond du jardin.

C'est toujours un moment triste. La plupart du temps, Solange se lève et s'en va.

Moi, je ne bouge pas. Le plus longtemps possible, je reste à contempler les dessins que la rivière jaune, aidée par la poussée de nos doigts, a dessinés sur le ciment. Ils ne sont jamais les mêmes. Et ne ressemblent à rien.

Sauf à ce que je vais décider : des loups, un vélo, un chat, un oiseau, des arbres, des nuages, le tablier de ma mère, la maison, la barrière, la haie de saules, la vipère du lavoir, le puits, une fleur, la cheminée du toit.

Je me mets à leur parler. On a une langue à nous, mes dessins de pipi et moi. On est les seuls à la comprendre. Je ne sais pas ce que je leur dis au juste, à mes nuages et à mes arbres. Je sais seulement qu'on est complices, qu'on a ensemble un grand secret. On complote. On va transformer le monde.

Un jour, j'ai su que je n'étais pas seule à faire ça. Que tout le monde était comme moi. Que pour y arriver, il existait d'autres moyens.

J'ignore quand j'ai fait cette découverte. Mais comme d'habitude, je sais où. Dans le lit de ma mère.

En fait, il s'agit du lit de mes parents. Si je dis « le lit de ma mère », c'est parce qu'au moment où je m'y glisse, ce lieu chaud et douillet n'appartient qu'à elle. Comme le journal qu'elle tient entre les mains.

Ça n'a pu se passer qu'un matin, après le départ de mon père. Dès qu'il a quitté la maison pour son travail, ma mère s'offre un moment de répit. Elle retourne se coucher. Elle ne s'en cache pas. Il lui arrive d'en parler, elle dit joyeusement : « Je lis au lit. » Elle a même l'air de s'en rengorger. Aussi, dès qu'elle est au lit où elle lit, je la rejoins.

Pourtant, dans ces moments-là, je le sais bien, elle est très loin de moi. Elle vit elle aussi dans un monde rien qu'à elle, caché derrière ses yeux. Mais elle ne s'y prend pas comme moi, le soir, dans le noir. Elle ne les ferme pas, ses yeux. Elle les tient grands ouverts et les bouge, elle n'arrête pas.

Je les épie. Ils vont d'un côté, puis de l'autre, puis vont et viennent encore, et revont et reviennent. Le même mouvement indéfiniment jusqu'à ce qu'elle décide de tourner une page. C'est parfois très long. Je trompe le temps en regardant les images. Des photos ou des figurines portant chapeau, sac, talons hauts. Ma mère, en somme, ma mère *en dame,* sans tablier, les rares jours où elle sort, quand il y a une fête, un mariage.

Le monde des dames se trouve donc dans le journal. Mais je peux aussi l'approcher dans l'armoire qui se dresse en face du lit de ma mère. C'est là qu'elle range ses jupes, ses corsages, ses chapeaux, ses bas, ses gants, ses chaussures à talons hauts, ses bijoux, et des linges de dessous encore plus mystérieux mais dont je sais que, plus que tout le reste, ils lui permettent de ressembler aux dames du journal. Sauf que ma mère est vraie, alors que je ne suis pas sûre que les dames du journal le soient. Sont-elles impossibles, comme les roses bleues ? Ou bien, comme la kernousse, viennent-elles d'un ailleurs-très-loin ? Je ne suis sûre de rien, sinon que le secret des dames, je le trouverai ici, dans la chambre de ma mère.

Mais il est très compliqué, ce mystère-là. Plus attirant et plus étrange encore que le puits, que le fond du jardin. Et le temps se fait très long, souvent, quand je suis dans le lit de ma mère à regarder ses yeux courir sur le papier. Quelquefois, je lui montre une image, je hasarde une question. Elle répond toujours. Elle a une manière de parler qui fait surgir des images.

Des images qui s'enchaînent les unes aux autres. Quand elle en a fini, je ne suis plus la même, comme si j'étais sortie de la maison, que j'étais allée plus loin que le fond du jardin. C'est peut-être ça, finalement, l'ailleurs-très-loin.

Cette manière, ma mère ne l'a pas qu'avec moi dans son lit où elle lit. Elle est pareille avec tout le monde, quand elle parle à mon père, à mes sœurs, à la voisine. Tout ce qu'elle dit a toujours un début, un milieu, une fin, comme l'assassinat du chien. Et quand ma mère ne parle pas, elle chante. Ses chansons ont le même pouvoir, d'amener un ailleurs qui fait que je ne suis pas la même au début et à la fin. Mes sœurs doivent être comme moi, elles doivent aimer ça. De temps en temps, elles l'accompagnent à pleine voix — on doit les entendre du fond du jardin.

Et ma mère ne peut pas s'en passer, de ce pouvoir qu'elle a. Même lorsqu'elle est seule, elle chante — à mi-voix. J'ai alors l'impression qu'elle fait comme moi quand je joue au pipi et que je me parle tout bas. Ou, le soir, quand je redessine le monde sous mes draps. Seulement ces histoires-là ne sont qu'à moi. Tandis que les chansons de ma mère, tout le monde les connaît, chacun peut en prendre sa part, qu'elle chante tout haut ou tout bas. Un jour, par exemple, en l'écoutant, j'ai eu envie de pleurer. C'est à cette subite montée de larmes que j'ai compris que les chansons racontent quelque chose qu'on sait mais qu'on n'arrive pas à dire. Dans la musique de sa chanson, dans ses paroles, il y avait quelque chose de caché, comme une histoire triste. Mais elle avait beau être triste, je n'ai pas réussi à l'oublier. Moi aussi, maintenant, par bribes, je la chantonne : « *La première fois que je l'ai vue / elle dormait, à moitié nue / dans la lumière d'un champ de blé... / pour un petit coquelicot, madame / pour un petit coquelicot.../ et j'ai tant appuyé à la place de son cœur / qu'à la place du baiser il y avait une fleur...* »

Je ne m'en lasse pas. Elle me fait mal, pourtant « *T'as p'têt' raison, oui mais voilà, tu comprendras / il y avait trois gouttes de sang qui faisaient comme une fleur.* » La première fois que je l'ai entendue, je m'en souviens très bien, c'était un après-midi. Ma mère était penchée au-dessus de sa machine à coudre — quand ma mère coud, c'est toujours l'après-midi. Pourquoi l'a-t-elle prise et reprise, cette chanson, des heures durant, en ne s'arrêtant que pendant les brefs instants où elle changeait le tissu de place sous la canette de la machine ? Je l'ignore. Mais on aurait dit qu'il y avait comme un secret entre cette chanson et elle. Un secret où devaient se trouver mon père, mes sœurs, la guerre. Et aussi ce qu'il y avait avant la guerre. Peut-être ma propre vie.

La chanson le raconte sans le dire, ce secret : « *Un*

jour ou l'autre, tu comprendras ». Je sais à peu près ce qu'il dissimule. Ce qu'est ma mère, une dame. Je sais aussi que le journal qu'elle lit au lit parle de ce secret.

J'ai même l'impression que c'est un secret entre elle et les coquelicots. Ces fleurs-là, j'en ai cueilli un soir, de l'autre côté de la rue. Il faisait chaud, des bohémiens s'étaient arrêtés dans un champ isolé au milieu des jardins, en bas de la petite colline. C'était la nuit tombante, ils se préparaient à donner un spectacle. Un gros animal gris était attaché sous une de leurs roulottes — un sanglier, a dit ma sœur aînée. La bête n'arrêtait pas de geindre en tirant sur sa chaîne. Tout le monde la plaignait. On s'est assis en plein champ. Pour oublier les malheurs du sanglier, j'ai cueilli des épis de blé vert, puis une fleur rouge. Elle s'est aussitôt fripée. J'ai recommencé avec une autre, et encore une autre. Chaque fois, la fleur s'est flétrie. On m'a alors appris qu'il n'y avait rien à faire, que c'était un coquelicot et que les coquelicots étaient ainsi faits qu'ils se fanaient sitôt cueillis, même si on leur donnait à boire des quantités d'eau.

Ça m'a fait mal. Je me suis dit que je venais de tuer des fleurs, comme le voisin avait assassiné le chien. Alors j'ai fait comme ma mère quand elle chante la chanson des coquelicots : j'ai eu des larmes qui ne se voyaient pas, qui coulaient seulement dans le fond de ma tête, par-derrière mes yeux.

Un peu plus tard, lorsque j'ai découvert à la maison un napperon brodé de coquelicots, j'ai bien cru que je n'allais pas tarder à élucider leur secret. Entre leurs calices rouges, on avait entrelacé des marguerites et des bluets. Quand j'ai demandé pourquoi, ma mère m'a répondu que c'était à cause de la guerre, qu'on mettait alors du bleu-blanc-rouge partout où on pouvait, parce que c'étaient les couleurs de la France et que ça embêtait les Allemands.

Ma mère parle souvent des Allemands. Elle me raconte que ce sont eux qui ont embarqué mon père, pendant la guerre. Elle dit qu'ils l'ont mis en prison, qu'ils ont jeté des bombes sur la ville et qu'elle a dû faire beaucoup de couture, parce qu'elle était toute seule à élever ma grande sœur. Je ne saisis pas tous les mots qu'elle emploie, par exemple quand elle dit qu'elle est devenue *réfugiée*. Mais je comprends qu'elle a souffert, qu'elle a pleuré. Je pressens aussi que dans la chanson des coquelicots, c'est toute cette vieille tristesse que j'entends.

Pourtant, j'aime qu'elle chante. Pas seulement à cause des histoires cachées dans ses chansons. Dans ces moments-là, j'approche quelque chose d'elle qui ne se montre jamais et qui est là, pourtant : tout ce qui a eu lieu avant moi et qui m'apparaît toujours sous la forme d'une nuit immobile. Alors que, pour elle, ce temps-là a de la couleur. Coquelicot-marguerite et bluet, par exemple. Un monde qui bouge, vibre, chante comme ses chansons.

Parmi toutes celles qu'elle chante, il y en a tout de même qui me font rire, comme « *Ma petite folie, mon petit grain de fantaisie* ». Ou un couplet qui revient de plus en plus souvent dans sa bouche : « *Une jolie fleur dans une peau de vache, une jolie vache déguisée en fleur...* » En écoutant ces chansons gaies, je commence à deviner pourquoi ma mère chante : c'est pour parler au monde. Par exemple, la chanson des vaches. J'en ai vu parfois derrière la haie de saules. Ça fait un petit moment, moi aussi, que je les soupçonne de cacher leur jeu, ces bêtes-là, d'être capables de se déguiser quand on a le dos tourné. Je suis certaine aussi, comme le dit la chanson, qu'elles peuvent se rendre transparentes et qu'à ce moment-là, on leur voit dans la panse les fleurs qu'elles viennent de brouter (d'ailleurs, sur la boîte de fromage de mon père, il y a une image d'une vache qui fait l'idiote). Ma mère est comme moi, elle le sait. Mais elle est beaucoup plus forte que je ne le suis. Donc elle dit aux choses en pleine face, tout haut, en chantant, ce qu'elle pense d'elles. Du coup, les choses sont forcées de lui céder. C'est bien simple, de toute façon : elle chante toujours quand elle travaille. Quand elle cuisine, quand elle lave, quand elle tend son linge sur le fil, quand elle repasse. Là encore, je crois que j'ai compris. C'est sa façon de dire aux choses qu'elle les connaît et qu'elle sait parfaitement de quoi elles sont capables. Ma mère chante, et les choses l'entendent. Alors elles se sentent démasquées, mises au jour, dans ce qu'elles ont de plus secret, les histoires et les volontés qu'elles dissimulent derrière leur air de choses — comme moi je cache les miennes derrière mon air de petite fille, loin derrière mes yeux. Et les choses obéissent à ma mère, se plient à tout ce que réclament ses doigts.

Voilà aussi ce que je ne sais pas faire. Voilà pourquoi je la regarde, ma mère, pourquoi je l'épie quand elle lit. Je l'écoute parler au monde, l'obliger à devenir autre qu'il n'est. Je suis la fille de mon père, mais c'est ma mère qui me fait.

*
* *

Elle chante surtout quand elle coud. C'est sa force à elle, qui habite les aiguilles, les ciseaux, le pédalier, la canette de la machine, la craie, le papier calque, les patrons-modèles, les tissus, la boîte à boutons — tout comme celle de mon père est logée dans la truelle, le ciment.

Ma mère raconte qu'elle est devenue couturière malgré elle. Qu'elle voulait devenir infirmière, mais que ses parents l'ont retirée de l'école avant qu'elle ait eu le temps d'apprendre, il fallait qu'elle gagne sa vie. Elle le regrette. Mais elle dit aussi qu'elle n'était pas heureuse dans cette école, parce qu'autour d'elle il n'y avait que des filles riches, qui se moquaient d'elle à cause de ses vêtements. C'est peut-être ce qui la fait s'exclamer quand elle se met à coudre : « Nous, on n'est que des petits, rien que des ouvriers ; mais vous serez toujours habillées comme les autres ! »

Je ne sais pas qui sont les riches. Je n'en ai jamais vu. Et je suis encore trop petite pour les belles robes, je *salis trop,* dit ma mère... Pour moi, elle coud surtout des sarraus, qu'elle taille le plus souvent dans des tissus qu'elle récupère. Les tissus neufs, c'est pour la *toilette.* Des robes pour ma grande sœur qui ressemble déjà à une dame et vient d'entrer dans un endroit dont on prononce toujours le nom en raidissant le dos, tant il est solennel et sévère, l'Ecole Normale.

Ce nom-là, ma mère en est très fière. J'ai l'impression qu'à lui seul il la console d'avoir été obligée d'apprendre la couture. L'Ecole Normale est très loin de la maison. Ma sœur dort là-bas, elle n'est pas souvent avec nous. Avec ses robes elle a dû briser les limites du monde. Il faudrait que j'en fasse autant.

Mais c'est tellement au-dessus de mes forces, mes forces de petite. Tout ce que je peux, c'est me poster au pied de la machine d'où tombent les morceaux de tissu. Tandis que ma mère coud, je vais tâcher de découvrir le secret qui lui permet de tout transformer. La tristesse en musique, le linge sale en linge propre, le journal en ailleurs-très-loin, les tissus en robes, bref, il faut que j'explore sa chambre. C'est facile : la machine à coudre est installée au pied de son lit.

Le dos cassé au-dessus de l'ourlet qu'elle surfile, ou l'œil rivé sur le tissu qu'elle pousse sous l'aiguille tout en actionnant le pédalier, ma mère paraît lointaine. Comme le matin lorsqu'elle se plonge dans son journal. Alors, pendant qu'elle chante ou qu'elle pousse le tissu sous la canette, je pars à la recherche des mystères qui font les dames, ces dames qui se montrent dehors avec des chapeaux, des gants, des bas, des talons hauts et, à leur bras, un homme qu'elles ramènent chez elles pour le faire dormir, comme mon père à côté de ma mère, dans un grand lit.

Je m'en vais donc à la tête du lit. Je sautille sous le crucifix, je me hisse sur le traversin pour détailler, sur le mur d'en face, la photo de ma mère en mariée. Ou je vais fouiner dans l'armoire à glace. J'ouvre la table de nuit, je respire son trésor, un flacon de *sent-bon,* comme je dis encore. Je contemple à perte de vue l'étiquette de la petite bouteille. On y voit une figurine encore plus belle que les dames du journal. Il fait nuit, elle porte une robe longue devant une ville illuminée.

Ma mère me laisse fouiner à ma guise. Si je m'empare du flacon, si je le lui montre, si je la questionne, elle me répond. J'apprends ainsi que le flacon s'appelle *Soir de Paris*. Une autre fois, je déniche dans un tiroir de l'armoire à glace une petite boîte ronde en émail coloré. Elle me raconte que mon père l'a gardée sur lui pendant toute la guerre et qu'elle venait de Chypre. Un pays chaud, dit-elle, une île qui est loin. Un pays de parfums.

Chypre, parfum. Je répète les mots tout bas. Ils sont aussi doux et chauds qu'elle, le matin, quand je me suis glissée dans son lit. Voilà une partie du trésor de la chambre de ma mère. Un peu de son mystère. Même si je n'y comprends rien, il est là, au creux de ma main.

Je m'arrête de fouiner. La boîte n'a plus guère d'importance. Rien ne compte plus que ces mots de *Chypre* et de *parfum*. Ils se mettent à dériver et à flotter tout au fond de moi, avec les mêmes couleurs que l'émail de la boîte, la même odeur que le flacon. Sans même que ma mère ait à me le demander, je remets la boîte à sa place. Je cesse de musarder, je retourne m'asseoir au pied de la machine à coudre, à même le plancher, je recommence à écouter crier les étoffes sous les ciseaux de ma mère, à recueillir les épingles, les chutes de tissu. Ma mère est à nouveau repartie dans les histoires de ses chansons. Moi aussi je suis partie ailleurs, avec ce que je viens de trouver. Encore un nouveau monde sous le masque du monde. Mon voyage dans sa chambre, tandis qu'elle coud, se termine toujours de la même façon : je joue avec les boutons de la boîte à boutons.

*

* *

Car les énigmes qui vibrent dans la voix de ma mère quand elle chante, celles qui font bouger ses yeux quand elle lit, les secrets de sa chambre, de son lit, de sa photo de mariée, des robes qu'elle taille et coud pour ma grande sœur, je veux à tout prix les approcher. J'ai trouvé un moyen. Des boutons que j'égrène entre mes doigts, je vais faire des gens.

Des gens à qui il va arriver des histoires. Des histoires bien à moi. Rien qu'à moi.

Je leur dirai mes secrets. Mais sans les dire, sans les chanter, sans les partager. Ça restera une affaire entre les boutons et moi. Pourtant, avec eux, j'en userai comme ma mère, je forcerai le monde à se plier à ma volonté.

Je commence donc par inventer une reine. La voilà : ce bouton plat et doré, entièrement cerclé d'une petite frise en relief. J'ai bien cherché dans la boîte, il n'y en a qu'un comme celui-ci. Les boutons qui se ressemblent — un peuple innombrable de jetons blancs ou beiges — sont sommés dans l'instant de lui obéir sans discussion. Les boutons de culotte, métalliques et très amers (avant d'arrêter le statut d'un bouton, je le suce un moment), je les fourre d'emblée en prison. Dans le monde des boutons, il y a aussi des animaux domestiques qui servent à les nourrir, des sortes de vaches ou de lapins pour boutons : les boutons-pression.

Entre le pouvoir absolu de la reine et la masse de sa valetaille, j'établis quand même quelques rangs intermédiaires. Par exemple, ces gros benêts frappés d'une ancre de marine : à première vue, on les croit très lourds et donc très importants, mais, quand on les prend dans la main, ils ne pèsent rien. Comme ils sont dorés, je suis bien forcée de les attacher à la reine. J'en fais son escorte. La souveraine en dispose selon son bon plaisir, comme des autres. Car le principe de mon jeu est simple : la reine a tous les droits.

Ça n'empêche pas qu'elle ait des ennemis, deux petits boutons qui, tout comme elle, se distinguent spectaculairement du commun. Ils sont métalliques, exactement comme elle. Mais, au lieu d'être ronds et plats, ils sont en forme de feuille, et très bombés avec une surface striée de rayures jaunes et vertes.

Ces deux-là, je les aime autant que je les déteste. Je suis si fascinée que j'ai demandé à ma mère d'où ils venaient. Elle m'a dit qu'elle les avait trouvés sur une vieille robe de Grande-Marraine.

J'ignore encore à quoi ressemble Grande-Marraine. Je ne me souviens pas de l'avoir vue à la maison. Je sais seulement ce qu'on m'en a dit : c'est la sœur de ma grand-mère et la marraine de ma mère. Elle vit dans un pays très chaud, elle a des robes magnifiques qu'elle nous expédie quand elle en est lassée.

J'ai déjà vu le facteur apporter les paquets. Quand on les ouvre, on trouve avec les robes des pains de savon et des bouteilles d'huile d'arachide. Ces jours-là, à la maison, c'est à la fois fête et pas fête. On dirait que ma mère est très fière de connaître Grande-Marraine mais qu'en même temps elle a peur d'elle. Je ne sais pas si c'est à cause de ses robes, de l'huile d'arachide ou de la contrée si lointaine d'où provient le colis, ce pays chaud qui s'appelle Djibouti. Je sens de la force dans ces sonorités-là, comme lorsqu'on dit « Grande-Marraine ». Une élégance féroce et sévère. De la dureté. Donc, un nom tout trouvé pour les deux ennemis de la reine, les deux boutons jaune et vert.

Ils lui ont juré une guerre sans merci, ils sont prêts à tout pour la perdre. Il y a des alliances, des contre-alliances, des trahisons, des punitions. Je prends tantôt le parti de la reine, tantôt celui des Djibouti. Sur la reine ou sur eux, je fais pleuvoir des ruissellements de boutons beiges ou blancs. Puis je deviens subitement charitable, j'organise des sauvetages in extremis, avant de recouvrer ma cruauté sans bornes. J'ai tous les droits, encore plus que la reine. Je suis la guerre et la paix, le Mal et le Bien, le glaive et la balance, le bonheur et la maladie. Puis, d'un seul coup, j'en ai assez. Je décide que la reine a gagné.

Je l'enfouis au plus profond du peuple des boutons, je referme sur elle son royaume, j'ajuste sur la boîte son couvercle de métal, je recommence à cueillir sous la machine les épingles et les chutes de tissu, je regarde à nouveau ma mère tailler, piquer, couper, surfiler, je l'écoute chanter ses secrets, ses histoires où je ne suis pas.

Où je voudrais être. Alors, comme dans le lit où elle lit, je recommence à attendre, je ne sais trop quoi. La tartine beurrée du goûter, le retour de mon père, les baisers que je vais déposer sur sa joue qui pique, la nuit amie et ennemie, les mots que j'invente contre le noir, le matin où je vais courir dans le lit de ma mère pour épier encore le mouvement de ses yeux, essayer de comprendre ce qu'elle est — et ce que je serai.

Car, même si je ne passe pas mes journées dans ses jupes, j'ai besoin d'elle, c'en est une maladie. La plus terrible de mes peurs : qu'elle m'oublie.

Il faut dire qu'un matin je me suis réveillée et elle n'était pas là. La cadette de mes sœurs non plus. J'ai crié, hurlé dans le noir en regardant le losange percé dans le volet. Rien qu'un petit dessin de lumière, la forme de mon espoir. Le seul à cet instant : sortir du noir, voir ma mère.

Ça n'a rien fait. Il a fallu beaucoup de temps avant qu'elle revienne — enfin, ça m'a paru une éternité. Pourtant, j'avais pleuré et hurlé tout le temps, sans m'arrêter.

En fait, elle n'a pas dû s'en aller longtemps ; et, la veille, elle m'avait certainement prévenue. Mais voilà : je ne voulais pas le savoir, pas la croire. Alors j'ai oublié. Du coup, quand elle est rentrée, ma mère était en colère. Elle a ouvert les volets en les faisant claquer très fort ; elle m'a chamaillée : « Mais tu sais bien qu'il faut que j'aille faire des courses en ville, j'ai pas deux paniers sur mon vélo, j'peux pas vous emmener toutes les deux, ta sœur et toi, tu pouvais pas attendre tranquillement, au lieu de brailler... ? »

C'est sûr, elle ne pouvait pas. Seulement moi, je ne voulais pas.

Une autre fois, puis encore une autre, elle a recommencé. Et d'autres encore. Alors, c'est plus fort que moi, dès que je me réveille, je me dresse sur mon lit pour savoir si les volets sont ouverts ou fermés. S'ils sont fermés, si ma mère n'est pas là, tant pis pour sa colère, je me mets à hurler.

Je ne comprends pas qu'elle soit en colère contre moi quand elle me trouve en larmes. Elle, quand elle est triste, je le suis aussi. Quand elle est gaie, je suis joyeuse. Quand elle rit, elle m'emporte dans son rire. Et ses larmes sont les miennes quand il lui arrive de pleurer — dans ces moments-là, je voudrais tellement qu'elle arrête ! Mais elle ne peut pas et mon père dit d'elle : « Elle est sensible. »

Il dit souvent la même chose de moi. Ça me plaît et ça ne me plaît pas. *Sensible,* c'est un mot qui me raconte la faiblesse. Aux autres autant qu'à moi, car depuis quelque temps, quand je me mets à pleurer, on me dit que je ne suis rien qu'un bébé ; on se moque de moi.

Ça n'y fait rien. Tout ce que je veux, tout ce que j'aime, c'est qu'on m'aime. La place où je me trouve la mieux aimée, depuis qu'elle m'oublie, ce sont ses bras, quand elle est assise. Mais ses bras, je ne les demande pas, je n'en parle pas — je n'ose pas, peut-être, ou bien ça ne se fait pas. Je crie : « Les genoux ! Je veux aller sur les genoux ! » Tout le monde sait alors que je veux ma mère, rien que son corps, rien que sa poitrine et ses bras — rien qu'à moi.

Etre là tout contre elle. Rêver du jour où je serai elle. Devenir elle. Suivre du doigt la courbe de sa bouche, de son nez, des fines traces qui lui barrent le front et qu'elle appelle, un peu triste, des « rides d'expression ». Lui demander une fois de plus pourquoi elle a une cicatrice près de la narine, l'entendre encore me raconter l'accident : sa mère, à la cuisine, lui a demandé un couteau. Elle a glissé, elle est tombée. Dans sa chute, la lame lui a lacéré la joue et une partie du nez.

Ce n'est pas une histoire gaie. Cependant, sur les genoux de ma mère, le bonheur est partout, car elle est la vérité du monde, sa chaleur, sa raison d'être, son début, son milieu, sa fin. Je me repais d'elle, de son cou, de ses oreilles, du tissu de son tablier, de ses ongles, de la forme de ses mains, de ses cheveux frisés à la permanente. Mes cheveux à moi sont *raides comme des baguettes de tambour,* une faiblesse de plus, rien à en tirer, de cette pauvre tignasse noire. On me la coupe au carré. Pour le reste, même impuissance. Ma mère a beau me gaver de sirops, je n'arrive pas à prendre la forme de son rêve, le petit garçon dodu qu'on voit sur l'emballage des savonnettes, cette perfection d'enfant nommée « Bébé Cadum ».

Je ne serai jamais un bébé Cadum. D'abord je ne suis pas née garçon. Et je m'obstine à rester cette toute petite chose qui ne grossit pas, grandit à peine et, plus rétive que tout, va jusqu'à refuser de faire ce que font les mauvaises herbes : pousser.

Est-ce que je le fais exprès pour rester ce que je suis, petite, pour garder ma place sur les genoux de ma mère, avec les droits qui vont avec ? Celui par exemple, volupté entre toutes, de jouer avec elle à *Bateau-Batelier, mon bateau est renversé* ? Peut-être. Mais je sais bien pourtant que le jeu finit toujours par s'arrêter. A un moment ou à un autre, ma mère se fatigue de me balancer ; elle me repose à terre, sur mes deux jambes, et soupire, épuisée : « Allez, va jouer ! »

J'obéis. Mais, comme d'habitude, pas contente. Furieuse d'être obligée de la partager avec mes sœurs, mon père, son travail, sa fatigue. On peut se moquer de moi, me sermonner, me menacer d'une fessée, me prendre comme on veut, je ne m'y résigne pas. De guerre lasse, mon père lâche quelquefois : « A l'âge de raison, ça lui passera. »

Ces jours-là, je me dis qu'ils peuvent toujours attendre, que je n'y arriverai jamais, à l'âge de raison. Je ne veux même pas savoir à quoi ça ressemble. Ça a l'air tellement laid, rien que le nom ! De toute façon je n'arrêterai jamais de crier et de pleurer pour réclamer ma mère, ils verront !

Et je reprends mon couplet à moi, ma chanson faite de cris, de larmes, de « non ! », non, je ne veux pas qu'elle parte, non je ne veux pas qu'elle me laisse dans le noir avec pour seul espoir le petit losange découpé dans le volet. Je suis petite mais aussi, je suis grande, il faut qu'elle le sache : maintenant je me souviens, maintenant j'imagine ! Non, non, non et non ! Ou bien comme elle dit elle-même quand elle est à bout : nom de nom !

Non et non, nom de nom, ma force et ma faiblesse, ma tristesse et ma colère, ma joie et ma blessure. Deux forces qui me déchirent sans cesse, le jour en me poussant sur ses genoux, envers et contre tout. Et, le soir venu, dans mon lit.

De quoi sont faites mes nuits en ce temps-là ? Je ne sais pas. Je me souviens seulement de la peur, de l'oubli. Je me souviens de la peur de l'oubli.

*
* *

Parce qu'elle est partie une autre fois. Mais pas avec ma sœur. Avec mon père. Ça s'est passé ailleurs qu'à la maison. On m'avait trompée, je crois.

Enfin, avant que ça arrive, on ne m'a rien dit. De crainte de mes larmes, une fois de plus. De crainte de mes cris.

Je vois soudain ma mère devant moi, habillée en dame. Mon père est derrière elle. Il n'a pas la même tête que d'habitude, son regard est fuyant, son allure empruntée. Je m'aperçois que je ne suis pas à la maison, mais dans le jardin de ma grand-mère. Je hurle.

Mes parents prennent un air très ennuyé. La catastrophe s'est produite, la petite a compris. C'est pour ça qu'elle pleure. Et telle qu'on la connaît, elle ne va plus s'arrêter.

Bien sûr que je ne vais pas arrêter ! Je vais même en remettre, des hurlements, à m'en déchirer la gorge, avec des sanglots à n'en plus finir, et des torrents de larmes comme ils n'en ont jamais vu, et ma mère va bien être forcée de rester avec moi, rien qu'à moi. Ils vont bien voir qui va plier, qui va gagner.

J'arrête alors ma décision avec une telle violence que j'ai l'impression qu'au lieu d'une petite fille il y en a deux, maintenant, à vouloir retenir ma mère. La première pleure et s'accroche à elle. Mais elle est aux ordres de la seconde, qui reste en retrait et la regarde faire. Celle qui commande, la plus forte, ne pleure pas. Elle est aux aguets, elle entend tout. Selon ce qu'elle entend, elle dispense ses instructions à l'autre, qui obéit.

La seconde petite fille entend par exemple mon père qui dit : « Il faut la raisonner. » Elle le voit se pencher vers la première, lui expliquer très doucement que papa et maman s'en vont à un mariage, qu'ils vont prendre le car, qu'ils ne vont pas dormir à la maison, qu'il faut qu'elle reste chez sa grand-mère, bien sage, sans pleurer, parce qu'ils vont revenir très vite pour la reprendre.

La petite fille qui donne les ordres entend tout, comprend tout. Mais ne change pas de ligne : sa mère doit rester. Son père peut partir, elle veut bien. Sa mère, elle, n'a pas le droit de s'en aller. Il n'y a qu'un moyen d'y arriver : que l'autre petite fille continue de pleurer. Donc, pas question de se laisser raisonner.

L'autre petite fille obéit, elle est parfaite, voilà qu'elle s'agrippe à sa mère. Jamais elle n'a autant pleuré, autant crié.

Seulement, ça ne marche pas. Mon père tourne le dos, ma mère le suit. Elle m'a repoussée. Elle est partie.

La petite fille qui trépigne se ratatine complètement, elle devient si minuscule que, face au chemin par où s'est enfuie ma mère, il ne reste plus que l'autre, celle qui lui donnait des ordres, celle qui n'avait pas de cris, pas de larmes, la plus froide, la plus forte. Et celle-là s'est tranquillement mise à regarder ce qu'il y avait devant elle, de l'autre côté du chemin.

C'étaient les eaux de l'estuaire, avec une sorte de petit château, par-derrière un mur et de grands arbres presque noirs. Elle a ensuite levé les yeux vers le ciel. Des nuages y couraient comme de grandes écharpes qui tentaient de s'accrocher aux arbres du château, tellement ils montaient haut, ces arbres — des cèdres, lui a-t-on dit plus tard. Ils lui ont plu. Elle s'est mise à les détailler. A force de les regarder, des mots lui sont venus, sans qu'elle les ait vraiment cherchés.

Quatre mots, pas un de plus. Où était-elle allée les pêcher, mystère. Elle les connaissait, un point c'est tout, dans toute leur précision, leur pleine exactitude. Quatre mots et pas d'autres parmi les centaines qu'elle connaissait déjà. Rien qu'eux.

Rien qu'eux parce que, tels quels, ils lui faisaient du bien, c'étaient eux qui écrasaient l'autre petite fille, la trépignante et la hurlante, la réduisaient à presque rien — pas totalement, bien sûr, celle-là, elle était toujours là, prête à obéir et à revenir dès qu'on l'appellerait. Mais elle serait aux ordres. Et la seconde, la nouvelle, la forte, celle qui avait des mots qui lui venaient devant les arbres — mieux encore, celle qui savait qu'elle avait des mots qui lui venaient —, allait rester aux commandes, désormais. Sûr qu'elle ne partirait plus.

Pourtant, c'était elle qui, tout à l'heure, avait dû se résigner, se raisonner. Accepter d'être seule loin de sa mère. Seule avec le ciel, les nuages, et ces grands arbres noirs qui lui donnaient des idées.

A qui s'adressaient-ils, les mots qui lui venaient ? A l'autre petite fille, à elle seule ? Ce qui est certain, c'est que c'étaient les premiers dont elle sût parfaitement ce qu'ils voulaient dire. Même si elle les avait pris à d'autres, en cet instant ils étaient à elle, entièrement, pleinement. Si férocement à elle qu'au moment où sa grand-mère l'a forcée à rentrer pour manger, il a fallu qu'elle les dise tout haut. Elle s'est alors entendue répéter : « *Je me souviendrai toujours, toujours, je me souviendrai...* »

Voilà sans doute pourquoi, un peu plus tard, le jour étrange où sa mémoire s'est arrêtée, la petite fille qui donnait des ordres s'est aussi souvenue qu'elle avait un moment perdu la mémoire. Et ne l'a jamais oublié.

Ni le lieu ni l'heure. Ni le jour. Ni le comment. Le pourquoi, c'est plus difficile. Mais c'est comme le reste : ça se comprend en le racontant.

Sainte-Anne-d'Auray, le jour du Pardon. Facile de retrouver la date : 26 juillet. Facile aussi de reconstituer la scène : les lieux n'ont pas changé, la basilique est toujours là, la fontaine. Comme les vendeurs de médailles bleues et brillantes à l'image de la sainte. Comme l'ange noir en haut du clocher, qui l'emprisonne de ses ailes. Comme dans l'église, les bannières, la statue toute dorée, sainte Anne, des siècles qu'on la prie — on n'arrêtera jamais, puisqu'on n'a jamais arrêté.

Qu'est-ce que vont lui demander mes parents, aujourd'hui, mon père surtout, qui ne va jamais à la messe, sauf quand il ne peut pas faire autrement ? Et ma mère qui n'entre à l'église qu'aux grandes fêtes, histoire de ne pas fâcher la famille avec les grands mystères du monde, elle qui a choisi le même camp que mon père, celui des rouges, pas des blancs...

Je l'ignore. C'est peut-être ma grand-mère qui les y a entraînés. Elle, tous les dimanches, elle va à la messe, quelquefois même en semaine. Ma mère dit qu'elle est très croyante.

Mais, de toute façon, c'est fête, aujourd'hui. Et c'est sainte Anne, tout de même. Sainte Anne qui vient de très loin. D'un temps où se perdent toutes les douleurs des hommes petits et grands. Rouges ou blancs.

Je pense que je le sais dès ce jour-là, je crois qu'avant de partir ma mère m'a raconté la légende de sainte Anne, qu'elle m'a expliqué qu'un pauvre paysan nommé Nicolazic a trouvé un jour, dans la terre de son champ, une très vieille statue. A l'endroit où il l'a découverte, une source a jailli. Nicolazic a eu une apparition, il a vu une femme qui lui a appris qu'elle était la mère de Marie, donc la grand-mère du petit Jésus. Elle lui a dit ensuite que la statue était la sienne. Puis la dame a disparu et l'eau de la source, depuis, fait beaucoup de bien à ceux qui en boivent.

Voilà, dans l'ordre où il me revient, le récit que je crois avoir entendu. Néanmoins je ne suis sûre de rien, je ne pourrais en jurer. Avant mon arrivée dans la fontaine, tout est brouillé. Simplement, quand je repense à la façon dont s'est terminé ce voyage, je me dis que ma mère, qui avait toujours une histoire en bouche, n'a pu manquer de me raconter la légende de sainte Anne. Mais je ne sais pas, je ne saurai jamais. Avant que je ne me retrouve face à la fontaine, il s'est dit, c'est sûr, il s'est passé des choses. Quoi, je ne le sais pas au juste. Tout reste incertain, mes yeux voient mal, ou par intermittences. Cependant quelque chose, c'est évident, se prépare, je suis en état d'alerte. Seulement c'est ma peau, ce jour-là, qui voit. Peut-être même qui entend.

Il faut dire qu'il fait chaud, que mes parents sont fatigués de me porter. Je ne suis dans les bras de personne, en tout cas, je marche. C'est au contact des étoffes sur mes bras, mon visage, que je sens qu'il y a foule.

Foule de vieilles autour de moi, au-dessus de moi, douceur du velours, du satin, glacis des failles — tissus des femmes qui portent coiffe ; il n'y a plus que les vieilles pour ça.

Je ne les aime pas tellement, les vieilles. Même ma grand-mère, il faut bien le dire. Elles sont toutes cassées, aussi abîmées que mes poupées. Elles ont le cheveu maigre, plus de dents ni en haut ni en bas, elles boitent — il en est même de bossues. C'est sûr, elles vont bientôt mourir. Et moi, mourir, je ne veux pas.

Elles non plus. Mais elles ne se rendent pas compte, elles pensent qu'elles vont y couper, c'est ce qui les amène ici. La même idée que moi, en somme, quand je ne veux pas que ma mère s'en aille. Elles veulent que les choses restent en l'état. Elles ont peur, quoi.

Et leur peur de vieilles me fait peur, je voudrais bien qu'elles arrêtent de me frôler avec leurs robes noires. Pourtant, elles sont gentilles. Prudence, par exemple, avec son nom qui sent la vieillerie, comme elle, et qui vient de s'asseoir en plein champ, à côté de ma grand-mère. Elle se met à me parler. Je ne sais ce qu'elle me dit, mais elle est bonne, je le sens, aussi bonne que ma grand-mère, à côté d'elle, qui me sourit et m'explique que Prudence et elle sont amies.

Ma mère est là. Pour une fois, je ne la regarde pas. Je ne vois que ma grand-mère à cause de ses yeux. Je ne les avais jamais remarqués, je m'aperçois brusquement qu'ils sont bleus. Bleus à n'y pas croire, bleus comme je n'ai jamais vu de bleu, même aux roses bleues de mon assiette perdue, si ce n'est peut-être à la boule de bleu qu'on jette dans l'eau de la lessiveuse juste avant de faire bouillir le linge.

Je demande à ma grand-mère si mes yeux sont de même couleur que les siens. « Non, c'est trop tard. » « Pourquoi trop tard ? » « Tous les bébés naissent avec les yeux bleus. Certains les gardent, d'autres changent. Les tiens ont changé. Ils sont devenus mélangés. Marron clair, avec du vert... »

Yeux mélangés, il ne manquait plus que ça ! Au lieu de ce bleu-là ! Pourquoi ma grand-mère, et pas moi ?

Mais elle a beau avoir des yeux bleus comme je n'en ai pas, elle est vieille, ma grand-mère. D'ailleurs elle boite. Moins que Prudence, mais tout de même. Elle doit avoir mal, elle aussi. Et peur. Voilà pourquoi elle est là, avec mes parents, avec Prudence, avec toutes les vieilles. Pour déposer son mal dans la fontaine et repartir sans.

Parce que le mal, tout le monde en a. Et tout le monde en a peur, mon père, ma mère, mes sœurs, puisque maintenant tout le monde se lève et abandonne le champ en disant qu'il faut aller boire à la fontaine, qu'il est grand temps.

La plus jeune de mes sœurs me prend par la main. Elle a l'air de savoir parfaitement ce qu'elle fait, où elle va. Elle m'emmène jusqu'à un escalier, me dit de faire comme elle, de descendre les marches. Nous voici dans un endroit qui ressemble à notre lavoir : un rectangle de pierre à ciel ouvert.

La fontaine se trouve au fond de ce grand quadrilatère. Ma sœur s'avance, je la suis. Des étoffes continuent à me frôler. Je lève la tête. Au-dessus de moi, les gens sont tous comme ma sœur. Ils ne regardent personne, ils avancent en aveugles. Ils ont l'air de savoir exactement ce qu'ils veulent, ce qu'ils cherchent.

Ma sœur me tient toujours par la main. Elle non plus ne me regarde pas. Elle est tout à ce qu'elle doit faire : copier les autres. Devant nous, ils se passent un gobelet de métal. Chacun imite le précédent. Il se penche au-dessus de la source, puise de l'eau, la boit, essuie le bord du récipient et le repasse au suivant.

Je regarde ma sœur. Elle est toujours aussi sûre d'elle-même, l'œil vif et précis. Elle me dit : « Suis le sens. »

Le sens, je ne le vois pas. C'est elle que je suis. Plus j'avance, d'ailleurs, plus je me sens petite. Il me faudrait ma mère, mais je ne sais pas où elle est passée. Ma grand-mère non plus. Ni mon père.

Ça n'a pas d'importance, ma sœur est là, ma mère m'a dit de faire comme avec elle, de ne jamais lui lâcher la main. Donc je suis tranquille : tant que je tiens l'une, je tiens l'autre. Je suis sûre de la retrouver.

Les robes bougent de tous côtés. Elles ne sont plus noires, mais bariolées. Heureuses et jeunes. Des teintes franches, comme ma sœur.

Elle vient justement d'arriver devant l'humble voûte d'où jaillit l'eau. Il y a comme une petite bousculade, puis quelqu'un lui tend le gobelet.

Ma sœur fait tout dans l'ordre et tout comme il faut. Elle le saisit, puise de l'eau, la boit, essuie le rebord du récipient, et me le tend. Je le prends. Il a une petite anse, il est froid. L'eau aussi est très fraîche. Mais ce n'est pas ce qui me surprend. L'étonnant, c'est le goût du métal. Il agace les lèvres, les dents.

J'ai envie d'en savoir plus. J'explore avec ma langue en prenant mon temps — trop de temps : quelqu'un m'arrache le gobelet. Je reste un peu interloquée, puis m'éloigne du côté où j'ai cru voir partir ma sœur.

J'essaie de faire comme elle m'a dit *: suivre le sens.* Autour de moi, les taches coloriées continuent à évoluer. Mais elles se bousculent maintenant comme si elles n'avaient plus de sens, justement, à moins que ce sens-là ne m'échappe. De toute façon, j'ai du mal à marcher. Je m'engourdis, mon corps se fait de plus en plus lourd et lent. Quelque chose m'empêche d'avancer. Quoi ? je ne sais pas, c'est comme si quelque chose voulait sortir de la fontaine et qu'autre chose ne voulait pas.

Je parviens tout de même au pied des marches. Je ne sais comment je réussis à les escalader, mais j'y arrive. En haut de l'escalier, je cherche ma sœur. Elle n'est plus là. Autour de moi, il n'y a plus que les taches de couleur qui valsent et valdinguent. Puis, d'un coup, tout qui s'éteint.

*
* *

Tout, absolument tout. Noir absolu.

L'espace d'un après-midi, c'est ce qu'on m'a dit, en tout cas, ce que j'ai pu déduire, ensuite, en recoupant mes souvenirs avec ceux de ma mère. Mais, pendant des années et des années, j'ai tout gardé pour moi, je n'ai rien dit. De toute manière, qu'est-ce qu'il y avait à dire ? Pas une image, dans cette traversée du noir. Pas une ombre pour errer dans l'ombre. Rien que le rien.

J'ai dû bouger, cependant, j'ai dû marcher, puisqu'on m'a retrouvée loin de la fontaine, sous un arbre, à la lisière d'un champ. Mais aucun souvenir. Pas même celui des battements de mon cœur. Pas de temps dans le néant. On ne sait pas ce que ça dure, où ça va, si ça fait du mal ou du bien. On ne sent rien. Ou, si ça souffre, c'est très loin.

C'est peut-être pour ça que tout s'est éteint : parce que ça faisait trop mal, trop loin. Et que, pour continuer à vivre, il n'y avait plus rien d'autre à inventer que le rien.

Puis, soudain, au fond de ce noir, la voix d'une femme. Et le temps qui me revient. Avec de la lumière sur le côté gauche. Un bras, une main.

Sans la voir, je sais à qui appartiennent ce bras et cette main. A une femme. Une femme qui n'est plus toute jeune, pas vieille non plus. Elle parle et la lumière revient. C'est une sorte d'aurore, sur le côté gauche. Une lumière brumeuse et dorée, contagieuse, qui monte comme une marée. Plus la femme parle, plus la lueur s'étale, s'étend.

D'un seul coup, le cadre se remplit, haut-bas, droite-gauche, arrière-plan. Voilà, l'image est entière. Elle m'explose à la face. Au beau milieu, ma mère devant un car.

Après, je ne sais pas. Sauf que je me suis rappelé que j'avais perdu la mémoire, qu'un après-midi entier j'avais cessé de sentir et de voir. Sauf que je me suis souvenue que j'avais tout oublié. Y compris ma propre existence.

Mais je n'en ai rien dit. Parce que, comment faire ? J'étais entrée dans le rien, j'en étais ressortie, ça n'avait dû arriver qu'à moi. Ça devait être très mal, puisque personne, jamais, ne se faisait l'écho d'aventures pareilles.

En même temps, plus j'y pensais, plus je savais que j'étais tout entière dans ce noir-là. Dans ce retour brutal à la lumière face à ma mère.

Mais le dire, ce mystère, je ne me voyais pas le faire, j'en avais honte. Honte parce que c'était moi, parce que c'était *mon* mystère. Je savais bien qu'au fond de ce noir il s'était passé quelque chose. Quelque chose qui avait beaucoup à voir avec Youki, après qu'il eut pris le coup de fusil. Mais ce n'était pas vraiment l'histoire de Youki, puisque j'en étais sortie, du noir. Puisque j'en étais revenue toute seule ou presque. Ce souvenir du néant, plus que tout autre, me persuadait que j'étais encore en vie. Que le monde allait encore m'apprendre beaucoup de choses sur lui.

Je ne me suis pas trompée. C'est après cette histoire de la fontaine que ma mère a voulu m'apprendre à lire.

II

SIGNES

Et voilà que les choses se dilatent, s'élargissent par cercles concentriques. Très vite, très loin. Prodigieusement vite et loin. Très profond aussi. Et très haut. Des mondes par dizaines, par centaines, qui viennent s'agglutiner au premier. Satellites minuscules. Mais si nombreux qu'ils le font enfler, grossir par-dessus, par en dessous. Dans tous les sens, finalement. Plus de barrière, plus de haie, plus de grillages autour du jardin. Terre qui s'écarte, s'éventre, ciel qui ouvre son infini. Plus de noir au fond du puits, plus de barreaux à mon lit, plus de murs à ma maison, plus de venelle, plus de rue. Rien que le monde béant. J'apprends.

Les limites, les chemins sont maintenant dans ma tête. Ils se croisent, se décroisent, se recroisent. Partout des gués, des ponts. C'est grâce à eux que les mondes nouveau-nés s'arriment les uns aux autres. Puis ils se divisent encore, bourgeonnent. Pullulement.

Chaque jour, sans le moindre heurt, un savoir neuf s'ajoute au précédent. Nouveau début des choses. Vent léger, ingénu de ce printemps.

Je vis maintenant dans le multiple, le disparate. Galaxie où aucun astre ne ressemble à un autre. Et tout ce divers prolifère dans l'harmonie. Plus de guerre entre le vrai et l'inventé, entre ce que j'attends du monde et ce que j'apprends de lui. Le vrai et l'inventé sont devenus amis. Deux planètes dont les orbes s'étreignent et se quittent, tranquilles, avant de se retrouver, de s'enlacer au plus étroit.

Plus je lis, pourtant, plus je les sais différentes, autant que mon père en face de ma mère, ou moi, fille, quand je croise un garçon. Impossible de dire comment je le sais. C'est ainsi depuis que je lis. Même évidence que de me mettre debout pour marcher, ou de fermer les yeux si je veux m'endormir. Connaître, imaginer, répons sans fin, chant alterné. Voix haute et voix basse. Du jour où je commence à fendre l'océan des signes, elles ne cessent plus de se parler.

*
* *

De l'eau, oui, voilà comment je l'ai prise, au premier jour, la page de lecture. Une mer bien à moi, comme la cuvette où je joue avec mes fleurs, mes coquillages. Mais toute blanche, celle-ci, avec une flottille de petits dessins noirs.

J'ai pensé que j'allais, comme de l'autre, en faire ce que je voulais. Illusion fugace, aussitôt dissipée par ma mère. Ici c'était elle qui décidait du vent, de la vague, des naufrages, des tempêtes. Elle et son index qui suivait lentement les rangées de petits bateaux noirs. Roidement alignés sur la mer pâle, ils ne bougeaient pas. Le calme plat.

Je tends moi aussi l'index, il suit le doigt de ma mère. Elle parle — les bateaux lui parlent. A moi rien ne répond. Mon doigt se paralyse, ma langue se fige, mes yeux et mes oreilles s'ignorent ; me voilà engluée au bord de cette mer elle-même encalminée par d'invisibles puissances.

Et le noir qui menace à nouveau au fond de ma tête, le front enserré comme dans une cage. Avec cette mort qui n'en est pas une : voir et ne pas savoir.

Seule et fragile balise sur cet océan de néant, la main de ma mère, son index qui s'entête à louvoyer entre la flotte confuse de boucles, de cercles, de bâtons.

Il en est de grands, d'autres petits. Les uns se dressent comme des mâts, à côté de voisins qui se couchent et épousent l'horizon de la page. Il y a des pontons, aussi, pour les relier, des cordages. Parfois les navires ont des voiles souplement ferlées. Ou bien ils soutiennent des sortes de nacelles, des bouées minuscules :

. ,

Elles sont rangées en ligne horizontale :

...

ou verticale :

!

elles doivent signaler des dangers — lesquels ?

Mais voilà que ma mère s'empare de mon doigt, le pousse vers le haut de la page. Rivage chatoyant d'une image, il nargue la mer sans couleurs. Regarde bien, me dit-elle.

Je fais comme elle dit. Sur la plage de l'image, un petit garçon vient de renverser de l'encre. Il s'empare d'un marteau pour enfoncer un clou dans une table. A côté de lui, son père fronce les sourcils. Une petite fille (sa sœur, sans doute) arrondit la bouche pour proférer son blâme — les miennes n'auraient pas fait mieux.

Dans l'instant, je suis saisie d'amour pour ce petit garçon. Quelle volupté, cette encre renversée ! Quel cran dans son geste, ce marteau qu'il brandit pour enfoncer un clou dans une table — tiens, moi je n'ai jamais pensé à ça, pourquoi ?

Mais, justement, c'est ça qui est agréable, dans l'image : le petit garçon fait des choses qui me réjouissent mais qui ne me sont jamais venues à l'esprit.

Voilà qu'il fait tout à ma place. Je deviens lui — je suis lui. Du coup, j'y resterais bien, dans l'image.

Dans le mouvement, dans la couleur. Un vrai trésor, ce dessin. Je construis moi-même l'histoire. Qu'est-ce qu'il y a eu avant le marteau au-dessus de la table ? Est-il allé le voler dans la cave où son père doit le ranger, comme le mien ? Où est sa mère ? Pourquoi sa maison ne ressemble-t-elle pas à la mienne ? Il habite en ville, on dirait. Comment s'appelle-t-il ?

Pas le temps de poser la question. Ma mère a déjà ramené mon index vers le bas de la page, là où s'alignent toujours les arides signes noirs, et elle entonne avec ferveur une étrange comptine : « *totoaétététu...* » Je ne comprends rien. Elle répète. Une fois, deux fois, trois fois. En reprenant toujours le même manège, en poussant mon index du haut en bas de la page, depuis les petits bateaux noirs vers le petit garçon de l'image. Puis nos deux doigts joints redescendent vers l'océan blanc et sa noire armada.

Totoaétététu : une parole magique, sans doute. Une musique qui va tout changer. Mais quoi ? Et comment, et pourquoi ? Qu'est-ce que c'est que ce mouvement que ma mère s'entête à imprimer à mon doigt ? Le moyen de forcer l'image à parler ? Car elle parle à ma mère, cette image, ça s'entend dans sa voix. *Totoaétététu,* elle chante, joyeuse et claironnante, ma mère comprend et moi je n'y suis pas, dans cette joie. Rien ne me parle. Rien ne me dit rien. Ni le dessin, ni le doigt de ma mère, ni sa voix. Je reste écrasée d'impuissance face à l'océan blanc et à mes bateaux qui ne bougent pas.

L'index de ma mère s'obstine, l'incantation reprend. Toujours dans le vide. Et puis cette corde, tendue d'un seul coup au-dessus du néant. Cette passerelle relie, toute frêle, la page et une région encore inconnue de moi-même, comme un pont pour franchir un gouffre. A la seconde, le petit garçon qui enfonce des clous dans la table se retrouve ligoté aux ronds et aux bâtons dessinés en dessous. Le nom du garçon : *Toto.* J'ai trouvé : *Toto — têtu,* évidemment.

Une tête de mule, quoi, Toto, une tête de lard, j'ai des cousins comme ça !

J'exulte : *Toto a été têtu*, ça y est, les voilà ficelées, les forces invisibles. Ligotées par la grâce d'un seul coup d'œil — le bon coup d'œil. Car, ici, c'est l'œil qui parle. Et, après lui, l'oreille voit. Jusqu'à la bouche qui ne fait pas des choses ordinaires : elle ne s'ouvre pas pour parler, mais pour faire ce que j'aurais dû faire à la fontaine de Sainte-Anne-d'Auray — suivre le sens.

Alors, dans l'instant, plus de petits bateaux noirs encalminés dans le blanc de la page. Seulement ces liens que ma mère appelle lettres et qui, patiemment, déroulent une histoire — le mystérieux secret que j'avais cherché dans l'image. Me voici liée, nouée à la page, plus étroitement encore qu'aux genoux de ma mère. Lire, c'est donc ça : s'emparer d'une longe de lettres pour le seul plaisir, au bout du compte, d'avoir compris ?

Et voilà que tout s'enchaîne. C'est léger, facile. En un rien de temps, la passerelle de signes m'a conduite sur l'autre rive. Le pays d'avant, je n'y reviendrai pas. Je n'y pense même plus. Mon incantation se mêle à celle de ma mère. *Toto a été têtu,* j'ai trouvé le secret, le moyen de partir là où je veux m'en aller depuis si longtemps. Le fond du puits, l'envers de la haie, les jardins inconnus du bout de la rue ; et la ville, par-derrière, avec les quais, là où ça sent le sel, où la mer promet.

Et, encore plus loin, vers tout ce que le monde ne montre pas de lui. La naissance de l'eau, l'envers de la Terre, le dessous des étoiles, l'arrière du soleil, le gouffre de l'œil des chats. Ici, sans que j'aie bougé des genoux de ma mère, la flottille des lettres va les forcer, tous ces mystères, à se dévoiler, à s'en venir vers moi dans la lumière des signes qui illumine tout, la nuit aussi fort que le jour. Peut-être même jusqu'au noir d'où je suis sortie — et retournée un petit moment...

J'ai donc eu mon miracle, après Sainte-Anne-d'Auray. Doucement, mot à mot, en ânonnant, en tâtonnant, je bascule dans le monde où on sait. Où on est sauvé par ce qu'on sait.

*
* *

Du sens, maintenant, j'en trouve partout, moi qui n'ai pas su le suivre à la vieille fontaine. Le noir ne se referme plus sur moi. Soleil des signes.

Mais ce n'est pas si simple de vivre sous sa lumière. Entre les boucles et les bâtons où louvoie l'index de ma mère, autant de chemins hasardeux que de routes sûres. Des impasses, des pièges, des fausses pistes. Malgré tout j'apprends. C'est une envie, un désir.

Rien que pour cette merveille, le son qui finit toujours par me sortir de la bouche. Alors je les prends de front, les lettres, je les défie. A la fin de notre guerre, chaque fois un mot me saute à la face. De l'inconnu et du connu. Parce qu'il n'y a pas que le mot, il y a le blanc dessiné par les signes. Et là, en dérive, le rêve des autres, avec leur mémoire, leurs plaisirs, leurs convoitises, leurs chagrins. J'apprends à les intercepter. A les faire miens.

Menus désirs, petites saynètes, drames et joies miniatures. Le livre dit : *Eva fera du café, Adèle a copié le modèle, Emile se lavera la figure, Léon achète du bonbon, Toinon garde ses oies, Sylvette est trop douillette, Le taquin a été puni, Max et Suzon en promenade au zoo, Marguerite garnira la toque.*

Enfants aux noms de vieux. Rien de commun entre ma vie et la leur. C'est la première fois que j'entends parler du zoo. Pas d'oies à garder dans le jardin de mon père, pas de toque à garnir sur la machine à coudre de ma mère, et je suis trop petite pour qu'on me laisse faire le café. Pourtant, je me sens la parente de Sylvette, Toto, Eva, Adèle, Emile, Léon, Toinon, Max et Suzon. Je suis leur familière, comme leur cousine. D'ailleurs, exactement comme avec mes cousins, j'arrive très vite à jouer avec eux, je m'amuse de plus en plus à croiser mes souvenirs avec leurs lubies, à métisser mes fantaisies à leurs histoires enroulées dans les lignes de signes. Du coup, l'horizon s'étire, l'océan se distend, ses courants m'entraînent vers une autre mer que je reconnais dans la joie. C'est celle que j'ai découverte naguère au profond de ma tête, un soir, dans mon lit, dans le noir.

Mer vivante, nourricière. Entre ses vagues, ses rivages, ses plages, ses caps, ses balises, ses écueils, je commence à tracer une nouvelle carte du monde, avec mes routes pour l'explorer. Si sûrement qu'au bout de quelques semaines à caboter de page en page, je touche au terme du livre, à l'endroit où il y a « *des textes* » — c'est le mot de ma mère.

L'envie de savoir, plus forte que jamais. Besoin de large, de loin. A moi l'océan blanc ! Je ne suis plus seule. Je ne le serai jamais plus.

*
* *

Les textes sont écrits petit, serré. Ils ne racontent pas toujours une histoire en entier. Il faut réclamer la fin, comme pour *La Chèvre de monsieur Seguin*. J'y découvre, consternée, que la chèvre s'est battue une nuit entière contre un loup pour finir par se faire manger toute crue. Mais ce n'est pas cette issue carnassière qui m'accable, c'est que j'ai mon idée sur ce qu'aurait dû faire la chèvre : je connais une chanson où personne n'arrive à faire sortir une biquette de son trou. Moi, à sa place, je serais allée me camoufler sous terre ou dans une grotte. Ensuite, pour me débarrasser du fauve, je lui aurais tendu un piège — on m'a raconté d'autres histoires qui montrent bien que les loups, dans le fond, ne sont pas très futés.

Mais, c'est curieux, je n'en parle pas à ma mère. Depuis que je lis, je m'en remets davantage à moi-même. Mes révoltes, mes bonheurs, mes colères, je les garde pour moi, dans ce blanc que l'encre abandonne à la page, ce silence des lettres où je les laisse dériver jusqu'à en être lasse. Ainsi, après la chèvre, que je ne suis pas près de prendre pour modèle, je découvre Zette, la petite fille qui veut imiter les mouches et marcher tête en bas sur le plafond de sa chambre. D'elle, je m'éprends follement.

Je lis et relis sans cesse le récit de son aventure. Pour parvenir à ses fins, Zette a empilé un oreiller sur une chaise, un tabouret sur la chaise et, sur la chaise, un coussin. Evidemment, elle échoue. Son échafaudage s'écroule. Elle va se fracasser par terre. Trente-six chandelles, dit le livre, et patatras ! Zette n'a pas eu mal — en tout cas, le texte ne le dit pas.

La catastrophe est dessinée sur l'image. Je raffole de ce dessin où l'on voit valdinguer chaises et coussins, et la petite fille écartelée dans les airs, comme suspendue entre son rêve et la pesanteur du monde. Je trouve aussi à Zette un air de famille avec Toto-têtu, le petit garçon qui a renversé de l'encre et enfoncé un clou dans une table. Mais Zette, c'est Toto en mieux. Parce qu'elle est un peu folle. Pas vraiment folle. Fofolle, comme dirait ma sœur, qui a toujours le mot juste. C'est ça qui me plaît. Zette invente mieux ; elle sait comment jeter le désordre dans le monde, dans la vie.

Du coup, je la trouve parfaitement digne de la lettre si rare qui honore son prénom, ce Z que j'adore parce qu'il n'est pas comme les autres, lui non plus. Z frénétique, loufoque, toujours à faire des siennes, il suffit qu'on le trouve dans un mot pour que les choses se détraquent, un peu toqué le Z, souvent colère, il met du mouvement partout où on le trouve, heureusement qu'on l'a...

A force, tout de même, cette lecture, je finis par lui trouver un goût de trop peu. Quelque chose me manque, que je ne parviens pas à dénicher dans l'histoire. Pour tenter de l'intercepter, un long, très long moment, je caresse l'image. Je voudrais attraper quelque chose de Zette, quelque chose qui demeure enclos dans la page, le mystère du Z, et le faire mien. M'approprier cette irrésistible pulsion qui a conduit la petite fille à vouloir marcher au plafond comme les mouches. Cette idée, pourquoi je ne l'ai pas eue ?

J'aurais dû. Mais, si je l'avais eue, est-ce que j'aurais osé ? Peut-être. C'est une bêtise, bien sûr. Mais une bêtise qui me séduit. Violemment, profondément.

Avant de m'endormir, chaque soir j'y pense, maintenant ; et j'y repense, longtemps et longtemps. Je voudrais trouver des choses comme ça. Ou simplement copier Zette en ajoutant à son histoire des inventions de mon cru. Empiler par exemple les coussins et les chaises pour aller chaparder, dans la boîte en fer en haut et à gauche du buffet, des morceaux de chocolat. Pas pour le plaisir du vol, pas même pour le chocolat. Pour la méthode. Pour sa folie. Pour le plaisir du jamais vu, de la pagaïe. Pour la beauté du capharnaüm. Pour le mouvement que ça mettrait ici.

Uniquement pour ça, le chamboulement, la petite aventure — il ne se passe jamais rien, à la maison.

Ensuite, pas de suite. Je n'irai pas plus loin que le loufoque échafaudage — dans mon rêve éveillé, je ne me vois jamais tomber. Je me contente d'essayer de chercher comment je pourrais moi aussi entrer dans l'envers des choses. Je veux retourner, comme celle des lapins, la peau du monde. Obliger les autres à faire comme moi. A voir le monde tel que je le vois.

Rien qu'à cette idée, dans mon lit, j'éclate de rire. Des petits hoquets qui m'échappent et qui s'entendent, j'en ai peur — quand mes histoires m'arrachent des larmes, en revanche, je les contrôle de bout en bout, depuis le moment où je parviens à les faire couler jusqu'à l'instant délectable entre tous où je les recueille, toutes salées, sur le bout de ma langue. Pour étouffer mes rires, je me ramasse sous mes couvertures. Mais là, c'est plus fort que moi, je recommence à m'esclaffer. Le lendemain, à la première occasion, je reviens à l'image de Zette. Je me remets à la caresser, toujours en quête de son énigme. Mais je ne trouve rien. Je reste paralysée par une seule évidence : Zette fait des bêtises, indiscutablement.

Je me souviens alors de ce que ma mère raconte à propos des bêtises. Les enfants, dit-elle, les commettent quand ils s'ennuient ; il faut se méfier de leur silence, c'est à ce moment-là qu'ils les font. Je ne crois pas qu'elle ait raison. Moi, je m'ennuie très souvent et, pour autant, je ne fais pas de bêtises. Je « joue bien », comme elle dit. En dehors de mes caprices, je ne suis pas *diable,* je suis *sage comme une image.*

A ceci près qu'à mon avis, les images ne sont pas sages. La preuve, celle de Zette. Ma mère doit ignorer que les bêtises, je peux les faire dans ma tête sans que personne le sache, sans que ça se voie. D'ailleurs, personne ne le sait. Comme tout le monde ignore qu'à mon grand désespoir je ne suis jamais parvenue à inventer une bêtise aussi parfaite que celle de Zette. Mais il faudrait.

Seulement, à qui parler des bêtises ? Certainement pas à ma mère qui, de toute façon, n'a pas l'air de très bien connaître Zette. Quand je lui ai demandé la suite de son histoire, elle m'a dit qu'elle ne savait pas. Je vais donc voir ma sœur. Elle non plus ne sait pas. Puis elle réfléchit et finit par me dire qu'elle connaît un livre où il y a des choses comme ça. Je veux le voir tout de suite. Et le lire. Elle me répond qu'il est trop gros pour moi, et écrit trop petit.

J'ai trépigné. Tant et si bien qu'elle en a eu assez, qu'elle me l'a montré.

*
* *

Vrai, le livre était écrit encore plus petit que les textes, et plus serré, avec très peu d'images. Il fallait tourner des pages et des pages avant de découvrir un dessin. Des croquis secs aux lignes rapides, arides — pas une seule couleur.

Elles m'ont néanmoins happée, ces images, engloutie dans leur merveilleux désordre, un déréglement des choses tellement plus vif, plus ingénieux que celui de Zette... Cependant, même en scrutant les plus infimes détails des dessins, je ne pouvais deviner ce que racontait le livre. Il fallait que ma sœur me le dise. C'est ce qu'elle a fait. Ça avait l'air de la réjouir.

Il n'y avait pas de Z dans le nom de l'héroïne, qui s'appelait Sophie. Mais elle était particulièrement douée pour les bêtises. Elle en faisait tout le temps, ma sœur peinait à en reconstituer l'entier catalogue. Ma mère a tout entendu, elle s'est mise de la partie. A ma grande stupeur, elle les connaissait par cœur, les bêtises de Sophie ; et riait en les racontant.

Moi, pendant qu'elle parle, je caresse l'image de Sophie, comme pour Zette. Cette fois-ci, rien ne m'échappe plus. Peut-être est-ce l'histoire qui est mieux faite, car je n'ai aucune peine à connaître Sophie, à devenir Sophie. Moi aussi je me coupe les sourcils pour les rendre plus drus, je donne un bain à ma tortue, je mange de la crème à m'en rendre malade, je me mets sous la pluie pour faire friser mes cheveux *raides comme des baguettes de tambour,* je fais fondre au soleil ma poupée de cire, je lui organise un enterrement — avec Solange, de toute façon j'ai déjà mis en scène au jardin des funérailles de fleurs.

Dans les aventures de Sophie, il y a pourtant des épisodes que je ne comprends pas très bien : la mécanique de la bêtise m'échappe — tiens, ma poupée à moi n'a jamais fondu au soleil. Je ne sais pas non plus le mal qu'il y a à faire du thé avec du trèfle, ni par quel miracle la chaux peut calciner un tablier. Je n'ai jamais vu de chaux, je ne sais pas à quoi ressemble le thé ; et quand ma poupée en celluloïd est morte, c'est d'avoir eu la tête et les bras arrachés.

Ma mère m'explique. Mais il y a des moments où elle aussi, elle cale. La bêtise du thé, par exemple. Elle me dit que le thé ressemble à une tisane et qu'on en donne aux malades pour les requinquer. Seulement, ça ne me renseigne pas vraiment sur la nature de la bêtise, même si j'estime que j'aurais pu avoir l'idée toute seule, sans le livre, de faire une infusion de trèfle — mon herbe préférée, je la trouve merveilleusement tendre, avec des feuilles au dessin parfait. Je ne vois pas non plus en quoi la bêtise est énorme. Je trouve que c'est un petit écart fantasque, délicieusement loufoque, une jolie fantaisie, sans plus. Et comme tout le monde, autour de moi, ignore ce qu'est la craie à argenterie que Sophie a versée en lieu et place de lait, dans la dégoûtante infusion, je mesure encore plus difficilement le mal qu'elle a fait.

Mais je ne cherche pas à en savoir plus. Je me laisse bercer par la musique des mots, surtout quand ils sont nouveaux : *théière, fruits confits, chaux, bouvreuil.* L'idée que ces sonorités désignent les instruments des bêtises de Sophie suffit à ma délectation. Pour la prolonger, de longues minutes, je contemple les images. Visage radieux de Sophie quand elle commet l'irréparable. Traits mortifiés à l'heure du châtiment. Car, c'est cela aussi, le plaisir du livre de Sophie : faire la bêtise avec elle, mais échapper à la punition qu'elle subit. A chaque fois, Sophie est châtiée. Très souvent elle reçoit le fouet. Les images, cependant, ne le montrent jamais.

Le soir où les bohémiens sont venus, j'ai vu flageller des sangliers. On fouette aussi les attelages de chevaux qui passent de temps en temps dans la rue. Eux, on les frappe même quand ils n'ont pas fait de bêtises, avec un fouet à une seule lanière comme celui des bohémiens, et qui doit faire très mal, car beaucoup de gens, près des roulottes, avaient murmuré ce soir-là que les romanichels étaient cruels avec leurs bêtes. Ici, pour les enfants, on se contente du martinet. Sans y avoir goûté, je le connais. On m'en a menacée, on me l'a montré. Ma mère le cache en haut du buffet, dans le placard opposé à celui de la boîte à chocolat. Je connais aussi très précisément le rang qu'il occupe dans la hiérarchie des menaces. Même si je ne sais pas encore compter, j'en ai déjà établi, pour moi seule, l'inventaire gradué.

C'est ce classement secret qui me revient à l'esprit chaque fois qu'on referme le livre de Sophie. Curieusement, j'oublie ses aventures, il faut toujours que je reprenne cette liste, avec ses paliers assortis au merveilleux désordre semé par les bêtises. Elle me rassure, me comble du même plaisir que la hiérarchie des boutons dans la boîte à boutons. Et c'est presque toujours en jouant avec les Djibouti, leur reine et leurs sbires, que je la murmure. Ou lorsque je m'amuse, au jardin, à martyriser des fourmis ou à pilonner des fleurs. Je force la voix à mesure que j'avance dans l'énumération de ma nomenclature intime des peines et condamnations :

Tape-sur-la-main
gifle-enfermée-dehors
fessée
fessée-et-enfermée-dehors
fessée-déculottée
enfermée-dehors-dans-la-nuit
fessée-déculottée-devant-tout-le-monde
martinet
martinet-et-enfermée-dehors.

A force de me répéter mon catalogue, j'ai fini par remarquer qu'il n'y a pas de combinaison

martinet-et-enfermée-dehors-dans-la-nuit.

Ce serait pourtant possible. Et terrible. Mais je finis par deviner pourquoi. Ce raffinement menacerait la suprématie du supplice des supplices, celui que je n'ai jamais vu appliquer à quiconque, pas même au plus *diable* de mes cousins, celui qui a voulu sauter d'un seul bond par-dessus le puits, une torture que mes parents évoquent eux aussi avec une voix qui grossit au fur et à mesure qu'ils avancent dans son énoncé sinistre :

« *martinet-et-enfermée-à-la-cave !* »

Fatale sentence qui reste encore pour moi à l'état de spectre, je ne connais pour l'instant que les tapes sur les mains, les fessées simples et

enfermée-dehors

un soir de caprice, j'ai évité de justesse

enfermée-dehors-dans-la-nuit

qui allait me jeter à la merci de l'innommable, *les bêtes,* monstres informes et sans visage, impossible de dire si elles sont grosses ou petites, rien d'assuré, avec elles sauf l'effroi, et le pire : se faire manger.

A bien y réfléchir, tout de même, on a dû m'infliger deux ou trois fois des

fessées-déculottées-devant-tout-le-monde.

Ce sont elles, selon toute vraisemblance, qui m'ont poussée à dresser, entre ceux qui me surveillent et les idées de plus en plus saugrenues qui me traversent l'esprit, cette façade de tranquillité, ma sagesse d'image. Après avoir torturé son âne, brûlé son tablier, tué sa poupée et sa tortue, Sophie vient maintenant me persécuter. Malgré l'horreur du fouet, elle a persévéré, elle, dans l'art des bêtises. Pourquoi pas moi ?

*
* *

A cause de mon père, je crois. Mon père, ses yeux si perçants. Quand il n'est pas là, je crois toujours les voir sur moi. A croire que, même absent, c'est lui qui commande la maison.

Oui, c'est lui. Si d'aventure, comme Toto, il me surprenait à planter un clou dans une table, ce serait lui, sûr, qui m'infligerait le grand supplice de la cave.

Pas de risque que ça arrive : pour imiter Toto, il faudrait que je commence par voler le marteau de mon père parmi ses rangées d'outils. Déjà qu'il s'aperçoit qu'on y a touché s'il vient à être déplacé d'un millimètre... Et puis, la bêtise de Toto est une bêtise de garçon. Moi, je voudrais faire des bêtises de fille. Comme Sophie. Mes sœurs, ma mère doivent les connaître. Seulement, comment faire ? Leur demander ? Impossible. Je ne m'en sors pas.

Jusqu'au jour où je m'avise que mon père a interdit des choses à ma mère. Il ne veut pas qu'elle parle trop longtemps aux voisines, il appelle ça des commérages. Il lui défend aussi de lire les petits cahiers que dévore Maman Ec sur sa chaise à l'entrée de la venelle, quand elle ne tricote pas. Dès qu'il entend leur nom, mon père se met en colère, il parle avec du dégoût dans la voix.

Je ne comprends pas pourquoi. Ces livrets portent un nom que je trouve très élégant : *romans-photos*. Mais il suffit que mon père l'entende pour qu'il se mette à fulminer. Il répète toujours la même chose : qu'il ne veut pas en voir un seul chez lui, jamais, que ce sont des bêtises, ces lectures-là, contrairement au journal que ma mère lit au lit et dont je déchiffre le titre, maintenant que je sais lire : *Le Petit Echo de la Mode*. Celui-là, mon père n'a rien contre. Il dit que c'est de bon cœur qu'il paie son abonnement. Le facteur apporte *Le Petit Echo* tous les jeudis à midi. Ce jour-là, c'est toujours un peu fête à la maison. Mais les romans-photos, pas question.

Maman Ec, elle, y a droit. Son mari la laisse faire, elle en achète autant qu'elle a envie. Pourtant, elle ne travaille pas. On dirait aussi que Maman Ec connaît l'interdiction de mon père. Dès que je vais rôder à l'entrée de la venelle où elle installe sa chaise pour lire aux premiers rayons du soleil, elle les cache, ses drôles de petits cahiers. Ça ne m'a pas empêchée de me faire une idée de ce qu'on y trouve. Chez la coiffeuse où ma mère m'a emmenée une fois pour se faire faire sa permanente, j'en ai vu traîner sur une table, en pile. Ils avaient des couvertures tout usées. J'ai voulu en prendre un, mais ma mère a aussitôt bondi de son siège pour me l'arracher. J'ai quand même eu le temps de voir qu'ils étaient bourrés de photos de visages, avec des petites écritures au ras des têtes.

Ensuite, ma mère a demandé à la coiffeuse qu'on range les romans-photos sur une étagère très haute, où je ne pourrais les atteindre. Elle n'avait pas l'air contrariée. J'ai eu l'impression qu'elle savait très bien ce qu'il y avait dedans. Ça m'étonnerait donc qu'elle n'en ait pas ouvert un, un jour qu'elle est allée toute seule chez la coiffeuse. De toute façon, c'est ce que je ferais à sa place — aussi exactement que je sais comment je me débarrasserais du loup si j'étais la chèvre de M. Seguin.

Mais j'ai bien observé Maman Ec depuis mon tas de sable. Même de loin, j'ai tout vu. Quand elle lit ses romans-photos, elle reste longtemps à la même page. Ses yeux ne restent pas fixés sur l'image, ils bougent de droite et de gauche, continuellement, comme ma mère avec *Le Petit Echo.* Ensuite, ils reviennent à la photo, ils s'arrêtent puis recommencent à suivre les écritures. A la fin, elle tourne la page.

Donc, Maman Ec fait comme moi, elle se sert des images pour comprendre ce que dit son livre. Mais qu'est-ce qu'il dit, celui-là ? Avec des photos de quoi ?

Encore une question impossible à poser. Mais une réponse, déjà : toutes les images ne sont pas sages. En dehors du *Petit Echo,* les livres, ça doit servir à trouver des bêtises. Qu'on ne fait pas. Qu'on n'ose pas.

*
* *

Mais pas toujours, tout de même. Pas tout à fait. Les écritures sont compliquées. Elles vous prennent souvent de court. Elles sont rusées, habiles. Elles ressemblent à Solange quand on joue à cache-cache : je suis en train de la chercher dans le poulailler de Maman Ec et elle arrive derrière moi, dans l'allée, sans faire de bruit et me crie aux oreilles un grand « Ouh ! » quand je ne m'y attends plus.

A la fin du livre de lecture, il y a des écritures qui m'ont fait le même effet. Elles aussi m'ont saisie par surprise, c'étaient des lignes de signes tendues les unes en dessous des autres comme les fils à linge dans le jardin. Quand je les ai lues, elles sont parties très loin, très profond dans ma tête, là où rien ni personne ne pénètre jamais, pas même les histoires de Sophie ou de Zette.

Ces écritures-là, d'ailleurs, ne racontent pas d'histoires. Ma mère leur donne un nom à part, qui montre à lui seul ce qu'elles sont, légères et profondes, douces et violentes. Elle les appelle les poèmes.

Un mot qui glisse, qui coule. Qui s'élève aussi, et qui chante. Pourtant, quand elle lit ou dit des poèmes, ma mère ne chante pas, elle ne joue pas avec sa voix. Ça n'empêche pas que j'y entende quelque chose qui ressemble à ce qu'il y a dans ses chansons. Comme une envie de pleurer sans pleurer. Ou exactement le contraire, une joie subite. Je me sens très forte, d'un seul coup. Capable de m'envoler par-dessus le toit, de m'asseoir sur un nuage, d'aller toucher la coque bleue du ciel. Et, à la fin du poème, c'est la même chose qu'avec les chansons, on sent qu'un petit quelque chose vient de finir.

En même temps, c'est très curieux, ce petit quelque chose continue. Il reste là, si vivant qu'il ne quitte plus ma tête, que les mots du poème sortent tout seuls de ma bouche sans que j'aie besoin de regarder le livre. Je le sais par cœur.

A ce moment-là, justement, c'est encore plus bizarre : je sens mon cœur. Dans ma poitrine, d'un seul coup, il y a comme une fragilité. Une envie, aussi. Un désir de parler, de laisser couler cette rivière de mots qui ne sont pas les miens mais que je prononce comme si je venais de les trouver.

C'est ce qui m'attache aux poèmes, cette vibration soudaine, ce léger pincement qui me griffe le cœur. Parfois, quand je les récite, je me sens rougir. Cependant, je n'ai pas honte. Rien que pour qu'elle recommence, cette douleur du *par cœur,* je pars d'une grande respiration et reprends le poème : « *Ouvrez les gens, ouvrez la porte / Je frappe au seuil et à l'auvent / Ouvrez les gens, je suis Le Vent / Qui s'habille de feuilles mortes.* »

Quelquefois, je tombe sur des mots déroutants, par exemple l'*onde* du poème sur tous les gars du monde. Ou bien, dans la poésie qui parle du vent, on dit qu'il va se réfugier dans une *niche badigeonnée.* Dans celle des papillons, c'est encore plus saugrenu : les insectes vont boire *des petits verres d'azur dans les volubilis...* Je demande le sens. On me le donne. J'écoute la réponse avec détachement. J'avais déjà compris sans comprendre. La question, je l'avais posée par réflexe, comme par distraction.

Voilà sans doute pourquoi, à la fin d'un poème, quand mon cœur a fini de battre, je me sens toute changée — *toute chose,* dit ma mère. Elle a raison. Avec les poésies, je me transforme en chose. Avec les histoires, celles de Zette ou de Sophie, je me contente de devenir les gens. Alors qu'ici je suis le vent, la feuille morte, la porte, l'onde de tous les gars du monde. Et même le papillon titubant et fanfaron, aux ailerons fantasques. Je me fais petit verre d'azur, je deviens son ivresse.

Ensuite, quand vient la nuit, le moment sacré du noir, du lit, à côté de Sophie et de Zette, c'est aussi ce monde endormi et sans forme que je m'en vais rejoindre. Pulsation ininterrompue de mots, de lettres. Silence qui palpite et qui parle. Sommeil au cœur battant.

Et, dès le réveil, au saut du lit, la faim de lire. Je me repais de tout, même de la couverture du livre de lecture, MÉTHODE BOSCHER, même de ce qu'il y a en dessous, *M. BOSCHER, Instituteur, V. BOSCHER, Institutrice, J. CHAPRON, Instituteur, M.J. CARRE* (lui, il n'est rien du tout).

Sur une autre page, à l'intérieur, où tous les mots sont penchés comme s'ils étaient poussés par le vent du poème, il y a d'autres noms en *-eur* ; ils commencent tous par de grandes lettres : *Professeur, Inspecteur, Directeur.*

Eur comme dans *peur.* Normal. Ces gens savent, ils commandent. Aux mots, aux livres. Ils doivent aussi punir. Je n'ose imaginer de quels châtiments.

Heureusement, sur ces pages que je lis sans rien dire à personne, il y a des mots plus agréables. Les mêmes, en plus doux. J'aime beaucoup les chuchoter. Leur dernière syllabe glisse entre mes dents et ma langue comme le jus d'orange que ma mère me presse quand je suis malade, *directrice, institutrice.* Je leur trouve le même goût frais et sucré. Et puis *du chic,* comme disent mes sœurs quand elles découvrent dans *Le Petit Echo de la Mode* un modèle de robe qui leur plaît.

Institutrice, c'est un mot difficile à prononcer. Il me fait parfois bégayer, mais il faut que j'y arrive : c'est ce que va devenir ma grande sœur, celle que je ne vois qu'aux vacances parce qu'elle est à l'Ecole Normale. C'est aussi le métier d'une dame qui habite dans une très grande maison, par-derrière la haie, je ne sais trop où, et que tout le monde admire parce qu'elle est plus institutrice que toutes les institutrices. Une directrice, Mme Gallic. Justement, elle est très chic, Mme Gallic. Ma mère dit qu'elle sait *porter la toilette.* Il paraît également qu'elle en change souvent.

Moi, je n'ai pas d'avis sur la question. Je ne l'ai jamais vue, je ne connais d'elle que ses robes : quand elle n'en veut plus, elle nous les donne.

Ma mère les accepte bien volontiers, elle n'a pas souvent les moyens de *se payer un métrage,* ça n'arrive que deux ou trois fois l'an. Dans ces cas-là, on se rend en grande cérémonie chez le marchand, Duret ou Jouannic, c'est selon. Un moment tellement solennel qu'on s'y rend en famille — mais seulement les femmes, mes sœurs, mes tantes, quelquefois ma grand-mère. Toutefois, la plupart du temps, ma mère nous habille en taillant les vêtements qu'on lui donne. Les robes de Grande-Marraine, celles de Mme Gallic ou, mieux encore, les toilettes de sa fille.

On ne la voit jamais, celle-là. On en parle seulement pour dire qu'elle est *allée très loin,* plus loin encore que ma grande sœur. Ça s'entend d'ailleurs dans le nom de l'endroit où elle est partie : l'Ecole Normale Supérieure. A la façon dont ma mère dit « *supérieure* », à ses soupirs lorsqu'elle contemple, avant de les tailler, les robes de la fille de Mme Gallic, je me dis que cette école doit ressembler aux nuages, aux étoiles. Un monde aux règles insaisissables, une énigme si lourde qu'il vaut mieux se dire, comme ma mère quand je lui ai parlé des roses bleues, qu'on a rêvé, que *ça s'peut pas.*

Le mot *institutrice,* dans sa bouche, ne sonne pas du tout de la même façon. Il a l'air à portée de main. Quand elle le prononce, elle a la même tête que lorsqu'elle essaie sur moi un vêtement qu'elle vient de tailler. Elle donne alors au tissu des coups brefs du plat de la main avec une petite moue contente. Puis elle dit : « Ça tombe bien. »

C'est sans doute pour ça que nous, les trois sœurs, elle nous habille en tissu d'institutrice. Enfin, pas tout à fait ; parce qu'il y a aussi les robes de Grande-Marraine. La lointaine, l'inconnue. Celle qui complique tout. Même les robes. Et peut-être le destin.

*
* *

Je le sais, rien qu'à voir ma mère étaler sur l'édredon de son lit les robes données par Mme Gallic et celles de Grande-Marraine. Je préfère les secondes. Elles ont des dessins plus grands, plus chamarrés et des boutons plus colorés, plus compliqués. Parfois il y a même des broderies, des dentelles, des galons, des applications. Avec des tissus plus variés que les fleurs au jardin. Ma mère les nomme en les palpant : *coton, rayonne, drap, velours* — celui-là, même son nom caresse les oreilles, aussi doux qu'un chat —, *satin broché,* avec ses dessins qui n'apparaissent que lorsqu'on le place en pleine lumière. Enfin, au hasard des arrivages de colis en provenance de Djibouti, ma mère touche quelquefois les robes comme si c'était le flacon de *Soir de Paris.* On dirait qu'elle a un peu peur, qu'elle va faire son signe de croix. Elle chuchote : « Ça, c'est de la soie. » Avec le même visage tendu, le même respect que lorsqu'elle dit : « Grande-Marraine ».

Du coup, la lointaine inconnue, c'est comme le tissu que je l'imagine. Fine, un peu brillante, avec derrière elle ce bruissement que je ne connais à aucun autre tissu : le cri de la soie.

Grande-Marraine, comme la soie, doit être très fragile — ce tissu-là, d'après ma mère, il faut faire très attention en le lavant, en le coupant. Mais, en même temps, Grande-Marraine doit être très puissante. Sinon, il n'y aurait pas *grande* dans son nom. Ça va quand même avec la soie, car ce tissu-là protège de la foudre, ma sœur me l'a juré. D'après elle, si on en porte pendant un orage, l'éclair s'en va.

Ma sœur est sûre de son fait. Elle l'a lu dans un *livre de bibliothèque,* un livre que lui a prêté son école et qu'elle a dû rendre — je voudrais bien le connaître : c'est la suite des *Malheurs de Sophie.* Donc, elle dit vrai, nécessairement. Grande-Marraine, par conséquent, est une personne très compliquée. Une magicienne. Une fée. Secrète autant que la soie.

Je voudrais bien la voir un jour, Grande-Marraine. Même si j'ai peur. Autour de moi, on dit qu'elle est sévère. Mon père l'est aussi, mais une femme sévère, quel effroi... Un effroi qui ne va pas avec la soie. La soie est précieuse, capricieuse. Mais autoritaire, non. Ça ne colle pas.

Or il faut que ça colle, absolument ! Je me mets donc à collectionner, dans tout ce que j'entends, les moindres mots sur Grande-Marraine. Je m'y prends comme pour ce que je ramasse au jardin, ces petits trésors que je découvre en jouant dans les semis de mon père, au mépris de toutes ses mises en garde (« Tu vas attraper des vers ! »). Un bric-à-brac que j'entasse dans de vieilles boîtes de pastilles pour la gorge, tout ce que j'ai pu dénicher dans la terre et qui n'est pas de la terre : cailloux de couleur, débris d'huître ou de pinces de crabe, vieux centimes troués par le milieu, quelquefois même des balles de fusil. Et tous les boutons que je peux trouver, évidemment. Pour les mots sur Grande-Marraine, mon territoire de chasse, c'est presque toujours la cuisine. Là souvent naissent les paroles, dans le petit triangle formé par le fourneau, le buffet et la table à toile cirée.

Les meilleurs jours pour l'affût, c'est en semaine, quand le facteur apporte une lettre ou un colis affranchis de grands timbres colorés, aussi chatoyants que les robes de Grande-Marraine qu'on finit toujours par y découvrir, après les bouteilles d'huile, les cacahuètes, les pains de savon. Une fois qu'on a ouvert le paquet ou la lettre, on parle toujours de Grande-Marraine, longtemps. Il y a des phrases que j'ai déjà entendues et d'autres, au contraire, qui sont toutes nouvelles. Je les range au fond de ma mémoire avec les précédentes, comme mes vieux centimes et les petits cailloux de mes boîtes en fer. Et de la même façon. Sans ordre, au fil de mes trouvailles, en laissant les paroles faire leur métier de paroles : tomber de la bouche des grandes personnes. A force de les entasser, je finis par me retrouver devant quelque chose qui ressemble à ce que j'aime, une histoire.

Enfin, ça y ressemble de loin. Parce qu'elle ne tient pas vraiment debout, cette histoire-là. Elle n'a pas de vrai début, ni bien sûr de fin. Et puis, je ne sais pas tout. C'est exactement comme dans le jardin avec les cailloux et les vieilles pièces : je me dis qu'il y en a d'autres dans la terre, mais comment savoir ? Je prends ce qui vient.

Sur Grande-Marraine, tout de même, j'ai déjà une belle collection. Et, même si l'histoire est boiteuse, si elle va à hue et à dia, en hésitant, en se reprenant, je pourrais déjà la raconter, à force de grappiller. Je commencerais par ce qui se dit à chaque fois qu'on parle d'elle. Qu'elle a eu deux maris, jamais d'enfant. Que, la seconde fois, elle s'est mariée en noir et pas en blanc. Que, forcément, elle était veuve, mais aussi presque divorcée. Seulement, son premier mari est mort avant le divorce, ouf ! elle a évité ça, elle n'aurait plus eu le droit d'aller à l'église, Grande-Marraine, et il ne faut jamais lui en parler, c'est comme pour les enfants. Elle a dû consulter pour savoir ce qui ne marchait pas, mais elle n'en parle jamais et on ne sait pas — forcément.

Forcément, forcément, répète ma mère, et Grande-Marraine, qu'est-ce qu'elle était belle, dans le temps, blonde comme les blés, et puis ses yeux, leur forme, les mêmes que votre grand-mère, les yeux qu'on a dans la famille Bouquin, les mêmes que ceux, Irène, qui sont passés dans les tiens, sauf pour la couleur, les siens tout bleus, des yeux de chat, de chat siamois, d'ailleurs un chat comme ça, de race, elle en a eu un, elle l'a aimé comme si c'était son enfant. Forcément, elle n'en avait pas, d'enfant ; et quand il est mort, le chat siamois, Grande-Marraine a été tellement triste qu'elle l'a fait empailler. Ensuite, quand elle est partie aux colonies en avion, elle a donné la bête à Tante Maria. Tante Maria, ça n'est que sa nièce mais elle a les mêmes yeux qu'elle, pas en bleu mais c'est quand même les yeux Bouquin, alors c'est comme si c'était la fille de Grande-Marraine. Et c'est pour ça, probable, qu'elle lui a donné le chat siamois.

Je le connais, le chat siamois, je l'ai déjà vu chez Tante Maria, en haut de son buffet. C'est un chat qui n'a pas de nom, qui ne bouge pas. Il est toujours là, en haut du buffet, à nous regarder avec ses yeux de verre, bleus et Bouquin, comme tout le monde dit que sont les yeux de Grande-Marraine. Il me fait un peu peur, ce chat immobile. Pourtant, je me risque de temps en temps à lui lancer des petits regards en coin, histoire de me faire une idée de ce qu'est Grande-Marraine. J'y arrive aussi en observant Tante Maria avec ses yeux Bouquin.

La seule chose qui me manque, c'est de savoir comment elle parle, Grande-Marraine. Mais, là encore, je crois que j'ai trouvé un moyen. Quand je joue au jardin et qu'il n'y a personne pour me regarder, je chuchote : « *siamois, siamois* ». Ça tire sur les lèvres et ça fait sortir un peu la langue en faisant un bruit qui rappelle celui de la soie. C'est sûr, Grande-Marraine doit parler comme ça. Comme personne : la bouche tirée, le nez pincé, les yeux tout aiguisés. Avec des mots aussi fins que la soie.

Grande-Marraine, de toute façon, elle n'a jamais rien fait comme les autres, dit ma mère. Par exemple elle a pris l'avion, l'avion avant la guerre. Tout le monde était contre, dans la famille, on lui disait qu'à ses colonies elle n'avait qu'à y aller en bateau. En avion, mais c'est de la folie ! Pas sérieux, ces engins-là, elle allait tomber, elle allait mourir. Mais Grande-Marraine n'a écouté personne ; et, comme les autres continuaient leur comédie, elle a dit qu'elle n'avait pas peur de mourir. Quand elle est partie, toute la famille pleurait, on lui disait : « Allez, prends donc le bateau, t'as encore temps de changer d'avis ! » Ils pouvaient bien pleurer, crier et raisonner, ça glissait sur elle. Et son avion, elle l'a pris, même si c'était de la folie.

C'est qu'elle sait ce qu'elle veut, Grande-Marraine. Et puis, normal qu'elle prenne l'avion. Depuis son mariage, elle a du bien. Son mari, c'est un gradé. Il est dans la Royale. Pas un petit quartier-maître, il a du galon. Mais il fait tout ce qu'elle veut, qu'est-ce qu'elle a comme chance d'être tombée sur lui, elle est sortie de la mouise. Parce que, faut voir comment elle a commencé. Bonne chez un mareyeur, en ville, dame oui ! c'est là qu'elle a appris la cuisine ; et elle a tout de suite compris que la cuisine, ça pouvait lui servir à s'accrocher, forcément, comme elle devait servir à table, elle a appris les belles manières, et elle est montée, vite montée. N'empêche qu'elle fait toujours des fautes d'orthographe quand elle écrit. Forcément, on l'a retirée tellement petite de l'école. Avant, on lui avait coupé deux fois les cheveux sur la place de Languidic pour les vendre au marchand. Ça faisait de l'argent pour la famille, probable, et ses cheveux, ils étaient tellement blonds ! Mais elle est montée tout de suite, Grande-Marraine. Déjà, du temps de son premier mari, le Courtier-Receveur aux Nouvelles Galeries, elle a tenu une épicerie. Ça, c'est pas elle qui se laissera faire ! Une dure, une femme à poigne ; et son mari a du cran, parce que, autoritaire, Grande-Marraine, elle l'est rudement !

Est-ce qu'ils l'aiment, Grande-Marraine, quand ils parlent d'elle ? Est-ce qu'ils la trouvent *bien* ? Je ne sais pas. Je crois qu'ils en ont peur. Parce qu'elle ne fait rien comme personne. Et ça, rien faire comme les autres, ce serait une grosse bêtise que ça ne m'étonnerait pas.

Donc, d'un côté, à cause de l'avion, Grande-Marraine ressemble à Sophie qui a désobéi. Mais, de l'autre, non, parce qu'elle avait quand même raison, elle n'est pas morte. Et la guerre, elle l'a passée dans les pays chauds, avec de l'huile, du savon, des cacahuètes, un bon mari bien obéissant. Avec de belles robes, de l'argent. Dans le fond, elle ressemble à

Zette qui a voulu faire comme les mouches, marcher la tête en bas et toucher le plafond. Sauf que Grande-Marraine, si elle avait fait ça, elle ne serait pas tombée. Ce n'est pas près d'arriver, j'ai l'impression.

J'aimerais bien faire comme Grande-Marraine. Seulement voilà : je crois que je n'ai pas le droit. Depuis que je sais lire, je sens bien qu'on attend quelque chose de moi. Qui n'est pas ça.

J'allais déjà à l'école, je crois bien. Mais jusque-là, c'était un endroit où j'avais l'impression d'être laissée. « Gardée », comme chez ma grand-mère. Ou comme dans le noir de la chambre, les matins où ma mère partait faire les courses en cachette. Un lieu d'abandon.

J'avais aussi l'impression qu'à l'école on jouait sans vraiment jouer. Avec une douceur triste. Je lui trouvais le goût de l'eau citronnée sucrée qu'on nous servait à la cantine. La boisson n'était pas mauvaise, mais je refusais d'en boire. A quoi bon boire, de toute façon. Là-bas, je ne mangeais pas. Je ne voulais pas.

Seulement, maintenant que ma mère m'apprend à lire, je comprends qu'elle me cherche un horizon, un espoir qui s'appelle *école,* comme pour mes sœurs. Comment je le sais ? A cause des paroles, comme pour Grande-Marraine. Sauf que je ne les ai pas collectionnées, celles-là. Elles sont venues comme ça.

Ce sont les paroles des femmes. Celles que dit ma mère quand elle a de la visite et que les hommes sont au travail, ou le dimanche après-midi lorsqu'ils sont occupés à jouer aux boules au fond du jardin. Les femmes, dans ces moments-là, il leur vient des mots qu'elles n'ont pas quand elles sont dehors. Elles n'ont pas non plus la même voix, elles ne font pas comme dans la rue, et elles ne parlent pas non plus de la même façon qu'au jardin ou dans les champs, quand elles ramassent de l'herbe pour les lapins. Ces phrases-là, il leur faut des murs autour. Alors elles les prononcent à l'intérieur des maisons. En prenant le café sur la table à toile cirée.

Moi, je file en dessous pour les écouter. Ça se passe après le déjeuner ou au moment du quatre-heures, quand elles ont fini de repasser, de laver. C'est seulement dans ces moments-là qu'elles se mettent à parler. Vraiment parler. A *dégoiser,* disent les hommes, si, d'aventure, l'un d'eux vient à entrer. Elles s'arrêtent alors tout de suite, elles prennent un air gêné. Ma mère, qui rougit facilement, pique un fard. Mon père la blague : « Pourquoi t'es rouge comme un homard ? »

D'autres jours, il dit : *rouge comme une tomate* ou *rouge comme une pivoine.* Mais le plus terrible, ça reste *rouge comme un homard.* Quand mon père dit ça, ma mère rougit de plus belle.

Je sais pourquoi : le homard, c'est ce que mangent les gens qui vivent tout près de la mer. Les *gars de la côte,* les fêtards dont parle la chanson que les garçons d'honneur braillent à la fin des repas de noces avec du graillon plein la voix. On m'interdit de le répéter, ce couplet. Mais je le connais par cœur et me le chantonne de temps en temps pour moi seule : « *Les Lorientaises sont comme les homards / Elles ont toutes des rubans rouges et noirs / Les gars de la côte voudraient bien les voir / Quand ils les embrassent sur la bouche le soir / Quand ils les embrassent sur la bouche le soir...* »

Mais homard ou tomate ou pivoine, mon père ne se risque jamais à demander ce que se disent les femmes. Les autres hommes non plus. On dirait qu'ils ont peur. A moins qu'ils préfèrent ignorer. Ils laissent faire, ils ressortent aussitôt de la cuisine. Ils font avec, pourvu que ça ne s'éternise pas.

Souvent, d'ailleurs, ils n'en savent rien. La cérémonie du café se décide presque toujours à l'improviste, surtout en semaine. C'est ces jours-là qu'il s'y dit le plus de choses — les hommes sont au travail, pas près de rentrer. Une femme déboule de la venelle d'un pas pressé, avec des traits soucieux, l'air de *se biler*. C'est une tante, une cousine, une ancienne voisine. Ou encore une amie, une amie de la tante, de la cousine, de la voisine. Elle a quelque chose sur le cœur, sûr ; et, surtout, son bon prétexte pour venir parler.

Ma mère comprend tout de suite. Mais, mine de rien, elle la fait entrer dans la cuisine, s'asseoir devant la table à toile cirée. Elle met de l'eau à chauffer sur le fourneau. L'autre commence.

Elle parle presque toujours des choses du jardin, des chrysanthèmes qu'elle voudrait acheter pour ses morts à la Toussaint, de notre beau lapin mâle auquel elle voudrait bien amener ses lapines, des légumes ou des fruits qui ont *trop donné* : « J'en ai dix fois trop, et le malheur, quand ça donne chez les uns, ça donne aussi chez les autres... » ; ou d'une barrique de cidre qu'elle aimerait acheter au *paisant*, « on se mettrait ensemble, on la ferait livrer ici, on tirerait le cidre en mettant les bouchons et les bouteilles en commun ».

Ma mère laisse l'autre femme faire le tour complet de son prétexte. Elle donne exactement les répliques qu'il faut : « Le cidre, c'est qu'ici je suis seule à en boire, même une demi-barrique, c'est trop », « Le lapin, c'est facile, je veux bien, alors quand est-ce que tu viens avec ta lapine ? » Puis elle s'empare du moulin à café, s'assied devant le fourneau, le bourre de grains, le serre entre ses genoux et se met à tourner la manivelle.

Personne ne s'occupe de moi. Sous la table, je suis tout à mon aise pour écouter. Pendant que j'écoute, je détaille leurs jambes, leurs bas, leurs chaussures. De temps en temps, je passe une tête pour les épier ; et, quand je commence à m'ennuyer, j'effrange les fils qui pendent des bords de la toile cirée.

Le moulin grince et crisse, il fatigue ma mère. Elle s'arrête de temps en temps pour souffler. A d'autres moments, quand elle reprend la manivelle, des grains de café se sauvent du moulin, vont voler sous la table. C'est moi qui pars à leur chasse. Je les tends à ma mère sans quitter mon repaire. Ma mère en profite encore pour souffler. Elle ne dit plus rien, l'autre femme non plus. Puis elle enfourne les grains de café dans le haut du moulin et reprend son manège. Quand la machine ne crisse plus et que la manivelle tourne à vide, elle se lève, ouvre le tiroir, recueille la farine brune, la mélange à de la chicorée, puis la tasse à l'intérieur de la grande cafetière.

On dirait elle-même une femme, cette cafetière, une concentration bouillante de secrets. Quand on la penche pour verser le café brûlant, je trouve à son bec fendu une parenté avec les lèvres d'où tombent les paroles. Les vieilles la baptisent d'ailleurs souvent d'un nom énigmatique et rauque où me paraissent s'agglutiner tous les troubles mystères des femmes : elles l'appellent « la grecque ».

Je n'aime pas ce mot, je suis heureuse que ma mère ne le prononce jamais. Elle se contente de respecter l'usage, de faire le café comme il faut, de dire quand il faut les mots qui font venir les mots.

J'entends l'eau goutter à travers le filtre métallique. On reparle un petit moment des chrysanthèmes, du lapin mâle, des haricots verts qui ont trop donné, des bouchons qu'il faudra acheter si on se décide pour le cidre. Jusqu'au moment où la cafetière a fini de goutter. Ma mère la dépose alors sur la toile cirée, avec deux verres en Duralex, ceux qui ne cassent jamais même si le café est archibouillant, et qu'on reconnaît aux deux raies parallèles qui les strient par le milieu. Puis je la vois sortir du buffet la vieille boîte métallique où elle garde les pierres de sucre. La femme se sert, ma mère s'assied. La conversation — la vraie — peut commencer.

Si ça se passe après le déjeuner, les femmes parlent en suçotant des morceaux de sucre trempés dans le café. A quatre heures, elles se taillent dans un pain de quatre de grandes tartines beurrées. Ou bien ma mère sort des boudoirs sucrés, mais seulement le dimanche ; et, pour les grandes occasions, mes gâteaux préférés, ceux qu'on appelle les biscuits à la cuiller — je ne comprends pas pourquoi, puisqu'on les mange comme les autres : à la main. De temps en temps, la visiteuse de ma mère se penche vers moi et me lâche : « Viens donc, ma cocotte, prends un canard. » La cocotte fait la cocotte et prend bien gentiment son canard, puis retourne dans son petit monde en dessous de la toile cirée.

Tout en suçotant mon canard et en continuant, fil après fil, à effranger la nappe, j'essaie de comprendre ce qu'elles se disent. De temps à autre, je passe une tête, histoire de voir la leur. Elles sont toutes changées, maintenant. Ce ne sont plus des têtes de dames, comme lorsqu'elles parlent du jardin, du lapin. Elles ne ressemblent plus à des « personnes » — c'est le mot qu'elles emploient quand elles parlent des autres femmes, en tout cas celles qui ne font pas partie de la famille. Pourtant, leur permanente n'a pas bougé. Toujours les mêmes crans bien alignés, aussi rigoureux que les rangs de poireaux dans le jardin de mon père. C'est peut-être le café qui les fait parler. Et puis, pour une fois, elles sont assises — le reste du temps, je les vois toujours debout ou courbées. Leurs jambes et leur dos se reposent. Leur bouche, leur langue se sentent plus libres. Et leur cœur, leurs peurs. Leurs idées.

Elles soufflent souvent, d'ailleurs, il y a en elles quelque chose qui fait relâche. Quelque chose qui a à voir avec ce qu'on ne voit jamais d'elles, le dessous de leur jupe et de leur tablier. Entre leurs mots, il y a comme des secrets qui passent. Quelquefois, une des femmes s'arrête au beau milieu d'une phrase. Me voilà en alerte, je repasse une tête sous le bord de la toile cirée, je vois la femme plisser les yeux, pincer la bouche, relever le nez. L'autre, pour lui marquer qu'elle a compris, hoche la tête.

Je retourne sous la table, je me remets à tirer sur les fils. Il faut que je devine, même si c'est difficile. Dans ce qu'elles disent, il y a beaucoup de mots que j'ignore, des mots français ou en breton, langue qu'on ne m'apprend pas.

Je me raccroche à des bribes, de-ci, de-là. Les femmes parlent tantôt d'enfants, tantôt de docteurs, tantôt d'argent. Quelquefois aussi des trois à la fois. Avec beaucoup de silences, dans ces cas-là.

Et puis, il y a la façon qu'elles ont toutes de soupirer entre chaque lampée de café. Je les entends poser et reposer sur la table leur verre en Duralex. Il doit se vider, et je sais ce que ça veut dire, elles voudraient qu'il dure, leur petit verre. Mais le café, c'est comme le reste, ça n'a qu'un temps.

Et c'est toujours la même chose, à la fin. Elles ont l'air triste, avec une sorte de colère qui leur amincit la bouche. Elles se ramassent, elles sont dures en parlant, elles serrent les dents. Elles ont la même tête que lorsqu'elles sont à nourrir les lapins ou à décompter les pièces dans leur porte-monnaie. La rudesse précise de ceux qui, chaque matin, ne se lèvent pas pour vivre. Seulement pour essayer.

Cependant, jamais une dispute au-dessus de la toile cirée. Elles sont d'accord sur tout, les femmes, condamnées qu'elles se savent aux tabliers, aux jambes lourdes, aux poitrines flapies, aux mains gercées. Mais elles ont beau en avoir assez, elles restent là. Dans la cuisine, au-dessus de la toile cirée.

C'est de ça qu'elles parlent sans en parler, le temps d'un café. Rien que ces mots qui tournent en rond dans la cuisine. Une tempête froide, sèche, qui ne sort jamais de la maison.

Et moi, sous la table où je continue à tirer les fils de la toile cirée, je devine qui l'a soulevé, ce vent qui n'arrête plus de tourner et virer : les hommes, qui ne sont pas là. Ou qui n'entrent pas. Qui n'osent pas.

*

* *

Mais moi, j'étais là. Cachée, jamais chassée. C'est comme ça que je suis entrée là où ils n'allaient pas, où ils ne pouvaient pas. Que le rêve des femmes, je m'en suis emparée. Qu'il a été à moi.

Ce qu'il contenait au juste, je ne le sais toujours pas. Mais j'en ai aperçu les contours, c'étaient ceux de leur espérance, ils étaient larges, francs. D'un côté il y avait ce qui faisait leurs jours, ce qu'elles subissaient, qu'elles n'aimaient pas, mais elles n'avaient que ça : chambre à coucher, cuisine, buanderie, fil à linge, poules, lapins, jardin, leur existence de pauvres, filles de pauvres et petites-filles de pauvres, aussi loin qu'on pouvait remonter dans le temps ou qu'on s'arrête un moment exprès pour ça. Et, de l'autre côté, il y avait, au-dehors, par-derrière la venelle et la haie, au bout des rues, du côté de la ville, là où le monde bougeait, la *vie au large,* Mme Gallic, la femme en robe longue sur le flacon de *Soir de Paris,* Grande-Marraine, les figurines du *Petit Echo.*

Mais elles savaient qu'il y avait un chemin pour les faire se rejoindre, ces deux vies — elles disaient : « *passer de ce bord-là* ». Elles savaient aussi qu'elles l'avaient manqué, et pourquoi : les hommes, ou leurs mères qui avaient joué le jeu des hommes. Cette voie-là, c'étaient « *les écoles* ». Elles en parlaient souvent, au-dessus du café, disaient que leurs filles, elles les *pousseraient.* Et répétaient que ce qui leur était arrivé à elles, non, ah ça non ! plus jamais ça !

Jamais quoi ? Je n'arrivais pas à savoir, elles ne le disaient pas. Elles n'avaient pas les mots, sans doute. Ou bien, si elles les avaient, ça les gênait de les prononcer. C'était comme lorsqu'elles voyaient une femme, dans la rue, porter des vêtements trop beaux, trop chers, elles disaient : c'est pour les autres, tout ça, mieux vaut être à son aise et se débrouiller avec ce qu'on a. Ce qu'elles avaient à se dire, c'était pareil. Elle préféraient se le rafistoler, comme leurs robes, avec leurs mots de tous les jours, à la va-comme-je-te-pousse, et en raboutant ici et là des petits morceaux de silence. De temps en temps, elles jetaient aussi une phrase bien sentie, qui venait d'on ne sait où mais qui sonnait bref et clair. De l'espérance bien nette. C'était elle qui soutenait leur colère, jointoyait leurs secrets.

Moi, ces choses que je ne comprenais pas, elles me rassuraient. J'aurais voulu que les femmes en parlent jusqu'au soir, c'étaient des mots qui me protégeaient comme la nappe et le bois de la table au-dessus de moi. A croire que les fils de la toile cirée, quand je les tirais, c'était toute ma vie qui venait avec. Il y avait tellement de force dans leur espoir plus large que l'espoir — je m'y agrippais sans même savoir ce que c'était.

A la fin, elles se taisaient, se levaient. Je soulevais un pan de nappe, à nouveau je les épiais. Leurs joues étaient enflammées, leurs yeux lavés. Elles ressemblaient à leurs verres en Duralex, sur la toile cirée : même vides, ils restaient chauds. Comme les paroles qu'elles venaient d'avoir et qui allaient rester ici, dans la cuisine bien fermée, collées jusqu'à la prochaine fois aux fils de la toile cirée. Entre-temps elles allaient continuer.

Continuer de se casser les reins à soulever des marmots, des brouettes, des marmites, des draps mouillés, des lessiveuses, des brocs, des sacs à charbon, des sacs à provisions. Depuis ma cachette, je voyais s'éloigner leurs chevilles gonflées, leurs mollets noués par les varices tandis que les mots, autour de moi, redevenaient peu à peu des mots sans importance, des phrases qui allaient se perdre, comme toutes les autres, dans le jardin, dans le courant d'air de la venelle, la rue, le ciel, avec le cri du marchand de chiffons qui passait dans la rue — « *Marchanand de pi-i-il-lots* » — la chanson du marchand de sardines — « *Ah ! la belle, ah ! la fraîche, deux cents francs la livre, et treize à la douzaine !* » — et la chanson fébrile et mécanique des heures de la maison — « *du pain de quatre, y'en a plus, tiens, toi, va donc m'en chercher, et aussi deux litres de lait chez Mme Laurent, faut que je le fasse bouillir avant ce soir pour pas qu'il tourne, c'est vendredi demain, on mange du poisson ou alors on fait des crêpes, j'ai des chaussettes à repriser, où c'est qu'est passé mon fil vert, et la gamelle de votre père à préparer pour demain, oyo ! faut que je me dépêche, nom de nom, va y avoir un grain, mon linge à rentrer en vitesse, et le vent qui m'a déjà arraché deux draps, tiens, toi, prends donc les épluchures de carottes et va les donner aux lapins...* » —, alors je lâchais les fils de la toile cirée, je sortais de dessous la table et je savais que ces femmes, jamais, je ne leur ressemblerais.

C'était mon *jamais* à moi. Comment, pourquoi ? Ça ne s'explique pas. Rien que du désir en route. Aveugle. Violent et paisible à la fois. Confus, obscur, il ne se dit pas. Il se contente d'être là. Et il œuvre, déjà.

Si têtu que, dans les temps qui vont suivre — mois, années, je ne sais —, dès qu'on me tendra, pour jouer, une pelote, une aiguille, un canevas, un tricotin ou même un balai et une pelle, un torchon, un petit fer à repasser pour le faire chauffer, comme celui de ma mère, sur le coin du fourneau, je rechignerai. Et, même quand je serai obligée d'en passer par là, je m'entêterai à rester gourde. La maladroite, ce sera toujours moi. L'empaillée, l'empotée, la godiche, la cloche, seule dans la maison à ne savoir rien faire de ses dix doigts. Une frontière à franchir qui ne m'intéresse pas.

Qui a voulu, qui a choisi ? Les femmes, autour de la cafetière, avec leur rêve de *vie au large* ? Ou bien est-elle venue de plus loin, ma volonté ? Comment savoir ? Et puis, pourquoi ? Quand je repense à ma cachette de dessous la table, je ne retrouve que ce désir de ne pas faire comme elles. Une envie de déborder. Me faire eau vive. M'enfuir. Tout bousculer, demander toujours plus à la vie. Plus d'espace, plus de lumière, plus d'amour, plus de plaisir. Plus de tout, sans cesse, sans fin. Et sans peur de rien.

Sauf de l'ennui. Alors l'école, pour commencer. Puisque les femmes le voulaient. Puisqu'elles avaient dit que c'était l'échappée.

A l'école, pourtant, quelque chose m'a rebutée d'emblée : les chiffres. Empreintes brèves et sans pitié. Avec eux, ce n'est pas du *comme si,* c'est du *comme ça.* Pas de dérive avec eux. Pas de fuite dans le blanc. Rien que du noir, tout le temps.

Bien sûr, pour m'apprendre à compter, la maîtresse fait la maligne. Elle dessine des fruits, des oiseaux, des fleurs, des animaux. Trois cerises, quatre pies, neuf fèves, huit coccinelles, cinq escargots. Elle feint de jouer : trois fèves et quatre fèves égalent sept fèves, deux coccinelles et deux coccinelles font quatre coccinelles, si tu enlèves une coccinelle aux quatre, tu n'en as plus que trois, si tu ôtes deux fèves aux sept, il n'en restera que cinq, mais qu'est-ce que tu me fais là, ah non ! on ne mélange pas les fèves avec les coccinelles, ni les pies avec les escargots !

Pourquoi ? Parce que ! C'est comme ça !

Elle chante. Toujours les mêmes rengaines : *un-et-un- deux, deux-et-deux-quatre, trois-et-trois...*

Moi aussi, je chante. Enfin, je fais semblant. Je fais mine de travailler comme elle fait mine de jouer. Mais je m'embête ; et elle a beau se démener, son *comme ça,* je n'en veux pas. Dans le secret de ma tête, là où elle n'entre pas, je continue à faire *comme si.* Je me dis que les chiffres sont des garçons. Des garçons très méchants. Ils passent leur temps à me faire des coups en traître, à persuader la maîtresse que je me trompe. C'est faux. Ce sont eux qui me trompent. Pour me faire honte, atrocement.

« Fais pas cette tête ! crie la maîtresse. Tant pis pour toi, si tu te trompes, c'est ta faute, tu n'écoutes pas ! »

C'est vrai, je gamberge. Mais, avec les lettres, je fais la même chose et les lettres, elles, ne me font pas des coups par-derrière. Au contraire, plus je rêvasse, mieux je comprends ce qu'elles me racontent. Avec les chiffres, ça finit toujours mal. Pas pour eux. Pour moi.

A force, je finis tout de même par m'y habituer. Mais je ne les comprends toujours pas. Je ne les admets pas.

Alors, quand on a cessé de chanter *deux-et-deux-font-quatre,* et *trois-et-trois-font-six,* quand on en a terminé avec *cinq-escargots-plus-trois escargots égalent huit escargots*, quand je suis rentrée à la maison, je m'empare du journal de mes parents, *La Liberté du Morbihan,* et, dans les marges, je dessine les chiffres en grand.

Comme avec les boutons, dans mon ordre à moi. Je désigne d'abord un roi, puis ses ministres, ses sbires, ses serviteurs, ses soldats. Je décrète qui est maître, qui est esclave. Qui est méchant et qui est bon. Ainsi le 3 me plaît. Je le trouve souriant, sympathique, élégant, tranquille. Ce sera mon roi. De toute façon, normal : dans la famille, le numéro trois, c'est moi. Le 6, puissant lui aussi, est un bon. Mais à cause de son gros bedon qui jure avec l'élégante virgule lui tenant lieu de tête, il doit s'effacer devant le 8. Celui-là, si raffiné, j'en fais mon prince charmant. Le 7, son voisin, n'a pas sa finesse. Je trouve qu'il sent le rustre. Et puis il me semble blessé. Quelqu'un a dû l'humilier, le ravaler. Pourtant, il n'est pas méchant. J'en fais le serviteur zélé des précédents.

Le 0, en revanche, je ne sais quoi en faire. Comme le 1, il est facile à dessiner autant qu'à employer. Mais, je ne sais pas pourquoi, ces deux-là me rebutent. Je décide donc qu'en attendant des jours meilleurs, ils vont compter pour du beurre.

Il me faut maintenant un attaquant. Je jette mon dévolu sur le 4. Rien qu'à entendre son nom, je crois le voir, offensif, glacial, hautain. La perfection faite chiffre. Lui, il ne rate jamais son coup. C'est donc lui que je désigne pour s'en prendre au camp ennemi, commandé par le 9, le roi des méchants, et ses ministres, le 2 et le 10, dont les noms cinglants me glacent d'effroi dès que je les entends. Mon but ultime : anéantir le 5, le plus abject représentant du camp des méchants. En secret, d'ailleurs, celui-là, je l'appelle caca. Dès qu'on prononce son nom, je crois le voir, fiente liquide, diarrhée — c'est mon paria.

Il faut dire que je viens d'avoir quatre ans et que j'ai déclaré qu'à partir de maintenant je ne changerais plus d'âge. Ma vie entière, ai-je décrété, je ne bougerai plus de ce zénith des chiffres, faisant corps avec son nombre puissant, 4 moi-même, tout entière pénétrée de sa taciturne perfection.

*
* *

Je crois que ça s'est décidé peu après qu'on m'a fait poser pour la photo d'identité. *Identité,* c'était un mot difficile à prononcer. Je l'ai pourtant tout de suite aimé, je l'ai dit sans trébucher, sans bégayer.

L'histoire, de toute façon, avait bien commencé. Quelques jours avant mon anniversaire, au marché, ma mère avait acheté une pelote de laine jaune et elle m'avait tricoté un pull. Exprès pour la photo, avait-elle dit. Exprès pour mes quatre ans. Évidemment, pour le finir, elle avait dû récupérer de la laine blanche sur les vieux chandails de mes sœurs. Quand il a été fini, ma mère me l'a enfilé et elle a dit, comme s'il fallait s'excuser : « Au moins, c'est du fait main. » Mais moi, j'étais tellement fière de l'avoir vue acheter une pelote neuve pour le tricoter que j'ai corrigé : « Du fait *exprès.* »

Exprès, c'est un mot qui sonne comme quatre ans. Ou comme photo d'identité. Quand on le dit, il vous pousse à relever la tête, il rend important. Et puis le petit pull jaune, même s'il y a du blanc dedans, ma mère, je l'ai vue le tricoter. Ça lui a pris du temps.

Donc, au matin de mon anniversaire, ma mère m'enfile le pull jaune presque neuf et on commence par se rendre chez le coiffeur. Ma mère lui précise que c'est pour une photo. Du coup, pour une fois, il n'expédie pas la cérémonie. Il s'empare d'une tondeuse et dit : « On va la faire à la Jeanne d'Arc. » J'ai peur, je demande : « Qu'est-ce que c'est ? » Ma mère répond : « La coiffure d'une fille qui a sauvé la France. »

Encore une histoire de guerre. Avant ce jour, personne ne m'avait dit que les filles s'y étaient mises, elles aussi. Mais cette Jeanne d'Arc, ma mère a l'air de l'estimer. C'est donc la preuve qu'une fille peut se faire apprécier sans avoir les cheveux bouclés. Puisque je vais ressembler à une grande héroïne, je me laisse cisailler les mèches et tondre la nuque sans broncher.

Puis le coiffeur se dépêche de me bouchonner avec sa serviette pour chasser les derniers petits cheveux qui me traînent dans le cou et les trous de nez. Ma mère me pousse en courant chez le photographe, comme terrifiée à l'idée qu'entre les deux échoppes mes cheveux trouvent moyen de se rebeller. Peine perdue : dès que j'arrive chez le photographe, il s'empare d'un peigne mouillé, lisse longuement mes cheveux sur mes oreilles. Puis il me place sous une lumière très blanche en me demandant de montrer les dents.

Je n'ai rien compris à la suite. On est sorties de son magasin sans rien dans les mains et il a fallu attendre plusieurs jours avant de savoir à quoi je ressemblais sur la photo d'identité.

Le soir où ma mère a récupéré les clichés, elle m'a emmenée à la Gare routière. Là, derrière des guichets protégés par des doubles vitrages frappés de longues stries verticales sur lesquelles il était inscrit en longues lettres rouges :

« HYGIAPHONE »

un employé m'a longuement regardée. Son haleine a formé sur la vitre une grosse buée presque aussi repoussante que le mot

HYGIAPHONE

puis, à l'aide de gros œillets métalliques, il a agrafé une photo sur une carte blanche, liserée de bleu, qu'il a ensuite remplie et solennellement remise à ma mère : la Carte de Réduction.

Depuis ce jour, chaque fois qu'on prend le car, je ne compte plus pour du beurre. Ma mère est obligée de payer ma place. Pas autant que pour elle, mais tout de même. Quand le contrôleur monte pour vérifier les billets, elle est obligée de sortir la Carte de Réduction.

J'en suis très fière, mais je suis encore plus passionnée par la tête que j'ai sur la photo d'identité. Chaque fois qu'elle sort ma carte, je demande à la regarder. Et, à la maison, je la supplie souvent de me laisser jouer un peu avec le petit carnet crème où le photographe a rangé le restant des clichés.

J'agace tellement ma mère, avec cette histoire de carnet, que de temps à autre elle finit par céder. Elle va me le chercher. Elle le conserve dans un tiroir de son armoire à glace, là où elle entrepose les documents les plus précieux de la maison : le livret de famille, les papiers de la guerre, ceux de la Sécurité sociale, enfin les longues et minces paperoles qu'on ne montre jamais à personne parce qu'il y est écrit combien gagne mon père. Ce tiroir, c'est aussi l'endroit où elle garde les billets qu'il rapporte toutes les fins de mois en lançant chaque fois la même phrase guillerette : « V'là la galette ! »

Je suis heureuse que ma mère garde ma photo à côté de l'argent que gagne mon père. J'aime que ce cliché dorme à côté des papiers de la guerre et des papiers de famille. Et puis, j'aime cette photo, tout simplement. Elle est carrée, précise, un peu blanche, avec un pourtour dentelé. Le photographe m'a fait poser tête penchée. J'ai bien souri quand il me l'a demandé, et exactement comme il le voulait : en montrant les dents. Mais j'ai beau la scruter, cette photo, son mystère continue à m'échapper. Le jour de mes quatre ans, quand on m'a réveillée pour me conduire chez le coiffeur, puis chez le photographe, j'étais devenue, c'est sûr, quelqu'un de très important. Mais pourquoi ? Qu'est-ce qui, avec mes quatre ans, a subitement changé en moi ? J'ai beau me creuser la tête, comparer la photo avec le reflet de moi-même que j'aperçois dans la glace, je ne trouve pas. Je suis quelqu'un d'autre, maintenant, pour les gens qui m'entourent. Mais qui ?

Un jour, l'énigme s'éclaire. Un contrôleur, dans le car, en voyant ma photo sur la Carte de Réduction, lâche à ma mère : « Chinoise, elle a une tête de Chinoise ! » Ma mère se met à rire : « Ah, depuis quelque temps, c'est vrai, y'a de ça ! » Puis elle prend un air gêné et ajoute : « Mais où est-ce qu'elle serait allée nous pêcher ça ? »

*

* *

En rentrant, ma mère a raconté l'histoire à mon père. Ça ne l'a pas gêné, lui, il a dit gaiement : « C'est vrai, elle a un petit air chinetoque ! C'est ses yeux, ses petites joues, j'ai toujours trouvé ça ! » Ensuite, comme j'avais l'air inquiète, il m'a raconté qu'en Bretagne ça arrivait souvent, que Grande-Marraine était aussi comme ça, pas pour les cheveux, bien sûr, elle était blonde, mais pour les yeux. Il a ajouté qu'il y avait même des familles où les enfants portaient sur le corps une marque spéciale en bas du dos, juste au-dessus des fesses. La tache mongole, on l'appelait, et elle prouvait qu'on venait bien de là-bas.

J'ai bien regardé dans la glace de l'armoire de ma mère : moi, la tache, je ne l'avais pas. Mais sûr, j'étais chinoise, puisque tout le monde le disait. Pas vraiment, bien sûr, pas au point d'être toute jaune, avec des yeux bridés. Un petit peu seulement. Juste assez pour être d'ici. La fille de mon père et de ma mère, la sœur de mes sœurs mais être quand même à part. Être moi, quoi.

Et je me suis dit que c'était ça, d'avoir quatre ans, avoir un pull exprès, une coiffure exprès, une photo exprès ; et, à la fin, un mot rien que pour soi. Moi, comme cadeau, j'avais reçu *chinoise*. Avant ça, j'étais le portrait de mon père, la copie conforme de ma mère — ou les deux à la fois selon les gens qui me regardaient et les mots qu'ils laissaient tomber sur moi. Je les entendais encore : « Ah, elle a bien votre bouche, Simone, et ce petit bout de nez, le vôtre tout craché, oh, mais cet air sérieux, ce grand front-là, tout votre mari, ça ! » Pas moyen de s'y retrouver, les gens n'étaient jamais d'accord sur rien, sauf sur les yeux Bouquin.

Mais voilà, maintenant que j'ai quatre ans, je suis chinoise. En plus de mes parents, de leur maison, de leur jardin, j'ai tout un monde autour de moi. Un monde nouveau, rien que pour moi. Que je tiens de la force du quatre. Il faut donc que je la garde, absolument.

Je m'y emploie. Les jours s'enfilent les uns aux autres, sans heurt, en toute tranquillité, comme les perles d'un collier — bienheureuse éternité qui s'étire jusqu'au soir d'été où mon père, juste après avoir rangé son vélo à la cave, entre dans la cuisine et annonce fiévreusement à ma mère : « Ils sont arrivés ! » Il ajoute en se tournant vers moi : « Tu vas voir ! Les Chinois ! Les vrais Chinois ! »

*

* *

Il rit à pleine gorge. Je ne comprends pas. Il tire sur ses paupières pour les brider : « Les turlututu-chapeau-pointu ! » Je continue à demeurer sans voix. Il me lance : « Les Chinetoques ! » Je crois qu'il plaisante. Alors il se fait très sérieux, se plante devant moi, me prend par les bras : « Mais si, je te dis ! Des Chinois. Des vrais ! »

Puis il se remet à chantonner : « *Turlututu-chapeau-pointu !* » Il tire toujours sur ses paupières. Plus il chante, plus il est content.

Il s'est seulement arrêté pour me répéter que des Chinois venaient de lui être confiés pour qu'il leur apprenne la maçonnerie. Qu'ils arrivaient tout droit de leur pays où ils portaient des chapeaux pointus. Puis il a conclu en reprenant sa comptine : « C'est normal, l'endroit où je travaille, il s'appelle Kerlétu ! Kerlétu-turlututu-chapeau-pointu ! »

Alors, d'un seul coup, j'ai été emportée dans sa gaieté. Je me suis mise moi aussi à chanter. Lèvres pincées, comme lui, langue en tuyau, joyeuse et sautillante comme les turlututus que je n'avais jamais vus. J'ai basculé après lui dans le monde des U .

Puis, comme d'habitude, mon père a brusquement recouvré son air austère. Il m'a dit que c'était du sérieux, que ces Chinois étaient ses stagiaires, qu'ils allaient travailler, qu'ils étaient là pour ça ; et qu'il ne fallait pas les prendre pour des carnavals, même s'ils avaient demandé à garder sur le chantier le costume de leur pays, leur grand pantalon large et le turlututu.

Je n'en suis pas revenue. Du coup, les soirs suivants, quand mon père rentrait du travail, je lui demandais sa chanson sur les chapeaux pointus. Il s'exécutait de bonne grâce. Ce petit couplet, avec tout son monde de U , était sa chanson à lui, rien qu'à lui. Tellement à lui, d'ailleurs, que ma mère ne le reprenait jamais. Chaque fois qu'elle l'entendait, pourtant, elle s'amusait, elle se redressait, l'air, elle aussi, aussi flûtée qu'un U .

Elle n'a mis qu'une seule fois un bémol à la joie de mon père, le jour où elle a lâché, en essuyant la vaisselle, que ses stagiaires n'étaient pas vraiment chinois ; qu'ils étaient mélangés, qu'ils étaient en fait des Indochinois. Je lui ai demandé pourquoi. Elle m'a répondu que ça s'entendait dans leur nom : en plus de la Chine, en eux, il y avait de l'Inde ; ils étaient moitié l'un, moitié l'autre, voilà pourquoi on les appelait Indochinois.

Ça m'a beaucoup compliqué les choses. Parce que l'Inde, pour moi, ce n'est pas du tout une chose pointue, c'est une couleur que je vois toujours au même endroit de la ville, celui où l'on peut acheter des choses chères, des chaussures, des chapeaux, des bas Nylon, des médailles pour les baptêmes et les communions, quand on a gardé assez de billets pour ça. Ces jours-là, on se rend dans des baraques construites près du port et des bateaux, le long d'un vieux quai nommé *Quai des Indes*. Au bout de son alignement de pierres sucées par des grappes de goémons fatigués, on distingue un bout de mer.

Je ne sais pas pourquoi, chaque fois qu'on y va, je vois la couleur de l'endroit. Je n'en parle à personne, c'est mon secret. Mais elle m'apparaît toujours, cette couleur, quand ma mère m'emmène Quai des Indes. Un violet tirant sur le rouge, une teinte triste et riche qui s'étale, qui va loin et me parle de temps cachés, des terres perdues, au bout du quai, là où commence la grande mer. De mystère, aussi. D'oubli.

La couleur de la Chine, au contraire, ne me trouble jamais. Du jaune, mon père me l'a dit. Du sûr et certain. Comme mon petit pull. Comme les Chinois. Mais comment faire pour être indochinois, jaune et violet à la fois ?

Ça n'arrête plus de me trotter dans la tête. Il faudrait que je pose des questions à ma mère. Je n'ose pas. Je serais obligée de lui parler de la couleur violette, de cette mer étrange que je sens flotter au fond de moi, sans savoir pourquoi, dès qu'on arrive Quai des Indes. Alors je me tais. Je me dis parfois qu'avec leur Inde violette, les Indochinois de mon père font comme moi. Ils la cachent, ils la portent au fond de leur tête, mais n'en parlent pas. A l'extérieur, ils sont jaunes, avec des yeux bridés. Mais n'empêche : ils ont une autre couleur à l'intérieur, un secret que personne ne voit. Comme moi.

Ça me convient, cette idée-là. Voilà sans doute pourquoi j'ai été si chamboulée, le jour où mon père nous a emmenées sur son chantier, ma sœur et moi, pour nous montrer ses Chinois.

*
* *

Ils maniaient du mortier, des pelletées de sable. Comme promis, ils portaient leur chapeau pointu. Mais leurs yeux étaient beaucoup plus bridés que ceux de mon père quand il tirait sur ses paupières pour les imiter. Tout était effilé, acéré, avec les Chinois. Jusqu'à la pyramide de sable derrière leur mortier, qui rappelait l'aigu du turlututu. Cachaient-ils des griffes sous leur chemise ? Par-dessous la pointe du turlututu, dissimulaient-ils une autre paire d'oreilles, vigilantes et mobiles ainsi que celles des chats ?

J'aurais bien voulu le demander à mon père, mais il était redevenu sérieux, il ne lâchait plus un mot de sa chanson sur les chapeaux pointus. Ses Chinois, il avait beau les voir tous les jours depuis des semaines, il les observait comme si c'était la première fois. Tout en les regardant, il me chuchotait aussi qu'ils arrivaient de très loin, de plus loin encore que le Djibouti de Grande-Marraine ou le pays du Noir à chéchia qui était dessiné sur la boîte de Banania.

Les Chinois, eux, ne nous regardaient pas. Ils se contentaient de travailler avec leurs petits gestes, ils ne disaient rien, ne se parlaient pas. C'est alors que ma mère, derrière moi, a murmuré que leur turlututu était en paille de riz. Ça m'a abasourdie. Par quel mystère le riz, régal de mon assiette tous les jeudis midi, exquis dessert grenu, ruisselant de raisins secs et de sucre fondu, pouvait-il se marier avec la paille qu'on jette sur le fumier pour la faire macérer avec le purin des vaches, des lapins, dans les fosses creusées au fond des jardins ou par-derrière les fermes ? Et quel prodige leur avait permis d'engendrer à eux deux la perfection du turlututu, plus merveilleusement pointu que toutes les merveilles pointues jamais vues ?

Je n'en revenais pas. Mais, en même temps, je tenais la preuve que les Chinois, surtout sous les espèces de leur variété indochinoise, secrètement violette à l'intérieur, connaissaient sur le monde des secrets indicibles.

Sauf que moi, pour partie, je les avais devinés ! Je grillais toujours de demander à mon père s'ils avaient d'autres oreilles sous leur turlututu. J'en étais maintenant presque sûre et j'aurais bien voulu les voir, mais les Chinois ne touchaient pas à leur chapeau. C'était comme pour la couleur des Indes : comment trouver la force de poser la question ? Je n'osais pas et restais là, le regard fiché au sommet du turlututu.

Il a bien fallu partir, s'en aller sans en savoir plus. Quand je suis rentrée à la maison, ce mystère me pesait tant que j'ai fini par en parler à Solange — je lui ai même confié mes soupçons sur la couleur violette que les Indochinois cachent au fond de leur tête. Ça n'a pas eu l'air de la déranger. Je crois même que ça l'a fait rêver, ça lui a donné des idées. Elle aussi avait peut-être envie que quelqu'un lui ouvre le monde, repousse avec des mots les arbres de la haie, les murs de sa maison. Elle est entrée dans mon jeu, en tout cas. Plusieurs jours de suite, on s'est amusées à descendre la grande allée du jardin en tirant sur nos yeux comme avait fait mon père et en hurlant : « Turlututu-chapeau pointu ! » Pour contrefaire le chapeau, on avait plié des journaux sur notre tête. Ma mère nous l'avait ensuite attaché avec une petite ficelle. On changeait quelquefois de refrain, on criait : « Kerlétu-turlututu-chapeau-pointu ! » Mais, on avait beau faire, quelque chose des Chinois nous échappait toujours. Il fallait se forcer. Alors ça nous a lassées, on a laissé tomber.

Et le mystère du turlututu, peu à peu, a cessé de

me tourmenter. La Chine, dans mes pensées vagabondes, est devenue comme les Indes violettes au bout du quai des Indes, un rêve étal, un signe, de loin, adressé par le monde pour me dire qu'il était grand, infiniment plus grand que je ne l'avais d'abord jugé. Mais l'horizon des Indes occupait un lieu précis : le bout du quai où on allait faire des courses. C'était une attente par-derrière la mer. Tandis que la Chine, je n'arrivais à la voir nulle part.

Sauf quand je retombais sur ma photo d'identité, ou lorsque je découvrais une forme aux angles aigus qui me rappelait le turlututu. Parfois aussi quand j'entendais un mot où il y avait beaucoup de U . Je voyais alors se former autour de moi comme une petite coque protectrice. Un cocon où je me lovais. J'y étais bien.

Les Chinois, je ne les ai plus jamais revus. Un jour, mon père nous a dit qu'ils connaissaient leur métier, maintenant. Qu'ils étaient retournés dans leur pays. Et il a lancé comme d'habitude : « Turlututu ! Chapeau pointu ! » C'était fini. Le temps, l'espace les avaient bus.

Moi, est-ce qu'on va m'avaler comme ça ? Non, je ne veux pas ! Je ne cesserai jamais d'être la Chinoise à petites dents, immobile sous la lumière du photographe, parfaitement fixe, au blanc zénith de mes quatre ans.

*
* *

« Ça s'peut pas, m'assène ma sœur. Tu changeras, tu grandiras. Quatre ans, tu n'y resteras pas. Tu perdras même tes dents, tu en auras d'autres. Tu auras cinq ans, et puis six, et puis... »

Je l'interromps. Je ne veux pas. Jamais ! Je n'aurai jamais cinq ans, cet âge au nom de caca.

Elle s'entête. Me raisonne. Elle a huit ans. Elle aussi, elle a eu quatre ans. Mais, ensuite, elle est passée à cinq, et ensuite à six, et à sept, et...

Pas question ! Pas pour moi. Je ne perdrai pas mes

dents, je resterai à quatre ans. Je serai toujours la Chinoise en petit pull jaune et à petites dents.

Ma mère s'en mêle : « Tu as eu deux ans, trois ans, quatre ans, bientôt tu en auras cinq. Tout le monde passe par là ! — Non, je ne veux pas. — Tu deviendras grande, comme tout le monde ! »

Justement, je ne suis pas comme tout le monde. Je suis chinoise, c'est elles qui l'ont dit ! Et je resterai petite, je n'aurai jamais cinq ans. D'ailleurs, cinq ans, ça sent le caca !

« Tu as même eu un an ! » jette ma sœur.

J'en reste sans voix. Elle en profite pour enfoncer le clou : « Et même zéro an ! »

Accablement, écrasement. Zéro, le chiffre qui compte pour du beurre ? Je cherche refuge auprès de ma mère. Ça s'peut pas, j'ai jamais eu cet âge-là !

Elle maintient. Je pleure. Puis je me tais. Ma mère et ma sœur pensent avoir gagné la partie. Mais, en fait, je réfléchis et finis par lâcher : « Alors, comment j'étais, quand j'avais zéro an ? »

Elles ne vont rien trouver à me répondre. Ou bien ma mère va me raconter une autre histoire de Chinoise. Ce serait bien. Ce qui serait encore mieux, c'est qu'elle me dise que zéro an, c'était juste avant qu'on ne soit arrivés dans la maison. Ça voudrait dire qu'elle les a vus, elle aussi, le pêcher en fleur, le lavoir à la vipère, l'assiette aux roses bleues. Ça voudrait dire aussi qu'elle se souvient de la fontaine où le monde, un moment, s'est éteint. Qu'elle connaît les secrets du noir. Que le moment est venu de m'en parler, que je vais enfin savoir...

Mais rien ne lui revient. Elle se contente de dire : « A zéro an, tu avais un mois, et même moins : un jour. C'était à l'hôpital, l'hôpital Bodélio. Tu étais un tout petit bébé, on t'avait emmaillotée, mise dans un maillot, un berceau. »

Je m'obstine : « Oui, mais avant ? » La réponse qui tombe me prend de court : « Avant, tu étais au ciel. » Je ne me rappelle pas le ciel, ni ce que j'y ai fait. Je veux savoir, absolument. Je questionne encore. Nouvelle déception : « C'est normal. Personne ne s'en souvient. — Pourquoi ? — C'est comme ça. Le ciel, on s'en souvient pas. »

Je sors au jardin, je regarde au-dessus de moi. Le ciel : nuages, hirondelles, insectes, mouettes, pollens de pissenlit — leurs étoiles dérivent dans l'air exactement comme celles que souffle la femme dessinée sur la couverture du dictionnaire. Et maintenant un avion. Rien d'autre. Bleu vide, sans fond.

Je cherche en moi. Le ciel, qu'est-ce qui m'en reste ? Je n'en trouve nulle part le souvenir, nulle marque d'un envol, pas de trace d'aile, ni dans mon corps ni au fond de ma tête. Je suis lourde, enclouée à la terre. En même temps, je ne sais pourquoi, je ne me sens pas très bien. J'ai le vertige.

Ma mère aussi, j'ai bien remarqué, quand elle m'a parlé du ciel, n'avait pas l'air dans son assiette. Elle a eu l'air gênée, elle s'est mise à parler très vite. C'est pour ça que je suis sortie.

Mais je ne me sens pas mieux, dans le jardin, à essayer de comprendre ce tout là-haut qui me fixe. Le monde est à l'envers, tout à coup. Au lieu d'un toit, le ciel est devenu un gouffre qui va m'aspirer.

Alors ne plus bouger. Ne plus rien demander. Cette frontière-là, ne plus en parler. Ni jamais y penser.

Je suis rentrée. Mais, souvent, la nuit, maintenant, pendant que je dors, je tombe dans le ciel qui veut m'avaler. Le rêve commence toujours de la même façon : on me demande de compter, on m'interroge : 1 + 1 ? Je ne trouve pas le résultat. J'ai beau essayer, je ne peux pas. Ça se termine toujours aussi de la même façon : pour me punir, le ciel vient m'écraser.

Pas le ciel bleu de la poésie, pas l'azur des papillons. Mon bourreau, c'est le ciel de la nuit, tout noir, avec des chiffres à la place des étoiles. Le 1, le 2, le 5, et même le 6 et le 3, mes chiffres amis, se mettent tous à me poursuivre et à me réclamer la même chose : que je les ajoute les uns aux autres. J'ai beau leur dire que je ne peux pas, que je ne sais pas, ils trépignent, ils exigent, ils n'arrêtent pas. Je cherche le salut dans la fuite, je me retourne, me retrouve devant un précipice encore plus noir. Pour m'empêcher d'y tomber, pas de barrière, pas de garde-fou. Rien.

J'ai oublié la fin. Tout ce qui me revient, c'est qu'au matin, quand je me réveille, j'ai une seule idée, toujours la même : rester là où je suis. Dans le jardin, sur terre, loin des deux ciels, contre la joue de mon père, les jambes de ma mère. Petite, à tout jamais.

Alors je me suis installée sans rien dire sur la rive du temps qui coule, le bord de la vie chiffrée. Autour de moi, j'ai regardé les choses et les gens faire. Changer.

Entre la maison et le jardin, mon père a commencé par enlever la barrière. Pour éviter que je ne me penche au-dessus du puits, il a placé la barrière sur la margelle. Elle est trop lourde pour que je la soulève. De toute façon, le puits m'effraie tant que je n'ai aucune envie de m'approcher. Je peux maintenant descendre au jardin sans rien demander à personne.

Peu après, le voisin est mort — celui qui vivait seul et qui était si méchant. J'ignore comment ça s'est passé. Un jour, il n'a plus été là. Ensuite, on est venu poser des cachets de cire sur sa porte. Pendant quelques jours, il y a eu beaucoup d'allées et venues dans la cour, des gens affairés et graves ont tournicoté dans les allées, la venelle, la maison. Un peu plus tard, un autre vieux est venu le remplacer.

Lui aussi était seul. Mais moins vieux. Il venait de prendre sa retraite, a dit ma mère. Il n'était pas méchant, il ne se disputait pas avec mon père pour le droit d'accès aux cabinets, il ne m'empêchait pas d'aller jouer sur le carré de terre qui se trouvait devant sa porte. Il a même demandé à mon père de le cimenter « pour que ce soit plus propre ! ». Il a tout de suite remboursé le prix de la dalle. Il avait de l'argent. Il pouvait s'offrir une femme de ménage pour nettoyer ses deux pièces. Il s'était même acheté un électrophone et un poste de radio.

Au début, il a passé ses disques très fort. Mais c'était de l'opéra. Dans la cour, ça n'intéressait personne. Quelqu'un a dû le lui dire ; au bout d'un moment, il a écouté ses disques le soir, tout seul, tout bas. Dans la cour, en revanche, personne n'avait la radio. Donc, la sienne, tout le monde en voulait. Il l'a aussitôt compris et a pris l'habitude de la mettre à fond au moment des informations.

A l'instant où il allume son poste, tout le monde ouvre sa fenêtre. Du coup, maintenant, il le branche dès midi. Lui aussi ouvre sa fenêtre. On écoute les jeux, les radio-crochets, les feuilletons. Mes sœurs et ma mère chantent en même temps que le poste les nouvelles rengaines. Enfin on sait tout ce qui se passe, sans attendre l'arrivée chez l'épicière, le soir, de *La Liberté du Morbihan*.

Le monde s'est mis alors à changer très vite, aussi vite que les nouvelles chansons. Mon père, d'accord avec le voisin, a reconstruit les cabinets, changé la barrique, posé dessus une plaque de bois très clair et très doux. Elle n'est pas comme celle d'avant, elle ne râpe pas le derrière mais caresse les fesses quand on s'y assoit. Ensuite il a bâti une buanderie pour ma mère, avec deux grands bacs profonds. Il a cimenté les allées jusqu'en bas du jardin, remplacé les vieux poteaux à linge, qui étaient en bois, par de petits pylones en béton armé qu'il a fabriqués lui-même, tout comme les nouveaux clapiers des lapins.

Derrière la haie, la ville l'a imité, on dirait. Elle a suivi le mouvement. Par-delà la rangée de saules, plus de champ où les pieds enfoncent : on a asséché l'herbage aux vaches qui cachaient bien leur jeu sous leur peau de vache. Maintenant, derrière les branches des saules, seulement des tranchées, des fondrières, des trous qu'on fourre de tuyaux, de grosses buses. Là-bas, dit ma mère, dans un an ou deux, il y aura une école. De l'autre côté, en haut du jardin, derrière la maison, au bout de la venelle, c'est la même chose : on élargit la rue, on change ses numéros. Du jour au lendemain, personne ne sait pourquoi, on passe du 56 au 48. Dans le reste de la ville, c'est partout pareil. On fait les courses entre les grues, les bétonneuses, les pelleteuses, les goudronneuses, les rouleaux-compresseurs.

Et mes parents, tout ce mouvement, ça les rend gais, beaucoup plus gais qu'avant. Ils emploient des mots nouveaux qui sentent le soleil, un soleil dur. Ils disent *avenir, futur.*

Des mots que j'aime mais qui me font peur, comme les robots que j'ai vus à la Foire-Exposition. Ils étaient trois, ils avaient des bras, des jambes immenses, des têtes carrées en métal brillant qu'on avait vissées avec de gros rivets, des boulons. Quand on est entrés, ils n'ont pas bougé, mais, dès qu'on a été assis, d'un seul coup leurs yeux se sont allumés, ils étaient rouges. Les robots se sont mis à jouer de la guitare, de la batterie en agitant les bras, les jambes, la tête. J'ai hurlé. Tellement fort qu'il a fallu sortir. Quand je me suis retrouvée dehors, j'ai mis beaucoup de temps à me calmer.

C'est là que mon père, pour me consoler, me raisonner, a prononcé pour la première fois les mots qui sentent le soleil : « Allez, c'est l'avenir, faut s'y faire, rien que des machines, tout ça, mais tu verras ça, toi, en l'an 2000, ce sera comme ça, tu vivras avec ça, c'est comme la musique des robots, le jazz, une musique de sauvages, mais c'est le futur, on ira sur la Lune, on montera dans des fusées, c'est le progrès, l'avenir, tu verras ça, t'auras dans les cinquante ans en ce temps-là ! » Ma mère a ajouté : « Et Grande-Marraine, elle aura cent ans. Elle est née avec le siècle. Toi, avec la moitié du siècle. Tu verras ça, t'auras eu le temps, tu te seras habituée, ça ira... »

Ils avaient les mêmes mots ardents : siècle, avenir, futur. Ç'avait l'air de les mettre en forme, de parler des fusées, du temps qui allait de l'avant. Surtout mon père qui répétait : « Je l'ai lu dans le journal, tu verras, ce sera bien ! Tu connaîtras les planètes, les

Luniens, les Martiens ; à la place de ta soupe, tu mangeras des comprimés ! »

Il n'arrêtait pas de me répéter que c'était marqué dans le journal. Je l'ai écouté, je me suis laissé consoler. En fait, j'ai fait semblant : ce qu'il y avait dans le journal, c'était justement ce qui me poussait à rester à quatre ans. Parce que, dans son journal, on avait beau trouver, comme il disait, les fusées, le futur, les Luniens, les Martiens, je venais aussi de comprendre qu'il y avait autre chose, là-dedans. Le ciel d'après, pareil à celui d'avant.

*
* *

C'est à cause de ce que fait ma mère, chaque soir, quand elle rapporte le journal de chez l'épicière, avec le lait qu'elle met aussitôt à bouillir sur le fourneau dans une marmite avec l'anti-monte-lait. Elle le lit debout, en l'ouvrant prestement à la même page, celle où il y a des annonces bordées de noir, la page des gens qui meurent. Il y en a tous les jours. Quand elle en connaît un et que le lait a fini de bouillir, elle sort dans le jardin.

Souvent, Maman Ec pointe le nez. Elle aussi, elle est allée chez l'épicière prendre le journal avec son litre de lait. Pendant que sa casserole bouillait, elle aussi a lu la page des morts dans *La Liberté du Morbihan*. Sitôt qu'elle a vu sortir ma mère, elle a décidé d'aller étendre du linge, ou de rentrer celui qu'elle avait mis à sécher. Rien que pour parler de ce qu'elle vient de lire dans le journal — les enterrements.

Les mots qu'elles se disent ne sont pas des secrets puisqu'elles les jettent dehors, dans l'air clair du jardin. Pourtant, chaque fois que je leur demande de quoi elles parlent au juste (par exemple, quand elles disent *absoute, mise en bière, levée du corps, cordons du poêle)*, elles regardent ailleurs, se taisent. Elles me laissent toute seule à imaginer. Ou bien elles me jettent, l'air gêné : « C'est pas pour les mioches, va jouer ! »

Je sais très bien que les enterrements, ça n'est pas pour les enfants. Quand elles y vont, les femmes sortent seules. C'est un grand événement. Les jours où elles apprennent, en lisant le journal, qu'elles vont devoir en être, elles ont des voix graves et fébriles pour se l'annoncer. Par-dessus les fils à linge, j'entends toujours la même phrase : « Je connais la personne. Je vais être forcée d'y aller. »

Quand elles partent, le lendemain, elles sont fiévreuses, comme avant les communions et les mariages. Il y a de la fête dans l'air, sauf que la fête est noire. Elles mettent leur chapeau, des bas foncés, ce qu'elles ont de plus sombre au fond de leur armoire, et se dépêchent de s'en aller.

Quand elles reviennent, je n'arrive jamais à savoir ce qui s'est passé. Je sais que ça commence à l'église et que ça finit au cimetière, derrière les murs d'où dépassent de grandes croix de pierre. J'ai déjà croisé dans la rue des processions, des corbillards argent et noir, avec des cercueils et des charrois ornés de grands plumeaux — ceux-là surtout m'intriguent et me font peur. Mais j'ai beau écouter ma mère et Maman Ec, je n'arrive pas à comprendre ce qu'on lui fait, au mort, de si étrange qu'il faille en priver les enfants. Quelque chose m'échappe de ce qui se passe entre l'église et la tombe. A quoi servent les cordons, les plumeaux, à quoi sert tout l'argent marié au noir sur le corbillard ? Pourquoi Maman Ec et ma mère s'arrangent-elles toujours, dès qu'elles ont été d'enterrement, pour se le raconter dès qu'elles sont rentrées ? Car elles ne se sont pas rhabillées en *tous les jours* qu'elles recommencent, au jardin, leur petit manège avec le linge. Mais jamais rien sur ce qu'on a fait avec les plumeaux, les cordons ; tout ce qu'on sait, c'est s'il y a eu du monde, qui tenait les cordons du poêle, de quoi et comment le mort est mort, si ç'a été long, s'il est mort d'un coup — elles disent alors : *mort subitement*. Quelquefois, elles en parlent comme si c'était du poisson : « Il a été nettoyé ! » Elles soupirent en même temps, puis reprennent leurs petits commentaires. Enfin, dès que l'une des deux a fini par lâcher : « Le plus dur, c'est pour ceux qui restent ! », elles rentrent chacune dans sa cuisine, sa maison.

Je ne comprends toujours pas. Pourtant, ça reprend chaque soir, la page des morts dans le journal. Il n'y a pas un seul jour sans. Et, de temps en temps, je vois ma mère ou Maman Ec sortir au jardin et reprendre leur rengaine qui ne m'apprend rien, « nettoyé, mort subitement, ah ! non, ma pauvre, si c'est pas malheureux, il a souffert longtemps... » Puis, le lendemain, elles sortent de la venelle, seules et fébriles. En noir, pour un nouvel enterrement.

*
* *

Dans le journal aussi, je le sais maintenant, il y a le noir d'avant, la guerre, l'autre bout de mon cauchemar, qui rôde chaque soir en première page, là où figurent des lettres en très gros, de celles qui font peur et mal. Avec des photos où on voit des soldats ou des hommes âgés, coiffés de chapeaux. Ce noir-là, c'est celui de mon père. Quand il rentre, quand il a rangé son vélo à la cave, il demande le journal, lui aussi. Il le lit en attendant la soupe. Il s'assied à sa place, devant la table de la cuisine, lisse soigneusement les pages sur la toile cirée avant de les examiner. Dès qu'il a commencé à lire, il prend son air de pierre.

Je sais qu'il a peur. Peur que ça recommence, les fusils, les bombes, les réfugiés, les soldats qui s'en vont. Pendant qu'il lit, certains jours, ma mère lui jette : « C'est pas possible, on a trois enfants. » Mon père lui répond que ce ne sera pas la même guerre, qu'il ne partira pas, mais qu'on sera pris dedans. Que, d'ailleurs, avec ce qui se passe, surtout dans les colonies, elle ferait bien d'écrire à Grande-Marraine de rentrer au pays. « Il faut d'abord que son mari se débrouille pour prendre sa retraite », réplique ma mère. Mon père fait la moue : « S'il ne la prend pas tout de suite, il va se retrouver en Indochine ! » Et il pointe un article dans le journal : « Ça va tellement vite, depuis quelque temps. »

Il gronde, baisse la voix. Mais le voisin doit l'entendre : certains soirs, quand il voit passer mon père dans le jardin, il le hèle depuis sa fenêtre — il appelle ça « parler de la situation ».

Le vieux occupe toujours la même place, assis sur sa chaise poussée une bonne fois pour toutes près de sa fenêtre, face au jardin. Il raconte sans cesse des histoires qui se ressemblent, même quand les nouvelles changent. Il parle du gouvernement, des bombes, des colonies, du pétrole, des Anglais, des Américains, des Russes — ceux-là, il les a à la bonne.

Pas mon père. Dès que le voisin parle des Russes, il reprend son air de pierre et ne dit rien. Là-dessous, je renifle une autre guerre. Mon père ne la déclare jamais. Il laisse le voisin parler, fait mine de rien. Simplement, quand il trouve que ça a assez duré, il regarde le ciel et lui lance : « Le temps va changer, on dirait ! » Ou : « C'est la nouvelle lune, faut que j'aille arroser. »

Je sais pourquoi mon père se tait. Ce n'est pas à cause des bombes, ni même à cause des Russes et des Américains. C'est à cause des cabinets. Mon père ne veut plus de dispute à ce sujet-là, surtout depuis qu'il a changé la barrique et le dessus en bois. Il préfère ne rien dire, s'en aller au fond du jardin. Là, comme il n'en pense pas moins, jusqu'à la nuit il mâchonne sa colère, tout seul, en lacérant la terre, en bousculant les mottes, les feuilles, les vers.

Le lendemain soir, il reprend le journal avec le même regard noir et sa tête de pierre. Je saute quelquefois sur ses genoux, j'essaie de lire, comme lui ; mais, très vite, je retrouve les mêmes mots que la veille — Algérie, Indochine, parachutistes, colonies, offensive, attentat. J'abandonne la partie. Je me blottis plus étroitement contre mon père et me mets à rêvasser, à remâcher la même idée : qu'à la première page du journal, demain, les lettres deviennent toutes petites comme à la fin de mon livre de lecture.

Ça n'arrive jamais. Il y a seulement des soirs où les lettres rétrécissent un peu. En dessous, on voit alors des photos qui montrent autre chose que des guerres : des femmes en robes longues, avec des gants qui leur montent jusqu'à l'épaule, comme sur l'étiquette du parfum *Soir de Paris.* Elles portent au cou des bijoux brillants que ma mère appelle des rivières de diamants. Sous les photos on parle de bals, de festivals.

De temps en temps aussi, à la place des soldats, on voit des photos d'avions, de fusées, de savants arborant de grosses lunettes. Ce sont les jours où mon père retrouve ses yeux de soleil, de miel. Il lâche le journal, raconte tout de suite ce qu'il vient de lire, parle de planètes, de machines merveilleuses, de Luniens, de Martiens, exactement comme le jour où j'ai découvert les robots. Il dit aussi parfois que, lorsque les hommes feront des voyages au plus profond des étoiles, ils cesseront de vieillir.

Le futur, ça met toujours du mouvement. Dans la cuisine, ces soirs-là, c'est la gaieté, la fièvre. Au-dessus des verres et des assiettes, tout le monde parle, mon père, ma mère, mes sœurs. D'un côté, ils semblent avoir un peu peur, mais ce n'est pas comme pour la guerre. Ils ont plutôt l'air contents. Le noir d'avant cesse de rôder dans la maison tout comme la mort des gens.

Moi, quand ils sont comme ça, j'imite mon père avec le voisin : j'écoute et ne dis rien. Je tire sur les manches de mon petit pull jaune, devenues trop courtes. Du bout de la langue, sur ma mâchoire du bas, je sens une petite dent qui bouge. Je devine qu'elle va tomber, je la pousse doucement. Je me souviens aussi que ma sœur m'a dit fièrement, il n'y a pas longtemps, qu'elle allait avoir neuf ans.

Je ne vais donc pas tarder à en avoir cinq. Il va y avoir un gâteau d'anniversaire avec des bougies qu'il faudra bien souffler : cinq, ce chiffre exécré ! Il faudra bien s'y faire. S'y résigner.

En fait, je vais les laisser croire. Je vais faire semblant. Ils pourront parler tant qu'ils veulent du futur, des robots, des planètes, des fusées, des Martiens, des comprimés dans les assiettes en lieu et place de la soupe, et même de la fusée à ne pas vieillir qui va se promener un jour au milieu des étoiles. Moi, je vais rester comme avant, bien tranquillement assise entre les deux ciels, celui d'après et celui d'avant, sur le bord du temps. Pour toujours à quatre ans.

III

MER

Alors j'ai voulu que la peur change de camp. J'ai appelé au fond de moi, dans le lac noir, au plus profond, des puissances têtues, obscures. Elles n'avaient pas de forme, de nom. Et, au lieu de chercher dans le monde, comme avant, des limites nouvelles à franchir, je l'ai rapetissé. J'en ai fixé le centre : mon assiette. Puis je n'ai plus voulu en changer. Je n'ai plus voulu manger.

Maintenant, à chaque repas, face à l'univers rétréci à la dimension de mon assiette, je lance : « Je n'en veux pas ! » « Je n'aime pas ça ! » Dès qu'on met la table, le « non » se met à l'affût. Ramasse dans ma gorge ses forces sourdes. Je veux faire la loi. Ma loi. J'ai décidé de bâtir le monde à grands coups de « Je ne veux pas ! ».

J'ai mes raisons prêtes, mes victimes désignées. Je frappe en tyran, au hasard, sans pitié. A bas la viande, trop long de la mâcher. Finies les carottes, trop sucrées, trop oranges. Dehors les poireaux, trop verts. Non au bouillon de poule : des *yeux*, les gouttes de graisse qu'on y voit dériver ? Non mais ! interdit, je n'en veux pas ! Arrière le chou-fleur, être à la fois chou et fleur, pas le droit !

Honte et malheur aussi sur tout aliment inconnu qui se risque à franchir les frontières de mon assiette. Je brandis aussitôt le spectre de l'immonde, de l'impur. L'anathème pleut. A longueur de journée je repousse, je proscris, je maudis, je rejette, je pignoche et je grinche. Je n'en veux pas, je n'aime pas ça. J'excommunie à longueur de repas.

Autour de moi on s'exaspère, on gronde, on tente de me faire peur : « Si tu ne manges pas, tu vas mourir ! » Mais, au lieu de m'abattre, la menace me ranime. Je m'empare aussitôt du fantôme de la petite fille morte, je l'endosse, en fais mon armure ; et c'est son souffle d'outre-tombe qui assourdit ma voix quand je crie : « Non ! Ça s'peut pas ! »

Guerre à tous les repas. Les autres mangent. Moi, tantôt oui, tantôt pas. Autour de mon assiette-champ de bataille, invisible, mon rempart de tabous. Mais, pour brouiller le jeu, de temps à autre, j'abaisse la herse. J'accepte une sardine à l'huile, deux bouchées de rôti. Ou bien je laisse entrer dans mon assiette une louche de purée. Je la dresse en pyramide, j'y fore un trou, j'y dépose une grosse lichée de beurre. Je la regarde fondre et je m'en gave en un rien de temps. On croit la partie gagnée. Le lendemain, on me ressert de la purée, on se risque à y glisser du jus de viande. Mais j'ai vu la manœuvre. Je réveille aussitôt toutes les puissances du « non ». Je repousse mon assiette et pigne une fois de plus : « J'veux pas ! »

Etat de siège. Pour le faire durer, je sème aussi la division dans l'autre camp. C'est facile. Après la guerre, mon père a été malade ; il se retranche lui-même derrière un rempart d'interdictions. Ma mère le prend à partie : « Je ne vais tout de même pas faire trois cuisines ! » Il ne trouve rien à répondre. Elle se tourne vers moi, parlemente : « Tes sœurs mangent comme tout le monde. Il faut que tu fasses pareil. Comment tu feras quand tu seras grande ? Quand tu iras à la cantine, en colonie de vacances ? » Justement, je n'irai pas ; on m'a déjà retirée de la cantine parce que je ne mangeais pas... Ma mère s'entête : « Tu vas voir ce qu'elle va dire, Grande-Marraine, quand elle va venir, qu'elle va voir ça ! C'est pas elle qui le supportera ! »

Je ne réponds pas, j'argumente en silence, bouche

cadenassée, pensées butées, arrimées au cœur de mon assiette. Qu'est-ce que ça peut bien me faire ? Quand Grande-Marraine viendra, je me cacherai sous la table, elle ne me verra pas. Ici, de toute façon, ça n'est pas elle qui commande, c'est mon père. Et puis, Grande-Marraine, est-ce qu'elle existe vraiment, depuis le temps qu'on en parle et qu'on ne la voit pas ? Elle est peut-être comme le ciel où s'en vont les morts : on l'évoque de loin en loin comme un grand rêve tranquille, mais on passe aussitôt à autre chose, le regard gêné, histoire de dissimuler que ça n'existe pas.

Il y a aussi des fois où je change de tactique. Je lâche, toujours en fixant mon assiette : « Je veux faire comme papa. — Mais ton père mange des choux-fleurs, lui ! Pourquoi tu n'en veux pas ? Si tu ne manges pas, tu iras au sana ! » Je hurle : « J'veux pas ! — Tu n'as qu'à manger ! — Non ! — Eh bien, au lit ! Au lit sans manger ! — Je mourirai ! — Eh bien, tu mouriras ! »

La menace est toujours exécutée quand on en arrive là. Je me retrouve sous le drap. Sans autre arme que les larmes. Je ne m'en prive pas.

Je pleure d'abord fort. Puis plus bas. Puis de nouveau très fort. Ensuite je m'arrête sur un registre intermédiaire, j'entame un long continuum de plaintes et de sanglots. Au dernier moment, suspendue entre hurlement et silence, je pousse une lente et douce modulation de pleurs. C'est un art difficile. Tout en sanglotant, je dois garder l'oreille réglée sur l'essentiel : ce qui se dit de l'autre côté de la porte. Est-ce qu'ils vont parler de moi ?

Il faut attendre, c'est souvent long, il y a des silences épais, puis des phrases comme : « *C'est de la comédie.* » « *Du caprice, ça lui passera.* » Et ils parlent d'autre chose — ou ils ne parlent pas. Je suis alors obligée d'aller rôder derrière la porte, prête à filer sous les draps au premier bruit de pas. Pour autant, je dois saisir au vol les mots qui annoncent l'embellie : « ... *maigre comme un clou... honte de montrer un enfant pareil au docteur... il va croire qu'on ne la nourrit pas... et quand on va la mettre en maillot à la plage...* »

Moment décisif de la bataille. A cet instant précis, courir me blottir sous mon édredon et recommencer à pleurer, mes sanglots impérativement arrêtés sur un rythme las, tranquille, celui du pauvre enfant esseulé, épuisé, abandonné à la faim, aux maladies en maraude. J'ai un modèle, je l'ai trouvé dans un des livres de ma sœur, *Poupoune au pays des Navets*. Je n'ai lu que les légendes inscrites sous les images — assez pour que je comprenne l'histoire. Poupoune est tombé malade parce que ses parents étaient pauvres et ne s'occupaient pas de lui. Il serait mort si une belle dame blonde n'était passée par là, n'avait remarqué sa détresse et ne l'avait placé en sana. Moi, impossible, même malade, qu'on m'expédie en sana. Mais je sais que ma mère a peur de ça.

Tout en pleurant sous l'édredon, je me transforme donc en Poupoune dans l'attente de la belle dame blonde. Toute pâle, comme lui, toute efflanquée, je touche le fond de l'abandon et du chagrin, dans la même pièce sombre que sur l'illustration du livre, une cave à peine réchauffée par un soupirail étroit.

Il suffit que je me prenne pour Poupoune pour que les larmes coulent. Subtile jouissance de ces ultimes pleurs : dans mon plaisir, je manque parfois d'en rire. Mais je me reprends — je dois tenir jusqu'à l'ouverture de la porte. Ça finit toujours par arriver. La lumière s'allume, une tête se penche : « Allez, viens manger. »

J'ai gagné. Je me redresse lentement, comme étonnée d'être arrachée à mon abîme de solitude. Dans les yeux qui me scrutent, passe le doute, un court instant. Je soutiens le regard. Le soupçon se dissipe. On me répète : « Viens donc manger... » On me tend les bras, on me soulève. Je me laisse emporter.

Je retrouve la lumière, ma place à la cuisine, face à mon assiette. Je recommence à la fixer, le souffle entrecoupé, de temps à autre, de restes de sanglots. Volupté de ce souvenir de larmes ; l'armistice vient de sonner : « Qu'est-ce que tu veux manger ? »

Souvent j'accepte ce que j'avais refusé. Mais je chipote. Je fais celle qui a sa « *cœurée* », la petite fille héroïque qui ne peut pas ouvrir la bouche mais qui essaie quand même, accablée. On finit par me proposer ce qu'on est sûr de me voir avaler : des œufs sur le plat, une bouillie de tapioca. Je frotte mes paupières bouffies, je me ratatine dans la pose du vaincu — alors que j'ai gagné.

En jetant simplement dans la balance le spectre de l'enfant maigre, malade, qui *ne profite pas*. Qui ne veut pas vivre, qui *mourira*.

Seulement, ce fantôme, ce n'est pas ma peur. C'est la leur.

*
* *

Mais ça n'a pas suffi. J'ai chopé une maladie.

Je ne connais pas son nom. Elle n'en a peut-être pas. Tout ce que je sais, c'est qu'elle n'était pas de celles qui conduisent au sana. Ma mère a dû la voir venir. Quand je refusais de manger, elle me demandait parfois : « Qu'est-ce qui t'arrive ? T'as pas de goût ? » Quand elle prononçait ces mots-là, elle ne s'inquiétait pas de savoir si ma langue était devenue insensible aux saveurs. *Avoir du goût,* pour elle, c'était se sentir heureux, habité par la joie de vivre. Je devinais alors qu'il y avait quelque chose qu'elle redoutait davantage encore que ma guerre contre la nourriture : le refus du plaisir.

Pourtant, ma maladie n'a pas été celle-là. Je n'ai pas eu les papilles anesthésiées, ni la langue ni l'estomac noués, ni les intestins ravagés. Le mal a frappé là où on ne l'attendait pas : un matin, mes jambes ont refusé de marcher.

Moment bref, sans douleur. Il me prend par surprise. Je me réveille, je me lève, je veux aller à la cuisine, demander mon chocolat. Je n'y arrive pas. Je pousse sur mes jambes, mais c'est difficile, trop lourd. Je parviens à atteindre les deux marches qui descendent à la cuisine. Là, au moment d'avancer, plus moyen de faire un pas.

Je ne sens rien. Simplement, dans mes jambes, un refus. Quelque chose qui vient de très loin — qui arrive peut-être du même noir que le jour de Sainte-Anne-d'Auray, à la fontaine, quand j'ai cessé de me souvenir et de voir. En tout cas, je ne marche plus. Et je ne dis rien. Parler, non plus, je ne peux pas.

Est-ce que ça dure ? Est-ce que je me bats contre ce signal qui dit non en silence, cette douleur qui ne fait pas mal et que cependant je sens ?

Peut-être, car, dans mon dos, soudain, j'entends la voix de mon père : « La petite... elle boite... on dirait qu'elle ne marche plus... qu'elle ne peut plus ! »

Il a l'air affolé. Je m'entends penser, étonnée, comme si c'étaient mes jambes qui venaient de me parler : « C'est vrai, alors ? Plus moyen de marcher ? »

Ensuite, tout se brouille. Un médecin arrive. Très vite, je remarche. Cependant, dans les jours qui suivent, on m'emmène chez un « docteur spécial », un médecin rien que pour les enfants, aussi particulier que le tapioca au lait que je réclame depuis des semaines à la place de la viande. Il s'appelle le docteur Bretagne. Il m'examine d'un air perplexe, puis me parle. Je ne sais pas ce qu'il me dit, mais, ensuite, j'entends ma mère répéter que j'ai des rhumatismes, que ça n'est pas étonnant, vu que ma grand-mère en a aussi, surtout quand il va pleuvoir ; et que, dans ces moments-là, elle aussi, ma grand-mère, a du mal à marcher, qu'elle a toujours sa crise un jour ou deux avant l'arrivée de la tempête. Qu'on est sûr, quand elle a mal, qu'il va y avoir de grosses pluies, de grands vents.

De ce jour, autour de mon assiette, mon rempart se double du nom de ma maladie. Je le prononce « *rhumatisses* », comme ma mère et ma grand-mère, et je souris toujours un peu quand je le dis. Car c'est aux *rhumatisses* que je mesure ma nouvelle puissance : je suis, comme ma grand-mère, celle qui peut annoncer le vent, la pluie. C'est encore aux *rhuma-*

tisses que je dois, autour de mon assiette, ma seconde muraille, les prescriptions du docteur Bretagne : sirops, fortifiants, biscottes, gâteaux, tous spéciaux, aux germes de blé, seule substance susceptible de me délivrer des *rhumatisses.* Jusqu'à mon chocolat du matin qui contient le prodigieux levain à faire grandir les enfants récalcitrants.

Tous ces produits *spéciaux,* aussi spéciaux que le docteur Bretagne et ma propre personne, ma mère va les acheter dans un magasin qui vient de se construire entre les murs branlants d'une église bombardée et l'immeuble neuf où officie le docteur Bretagne. Un bâtiment aux formes si recourbées qu'on l'appelle la Banane. Lors d'une de nos visites au magasin de produits spéciaux, je déclare subitement que je ne pourrai pas grandir si je ne mange pas de bananes. Je n'ai aucun mal à me faire entendre : « Les bananes, c'est *grossissant* ! » s'exclame le docteur Bretagne quand ma mère lui révèle ma dernière lubie. Elle m'en achète aussitôt. Je les engloutis. Devant ce miracle, ma mère est abasourdie. Elle s'extasie : « La petite... c'est revenu ! Elle a de nouveau du goût ! »

C'est vrai, maintenant, du goût, j'en ai. Mais pas vraiment l'envie de manger. Plutôt la passion de multiplier avec elle les tractations, les marchandages. Troisième bouchée de viande contre seconde banane. Œufs sur le plat à condition d'avoir avalé la soupe. Fragment de poisson contre assiette de tapioca. Le tout précédé, matin, midi et soir, d'une longue rasade de Curocéan, un fortifiant au nom qui glisse quand on le dit, avec la même délectation que le sirop sur ma langue tendue vers la cuiller qu'inlassable et ponctuelle me présente ma mère.

De temps en temps, bien sûr, j'entends quelqu'un gronder dans mon dos — ma grand-mère, par exemple, qui se met brusquement à tancer ma mère en lui disant « vous » comme chaque fois qu'elle est en colère : « *Vous vous laissez faire ! De la comédie, tout ça... Vous allez voir, Grande-Marraine, quand elle verra ça, le savon qu'on se prendra ! Cette mioche, un petit stage en colo, on n'en parlerait plus... Vous n'avez qu'à lui dire que vous allez l'envoyer là-bas. Ou bien tenez, parlez-lui des enfants qui sont en sana, et puis vous pouvez les lui montrer, c'est pas ce qui manque par ici : Colpo, Kerpape... Rien que de les voir, ces enfants tout seuls avec les infirmières, vous verrez bien qu'elle remangera. Et comme tout le monde, avec ça...* »

Dans l'œil de ma mère, je vois alors passer, plus forte que la peur, l'ombre du soupçon. Parfois, la même rage que dans le regard de ma grand-mère ; surtout quand elle me voit, sitôt gavée de bananes ou de tapioca, courir au jardin et sautiller toute seule, des heures durant, sur les planches jetées par mon père entre ses alignements de salades. Ou, plus agaçant encore, quand j'organise avec Solange des jeux qui démontrent que *j'ai du goût*. Tous plus extravagants les uns que les autres, ces divertissements. Des cérémonies, la plupart du temps, comme cette procession solennelle et chantée en l'honneur des liserons qui courent sur le grillage de l'allée centrale. Une après-midi entière à découper à la main, dans du papier journal, des guirlandes et des confettis avant de les répandre sur les fleurs. On a trempé une baguette de poirier dans de l'eau et on a dit qu'on était des curés. Avec le même papier journal, on s'est confectionné des chapeaux et des étoles, avant de bénir les fleurs. Puis j'ai décrété qu'elles étaient méchantes et on en a coupé quelques-unes, on les a déchiquetées, piétinées enfin, jetées au fumier ou dans l'eau saumâtre du lavoir — j'ai dit à Solange qu'elles avaient mérité de finir comme ça, j'ai longtemps répété, bien fort : « Bien fait pour elles, on les a tuées. »

Personne n'en a parlé, personne ne s'est étonné. Ou bien, si quelqu'un l'a fait, je ne l'ai pas entendu. Je ne pense jamais qu'on me regarde ou qu'on s'étonne, mes jeux sont ma parole. Avec eux je dis au monde ma façon de penser. J'établis des règles, puis, l'instant d'après, les détruis.

Heures libres, heures légères. Je saute, je crie, je

ris. A force, ma mère n'y tient plus. Un jour qu'elle me surprend devant la buanderie, culotte baissée, jouant comme d'habitude à dessiner sur le ciment un réseau fluvial de pipi, elle explose en jetant un mot dans mon dos : « Celle-là... elle est *vivace* ! »

Elle tourne les talons. Elle a parlé comme si je n'étais pas là. Mais j'ai compris l'adresse, la phrase me flagelle comme un coup de martinet. Je me lève, me retourne, cours lui barrer le chemin. Elle s'arrête et me fait face, bien droite, plantée dans les sabots de bois qu'elle chausse toujours avant de descendre au jardin. Je ne me démonte pas. Je me redresse aussi et lui demande : « Vivace ? C'est quoi ? »

Elle soupire, prise de court. Puis elle choisit de lâcher ce qu'elle a sur le cœur. Sous la petite vigne accrochée aux montants de l'ancienne barrière, elle me désigne un essaim de cactus : « C'est comme ces plantes-là. Pas besoin de les arroser. C'est toujours vert, même sans eau. Ça sait se défendre et ça résiste à tout. Même à l'hiver ! »

Elle se retourne et me plante là. Sur le ciment, fracas de sa fatigue, claquement de ses sabots de bois. Me voilà seule devant les plantes vertes. D'elle, il ne me reste que ce mot où elle a ramassé sa colère, toute l'étendue de son désarroi.

J'ai cru alors le voir passer devant moi, le mot. *Vivace,* boucle glissante, éclair de vie qui passe, qui pince, qui fouette et revient quand même, qui ne lâche pas. Mais je n'ai pas pu l'attraper, le garder sous mes doigts. Longtemps, j'ai caressé les côtes épineuses des cactus, lacéré leurs lames à la recherche de l'eau prisonnière sous leurs chairs rebondies — je quêtais leur secret comme si c'était le mien.

*

* *

Etaient-elles malades comme moi, les plantes vivaces ? avaient-elles des *rhumatisses* ? partie liée avec les forces cachées au fond du ciel ? pouvaient-elles aussi annoncer la pluie, le vent ? Quand j'en ai eu assez de m'écorcher les doigts sur elles, je me suis dit que, si elles étaient malades, ça ne se voyait pas. Elles avaient l'air d'*avoir du goût,* comme moi. Simplement, elles ne s'y prenaient pas comme les autres. C'était peut-être ça, leur maladie : chercher, pour se gorger de vie, des chemins que les autres plantes ne voyaient pas.

De ce jour-là, les plantes vivaces, je m'en suis fait des amies. Chaque fois que je passais à côté de la petite vigne, je me baissais, je les saluais, leur disais : « Vous, les vivaces, vous serez toujours là. » Et j'allais jouer comme si je les emportais avec moi.

Le mot me collait à la peau, maintenant. Ma mère ne me l'avait plus jamais dit, mais je l'avais fait mien. Seulement, tout autour de moi, il y avait d'autres mots qui attendaient leur heure, le moment où j'allais me retrouver en eux pour longtemps. Pour toujours, peut-être. Pas des mots nouveaux. Des mots que je croyais posséder mais qui me filaient entre les doigts. Lequel serait le suivant, viendrait me dévoiler son sens rond, tomberait sur moi avec ses lois ? Je ne savais pas, je ne cherchais pas. Ça se faisait comme ça.

Ainsi, qu'est-ce qui a relié *vivace* aux deux mots qui sont venus après ? Qu'est-ce qui a fait qu'un jour, après un déjeuner où ma mère avait préparé un entremets à la vanille, j'ai été foudroyée par *plaisir* et *penser* ? Sans m'y attendre, sans savoir pourquoi ?

Mais ces choses-là s'imposent, on les vit, on ne les discute pas. C'est comme l'amnésie. On revoit indéfiniment la scène. Elle commence, se déroule, se clôt. A la fin, le même éblouissement. Et on n'est plus le même. On a franchi un pas.

Donc, entremets à la vanille, ce jour-là. Ma mère sait que je ne vais pas chipoter : c'est mon dessert préféré. J'ai suivi, comme d'habitude, le rituel de sa préparation. Je l'ai regardée jeter, dans le lait bouillant, la poudre jaune contenue dans la boîte cartonnée, marquée d'un nom étrange : FRANCO-RUSSE — il frémit et frisotte sous la langue comme la crème dans la casserole au moment où elle prend. Ensuite, ma mère le verse dans un moule en aluminium. Il en est de deux sortes, et la fantaisie de leur découpe, à elle seule, m'est une fête. Le premier est un moule à charlotte. Aujourd'hui, j'ai choisi le second, en forme de poisson.

Ma mère s'y est prise un peu tard. L'entremets n'a pas le temps de refroidir. Elle le place dehors, sur le rebord d'une fenêtre, pour en abaisser la température. Sous prétexte de « chasser les bêtes », je vais me poster devant le moule et regarde la crème fumer, puis se figer. Quand on la sert, elle est encore un peu tiède. Le démoulage se transforme en opération chirurgicale. Au milieu du plat à dessert, le poisson se défait. Je refuse d'en manger tant qu'il n'est pas rafistolé, entièrement rabouté ; j'exige la tête — la dernière fois c'était la queue, je refuse toujours de manger le milieu.

Est-ce que ma mère a pris beaucoup de retard, ce jour-là ? En tout cas, elle doit très vite me reconduire à l'école. Elle me presse de finir mon dessert. Je tente alors une expérience inédite : garder en bouche, à son insu, une bouchée d'entremets.

Instant de perfection. Il dure, il dure, je n'en vois pas la fin. Le monde n'est plus le monde. Ou alors c'est un autre, à côté du premier, et où il n'y a rien, sauf ma langue et la saveur de la vanille. Le reste de mon corps est ailleurs : ce dos qu'on couvre d'un chandail, d'un manteau, cette main qu'on tire dans la venelle, puis dans la rue. Mais ce n'est pas mon vrai moi. Celui-là vient d'entrer, tout jubilant, par la grâce de ma langue, dans le monde que j'attendais depuis si longtemps sous l'écorce du monde. Le monde d'à côté.

A leur tour, voici qu'autour de moi les maisons y basculent. Elles s'alignent, forment une procession, saluent ma jouissance. Voici la boutique de l'épicière, la crêperie et, sur la gauche, derrière le grand mur de pierres sèches, le palmier au tronc qui s'est couvert de plumes noires pour se protéger du froid. Il me fait penser aux corbillards. D'ordinaire, quand on passe devant le palmier, je presse toujours le pas. Aujourd'hui l'arbre exilé me salue, accompagne ma joie.

A présent le carrefour. On bifurque dans la rue Emile-Zola, on va bientôt croiser la rue Emile-Combes. C'est ici, à l'approche de la gare, qu'on abandonne le monde des jardins et qu'on passe dans la ville. L'horizon s'élargit, s'éclaire de la lumière de l'estuaire, de la mer. Dans ma bouche, j'attends le même éblouissement.

Mais c'est tout le contraire. D'un seul coup, je ne sens plus rien. Entre ma langue et mes gencives, rien qu'une gorgée fadasse, allongée de salive. Plus je la mâche et la remâche, moins je la sens.

La mort dans l'âme, je décide de déglutir. Ma mère n'a toujours rien vu. Elle continue de marcher, de me tirer vers l'école. C'est là que le mot *plaisir* tombe sur moi. D'un seul coup, je m'entends dire, pour moi seule, dans ma tête : « C'est ça, le plaisir ? La chose dont il parle, ce mot, c'est comme ça ? Ça fait ça ? Ça ne dure pas ? » Je me sens prise dans la nasse d'une loi commune, d'une règle connue de tout le monde mais dont personne ne parle ; et je me dis aussi, toute honteuse, que les autres ont su ça avant moi...

Quelque chose qui ne se voit pas mais prend toute la place devant soi. Oui, je sais quelque chose de si fort que ça dévore le monde, tout autour de moi. Le carrefour, les trottoirs, les maisons, les cafés-jeux de boules qui bordent la rue Emile-Combes et la rue Emile-Zola. Et même, plus loin, les rails du chemin de fer, l'église de Kerentrech, par-derrière. Jusqu'au ciel ; jusqu'à sa lumière, jusqu'à son espoir de mer.

Nouveau monde d'à côté. Il me rappelle la couleur des Indes violettes au bout du Quai des Indes, ou la Chine toute jaune que je continue à voir apparaître au fond de la photo de mes quatre ans. A une différence près : ce nouveau monde, qui sait qu'il sait, n'a pas de couleur. Pour autant, il est très précis, limpide. Il parle tout seul, il aligne, pour moi seule, des mots clairs qui se rangent en bon ordre au fond de ma tête. Des syllabes qui racontent le premier monde sans que je le voie.

Il y a même un mot pour ça : *penser*. Celui-là aussi, sans se montrer, il raconte le monde. Sans le voir, je le vois. Je comprends que je pense. Je sais aussi que c'est la première fois.

C'est à peu près à cette époque que j'ai entendu dire à la maison : Grande-Marraine va venir.

Ils disaient : ici, pour de vrai, pour tout le temps. Jamais plus elle ne vivra aux colonies. Son mari a demandé sa retraite. Il a du bien. Il va l'installer là où il est né, près de Saint-Nazaire, dans une belle maison, celle de sa famille, une villa en bordure de mer avec de beaux arbres, un jardin. Dès que Grande-Marraine aura ouvert ses valises, vidé ses malles remplies des choses précieuses et bizarres que son mari a achetées en Afrique, en Asie et dans tous les ports des mers chaudes qu'il a connus quand il était marin, elle va venir nous voir avec une belle robe, sa peau qui sent le parfum.

Ce jour-là, a ajouté ma mère, il va falloir qu'on se tienne sacrément à carreau. Parce qu'elle voit tout, Grande-Marraine. Elle a l'œil. Rien ne lui échappe, ni la poussière ni la propreté des casseroles. Pour le ménage elle est championne, pour la cuisine aussi. Si ça n'est pas comme il faut, le savon qu'on se prendra... Surtout toi, la petite, si tu ne te tiens pas.

Grande-Marraine pète-sec, Grande-Marraine-le-dragon, c'est la nouvelle chanson de la maison. Du coup, je reprends la boîte à boutons, j'organise de nouvelles batailles. Les Djibouti jaunes et verts n'ont jamais été plus effrayants. Les petits boutons enchaînent désastre sur désastre. Toujours aussi cruelle et dorée, la reine les observe, juchée sur un dé. Elle a l'air de beaucoup s'amuser. Je la vois parfois arriver dans la cour, souveraine comme le dit son nom, prête à nous écraser, avec sa grande couronne dorée. Mais là j'arrête de jouer. Je n'arrive plus à imaginer.

Du coup, je finis par la reléguer dans le pays flottant où dérivent les histoires que je me raconte pour moi seule, avant de les ressusciter à l'occasion d'un jeu. Grande-Marraine redevient ce qu'elle avait été : une menace et un rêve. Une enveloppe vide.

Jusqu'à ce jour d'été où j'ai vu ma mère se mettre soudain en grand ménage, en grande cuisine. Jusqu'au matin où, comme sous l'effet de cette subite et inquiète agitation, a fini par apparaître, au débouché de la venelle, Grande-Marraine, aussi royale que le disait son nom, mince, élancée, élégante, marchant comme personne. Avec, par-dessus tout ça, précis et durs, ses yeux de chat.

*

* *

Oui, ses yeux, c'est par là que j'ai commencé, je les ai vus en premier. De toute façon on ne voyait qu'eux. Ils étaient effilés, tout pointus comme ceux des Chinois. Et ils riaient sans rire, ils voyaient tout. En plus, ils brillaient.

Ils brillaient bleu, du même bleu que ceux de ma grand-mère. Mais en mieux, en plus dur. Pas de brume pour les adoucir, pas de voile. Rien que cet éclat. Un bleu de froid sec qui revigore, qui fouette. Et qui fait mal, un peu.

C'était sans doute à cause de sa pupille précisément vissée au centre de sa prunelle. Dès que son cercle s'était fixé sur sa proie, elle la touchait au cœur. Plus de défense, on n'était plus qu'une cible. Une masse de chair enclouée par l'œil rapace.

A l'instant où Grande-Marraine a débouché de la venelle, je suis devenue, comme les autres, cette proie. Ça n'a pas duré. Elle est vite passée à mon père, à ma mère, à mes sœurs. Pendant qu'elle les embrassait, pendant qu'elle s'exclamait : « *Oh, mais dis-moi, qu'est-ce que tu as grandi, toi, et tu en as une belle médaille, c'est celle de ta communion ? Oh, mais votre jardin, ça pousse ! Et dites-donc, ça sent bon dans votre cuisine...* », toutes ces choses qu'on est obligé de dire en arrivant quand on est en visite, j'en ai profité, moi, pour bien regarder Grande-Marraine. J'ai tout vu, à mon tour. Et plus loin que ses yeux.

J'ai vu les chaussures à talons aiguilles, par exemple ; et la couleur rosée de son rouge à lèvres assorti à son fard à joues. J'ai vu la finesse de la poudre qu'elle avait étalée sur sa peau très blanche, la découpe de ses pommettes — rondes, haut placées —, la soie de sa robe qui chatoyait sous le soleil. J'ai même compté ses bijoux : une alliance, une montre à bracelet d'or, une bague de brillants enchâssés dans une longue amande — de la même forme que ses paupières. Aiguë, longue.

J'ai surtout vu ses lèvres, si rétractées sur elles-mêmes qu'elles formaient au bas du visage comme une grande étoile — à croire que les mots qui allaient en sortir auraient le même éclat que le bleu de son œil.

Ça n'a pas manqué. Dès qu'on en a eu fini avec les embrassades, qu'on est passé à table où j'ai repoussé le premier plat, Grande-Marraine, d'une voix où crépitait le désir d'absolue vérité, a lâché à l'adresse de ma mère : « Tiens donc ! Qu'est-ce qui lui prend ? »

Ma mère était debout. Elle tenait en main une assiette de beurre et une corbeille de pain. Elle aurait pu lui tenir tête, lui dire : « C'est de la salade de tomates, elle n'aime pas les tomates. » Mais non, elle s'est tue. Elle a esquivé l'œil de Grande-Marraine et s'est assise sans un mot.

Il faisait chaud. On aurait pu dresser la table dehors, mais, de peur que ça déplaise à Grande-Marraine (« *elle en a trop vu, de soleil, dans les colonies, les chaleurs elle en a soupé, on ne va pas se lancer dans tout ce tintouin-là* »), on s'en était tenu à l'usage le moins risqué en dressant le couvert dans la plus grande des deux chambres, la pièce où mes parents avaient placé les meubles rescapés des bombardements. Leur salle à manger de mariage, comme ils disaient, avec ses six chaises et son buffet. Ce qui n'avait pas pour autant évité le tintouin : il avait fallu que ma mère passe tout le mobilier à l'encaustique et mon père avait dû sortir les rallonges de la table, qu'il avait calées à grands coups de marteau avant de la recouvrir de la nappe aux coquelicots. Ensuite, on y avait déposé les assiettes des grands jours — des faïences frappées de frises de cercles bleus qu'en secret je nommais les « assiettes-lunes » —, enfin des couverts d'argent au manche côtelé qui pesaient très lourd dans la main.

Tout le temps qu'avait duré cette cérémonie anxieuse, on n'avait pas cessé de me seriner : « Toi, t'as intérêt, hein, devant Grande-Marraine, tiens-toi, elle est rudement sévère ! On dit bonjour, hein, on parle correctement, on ne va pas se cacher sous la table. Et puis, tu manges avec ta fourchette et pas avec les mains. Tu dois montrer que tu es bien élevée, tu dis *s'il te plaît,* tu dis *merci,* tu n'interromps pas les grandes personnes quand elles parlent, on se tient, hein, on ne met pas les doigts dans son nez. Et on ne sort jamais de table sans demander ! »

J'avais dit oui à tout. J'avais même promis de manger de la salade de tomates pour montrer à Grande-Marraine à quel point j'étais bien élevée. Jusqu'à leur arrivée dans mon assiette-lune, j'avais rempli ma promesse point par point, tout fait comme il fallait — bonjour Grande-Marraine, bonjour Tonton Paul à son doux pachyderme de mari, aussi gentil, placide et massif qu'un éléphant de ménagerie. Sur ma chaise de bois verni et le gros coussin qu'on avait passé sous mes fesses, je n'avais posé aucune question aux grandes personnes. Je n'avais pas mis les coudes sur la table, je m'étais même retenue de bouger quand le coussin avait glissé de côté.

Pourtant, je m'ennuyais. Une fois de plus, on parlait de guerres, de maladies, de morts, de gens de la famille que je n'avais jamais vus. Bien sûr, de temps en temps, quelqu'un lâchait un mot qui me faisait lever le nez : Dakar, les indigènes, la brousse, Djibouti, le Maroc, l'Indochine. Mais personne n'en parlait comme je voulais — personne comme j'attendais.

Toujours pour Grande-Marraine, on avait tiré sur la pièce les volets à moitié, mais les persiennes bâillaient assez pour laisser voir le frisson du jardin, les branches somnolentes des arbres fruitiers, les ombres incertaines puis subitement exactes, de leurs feuillages sur le plancher ; cette lumière capricieuse, quand elle se mettait à tomber, jetait sur la robe de Grande-Marraine de grands reflets moirés.

L'éclat changeant du monde d'où elle venait, celui du dehors où l'on bouge sans cesse, pas seulement sur les routes, mais en l'air, sur l'eau. Le monde de la vie au large où rien ne vous empêche de rien. Où il y a de grandes maisons, des gens toujours très propres et très élégants. De l'argent tout le temps, des familles *avec du bien.* Les femmes s'y aspergent de poudre, de parfum ; on s'y tient bien.

Mais moi, je ne suis plus très sûre d'en vouloir, de la vie au large : les enfants, c'est tout aussi clair, y sont soumis à des règles sévères. Obligés de manger de tout, pour commencer. Aucun espoir d'y échapper ; Grande-Marraine, en face de moi, avec son œil toujours fiché dans le mien, s'entête : « Je saurai lui en faire manger, moi, des tomates ! »

Une nouvelle houle de silence déferle par-dessus la table. Ma mère part s'affairer à la cuisine, puis revient. L'œil bleu choisit de ne plus s'occuper de moi. A nouveau, un long moment, on parle de la famille, des colonies, des soucis du jardin. On m'oublie.

Enfin, c'est ce que je crois. Au moment du dessert, quand je me remets à secouer la tête devant la jatte de fraises, Grande-Marraine vrille une seconde fois sur moi la foudre de son regard et lâche de sa voix qui grince et rit en même temps : « A son âge ? Elle ne mange donc pas de tout ? »

La phrase fond sur ma mère au moment où celle-ci s'apprête à s'asseoir. Elle s'empourpre, se fige derrière sa chaise et se met à débiter d'un trait : « Celle-là, on sait pas pourquoi, elle n'aime rien de ce qui est rouge. Un bonbon, probab', un bonbon rouge qu'une personne lui a donné dans le temps quand elle était petite. Il avait peut-être mauvais goût, un goût dégoûtant, c'est pas moi en tout cas qui lui donne des bonbons, sa sœur et elle jamais de sucreries, et rien entre les repas. Alors les fruits rouges, j'sais pas pourquoi, mais celle-là, c'est comme ça : dès qu'elle en voit, elle dit non, impossible qu'elle en mange, elle en veut pas... »

Lait des mots de ma mère, miel de sa respiration raccourcie par la colère. Plus elle parle et plus elle rougit. Je m'en abreuve, je m'en repais. Le feu de ses joues me réchauffe. Je puise ma force dans la sienne, elle est la mère, je suis l'enfant : qui oserait m'arracher de son sein ? Elle est moi et je suis elle. J'ai obtenu ce que je voulais : ne pas grandir. En plus, c'est elle qui le dit...

Toutefois quelque chose me souffle que ma mère est en train d'inventer. Je ne me souviens pas de la personne qui m'aurait donné, lorsque j'étais petite, ce bonbon rouge et dégoûtant. Grande-Marraine non plus n'a pas l'air d'y croire. Elle écoute la litanie sans ciller, l'œil vrillé sur le mien.

Mais je suis sûre de moi, maintenant que ma mère a parlé. Son regard bleu, je le soutiens. Sous prétexte de chercher des assiettes, ma mère file du côté du buffet. Fracas de vaisselle — elle est nerveuse. « Attention, c'est de la porcelaine ! » intervient Grande-Marraine.

Elle se lève, s'en mêle. Les deux femmes changent les assiettes. Petit branle-bas, moment de confusion. A sa faveur, ma mère me glisse une banane. Sans doute me fait-elle aussi signe de sortir de table. Mais moi, tout à la joie des retrouvailles avec mon paradis, je ne vois rien, je reste à ma place. Et me mets à engloutir la banane.

Grande-Marraine a vu la manœuvre. Elle ne dit rien, continue d'aligner posément les assiettes à dessert. Puis elle se rassied et, tandis qu'on sert les fraises, se remet à m'observer. Cette fois, son œil passe la barrière du mien.

Il prend d'abord la mesure de ce que je dissimule. Puis, en un rien de temps, il va au plus profond, démêle tout. Mes peurs, mes volontés les plus obscures. Il les prend de front, sans terreur. Et c'est sans quitter mon regard qu'elle jette à ma mère : « Céder aux enfants, voilà comment vous jetez l'argent par les fenêtres ! »

Son œil rit et condamne, sa bouche se fige dans son dessin d'étoile. Ma mère s'empourpre encore et hasarde d'une voix sourde : « Elle est maigre comme un clou, elle pousse pas. » Grande-Marraine part aussitôt d'un petit rire : « C'est cher, les bananes. Elle ne peut donc pas manger comme tout le monde ? Manger comme tout le monde, c'est ça qui fait grandir les enfants. » Ma mère se cabre : « D'abord, on a vu le docteur ! » Grande-Marraine visse à nouveau sur moi son œil polaire, puis lâche encore son rire qui ne rit pas : « Laissez-la donc jeûner un jour ou deux ! »

Elle allonge le bras vers la jatte de fraises, se sert. Quand elle a fini, elle tend la cuiller de service à Tonton Paul. Il s'exécute. Il se voûte pour mieux faire l'absent, ramasse sur lui-même son corps d'éléphant, comme menacé des foudres de Grande-Marraine au plus infime mouvement. En face de lui, mon père aussi se tait, mais d'une autre façon : il ne se contracte pas, il se redresse, mastique posément. Pourtant je vois l'anxiété figer les muscles de son front.

Ma mère continue à s'affairer entre le buffet et la table. Je continue à dévorer sereinement ma banane. Une nouvelle marée de silence déferle sur la pièce. Jusqu'au moment où ma mère choisit d'en finir, pose les mains sur le dossier d'une chaise et, tel un accusé qui tente sa dernière chance, jette sans regarder personne : « Les enfants, faudrait en avoir eu pour savoir ce que c'est ! »

Les yeux de Grande-Marraine se voilent instantanément ; la main de Tonton Paul, repliée sur sa cuiller, est saisie de tremblements. Mon père se raidit. Il réfléchit, se concentre. Enfin il désigne le jardin, par l'entrebâillement des volets, et lance : « Les pruniers... Ils vont sacrément donner, cette année... »

Tonton Paul avale coup sur coup plusieurs cuillerées de fraises, opine du chef, esquisse un maigre sourire. Ses bajoues frémissent. On pourrait croire qu'il va parler, mais les mots lui restent coincés dans la gorge comme une arête de poisson.

Moi, j'ai fini ma banane. J'en profite pour en réclamer une seconde. Que j'obtiens tout de suite : ma mère a choisi son camp.

J'entreprends de la dévorer. Mais la première me pèse sur l'estomac. Je n'ai plus faim, plus envie de rien. Seulement, plus moyen de reculer, il faut que j'aille jusqu'au bout. Je la mâchonne tant bien que mal tout en regardant ma mère verser de longs traits de café dans le service des grands jours, des tasses de porcelaine pâle, si fine qu'on voit au travers. Grande-Marraine se penche vers Tonton Paul, lui demande à mi-voix de lui passer le pot à sucre. Il s'exécute, fiévreux. Un petit moment, pensive, elle humecte dans le café sa bouche étoilée. Toujours aussi anxieux, mais parfaitement maître de ses nerfs, mon père repousse sa chaise, sort au jardin. Dans la mince ouverture des volets, je le vois détacher d'une branche plusieurs fruits encore verts. Puis il rentre et les tend à Grande-Marraine : « Elles ne sont pas encore mûres, mais c'est de la bonne reine-claude, regardez donc ! »

Grande-Marraine s'empare du fruit, le tâte. Je m'aperçois qu'elle n'a pas les mains de son visage. Ses doigts ressemblent à ceux de mon père, de ma mère, de ma grand-mère, leurs articulations sont noueuses, leur peau épaisse ; et, à la façon dont elle palpe le fruit, je devine qu'elle sait tout, comme eux, des forces de la terre. Si elles sont bonnes ou mauvaises, vers quoi elles vont.

Elle médite un moment, repose le fruit sur la nappe. Son œil s'aiguise encore, elle lance : « Cependant, si ça donne, vous ferez des conserves ? »

C'est la première fois que j'entends le mot *cependant*. Je ne sais pas ce qu'il veut dire et j'ai l'impression que Grande-Marraine ne le sait pas non plus. Elle a dû le placer dans sa phrase comme elle a passé à son annulaire la bague en brillants qui dessine une amande, ou le fard sur ses joues. Pour montrer qu'elle n'est plus de ceux qui vivent dehors, qui se cassent le dos au-dessus des sillons. Pour prouver qu'elle a du bien. Pour faire bien.

Toujours debout, sa cafetière à la main, ma mère affronte cette nouvelle offensive. Elle rougit encore, puis, comme pour les bananes, elle jette, toute morfondue : « Probab' ! » Grande-Marraine hoche la tête. Ma mère s'assied devant son café.

Elle n'en a pas bu deux gorgées que l'autre pose sa serviette sur la table, chasse du plat de la main des miettes de pain égarées sur la soie de sa robe et se lève, impérieuse : « Eh bien, c'est pas le tout ! Maintenant qu'on a mangé, il faut passer à la vaisselle. Donne-moi un tablier. »

Ma mère s'est démenée comme quatre, elle est exténuée. Mais, une fois de plus, elle s'exécute, comme prise au piège de l'énergie de Grande-Marraine. A son refus de ployer, de se résigner. A sa volonté.

Et, une fois de plus, devant la bassine à vaisselle, c'est Grande-Marraine qui mène la danse. De son tablier noué sur sa robe du dimanche, elle réduit sans un mot ma mère et mes sœurs au rang de dociles et muettes essuyeuses. Les mains dans l'eau grasse, elle reste aussi droite et souveraine qu'au moment où elle est entrée dans la venelle. Elle s'empare de la bassine comme s'il s'agissait de son sac à main, y éparpille d'une main exacte une poignée de copeaux de savon. Radieuse de respecter les moindres règles de la cérémonie, elle lave dans l'ordre verres, couverts, assiettes. Puis rince, gratte, brique, polit, sans jamais un souffle, un seul soupir.

La vaisselle est finie. Dans le jardin, la lumière pleut moins fort, les ombres deviennent floues. Il y a du vent, de la fraîcheur qui rôde. Je sors, m'accroupis près de la bassine placée sous la gouttière. Les deux bananes continuent de me peser sur l'estomac. Grande-Marraine aussi, peut-être.

Elle ne va pas tarder à partir. Avant de s'en aller, derrière mon père et devant son mari, elle fait un petit tour de jardin. Minutieuse, comme à son habitude. Pour une fois, elle admire, elle approuve. Rangs de laitues en lignes parfaites, petit carré de trèfle pour nourrir les lapins, pruniers greffés bien comme il faut, poiriers en espaliers, châssis pour les légumes d'hiver, bordures de capucines, pensées, lupins, glaïeuls, dahlias, fumier sévèrement contenu entre des murets de ciment, remise bourrée de semences et de réserves de pommes de terre, calendrier pour suivre les humeurs de la lune, tout est en ordre dans le jardin de mon père.

Toujours accroupie à côté de la gouttière, le dos calé au mur qui boit le soleil, moi, c'est Grande-Marraine que j'observe ; et, à mesure qu'elle s'avance dans l'allée, je lui dessine une couronne au-dessus de la tête.

Diadème doré, ourlé de petites boules rondes. La couronne de la reine des boutons, celle qui ordonne les batailles, décide du vainqueur, du vaincu, élève ou rabaisse, juge, tranche, dirige, gouverne.

Moi je ne suis toujours que la petite reine, celle qui rêvasse dans son lit ou au fond du jardin, traîne ses fesses sur le ciment, près de la gouttière, comme maintenant. Qui joue à l'eau, coupe les fleurs pour les enterrer, veut plier les chiffres à sa volonté, refuse de grandir, de manger.

Je ne sais plus ce que j'ai fait quand Grande-Marraine est partie. J'ai dû l'embrasser, comme on m'avait dit, en déposant trois petits baisers, droite-gauche-droite, sur sa peau poudrée, et en disant « Au revoir, Grande-Marraine », sans bégayer. Mais, quand elle a disparu à l'angle de la venelle avec son mari, je n'ai pas eu l'impression qu'elle était partie. Son enveloppe s'en était allée, peut-être, avec sa robe, sa poudre, ses talons aiguilles, son parfum. Mais sa bouche en étoile était restée ici. Et, qui me regardait tout le temps, son œil de chat.

D'ailleurs, c'est bien simple : c'est après cette visite que j'ai cessé d'organiser des batailles entre les boutons de la boîte à boutons. J'ai oublié la reine dorée, les Djibouti. J'ai changé de jeu. Pendant cet été-là, avec Solange, j'ai passé des journées à me draper dans les chutes de tissu que ma mère récupérait sur les vieilles robes de Mme Gallic ou de Grande-Marraine. Elle nous prêtait aussi des foulards usagés, de vieux sacs en peau de reptile qu'elle allait chercher au grenier ; et, quand on était bien déguisées, Solange et moi, on descendait l'allée en grande solennité.

Mais j'étais la seule, dans notre procession, à me hisser sur la pointe des pieds pour contrefaire la démarche des femmes à talons aiguilles. La seule à plisser les yeux pour les rendre plus effilés, la seule aussi à tendre le cou vers le ciel. La seule, surtout, à pincer la bouche jusqu'à ce qu'elle dessine une étoile. Quand ma mère et mes sœurs me voyaient, elles se tordaient de rire et disaient : « C'est vraiment Grande-Marraine ! » Elles en redemandaient.

Dans ma petite comédie, je sentais qu'elles cherchaient une revanche, un moyen de réparer les heures de soumission et de silence que la visite de Grande-Marraine leur avait imposées. Tandis que moi, ce que je promenais ici en la singeant, inlassable, entre le puits et la venelle, la cour et le lavoir, le fumier, le poulailler de Maman Ec, les clapiers, la buanderie, les cabinets, c'était tout le contraire. C'était la volonté de Grande-Marraine. Sa façon d'ouvrir des brèches, de dominer les choses. D'asseoir, à chaque instant, sa royauté sur elles. De les anéantir, si besoin était.

Et là, un après-midi, entre la maison et le bas du jardin, dans mes oripeaux de petite comédienne, quelque chose a fini par me souffler que je partirais. En silence, en secret. Mais j'ai su que devant moi, un jour, d'une façon ou d'une autre, les haies, les routes s'ouvriraient. Pour de vrai.

Enfin, il y avait eu ces mots que mes parents avaient dits à Grande-Marraine juste avant qu'elle ne s'en aille : ils iraient la voir à Saint-Nazaire. Quand, ils ne savaient pas. Mais c'était promis, ils iraient, ils bougeraient. Dès qu'ils pourraient.

Alors moi, cet été-là, en descendant l'allée sous leurs rires, quand j'étirais mon cou, poussais sur mes chevilles comme une visiteuse débarquée d'une étoile, ce que je voulais, ce n'était plus seulement contrefaire Grande-Marraine, mais les pousser à partir, à bouger avec moi. Parce que m'en aller seule, c'était impossible. Et puis, ensemble, quelle joie !

Ma mère, peut-être, aurait dit oui. Elle, ça lui aurait bien plu, je crois. Seulement il y avait mon père qui, dans le fond, n'y tenait pas. On ne sortait pas — ou si peu. On n'allait jamais nulle part. On restait là.

J'entends encore le lamento de ma mère, sa complainte qui revient si souvent. Lorsqu'elle a commencé, elle ne s'arrête plus, elle répète et répète des heures durant : « *On n'est pas comme les autres, nous, on ne sort pas, on ne va jamais nulle part, on reste là.* »

Ma mère nous parle sans nous parler, sans nous regarder, elle tourne et vire entre le buffet, la table, les fourneaux et l'évier, sa bassine à vaisselle, la poêle, la marmite qui chauffent sur le Butagaz, ses légumes à laver, à éplucher. Elle est aux aguets ; ce qu'elle épie, c'est le moment où mon père va rentrer, mon père à qui, tout à l'heure, elle a déjà quémandé une sortie et qui n'a pas répondu, qui a filé.

Maintenant que l'heure du repas le contraint à rentrer du jardin, il n'a plus le choix, il va devoir l'affronter. Et, comme moi, les phrases qu'elle s'apprête à lui dire, il les connaît déjà, au mot près.

Mais elle est à bout maintenant, elle n'arrêtera plus de revenir à la charge. Pourtant, elle sait que ses mots vont se fracasser sur le silence de mon père. Avec le même geste : il va brasser l'air du plat de la main, puis se retourner, se fermer.

En lui, alors, tout se verrouille, la bouche, les mâchoires, le front. Les yeux se renfrognent, il se fait carapace. Ma mère se tourne vers nous et enrage : « Pas moyen ! Moyen de rien ! »

Mais, certains jours, elle s'acharne, s'obstine jusqu'à lui arracher une réponse, une vraie. De celles qui commencent par *parce que,* et se terminent par *c'est comme ça, là !* Au fond des yeux de mon père, le noir recouvre le lac de miel, sa pupille se dilate à l'extrême, il reprend sa tête de pierre ; et, pour bien faire comprendre qu'il ne discutera pas, il crie : *Raus !* en allemand, d'une voix qui claque comme un fouet, en brassant l'air de son bras.

A ce moment-là, c'est la guerre que je vois. L'autre guerre, celle que je n'ai pas connue, celle qui se cache dans le noir et qui les a tous blessés, ici, où je vis. Et moi peut-être aussi, sans l'avoir jamais vue.

Oui, elle est là, la guerre, elle court dans la maison. C'est elle, dit d'ailleurs mon père, faut pas chercher plus loin !

Maintenant c'est lui qui se plaint. Sortir ? Mais du pays, à cause des Chleuhs, il en a assez vu : la Belgique, Dunkerque, l'Angleterre, l'Allemagne quand il est revenu se battre après la débâcle et se faire prendre. Et après, des nuits, des jours entiers à marcher la mitraillette dans le dos, oui, dans le dos, marche ou crève, ceux qui n'avançaient pas, les Fritz les canardaient comme à la foire, et ensuite les oflags, les stalags, quatre ans derrière les barbelés, quatre ans à se foutre en l'air la santé, à ne pas savoir s'il allait rentrer ou se faire tuer. Et pour finir, quel cirque, pour rentrer ici sous les bombardements alliés... Alors maintenant...

Maintenant, *raus !* Il a son travail, son jardin, sa maison, il lutte pour sa femme, pour ses trois enfants, il lutte tout le temps. Alors le dimanche, qu'on lui foute la paix, il est bien ici. Oui, la paix. *Raus, raus !* comme disaient les Allemands.

L'air siffle sous son bras. « On n'irait pas loin, hasarde quand même ma mère, à la plage, ou juste un peu dans les champs. Sortir, quoi ! Ça ferait tellement de bien aux enfants... »

Raus, raus ! Mon père bat à nouveau l'air de son bras. Les enfants, ils sont aussi bien ici que dehors ! Dans le jardin, ils sont à l'aise, il y a du bon air, ils sont loin de la rue, pas comme sur la route des plages à respirer l'essence et les pots d'échappement. Et puis, qu'on lui foute la paix : lui, il n'arrête plus de lutter depuis qu'il a été retiré de l'école pour garder les vaches, à onze ans. Le dimanche, il a besoin de souffler. Besoin de penser. Dans son jardin, avec ses poireaux, son fumier, ses arbres, ses lapins, ses fleurs, ses carottes. Besoin de lire, aussi, de faire son petit train-train. Pour continuer. Trouver la force d'avancer.

« Mais toi, tu sors ! s'entête ma mère. T'as ton travail, ton syndicat, tu vois des gens. Et, quand t'es libre, tu prends ton vélo, tu vas à Pont-Scorff, dans les landes, chercher ta terre de bruyère, ou à la mer ramasser tes algues pour le fumier. Tu vas dehors, toi, tu... » Mon père se redresse : « Justement, c'est pour le jardin. Y'a pas assez à faire, ici ? »

Ma mère ne dit rien. Moi, je sais ce qu'elle pourrait lui répondre : « Puisque c'est comme ça, je vais sortir toute seule avec les enfants. » Mais elle ne le fait pas, elle n'a pas le droit, sans doute. En tout cas, ça ne se fait pas, pas le dimanche. Alors elle se contente d'essuyer ses mains à son tablier et de se planter devant lui en grondant : « Et nous, alors ? Et moi, et les enfants ? »

Un bref instant, le visage de mon père se détend. Il lève les yeux sur moi — son iris a retrouvé sa couleur de miel. Ma mère reprend du poil de la bête et poursuit : « Les autres, ils vont se promener. Ils vont ailleurs, ils sortent. Nous, on ne fait jamais rien. On ne voit rien. Toujours enfermés ici. Nulle part, on ne va jamais nulle part ! »

C'est son grand air, sa complainte. Une fois de plus, mon père ne l'a pas vue venir. Sa colère décuple ; il tourne les talons et ressort dans le jardin.

Mais il n'emporte pas la guerre avec lui. Elle reste entre les murs de la cuisine. Ma mère transpire, son dos s'affaisse, sa nuque se tasse. Entre la table et les fourneaux, elle va et vient, hagarde, on la croirait aveugle, elle se fait maladroite ; dans le même instant, elle éteint, rallume le Butagaz, remplit d'eau une casserole, puis la vide et finit par pester : « Tiens, j'sais plus ce que je fais ! »

*
* *

Vite, détaler. Je sors dans la cour. Mon père est au fond du jardin. Il arrache une mauvaise herbe, redresse un pied de tomates contre son tuteur. Il se penche sur la terre, lui fait cadeau de sa colère. Mais il a beau faire, la terre n'en veut pas. Et sa fureur ne s'en va pas.

Je me poste sous la gouttière, devant la bassine où l'on recueille la pluie. Je me mets à la baratter et demande à l'eau : qui a raison, qui a tort ? Selon le mouvement de ma main, le liquide tourne tantôt dans un sens, tantôt dans l'autre. Puis bientôt d'un seul côté — celui de ma mère.

Oui, me dit l'eau, c'est ta mère qui dit vrai, il faut sortir. Partir, franchir la haie, être léger, rire, oublier de lutter, de travailler, de regarder ce qu'il y a au fond du porte-monnaie. Chercher les routes, le monde où sont les autres.

Mais qui sont-ils, ces autres dont ma mère n'arrête pas de parler ? Comment sont-ils, où les trouver ?

L'eau ne répond pas. La peau de mes doigts se gerce à force de la touiller ; et j'ai les fesses toutes froides d'être restée assise sur le ciment sans bouger.

J'abandonne la bassine, je me lève, guette à nouveau mon père. Il n'a pas bougé ; il est toujours penché au-dessus de ses sillons, près du puits. Dans la cuisine, les choses non plus n'ont pas changé : assise à la table, dos cassé, ma mère entasse sur un papier journal des monceaux d'épluchures.

Je me poste à nouveau sous la gouttière, devant la bassine de pluie. L'ennui est là, qui pèse et bat l'eau avec moi. Puis, d'un seul coup, au fond de la bassine, l'espoir en tourbillon : sortir d'ici, oui, très vite ! C'est ma mère qui a raison.

*
* *

Car ce qui l'appelle dehors, ma mère, c'est la même chose que moi : la lumière. La pluie de soleil derrière la haie, en haut du ciel, la lumière claire — toujours plus claire du côté de la mer.

C'est aussi de ce côté-là qu'arrivent les grands vents, les vrais, les vents salés, et les averses grosses et tièdes, aux gouttes larges qui mouillent la moitié de la langue quand on ouvre la bouche pour les boire. Pluie de mer, pluie de lumière, lumière des vents, lumière de mer. Tout est si gai, là-bas, au bout du ciel, vers le soleil. Tout est tellement ouvert.

C'est là que s'en vont les autres dont parle ma mère, ceux qui bougent, ceux qui s'en fichent, des haies et des barrières. Je ne sais pas si je les ai vus, ceux-là, qui prennent le droit. Ce ne sont pas nos voisins, en tout cas, ni mes tantes, ni mes cousins, ni ma grand-mère. Pas d'argent, ils sont comme nous, ils ne sortent pas. Ils restent chez eux à penser à la paye, à l'argent qui vient ou ne vient pas. Aux poules, aux lapins, au jardin.

Alors qui, les autres dont parle ma mère ? Les gars de la côte, ceux de la chanson, ceux qui embrassent les filles sur la bouche avant de voir leurs rubans rouges et noirs ? Peut-être, car ceux-là, on dirait, n'ont peur de rien. Ils bougent comme des bateaux, des oiseaux, pas de limites pour eux — j'entends dire qu'ils vont faire la noce, le dimanche, dans les restaurants des plages, bâfrer du homard au cari ou passer la nuit dans les dancings, du côté du port de pêche ou du bassin à flot. Pour dire comment ils sont, d'ailleurs, mon père a un mot : *vulgaires*.

Je le répète parfois pour moi seule, tout bas, ce mot-là. Je me sens alors toute trouble et salie, comme si ma bouche s'était remplie d'eau de vaisselle ; il a aussi une odeur de poisson, comme l'autre mot que mon père emploie pour parler des filles qui se laissent caresser et embrasser par les hommes dans les rues. Il dit qu'elles *frayent*.

Car elles se passent toujours du côté de la mer, les choses que mon père n'aime pas. Ça se comprend : il vient de la campagne, de l'intérieur des terres, là où la vie est dure comme les pierres. Mais ma mère, elle, est d'ici ; et si elle est plus gaie que lui, ce n'est pas seulement à cause de la guerre. Elle, ce qui la rend joyeuse, c'est de connaître les deux côtés du monde, la mer aussi bien que la terre.

Et ça n'est pas pour autant qu'elle est vulgaire. Les filles qui frayent, l'argent jeté par les fenêtres, le homard, le dancing, ça ne l'intéresse pas. Elle *se tient,* elle est comme mon père. Simplement, rien que pour regarder, elle voudrait aller du côté de la mer. Seulement regarder. Regarder la vie des autres, de loin. Rien que de les voir, ça lui ferait du bien.

Je voudrais l'expliquer à mon père. Mais comment faire ? Déjà que ma mère n'y arrive pas...

Alors je reste là à baratter dans la bassine l'eau de leur guerre. A épier mon père au fond du jardin, qui continue de passer sa colère sur les plantes, les sillons. A guetter, par-derrière la haie, la trouée du ciel de mer. A espérer qu'elle reste comme elle est, une averse de lumière. Ça dure et ça dure. Mais, finalement, vient toujours un moment où mon père relève la tête, où il remonte l'allée en haussant les épaules et en sifflant « Psss, Psss ! », comme dégoûté de lui-même. Sa tête de pierre se craquelle ; et, malgré ses gros sourcils toujours hérissés en queue de matou, son regard s'adoucit, commence à changer de couleur. Depuis la cuisine, d'un seul coup d'œil en coulisse, ma mère s'aperçoit qu'il s'est lavé de sa colère. Ses gestes de somnambule retrouvent aussitôt, entre la table et le fourneau, leur précision première. Mon père fait son entrée, s'assied sans un mot à la table. Elle sert les plats, comme d'habitude, ils parlent de tout et de rien. Ils sont d'accord pour *faire mine,* je vois bien. Pour attendre le soir.

Quand ils seront couchés. Moi, ces soirs-là, je ne m'endors pas, je ne me raconte pas d'histoires sous mon drap. J'attends qu'ils entrent dans leur lit et je guette, derrière la cloison, le moment où ils vont se mettre à parler à mi-voix.

De phrase en phrase, leur décision prend corps. Il faut tendre l'oreille pour capter leurs paroles, ils ne vont pas vite, ils tournicotent, ils chuchotent, j'entends leur sommier grincer. Parfois, je m'empêche de respirer ; et quand j'ouvre la bouche, c'est simplement pour boire l'espoir, dans le noir.

Ça finit toujours de la même façon : un bruit de baiser. Ils ne parlent plus. Des ressorts grincent, un rai d'électricité passe sous la porte, s'évanouit. La paix retombe sur la chambre d'à côté.

Ma mère a gagné. On ira à la mer. On ira voir les autres, rien qu'une fois. On sortira.

La mer, je ne l'ai jamais découverte, elle a toujours été là, marée haute, marée basse, j'ai toujours su ça, les tempêtes d'air doux, les rues qui, deux jours avant le gros temps, sentent les algues vieilles, le poisson. Et, au fond du vent, perpétuelle, l'écorchure du sel.

Même au fond du noir, la mer était là. Elle m'est tombée dessus avec le reste : le jardin, la maison, le puits, le ciel. Mais le ciel est trop haut, trop loin, c'est un amas de questions, toujours le même : il est en quoi, qu'est-ce qu'il y a derrière, comment arriver à le toucher, à faire glisser son bleu sous les doigts ? Même quand il adresse, la nuit, avec le sourire de la lune, le salut furtif des étoiles, il reste étranger, lointain. Pas de réponses, jamais. Ou alors, qui n'expliquent rien.

La mer, elle, est simple. Elle ne demande rien, elle va, elle vient, c'est tout ce qu'on en retient. On ne voit même pas sa couleur. Bleue, verte, grise, on la prend comme elle est. On ne fait pas attention, on ne cherche pas son comment ni son pourquoi. La mer est comme elle est, elle est là. Elle ressemble aux oreilles sur la tête de quelqu'un, ou à la main au bout du bras : on ne serait étonné que s'il n'y en avait pas.

Je trouve seulement que ses eaux sont tristes quand elle laisse dans l'estuaire, au reflux, les vasières grises et nues, les bateaux en cimetière. Quand la mer fuit, là-bas, elle transforme la rivière en lit vide et défait ; avec, dans la mollesse des vases, une armée de spectres en faction : des pieux tous identiques, gravement alignés en arc de cercle. Ils sont devenus noirs, depuis les temps et les temps qu'ils sont là. A veiller sur on ne sait qui, on ne sait quoi — des nessains d'huîtres qui ne prennent pas, des bateaux qu'on aurait dû tailler dans leur bois. Ou bien sur leur propre mort, qui ne vient pas. Mais, dès que la mer renfle, gonfle, engloutit les algues, suce les berges, avale la vase et son mystère funéraire, je me sens soulagée ; et c'est la même chose pour tout le monde autour de moi.

Mais cette mer-là, c'est celle de tous les jours. Celle que je vois clapoter sous les planches du pont lorsqu'on va rendre visite à ma tante, ou celle qui s'étire derrière les cèdres noirs quand on m'emmène chez ma grand-mère. La mer ordinaire, la mer des quatre saisons, mariée aux terres, sans plage ni horizon. Nous, celle qu'on veut, ma mère et moi, c'est l'autre, celle du lointain. La mer grande, facile, sablée, sans vasières. La mer d'été en ondées jaunes et bleues, plage et lumière, à ouvrir comme les pages d'un livre, dans l'envie, la ferveur.

Un désir qui montait en même temps que les chaleurs. Il se reconnaissait, dès que ma mère avait arraché le « oui » de mon père, à un petit bruit sec : le cliquetis du clapet de son porte-monnaie.

*

* *

Parce qu'il y a de la dépense, quand on va à la plage. C'est comme pour les communions, les mariages : avant de sortir les pièces et les billets, il faut chercher tout ce qui manque.

On a beau bien regarder, s'y prendre des jours à l'avance, il manque toujours quelque chose au bout du compte. Un ballon, une bouée, des sandales blanches. Ou bien c'est l'ambre solaire de l'année dernière qui a tourné, durci contre les parois de son flacon de verre.

Quand on trouve quelque chose qui manque, c'est toujours pareil : on va en ville, on dépense. Et on entend claquer le clapet du porte-monnaie. Il n'y a que deux choses pour lesquelles jamais, au grand jamais on ne sort un billet : les serviettes — on prend celles de tous les jours, qui servent pour la toilette — et nos maillots de bain : de grandes culottes de laine qui montent jusqu'au nombril et que ma mère nous tricote. Je n'aime pas leur forme, je le lui ai dit cent fois. Je voudrais un maillot qui cache tout, qui monte jusqu'en haut et empêche de voir que je suis, comme elle ne cesse de le répéter, maigre comme un clou. « Tu n'as pas l'âge ! m'oppose-t-elle. Et puis, qu'est-ce que t'as à cacher ? A part que tu ne veux pas manger... »

Donc, bien obligée de porter le maillot en tricot. Seulement, même si je ne mange pas, j'ai pu grandir sans m'en apercevoir. Ma mère doit donc vérifier que celui de l'an passé est toujours à ma taille. Elle me déshabille, vérifie, soupire, détricote, retricote. Enfin elle souffle : « Et puis il y a les pieds... » Alors on s'en va acheter des sandales d'été.

Toutes blanches, avec le produit pour les repeindre quand je les aurai salies ; et des socquettes de même couleur en fil bien raide, qu'il faut tirer jusqu'au milieu du mollet. Enfin on prend une bouée, un gros anneau de caoutchouc noir, si on a crevé celle de l'an passé.

Les choses qu'on achète, je leur trouve la même odeur. C'est sans doute parce qu'elles chauffent toutes ensemble au fond du cabas de ma mère pendant qu'on fait les courses. Le cuir neuf à côté de l'huile solaire, le coton en même temps que le caoutchouc et le produit à chaussures. Un relent léger mais tenace. Le parfum de l'été.

On baguenaude dans les rues, entre les buses d'égout, les monceaux de pavés, les machines à goudron, les bétonneuses. On vient de raser les baraques du Quai des Indes, les magasins sont maintenant de pierre neuve, avec de grandes vitrines. On les a décorées de phares, de bateaux, de cordages, d'ancres de marine ; on y a éparpillé des coquillages, des galets, des étoiles de mer séchées. Ça rend ma mère toute gaie. Vive comme le sel au fond de l'odeur d'été. Et fait cliqueter plus vite le clapet de son porte-monnaie.

Quand, pour finir, elle achète la bouteille de limonade, avec son bouchon de porcelaine blanche et son mécanisme rouillé, je sais que c'est gagné : la boisson, on la prend en dernier. La brèche est ouverte, la plage, c'est pour demain.

Au bout du jardin, le ciel s'est mis en clairière comme jamais. Mais encore un jour à patienter. Alors, pour oublier le temps long, les heures qui se perdent alors que le bonheur est là, à portée de main, je demande le buccin.

Il est précieux, comme son nom. On le garde toujours à la même place, devant le service à porto qui ne sert presque jamais, sur le buffet de la salle à manger. Je ne sais pas qui l'a apporté. Il paraît que, *dans le temps,* on trouvait des coquillages comme ça, sur les plages, après la marée ; mais que, maintenant, c'est terminé.

C'est justement ce qui me plaît dans le buccin : qu'il me transporte dans cette grande grotte ronde, bourrée de choses anciennes, dont mes parents parlent si souvent, le monde qui a fini, le monde du *dans le temps.* Le buccin non plus n'a pas oublié sa vie d'avant ; il me la raconte à l'oreille. Mais d'une autre façon. Ce qu'il me dit, avec l'écho de ses marées perdues, de ses vieux ressacs, c'est que les choses reviennent malgré tout. Qu'elles continuent à vivre plus profond que *dans le temps,* dans un ailleurs léger, l'ailleurs de l'été. Des îles de joie pure : la chaleur, la plage, le sable. Ils restent intacts, même quand on ne les voit pas, ils ne s'arrêtent jamais. Comme, au fond du buccin, le murmure du vieil océan.

Si sûr de son éternité qu'il ne craint pas d'aller se perdre parmi les bruits de la maison qui se prépare pour son dimanche. Le son mat du fer à repasser sur la planche, qui s'acharne sur les robes claires. La chanson crachotée par la radio du voisin, piquetée de parasites qui s'en vont bourdonner sous les pruniers, les poiriers, comme si la ritournelle voulait butiner, elle aussi, partout où il y a de l'été. Au fond du jardin, le dos de mon père s'allège. Depuis la fenêtre où il l'observe, le voisin le sent, il lui lance : « Le beau temps va se maintenir ! » Mon père se relève, acquiesce et ajoute avec entrain : « Demain, on va au large ! » L'autre hoche la tête et poursuit : « Vous partez du matin ? » Mon père désigne le soleil et lâche un petit rire : « Ça tape trop ! Les petites seraient cuites ! »

Le voisin hoche encore la tête, puis demande : « Vous allez au Fort-Bloqué ? » Il y a un long silence qui sent l'économie. Ma mère lève la tête de sa table à repasser et jette par la porte ouverte : « Oh ! Rien que Larmor. — Larmor-Toulhars ? » s'enquiert l'autre. C'est encore ma mère qui répond : « Probab' ! Le plus près ! »

Il y a un nouveau silence qui dit tout bas ce que le voisin n'a toujours pas compris. Mais il a la tête ailleurs, il ne saisit pas que c'est une histoire de sous, il s'obstine :

« Vous n'aimez pas le Fort-Bloqué ?

— Le sable est fin, à Toulhars », rétorque ma mère.

Le voisin doit adorer le Fort-Bloqué, il ne lâche pas le morceau :

« Oui, mais au Fort-Bloqué il y a de l'air, de la place, on n'est pas les uns sur les autres, serrés comme des sardines ! »

Mon père, au-dessus de son sillon, repose un instant sa binette et observe poliment :

« Sûr, au Fort-Bloqué, l'eau est plus remuée. »

Ma mère sort dans le jardin, s'empare d'une bassine où attend du linge humide et va l'étendre en lançant au voisin avec fermeté :

« Au Fort-Bloqué, il y a toujours des grosses vagues. Les petites auraient peur. Et froid. Le Fort-Bloqué, c'est trop venté. »

Cette fois, le voisin a compris. Il jette un coup d'œil

à notre cuisine, aux grands sacs de toile dans lesquels ma mère a commencé d'entasser le *barda,* tout ce qu'il faut pour aller à la plage. Puis il quitte sa fenêtre et soupire :

« Moi, la mer, de toute façon, c'est plus de mon âge. »

Ma mère a peur de l'avoir chagriné. Depuis son fil à linge, elle lui jette :

« Quand vos enfants viendront vous voir... »

Le voisin ne la laisse pas finir :

« Oh, s'ils viennent... »

Ma mère s'arrête de suspendre son linge ; elle prend un air convaincu et poursuit :

« Avec les beaux jours, tout de même... C'est bien, par ici, la côte. »

Le voisin la considère un petit moment et esquisse un sourire :

« Ah ça ! Si mes enfants viennent, on ira à la côte. Au restaurant. Je leur paierai *le rouge* à la plage. »

Rien qu'à l'entendre parler de la côte, ma mère a de la fête dans les yeux. D'autant que le voisin a prononcé « *Le rouche à la plache* », comme les vieilles gens d'ici quand ils parlent du homard qu'on mange au restaurant. Seulement elle n'est pas sûre que mon père ait compris ce qu'il a dit. Alors, malicieuse, elle traduit :

« Le homard, monsieur Gourriérec, le homard au cari ? »

Mais mon père sait très bien ce que ça veut dire, *le rouche à la plache,* et il s'est déjà rembruni. Ma mère sent venir le danger. Elle se fait sérieuse à nouveau, recommence à étendre son linge et corrige le tir :

« Tout de même, le cari, c'est de l'épice ! Faut avoir de bons intestins. »

Le voisin ne l'écoute plus. Il abandonne sa fenêtre, s'en va à petits gestes économes, affaler sur sa chaise son long corps décharné, dehors, contre le mur, en plein soleil. Et il s'assied, déplie son journal.

Pour éviter ses commentaires, mon père s'éloigne par-derrière le puits : comme d'habitude, le voisin lit

L'Humanité. Mon père, maintenant, en plus de *La Liberté,* reçoit chaque samedi *Le Populaire de Paris,* qui a des idées toutes contraires ; il ne tient pas à en discuter.

Mais il faut se méfier, elle dure longtemps, la lecture du voisin. Il suit toutes les lignes du doigt, même les plus petites. On croirait qu'avec son journal il veut faire comme avec ses chemises, ne jamais le jeter avant qu'il soit complètement usé. Même s'il a déjà tout lu, demain, s'il fait soleil, après manger, il va recommencer.

Mais par bonheur, nous, cet après-midi-là, on sera déjà à s'en aller par les rues chaudes et vides, avec les sacs, vers le monde qui dort au fond du buccin. Avec tout le barda — les serviettes, les maillots, les chapeaux, l'ambre solaire, la bouée, la limonade —, on partira en petite troupe bien propre, bien vaillante, en marche vers la Gare routière, pour prendre le car marqué du nom : LARMOR, qui me fond déjà dans la bouche comme le cornet de glace qu'on m'offrira sur la place. Rien que d'y penser, le buccin à la main, c'est comme si on était demain.

Au fond de la cour, Solange et ses petites sœurs, tristes et dépenaillées, nous ont regardés partir sans un mot. Maman Ec n'a pas bougé en nous entendant passer. Elle a fait celle qui a trop chaud, qui préfère faire la sieste. Il n'y a eu que le voisin pour nous dire, au moment où il nous a vus sortir : « Attention à la digestion ! », avant de replonger dans son journal dont il n'est toujours pas venu à bout.

Mais quand on a eu le dos tourné, peut-être qu'il s'est mis lui aussi à penser à la plage. A la mer de *dans le temps.* Celle qui était déjà là quand il était jeune, quand il avait sa femme et ses enfants. Avec les mêmes vagues, les mêmes marées que maintenant.

Peut-être que lui aussi il a un buccin, qu'il cache. Peut-être qu'il va aller le chercher, le plaquer contre son oreille. Peut-être qu'au fond de son hélice il va trouver, comme j'ai fait hier, la mer sans âge. Le monde sans murs, sans rues, sans arbres, le soleil en pluie, la vie large, l'horizon libre, gai, souple, ras, la mer — pas moyen d'ouvrir plus grand les bras.

*
* *

Et je croyais qu'avec la mer rien ne changerait, jamais. Que j'avais mis la main sur son secret : s'ouvrir, s'offrir chaque fois, faire oublier tout ce qu'on a laissé derrière. Etre là, en face, ce fil tendu, cette liberté devant.

Et puis qu'aller vers elle ce serait toujours, sans réserve, le même élan, prendre sur le coup d'une heure le car bondé, surchauffé — « *Demi-tarif, monsieur, on est une famille nombreuse, la plus petite je la garde sur les genoux, voilà la Carte de Réduction* », entendre crisser la machine cracheuse de tickets, écouter claquer le porte-monnaie, tendre l'oreille vers le contrôleur qui crie les noms tous plus bizarres des stations : Le Polygone, La Puce qui renifle, La Fontaine des Anglais ; enfin, voir s'évanouir derrière la vitre chaude, à l'horizon du pont du Ter, les gueules béantes de la base sous-marine et les bois de pins penchés sur les vasières comme pour chercher la mort.

Mais fini le pays gris. Avec le Ter, on passait la frontière, on entrait dans le bleu, le soleil qui pleut. Dès qu'on arrivait, Larmor tenait promesse, son vœu d'été : toujours la même place encombrée d'étals chargés de ballons, de bouées, de moulinets en celluloïd, la même église massive et façonnée comme à grands coups de taloche, à la façon des pâtés de sable ; au coin de la rue qui descendait, le même vendeur de cornets de glace. Puis la mer, devant. La course, l'essor, l'élan. Tout comme avant.

« *Mettez vos chapeaux, vous allez attraper une insolation, vous démenez pas comme ça !* » Mes parents s'égosillent. Moi, je n'entends pas, je suis tout à ce que je retrouve : les aiguilles de cèdre éparpillées sur le béton, le petit escalier dévalé quatre à quatre, les sandales subitement remplies de sable farineux, la plage qui se met à crier comme le sel au fond de l'air : « *Ça monte ou ça descend ? — Faut trouver une place. — Ici ! — Non, là elle sera haute dans une heure. — Alors au bout ? — Pas trop loin, avec le barda ! — Près des rochers, il y a du coltar, on va prendre des taches. — Ramasse bien ta montre, faut pas qu'elle attrape du sable ! — Tiens, voilà, ici, on serait bien...* »

On s'installe où on peut. Il y a des habitués, des gens qui ont leur place. Ils sont là tous les jours ; à moins qu'ils ne viennent du matin. Mais nous, on ne gêne pas beaucoup : on n'a pas de parasol ; et ma mère nous envoie jouer tout de suite sur le sable mouillé, celui qui dessine des petites vagues, où l'on découvre des coquillages si on se donne la peine de creuser.

C'est là que j'attends l'heure du bain en continuant d'écouter les cris de la plage, les raids subits des mouettes entre les nageurs, les gens qui jouent au jokari ou au volley entre les lignes d'algues sèches, les garçons qui se lancent, au bout de la cale, dans des concours de plongeon.

On s'ennuie sur la plage, mais pas de la même façon qu'à la maison ; on pose d'autres questions, en courant du sable mouillé au sable sec d'où ne bougent pas mes parents : « *Quand est-ce qu'on se baigne ? Il reste combien de minutes ? — Pourquoi il faut empêcher le sable de rentrer dans la montre de papa ? — Si je bois de la limonade, est-ce que, ça compte pour la digestion ? — Si on met seulement les pieds, est-ce qu'on attrape aussi une électrocution ?* »

Entre les réponses, j'écris et dessine mes rêves sur le sable, je m'étonne et me délecte de sentir l'air glisser sur les parties de mon corps qu'on ne montre jamais : le nombril, la poitrine. De temps en temps, je fais semblant, comme les grands, de faire de la gymnastique. Entre mes jambes, j'épie la bande de sable sec, la place de mes parents.

Ils ne se mettent pas en maillot. Ma mère n'en a pas ; mon père, lui, n'aime pas ça. Un journal déplié sur la tête, il somnole tout habillé, allongé sur sa serviette de toilette. Assise à côté de lui, ma mère tricote, comme d'habitude.

Mais je vois bien qu'elle se régale de son dimanche. Même si elle n'entre pas dans l'élan de la plage, elle est quand même dans sa joie. Ses yeux rient, voient plus loin que ses aiguilles. A travers leur compas, elle observe la mer. Elle est comme moi : elle regarde devant.

Où elle voit soudain, cet après-midi-là, mon père retrousser les jambes de son pantalon et descendre vers la bande où je dessine les contours de mon nouvel ennui. Il se met à chercher avec moi des petites palourdes jaunes qu'il appelle, en homme des terres qu'il est, des « *fleurs de genêt* ». Mais il secoue la tête, il n'en trouve pas ; et il fait : « Pss, pss ! » avec l'œil qu'il a toujours quand le monde ne marche pas comme il veut.

Il remonte s'asseoir à côté de ma mère. Je le rejoins. Il désigne la mer et lâche : « Ils ont tout bousillé. Toutes leurs cochonneries. Le coltar, les sous-marins de la base. Et, dans l'air, toutes leurs bombes. » Longtemps il répète, l'air écœuré : « Pss, pss... dans le temps, c'était pas comme ça. »

Ça n'entame pas ma joie. A la maison, mon père, en lisant le journal, a souvent de ces mots-là ; et ma mère, aujourd'hui, comme d'habitude, n'y répond pas. Elle se contente de lâcher un moment son tricot et de lui montrer d'un coup de menton, de l'autre côté de la rade, les remparts de Port-Louis : « Regarde, en face, le monde qu'il y a. C'est du gros sable, pourtant, là-bas ; et du galet quand la mer est basse. »

Mon père contemple sans un mot la laisse de sable lovée dans l'épaule des remparts.

Elle poursuit : « Les galets, c'est bon pour les jambes des enfants. Ça les fortifie, il paraît. »

Mon père déplie son journal. Elle enchaîne :

« La prochaine fois, peut-être qu'on pourrait prendre le bateau et y aller, ça changerait... »

Mais mon père ne l'écoute plus. Il a trouvé son prétexte : en haut de l'escalier, juste à côté de lui, une femme s'avance. Elle est belle, jeune. Il la regarde.

La femme est en maillot de bain, elle crie à quelqu'un qu'on ne voit pas encore : « Les clefs des cabines ! Tu y as pensé, cette fois ? » Deux petites filles surgissent en haut de l'escalier. Elles sont elles aussi en maillot. Mais de coton, avec un haut.

Les petites filles bousculent la femme. Elle les rabroue gentiment. Elles ne l'écoutent pas et se précipitent sur la plage où elles vont se perdre, comme moi tout à l'heure, parmi les bâtisseurs de châteaux, les ramasseurs de coquillages.

Je me retourne vers l'escalier. Une autre femme est arrivée, elle tend à la première un trousseau de clefs. Elle est aussi en maillot de bain. Comme la première, elle ne porte rien à la main.

Je chuchote à ma mère :

« Les dames, là... Pourquoi elles n'ont pas de barda ? »

Elle s'arrête de tricoter, rajuste ses lunettes sur son nez et lâche :

« Elles ont des cabines. C'est des gens des villas. »

Ses yeux ne rient plus. Je ne comprends pas, j'insiste :

« C'est quoi, ces gens-là ? »

Ma mère pose son tricot sur ses genoux, agite la main par-derrière, du côté de la route :

« Des gens qui vivent dans les grandes maisons construites le long de la plage, là. »

Elle se remet à tricoter comme si elle n'avait plus envie de parler. Mais moi, je m'acharne :

« Les gens des villas... ils dorment devant la mer ? »

Elle me répond que oui. Je recommence à chercher du regard les deux femmes. Elles ont ouvert les cabines, elles y farfouillent, en sortent des parasols, de très grandes serviettes rebrodées de motifs en forme de coquilles. Puis elles courent jusqu'à la mer et se mettent à nager.

Mon père se rallonge sur son petit bout de serviette, repose le journal sur son visage. Je chuchote à ma mère :

« Les dames vont mourir, elles n'ont pas regardé l'heure ! »

Ma mère part d'un petit rire :

« Mais c'est les gens des villas ! »

Elle ne s'alarme pas, elle ne bouge pas. Mieux : elle continue de rire. Puis elle a pitié de moi et ajoute :

« Ceux-là, ils regardent l'heure chez eux. Ils n'ont pas besoin de venir à la plage pour aller se baigner, ils ont rien que la rue à traverser. Ils ont la mer pour eux, ils habitent juste en face. »

La mer pour eux, et rien que la rue à traverser : c'est là que j'ai vu que la mer n'était pas que devant moi. Elle était comme le reste : avec un envers. Puisqu'elle avait un endroit.

*
* *

Moi qui, jusque-là, l'avait prise rien que pour un appel, une course vers l'infini dont on ne revenait pas. En m'en allant vers elle, chaque fois, j'avais laissé ce qu'il y avait à l'arrière ; d'elle jamais je n'avais connu que l'essor, l'élan vers un lointain sans fin. A peine brisé par des bateaux, parfois, des roches déshabillées par les marées ; et, les jours de temps clair, par les falaises de Groix... Les cabines, les grandes serviettes à motifs, les villas, je les avais vues, bien sûr, mais seulement comme des pièces de mobilier dans un décor. Je passais devant ; elles m'aidaient à me convaincre que j'étais bien là, à courir vers la joie.

Une joie que je n'avais pas envie de me voir enlever, maintenant, à cause de ce qu'avait dit ma mère sur les gens des villas. Il fallait à tout prix que je recolle l'envers et l'endroit. Je suis donc montée sur la deuxième marche de l'escalier, celle depuis laquelle on pouvait apercevoir la route et les maisons. Et j'ai commencé un nouveau jeu : j'épiais un instant la villa, puis me retournais, sautais d'un grand bond sur le sable, et, dès que j'avais atterri, je posais une question à ma mère. Par exemple : « Les gens des villas, est-ce qu'ils voient la mer la nuit ? » « Est-ce qu'ils boivent leur chocolat en regardant la mer ? » « Est-ce qu'ils vont se baigner le matin ? » « Pour pouvoir se baigner après le petit déjeuner, combien de temps ils sont obligés d'attendre ? » Ainsi, de question en réponse, je reconstruisais, en parallèle à la mienne, la vie des gens des villas. Peu à peu, les deux côtés de la mer commençaient à se rejoindre ; elle redevenait ce qu'elle avait été jusque-là : le monde déployé à l'étale, un espoir grand et franc.

Il n'y a eu qu'un seul moment où ma mère s'est énervée, c'est quand j'ai demandé : « Et la nuit ? Ils vont se baigner la nuit, les gens des villas ? » Elle a posé son tricot sur ses genoux et elle m'a répliqué : « Même si on vit dans une villa, on n'est pas forcé d'aller se baigner ! Grande-Marraine, elle vit comme ça, maintenant, à Saint-Nazaire, mais la plage, elle s'en fiche bien ! »

Grande-Marraine, au nombre des gens des villas ? Et qui se fichait de la plage, alors qu'elle habitait à deux pas ? Voilà qui rendait encore plus incompréhensible le mystère de ces maisons-là. Au lieu de me taire, comme j'aurais dû, j'ai donc risqué une question encore plus exaspérante : « Pourquoi est-ce qu'elle s'en fiche ? » Laquelle m'a valu une réponse qui n'admettait pas de réplique : « Parce qu'elle y est tous les jours. Quand on est tous les jours près de la mer, on s'en fiche. »

Ma mère avait fini la phrase avec tristesse, dureté. C'est ce que je n'ai pas supporté. J'ai voulu aussitôt affirmer ce que j'aimais dans la mer, l'allant, la gaieté. J'ai enchaîné :

« Moi si j'étais là tous les jours, j'irais me baigner tous les jours. »

Ça n'a pas démonté ma mère, elle a aussi sèchement rétorqué :

« Tu parles ! Les villas, l'hiver, on les ferme. »

Là, enfin, je suis restée sans voix. Je ne sais pas ce

qui s'est passé ensuite, je me revois seulement remonter une fois de plus l'escalier, me poster sur la marche d'où on pouvait observer la villa, et la contempler. C'est à ce moment-là que j'ai remarqué qu'elle avait de grandes fenêtres, des pièces claires ; et c'est peut-être à cause de ces immenses vitres que je ne suis pas parvenue à l'imaginer en hiver, toute fermée.

J'ai encore questionné et requestionné ma mère, comme chaque fois que, toute seule, je n'arrivais pas à rêver : « Les villas, c'est pas des maisons pour tout le temps ? » « Et Grande-Marraine, alors ? Quand c'est l'hiver, où elle va ? » Ma mère ne répondait pas. Elle avait lâché ses aiguilles, et je savais ce que ça voulait dire : qu'elle n'avait plus envie de parler.

Elle étalait maintenant son tricot sur ses genoux pour évaluer les mesures de son ouvrage en repliant une manche sur l'autre, et répétait l'opération pour les coutures de l'encolure. Elle paraissait très absorbée. Ça ne m'a pas empêchée d'insister :

« Où elle va, Grande-Marraine, l'hiver, quand il fait froid dans les villas ? »

C'est là que ma mère a explosé en me jetant la phrase qui, seule entre toutes, pouvait me réexpédier dans la seconde sur le sable mouillé :

« Grande-Marraine reste dans sa villa parce qu'elle ne fait jamais rien comme nous autres. C'est comme toi, voilà ! Et maintenant, va jouer en bas ! »

*
* *

Voilà comment la mer m'a rendu son endroit : avec ce mot par lequel il m'était signifié qu'à la fois j'étais comme les autres et pas du tout comme eux. Cette phrase, c'était de l'espoir pour plus tard, une façon de me dire : « Je sais que tu partiras, que c'est ta voie. » Et, en même temps, secrètement, ma mère m'intimait : « En attendant, fais comme nous autres, prends ce qu'il y a, comme c'est. Sinon tu souffriras. Sinon tu ne t'en sortiras pas. »

J'ai compris tout de suite, j'ai cessé de poser des questions, de monter et descendre l'escalier, de sauter. Je suis retournée courir à la lisière des vagues, au milieu des autres enfants aux peaux huilées, pailletées de mica. J'ai recommencé à écouter la plage crier.

Moi aussi j'ai crié, j'ai fait comme avant, exactement : « *Il est quelle heure ? Je peux mettre le bout des pieds, maintenant ?... Ça y est, c'est l'heure !... Elle est froide... Non, elle est bonne... J'ai bu la tasse... J'ai froid, j'ai froid...* »

Je ne pensais plus du tout aux femmes des cabines, à leurs serviettes trois fois plus grandes et plus belles que les nôtres, ni aux petites filles en maillot de coton avec un haut. Je faisais tout comme les autres — comme *nous autres,* plutôt : au sortir de l'eau, je me suis laissé étriller, déshabiller, rhabiller. Puis j'ai englouti mon goûter, mon morceau de gâteau, ma pêche juteuse, dont j'ai craché le noyau dans ma paume comme s'il était celui de ma joie. « La petite est cuite », répétait ma mère, comme d'habitude, en tâtant sous ma robe ma peau salée, sablée. Et elle a ajouté avec satisfaction, comme toutes les autres fois : « La mer, c'est bon pour la croissance. »

Le monde aussi faisait comme les autres fois. La lumière jaunissait, le vent commençait à soulever des petits fragments d'algues sèches, comme toujours à cette heure-là. On a fini par rassembler le barda ; on a remonté le raidillon de ciment pour aller reprendre le car. Il était toujours aussi bondé et surchauffé. En débarquant à la Gare routière, le béton blanc de la ville, comme chaque soir de beau temps, se laissait doucement engloutir dans un marais orangé. J'étais fourbue, je ne pouvais plus marcher. Mon père a décidé de me porter à bras.

Mais ça aussi, c'était comme les autres fois. Tout comme la phrase de ma mère à l'arrivée dans la cuisine ouverte sur le jardin qui sentait la nuit : « Pas le temps de faire à manger ! » Pendant que je cherchais encore, à petits coups de langue sur mon avant-bras, le souvenir de l'eau salée, elle a préparé la soupe de lait, rien que du sucre et du lait bouillant versés sur une soupière gorgée de pain rassis. Je m'en suis gavée ; et me suis assoupie dès la dernière cuillerée. Tandis que je piquais du nez, j'ai entendu ma mère répéter : « Elle dort debout. Faut la déshabiller. »

Je devais sans doute rêver déjà, reconstruire des villas, les meubler, les peupler. M'imaginer sans doute que je venais de là, car c'est peu de temps après que ma mère a commencé à m'appeler « la Princesse ». Ça me faisait rougir, chaque fois qu'elle disait ça.

Parce qu'elle tapait au bon endroit. Je n'en disais rien à personne, mais j'étais persuadée que je n'étais pas sa fille. Ni celle de mon père. J'avais d'autres parents et je savais qui c'était : les gens des villas.

*
* *

Oui, j'étais la fille *des gens*. Ils ne m'avaient pas vue, sur la plage, sinon ils m'auraient reconnue. Ils m'auraient appelée, embrassée, *ramassée* — c'était le mot qu'employait ma mère pour désigner les enfants perdus par leurs parents et que la police, disait-elle, recueillait lorsqu'elle les trouvait.

Mais *les gens* avaient retrouvé ma trace, ils apparaissaient soudain à la maison. Toujours de la même façon : j'étais accroupie devant la porte de la buanderie à jouer à l'eau, à respirer l'odeur du vieux savon. Je levais la tête et ils étaient là.

Des gens avec des têtes de gens. Un couple, un homme et une femme, sur leur trente et un, comme pour un mariage, et très déférents. Ils arrivaient devant la buanderie, me voyaient, levaient les bras, s'exclamaient. Puis m'emmenaient, éperdus de soulagement.

Ensuite, ils ne savaient plus comment se débrouiller pour se faire pardonner de m'avoir perdue et de m'avoir abandonnée dans ce petit jardin, cette maison. Ils devenaient de plus en plus déférents ; moi, je me raidissais dans mon silence et ma muette dignité, je me drapais dans ma douleur de petite fille perdue. Ils comprenaient alors que je souffrais le martyre, redoublaient de courbettes, me poussaient dans la venelle avec mille et un égards. Là, la scène s'arrêtait net. Pas moyen d'imaginer la suite. Les gens disparaissaient instantanément.

Pour revenir à la première occasion : je suis à jouer, à lire, et ils déboulent, comme ça, avec leur tête de gens qui s'en fichent, qui ne connaissent pas les barrières, les saisons, les frontières, qui savent comment aller tout seuls vers le soleil, sortir du pays gris. Et eux qui ont dans leur vie autant de mer qu'ils en veulent, au point de ne plus savoir quoi en faire, même la nuit, même l'hiver, c'est moi qu'ils viennent chercher près de la buanderie. Ils recommencent, ils lèvent les bras, s'exclament, multiplient les égards et les prévenances. Enfin, sur le seuil de la venelle, ils se volatilisent ; et me laissent là où je suis, avec ma vraie maison, mes vrais parents, mes livres, mes jeux — et mes rêves de villas.

Cependant, je ne repensais presque jamais aux petites filles de la plage en maillot à haut, ni aux femmes des cabines. Mais c'est sûr qu'avec les villas quelque chose était tombé sur moi. Quelque chose comme un regret qui me répétait, comme au manège quand le pompon était passé et que je ne l'avais pas attrapé au vol : trop tard, c'est pas pour toi !

Je devais déjà savoir par où se dessinerait la trouée puisque je n'arrêtais pas de guetter la poste, l'arrivée des lettres de Grande-Marraine, les conversations de mes parents. Jusqu'au jour où ils se sont décidés.

Je venais d'avoir six ans, je crois. C'était un autre été ; les arbres avaient beaucoup donné, on mangeait des cerises. Malgré mon horreur des fruits rouges, je commençais à m'en gaver. Un jour, ma mère a tendu à mon père une lettre frappée d'un tampon qui représentait un grand paquebot. Il s'est assis pour la lire au-dessus de la toile cirée, l'œil précis, vigilant.

Il n'a pas beaucoup réfléchi. Il a rendu la lettre à ma mère et a dit tranquillement : « C'est d'accord. »

Et on y est allés, chez Grande-Marraine, cette fois-là ça n'a pas mis longtemps.

IV

ÉQUIPÉE

Il y a eu des ponts, ils étaient de bois, tous, suspendus au-dessus des rivières, des estuaires. J'ai eu peur, à chaque fois. Les planches claquaient sous les roues, je tremblais, je me disais que le car était trop lourd pour elles. Qu'elles allaient céder et qu'on allait finir au fond des vasières, avec les carcasses de bateaux morts.

Et aussi, comme toujours dans les cars quand on allait plus loin que Larmor, il y a eu des gens qui ont vomi dans leur mouchoir ou dans des serviettes de toilette qu'ils avaient apportées exprès. Les autres grommelaient : « Forcément, fallait pas se charger avant de partir ! » Ils ajoutaient qu'on doit toujours faire attention à la place qu'on prend dans le car, ne jamais choisir un siège au-dessus des roues. Ceux qui vomissaient ne répondaient pas ; ils se contentaient de chuchoter des choses comme : « J'y peux rien, à chaque fois c'est pareil, et puis c'est fait, c'est fait ; je veux dégobiller en paix. » Et ils rendaient. Ça sentait.

Alors on a voulu ouvrir les petites fenêtres à glissières, en haut des vitres. Elles étaient coincées. On a demandé des bras d'homme. « D'homme fort ! » a ricané une femme. Elle devait être vulgaire : ma mère l'a dévisagée méchamment, puis a murmuré à mon père : « Celle-là, elle est drôlement culottée... » Mais ce qu'elle avait lancé avait secoué les hommes.

Mine de rien, ils ont commencé à se jeter des petits coups d'œil les uns aux autres, en se haussant légèrement du col par-dessus les sièges. Ça ressemblait aux bals de noces quand c'est à qui demandera le premier une danse à la mariée. Ils se jaugeaient.

Le manège a duré un petit moment, jusqu'à ce qu'un jeune homme se lève et s'avance dans l'allée. Tout le monde l'a regardé. Il s'efforçait de se tenir droit, mais il était tout encombré de lui-même. Il transpirait, il savait qu'il n'avait pas intérêt à rater.

Il a sué sang et eau, il s'est escrimé sur la vitre. Mais il était têtu, elle a fini par céder. Il s'est essuyé le front, a repris du poil de la bête et s'est attaqué à une deuxième vitre, puis à une troisième. L'été a déboulé par les fenêtres, l'été léger.

Le car a respiré. Même les gens qui vomissaient avaient l'air d'être prêts à tout souffrir, maintenant, avec ce matin frais qui déferlait au-dessus des sièges. Même les virages, même le moteur qui peinait dans les côtes, et les bagages, au-dessus d'eux, qui brinquebalaient au fond des filets. Il n'y avait peut-être que moi, le nez collé à la vitre, pour continuer à trépigner. J'étais pressée.

Pressée de sortir des terres qu'on traversait, talus, ronciers, champs à pommiers, fourrés d'ajoncs, rien ne changeait, il me fallait autre chose, du ciel plus vaste, de l'air plus fort, des routes moins étroites ; et même si, en arrivant à la Gare routière, sur la carrosserie du car, j'avais déchiffré avec jubilation la longue bande qui égrenait, en noir sur fond jaune, les promesses du voyage :

AURAY-VANNES — MUZILLAC — LA ROCHE-BERNARD — LA TURBALLE — GUERANDE — LE CROISIC-LA BAULE — PORNICHET — SAINT-NAZAIRE

Je ne les voyais pas venir, les formes et les couleurs que j'avais données à ces joies, on ne sortait toujours pas des routes à talus, des landes, des pins, des champs mangés par les ronciers, je l'attendais toujours, mon pays de la *vie au large*, avec son horizon sans fin, son été sans carrosserie autour pour l'enfermer.

J'ai donc voulu forcer le car à comprendre mon impatience, pousser le moteur de toutes mes forces, de tout mon cœur, je me suis mise à donner dans mon siège des petits coups de fesse. En même temps, je lui parlais tout bas, je l'encourageais. Dans les montées, je lui chuchotais : « Allez, accroche-toi, vas-y, pousse ! » Dans les descentes, comme si j'étais en train de jouer avec Solange, je lui soufflais : « Vite, allez, grouille tes puces ! » ; et quand, dans une nouvelle côte, il se remettait à ahaner, je faisais la maîtresse d'école et marmonnais : « Allez, ça va, tiens bon, c'est bien, t'es sur la bonne voie... » Il finissait par toucher le sommet de la côte. Là-haut, il haletait encore un petit moment ; mais il m'avait entendue et finissait toujours par se laisser gagner par mon élan. Il respirait une dernière fois, puis, dans une longue pétarade, il se lançait d'un seul coup dans la descente et la dévalait, tout en joie.

Mais cette envie de vivre, d'aller de l'avant, ailleurs, plus loin, toujours, est-ce que les autres la ressentaient, comme le car et son moteur, comme moi ? Est-ce que j'étais la seule, ou bien étaient-ils pressés, eux aussi, de voir le matin engloutir, à chaque tour de roue, plus de talus, de chemins creux, de fourrés d'ajoncs et de pins ? Peut-être : à un moment donné, comme dans les excursions, quelqu'un, comme moi, a voulu encourager le car. Mais sans se cacher ; quelqu'un s'est mis à chanter.

Ça s'est passé à l'avant, dans un petit groupe de gens qui se connaissaient. Quelqu'un avait parlé d'Auray ; j'ai entendu une femme qui fredonnait : « *Auray, dix minutes d'arrêt, buffet...* » C'était menu, discret, elle avait entonné à mi-voix une comptine que je connaissais, que mon grand-père aimait à reprendre dès qu'il entendait le nom d'Auray ; un jour que je m'en étonnais, il m'avait expliqué que c'était l'annonce des employés de la SNCF quand les trains de Paris, Quimper ou Nantes entraient dans la gare de la petite ville.

Il m'avait aussi raconté comment on l'avait inventée, du temps du « petit train de patate », celui qui se traînait sur les rails comme une tortue, tellement lambin que les gens finissaient par mourir de faim et profitaient de l'arrêt d'Auray pour descendre s'acheter un casse-croûte et boire un coup de cidre.

Cette époque-là, les gens avaient dû la connaître, quelqu'un a lancé : « Ah ! c'était le bon temps ! » Aussitôt, ça a mis de la gaieté dans le car qui avait remplacé le petit train de patate. Tellement de gaieté qu'une autre femme, parmi le même petit groupe assis à l'avant, s'est mise à chanter. Mais pas simplement un bout de rengaine. Une chanson, une vraie.

A partir de là, tout le car a suivi le mouvement, une fois de plus ça s'est passé comme dans les banquets de noces : du moment que quelqu'un avait eu le cran de commencer, les autres suivaient.

J'ai eu l'impression que ça aidait le moteur. Je n'ai plus eu envie de l'encourager, en tout cas, ni de pousser. Je ne chantais pas, mais j'étais entraînée, moi aussi, comme le car, comme tout le monde. Emballée.

Les gens ne s'arrêtaient qu'au moment où on passait un pont suspendu. Ils devaient être comme moi, ils ne faisaient pas confiance. Mais, dès qu'ils n'entendaient plus claquer les planches, ils se remettaient à chanter. Souvent, ils ne savaient plus où ils en étaient de leurs couplets ; d'autres en profitaient pour lancer un autre air. Là encore, ça faisait comme dans les mariages : le gagnant, c'était celui qui chantait le premier couplet si bien, tellement fort qu'il entraînait les autres dans son refrain, le rêve de sa chanson.

Et, exactement comme dans les noces, ça chantait *C'est la valse brune du Chevalier de la lune, Riquita jolie fleur de java / viens chanter, viens donner des baisers, A la Bastille on aime bien Nini peau de chien. Je cherche fortune au retour du chat noir / et au clair de la lune à Montmartre ce soir...* Mais il y avait aussi des gens qui préféraient *le moderne*, comme disait ma mère ; et quand ceux-là se mettaient à chanter, on se serait cru dans la cour à écouter la radio du voisin, les paroles étaient remplies de mots en *o* et en *a, java, mambo, bambino, Che sera sera.* Je trouvais que leurs airs sentaient l'électrophone, les robes à volants, l'ambre solaire, le rouge à lèvres, les pays chauds — peut-être même le pays des villas.

Combien de temps au juste ça a duré, je ne sais pas. Je me souviens seulement de l'endroit, du village où tout a changé ; et j'entends son nom, son nom grognon qui n'avait rien à faire dans une chanson, qui sentait la terre, les maisons rudes, les tâcherons : Brandérion.

*
* *

Brandérion, en ce temps-là, petit village de rien, un de ces endroits que mes parents, quand on les traversait, appelaient *bled, trou, patelin,* Brandérion avec tout ce qu'il faut pour faire un trou et un patelin : une église, une place, quelques maisons, des murs couronnés de tessons de bouteille pour décourager les voleurs. A l'intérieur, des petits jardins, des rangs de légumes, des arbres fruitiers en espalier. Enfin, tout autour du bourg, la *cambrousse,* comme disaient aussi mes parents. Un passage à niveau, une maison de garde-barrière, des ronciers, des champs, des fermes, des tas de fumier, de grandes cours bourbeuses que l'été n'avait pas réussi à sécher.

Les passagers chantaient toujours, quand on est entré dans Brandérion, j'ai encore la chanson dans l'oreille, elle était très gaie, elle aussi : c'était *Les Lavandières du Portugal,* j'entendais le soleil dedans. De la couleur, du rouge, du bleu, du jaune, comme dans un film qu'on était allés voir un soir au cinéma, c'était *Notre-Dame de Paris,* je crois, avec une actrice qui faisait rire mon père quand il prononçait son nom, Lollobrigida ; il ajoutait toujours qu'il l'aimait bien « à cause de ses sacrées boîtes à lait ». C'était ça que j'entendais dans la chanson, des hommes qui riaient à cause des boîtes à lait de Lollobrigida. Et les couleurs de la joie, comme celles qu'on voyait au cinéma.

Puis, d'un seul coup, le car a ralenti, la chanson aussi. Sur le bord de la route, une vieille femme faisait signe, elle voulait monter. Le car s'est arrêté. C'est là qu'un homme a lancé un nouvel air, plus fort que les autres, une chanson qui n'avait rien à voir avec la première, et encore moins avec Lollobrigida.

Une chanson fourre-tout qui ne tenait pas debout. J'ai cru d'abord qu'il était fou.

*

* *

On aurait cru le charabia qu'on inventait quelquefois, Solange et moi : une langue qui ne voulait rien dire et qui n'existait pas. On la forgeait à mesure, au petit bonheur la chance, en chuintant, en raclant, en cherchant des sons au fond de notre gorge ou dans les recoins de nos gencives. Pourtant, au bout d'un moment, dans la chanson, j'ai reconnu des mots. Le nom du patelin, par exemple, Brandérion. Ensuite sont venus des couplets en français, mais pas celui que je parlais. Ils racontaient une histoire sans queue ni tête ; et ils s'enchevêtraient aux syllabes que je ne comprenais pas.

C'était une aventure, celle d'un *paisant*, je pense, un gars de la cambrousse qui était venu à la foire, ici, à Brandérion, qui avait trop bu, peut-être. Je ne sais pas s'il les avait cherchées, mais il lui était arrivé des histoires à dormir debout. Par exemple il était parti en mettant sa charrette sur son dos et ses bœufs dans sa poche, ensuite il s'était blessé, et le monde s'était mis à dérailler. Mais gaiement. Ça n'avait plus arrêté jusqu'à la fin de la chanson.

Et voici l'équipée du *paisant* comme je m'en souviens, à l'oreille, rien que de mémoire, comme je l'ai chantée ensuite, comme je la chante encore : « *Netcheminne de brann-goulow, fouère de Brandérion, job ! Fouère de Brandérion, job ! Je m'en alla secouer un pommier, il en tomba des prunes job ! Il en tomba des prunes, job ! Le paisant court après moi, job ! Me jette des cailles de pierre, job ! Il m'en tomba une sur le nez, je saignis de l'oreille, job ! Le médecin qui me soignait me soignait sous l'aisselle, job ! Les mouches qui étaient au plafond crevaient leurs ventres de rire, job ! Crevaient leur ventre de rire, job ! Netcheminne de brann-goulow, fouère de Brandérion, job ! »*

Maintenant je sais que le charabia que j'avais cru entendre, c'était du breton ; et j'ai aussi compris pourquoi j'ai cru que c'était une langue inventée, rien que du galimatias : à cause de ce que racontaient les couplets en français, les couplets si gais. Le monde à l'envers, les choses qui n'en faisaient qu'à leur tête. La vie à toute allure, gaillarde, entraînée de folie en folie, sur un air de gavotte enjouée mais bien tempérée, elle retombait toujours sur ses pieds, *job !*, et, dès qu'elle avait atterri, elle rebondissait, repartait pour un tour, plus loin encore dans les terres du chambard, *Netcheminne de brann-goulow, Je tira sur la queue du rat, il m'en sortit trois chattes, job ! il m'en sortit trois chattes, Netcheminne de brann-goulow...* pour retomber encore, *job !*, avant de repartir et de recommencer à raconter ce jour où le monde avait retrouvé ce qui était peut-être sa vraie nature — ce que j'aurais voulu qu'il soit, en tout cas, depuis que j'étais tombée amoureuse du Z en lisant l'histoire de Zette : un grand chaos joyeux.

Et ça s'était passé ici, à Brandérion.

*
* *

La vieille femme monte dans le car, paye, s'installe, on repart. Pour s'arrêter un peu plus loin, sur la place où attend sagement une nouvelle grappe de voyageurs.

Depuis mon siège, de Brandérion je peux tout voir. Maisons, murs, jardins, pommiers. Petites pommes à cidre, grises, pas mûres. Si je le secoue, ce pommier, il en tombera des pommes, sûr, pas des prunes. Des pommes bêtes. Infirmes. Incapables de s'amuser, de mettre de la folie dans la vie. Et ce chat-là qui court entre les rangs de salades, et ces mouches-là qui bombinent autour du fumier. Des incapables, eux aussi. Des imbéciles. A Brandérion, plus trace du jour où les choses se mirent en révolution. Brandérion, air de rien, bled de rien. Le temps est fini, passé.

Mais ces choses ont eu lieu, j'en suis sûre. Ce temps-là a dû exister. Sinon, la chanson ne l'aurait pas raconté.

L'homme continue à chanter presque seul, il connaît tous les couplets, les autres voyageurs ne savent que le refrain. Bientôt, je le sens, il va arriver à la fin.

Je continue à fixer le jardin. Entre les sillons, je ne vois plus de chats, mais des rats qui crachent des chattes. Je vois les pommiers d'où tombent des prunes ; et, dans l'entrée de la grande maison, là, à moins que ce ne soit dans cette chambre à la fenêtre ouverte, je fais tomber la nuit. Le médecin arrive, qui soigne le *paisant* sous l'aisselle alors qu'il saigne de l'oreille. Au plafond de la chambre, je vois de grosses mouches vertes — celles qui aiment tellement le fumier que mon père les appelle les mouches à merde, un mot que je n'ai pas le droit de répéter, mais tant pis, dans la tête on a le droit de tout —, les grosses mouches au plafond secouent donc leurs grosses bedaines ; j'entends l'énorme rire qui les fait exploser.

Ça se passe ici, dans ce jardin, cette maison. Ou dans l'autre, par-derrière le mur, à côté. Mais ici, à Brandérion, rien qu'à Brandérion. Impossible ailleurs.

Et puis ça se passe dans le temps, un autre été. En juillet, comme maintenant, par les chaleurs. Mais un temps farceur. Loufoque, comme la gavotte. Un bel été de fous où les choses s'emballent et se mettent à s'amuser avec les gens, brusquement, au lieu de rester comme elles sont d'habitude, stupides, inertes, sans jouer, sans rien inventer — bêtes comme leurs pieds.

Ce temps-là n'est venu qu'une fois. D'ailleurs, voici

que de ma tête, rien qu'à fixer trop longtemps les pommes grises, au-delà de la place, derrière les murs des jardins, ce temps s'en va.

Et voilà la chanson qui s'arrête, le car qui redémarre, Brandérion, loin déjà. N'empêche : ces folies se sont déroulées là. Il s'en est peut-être même passé d'autres que la chanson ne raconte pas. Comment savoir ? C'est comme le pays des villas, ça fait partie des choses qui ne se demandent pas.

Enfin ma mère a commencé une histoire, elle a profité d'un moment de silence dans le car et raconte : « On a de la famille, dans le coin. L'oncle Joachim, près du passage à niveau. Le frère de ma mère et de Grande-Marraine. Lui aussi, qu'est-ce qu'il a les yeux Bouquin ! Mais on peut pas aller le voir, on va ailleurs, on descend pas. Une autre fois, si on sort... »

Joachim, je sais qui c'est, je l'ai déjà vu et je ne l'aime pas. C'est à cause de son nom qui sent le baiser sec, la moustache grise, les doigts coupés pendant la guerre — l'autre, avant mon père, la première, celle qui a jeté un peu partout ces vieux-là avec leurs os mutilés, roués de douleur et leurs yeux creux, pleins de malheur. Je l'ai vu une fois ou deux, à la maison, il ressemblait à son nom. Rien que de la tristesse en lui, rien à voir avec le joyeux mystère de Brandérion, les pommiers à prunes, les mouches qui crevaient de rire au plafond.

Mais quelque chose de secret me rattache à Brandérion. Je veux savoir quoi ; il n'y a que ma mère pour ça.

*
* *

Ma mère et sa bouche toujours pleine d'histoires. Entre deux phrases, je saisis une occasion, je fais l'innocente et demande :

— Elle est venue ici, Grande-Marraine ?

Ma mère a bien senti, rien qu'à ma voix, que j'ai encore une idée en tête. Une idée sans rapport avec son histoire ; et, comme elle n'est pas décidée à en dévier, elle fronce les sourcils, fait la moue, puis hausse les épaules :

— Forcément ! Joachim, c'est son frère.

Mais moi non plus je n'ai pas envie de lâcher mon idée. En silence, je me mets à raisonner : si Joachim est le frère de Grande-Marraine, celle-ci a peut-être connu le temps de la chanson. Donc, si je lance ma mère sur Grande-Marraine et sa vie à Brandérion, je peux en apprendre des choses, au passage, sur le *paisant* qui est venu à la foire ici et qui a vu les mouches se crever le ventre de rire au plafond...

Si ça se trouve, d'ailleurs, le *paisant,* c'était un copain de l'oncle Joachim au nom en forme de moustache et de jambe coupée à la guerre. Je reprends donc :

— Grande-Marraine et son frère... ils étaient d'ici ?

Interloquée, agacée aussi, ma mère rétorque :

— Mais non, j'te dis que l'oncle Joachim, c'est aussi le frère de ta grand-mère ! Ils étaient tous de Languidic !

Je m'entête :

— Il y a des chansons, sur Languidic ? Des chansons comme sur Brandérion ?

Ça y est : à mon œil trouble, à mon nez en l'air, au seul ton de ma question, ma mère a compris qu'une fois de plus je suis repartie vagabonder en terre de loufoquerie. Aussi, d'instinct, pendant que le car continue d'enfourner les landes et les champs, elle accroche à mon esprit le seul licou qu'elle connaisse pour domestiquer mes imaginations en vadrouille : une histoire vraie.

Ça lui vient tout seul, elle ne se creuse pas la tête. Elle parle de ce qu'on voit défiler derrière la vitre : la campagne, les landes, les fermes, les bleds perdus d'où ils sont tous sortis, mon père et ma mère, et tout le monde dans la famille. Le monde d'avant. Même s'ils l'ont quitté, ils le trimballent avec eux ; et c'est lui qui continue, à la va-comme-je-te pousse, comme le car, de les faire avancer. Une énergie aveugle, sans nom — c'est sans doute ce qu'ils appellent *se tenir,* sans doute ce qu'ils appellent *lutter.* Une force, en tout cas, qui sait où elle va. Qui connaît le prix de la peine, du chaud, du froid, du pain, d'un toit.

Alors, comme elle sent que je m'égare, ma mère, comme elle devine, sans les voir, les terres hasardeuses où je suis toujours tentée d'aller baguenauder, tout ce monde-là, le vrai, elle va me le rechercher.

« Languidic, ils étaient presque tous de là, du côté de ma mère. Y avait rien, dans le temps, c'était pareil que du côté de ton père, au fond des terres, à Séglien, à Cléguérec. Même sur la côte, pour ton grand-père, à Ploemeur, à Lanveur. La même chose pour presque tout le monde : rien. Les champs, les jardins, c'était aux autres, on cultivait leurs champs, on mangeait du bœuf et du poulet trois fois l'an, de la bouillie sur le feu le reste du temps. Nous, bien sûr, chez ma mère, on avait des œufs, c'était déjà mieux, des crêpes quand c'était fête, mais y avait rien, j'te dis, rien que du cochon, le lait des vaches, les pommes à cidre, les mûres sur les talus, le blé noir, du cidre, l'eau-de-vie qu'on faisait avec les pommes. Et quelques légumes, quelques fruits qui poussaient dans les champs... »

Elle s'arrête, elle regarde par la vitre du car comme s'il était là à défiler devant elle, le temps d'avant. Il y a encore des gens qui fredonnent, mais plus elle. Elle est toute à son histoire. A mesure qu'elle parle un autre monde revit, plus fort encore que celui des chansons ; et elle ne va pas le lâcher maintenant qu'elle le tient. Elle soupire donc, et enchaîne :

« Nous autres encore, avec ma mère, on vivait près de la ville, même si on n'était pas chez nous, y avait quand même le port, les occasions pour s'amuser, les magasins, on avait du goût. Mais ma grand-mère, à

Languidic, je me souviens, quand on y allait, le froid, l'humidité ! Le soir, on dormait tous dans le lit-clos, serrés comme des sardines tellement on avait froid. Avec ma sœur, ils nous couchaient les premières ; ils croyaient qu'on dormait, alors ils passaient la veillée à raconter des histoires de morts et de squelettes qui se promènent la nuit dans les chemins, mais tu parles, nous on dormait pas, on entendait tout, on avait rudement peur, parce qu'ils disaient qu'ils les avaient vus, mais c'était bien, parce qu'on était serrées dans le lit clos avec ma sœur, c'était bien aussi d'être là et d'avoir peur... »

Ma mère ne les rapporte pas, les récits des gens qui ont vu des squelettes la nuit dans les champs. Je sais pourquoi : ces histoires-là, avec des morts, ça se raconte seulement le soir quand la nuit est tombée. J'en ai déjà entendu, chez une amie de ma grand-mère, Elisa, celle qui a perdu son fils en mer et qui, toute la nuit d'avant le naufrage, a entendu, dans son lit, des paquets de mer se briser sur les montants. Et puis elle est dans autre chose, ma mère, pour le moment : Languidic, la vie des champs. Elle est dans le grand jour, la lumière du temps d'avant.

« A Languidic, c'est là qu'il a commencé, l'oncle Joachim, et tous les enfants Bouquin, avant la guerre, la première, celle où ta grand-mère a fait à genoux le tour du chemin de croix de Sainte-Anne-d'Auray, pour que ses frères soient pas tués, qu'ils soient pas malades ni pris par les Allemands. Ta grand-mère, c'est aussi elle qui a sorti Grande-Marraine des fermes. Elle, ça faisait belle lurette qu'elle était allée se mettre aux enchères à la foire aux gages, à Hennebont, c'est comme ça qu'elle s'était trouvé un patron. Grande-Marraine, en ce temps-là, elle était encore à travailler les champs, tu parles, comme les autres, retirée de l'école à neuf ans, on respectait pas la loi, en ce temps-là, fallait bien manger, gendarmes ou pas. Alors, comme elle était costaud, Grande-Marraine, ils l'avaient collée toute petite dans une ferme à travailler pour les autres, à s'occuper des vaches, des champs... »

Ma mère s'arrête encore. Ses épaules se cassent, ses mains, ses doigts se nouent. La douleur de la terre est la sienne, on dirait, le malheur de l'enfant qu'on force à aller se tuer le dos dans les champs. Elle a peut-être peur qu'on l'entende, aussi, ça ne ferait peut-être pas bien que les gens sachent tout de nous. Sa voix baisse donc quand elle poursuit : « C'est pour ça que Grande-Marraine, quand elle nous écrit, elle préfère que ce soit Tonton Paul qui écrive le gros de la lettre, parce qu'elle a beau faire attention, elle fait des fautes. Mais jamais on lui parle de ça, c'est pas de sa faute, elle veut pas montrer, elle a raison. Parce qu'il y avait pas de sous, dans le temps. Forcément, son père c'était un *paisant*... Deux fois, on l'a amenée sur la place de Languidic, deux fois on a vendu ses cheveux au marchand... »

Je la connais par cœur, depuis le temps qu'on me la répète, l'histoire du marchand. Mais, aujourd'hui, ce n'est pas le marchand de cheveux que je vois, avec ses ciseaux et son gros bissac. C'est le *paisant*. Tout triste, qui s'en va à Brandérion. Où le monde se met à lui faire des farces, les mouches à se crever de rire, toutes collées au plafond. Pour lui faire oublier les cheveux de sa fille, et le marchand.

Pour lui faire surtout oublier ce que répète ma mère, la vieille chanson des *forcément :* « Forcément, ses cheveux étaient blonds comme les blés, les marchands vendaient ça à Paris pour les perruques des femmes riches et les casques des gardes républicains. Avec ça, forcément, rien qu'en une fois, y avait de quoi manger pour un an... »

On est loin de Brandérion, maintenant. Les routes s'élargissent, vont plus droit. Les gens ne chantent plus. Mon père hoche la tête, ajoute : « Moi aussi, on m'a retiré de l'école à onze ans. Heureusement, j'avais déjà mon certificat. Jusqu'à seize ans, les patrons m'ont fait garder les vaches. Un jour j'en ai perdu une, je me souviens, je l'ai retrouvée, heureusement, parce que c'étaient des gens méchants. C'était la mouise, dans le temps ! »

Je sais tout ça : la mouise, c'est comme l'Allemagne, il en parle constamment, et de la même façon qu'il dit *Raus !* En colère, comme si ça l'étouffait, comme si, tout de suite, il lui fallait de l'air. Ma mère, elle, reste calme. Elle lève seulement le menton, elle poursuit froidement : « Oh ! les *paisants* de maintenant... Ils ont du bien, mais la terre, c'est plus une vie, par notre temps. Ils lâchent, ils viennent en ville. Et si c'est pas eux, ce sera leurs enfants... » Mon père soupire et jette en écho : « Forcément. » Et il détourne les yeux de la vitre par où continuent de défiler les champs.

Il se ferme, comme sur la plage quand il dit que la mer devient malade et sale, et qu'avec les bombes et le coltar on ne trouve plus de coquillages. Moi aussi, dans mon coin, je me replie. La vitre est brûlante, je ne peux plus poser le nez dessus ; j'étouffe, j'en ai assez de cet enclos de soupirs, de regrets, de colères. Assez des *forcément.*

Alors je retourne à mes petites idées saugrenues, visions floues et hagardes, joyeusement farfelues, qui valdinguent au hasard des talus, des haies de chênes, des bois de pins pourchassés par le soleil — bientôt par mon sommeil. D'où finit par m'arracher un claquement funèbre : les planches du dernier pont.

Ça racle, ça frappe, ça claque et ça reclaque, ça cravache, ça refrappe, ça racle encore. Puis rien. Rien que la voix de mon père : « Ça y est ! On est de l'autre côté ! »

Il est en joie, en sueur, il respire à pleins poumons. Avec lui, le monde se dilate d'espoir comme l'estuaire sous le pont.

Plus jamais de *forcément.* Ici finit le monde d'avant.

Maintenant, au creux de la mémoire, au fond du temps, plus d'idées qui dérivent. Plus de paroles, plus de questions. Plus rien, après le pont. Seulement la nouveauté, comme elle vient. Avec sa forme, son goût, sa couleur, sa saveur. Je n'en laisse rien ; et son souvenir, comme avant, bien avant, va se loger au plus profond.

Le monde se paie une seconde enfance, retour à zéro, tout recommence. Il a choisi son lieu : la berge d'une route droite, plate. Rien devant, rien derrière. La route elle-même n'a pas l'air de savoir où elle va.

Le car s'arrête. On a le droit de descendre, pour une fois. « Pour voir de près, dit ma mère ; pour toucher. » Elle baisse la voix, fiévreuse, comme lorsqu'on rentre dans une église et qu'il faut se mouiller la main au bénitier avant de faire le signe de croix.

Je la suis. Et, d'un seul coup, cette pyramide, devant moi. Grand tas blanc, forme parfaite égarée au cœur d'une terre ocre et rase où le bleu de l'été se noie. Tas de quoi ?

Pas le temps de demander, la réponse est déjà là : « Le sel », a soufflé ma mère. Puis elle insiste : « Viens toucher ! »

Je m'approche. J'avance lentement ; j'ai compris qu'il y a un secret là-dedans, un secret vivant. Rien que la forme du tas ; et, par-derrière, cet émaillage d'eaux dorées, enserrées dans de petits murs de terre qui nourrit comme elle peut des touffes de fleurs sans couleur, d'herbes trop tôt séchées.

« Touche, goûte ! » répète ma mère. Au creux de ma main, elle dépose un cristal opaque. Je l'élève vers le soleil puis le dépose au bout de ma langue. Je la crispe, je la fais, de méfiance, toute pointue. Mais c'est bien du sel. Gros et gris ; le même, un peu collant, qu'à la maison puise le poing de ma mère au fond d'un pot de terre avant de le jeter en pluie dans les marmites en frisson. Seulement le sel, ici, est tellement plus puissant.

Il a la force de l'évidence. Celle de l'énigme aussi. Une violence, une beauté : cette pyramide, devant moi, d'où on l'a ôté. Au-dessus, le ciel agrandi, élargi par le vent. Et le soleil lui-même, renversé dans les eaux plates — il s'y laisse benoîtement enchâsser.

Sel des débuts du monde. J'ai grimacé, craché. Nouveau baptême des sens au bord de la route trop droite, sur la berge des eaux marquetées.

Je ne sais pas qui a ouvert le portail, le portail vert à deux battants, opaque et tout repeint de frais, si ce fut lui ou si ce fut elle, 134, route de Pornichet.

Lui, je crois bien. Elle avait sa cuisine à faire, je ne la vois pas lâcher le rôti, ni dans la cocotte de fonte les petites pommes de terre au beurre et au persil ; le temps de descendre et de remonter, tout aurait roussi, ranci.

Et puis ça ne compte pas, s'en souvenir n'avance à rien, j'ai le plus important au fond des narines : l'odeur du jardin, le jardin qui sentait le foin.

Et, dans les jambes aussi, la montée dans l'allée, le jardin était sans fond, sans fin, il fallait de temps en temps écarter des branches, devant soi on ne voyait rien, partout dans les parterres, des plantes à grandes hampes, marguerites, arums, glaïeuls en majesté, restes d'iris et de lys desséchés ; tout allait vers le haut, les arbres comme la montée — à la moitié de l'allée, il y avait même un palmier.

C'était fleuri, herbeux, ça mûrissait de tous les côtés, les poires à l'appui des espaliers, les rangs de tomates, les échalotes, les oignons dans leurs sillons ; je revois aussi des grappes vernies de cerises entre deux tombées de soleil, et le feuillage d'un arbre sauvageon. L'eau devait être proche, comme chez nous courir par en dessous. Mais, à la place du puits, il y avait une pompe près du palmier ; et des tuyaux d'arrosage qui déroulaient un peu partout leurs anneaux de caoutchouc.

Plus on montait, plus ça sentait le foin. Pourtant la mer n'était pas loin, je l'avais vue, en descendant du car, dans une trouée entre deux maisons. Et, tout près de là, en sentinelle de l'autre côté de la route, un énorme phare. Seulement les algues, le sel, tout ça s'était éteint depuis qu'on était dans le jardin. Il n'y avait plus que cette odeur d'herbe grillée au soleil, ce chaud parfum de foin.

J'ai su plus tard pourquoi : sous le toit de la maison, c'en était plein. Cependant, ce jour-là, pendant qu'on montait, je ne pensais à rien, pas même à la maison. J'étais seulement à ce que je voyais au jardin, il était vraiment comme j'espérais : pas pareil. Il ne ressemblait à rien.

Puis, d'un seul coup, il n'y a plus eu de fleurs devant nous, plus d'arbres. Seulement, par-derrière les branchages, deux chaises longues à rayures, un petit terre-plein. Et une maison longue et basse, avec un toit d'ardoise, comme le nôtre, tout ourlé d'une frise de bois découpée en forme de feuillages — ce n'était pas une villa.

*

* *

Pas une vraie, en tout cas. Pas comme j'aurais voulu qu'elle soit. Pas blanche, pas haute. Sans baies grandes offertes à la mer, à l'horizon. Sans vitres immenses et brillantes pour leur crier leur joie.

Non, ce n'était qu'une maison. Mais pareille au jardin, ne ressemblant à rien. Basse comme une ferme, avec seulement cette frise de bois sous les gouttières, comme chez les gens des villas.

Dès qu'on a été devant la maison, mes parents ont pressé le pas. Je n'ai pas compris pourquoi. Ma mère m'a agrippée : « Avance donc ! » Elle avait l'air d'avoir peur ; et, comme je ne me laissais pas faire, elle m'a soufflé : « Grande-Marraine habite par-derrière. Sur le devant, c'est sa belle-mère. Et puis, la sœur de Tonton Paul. »

Elle chuchotait. Là, je revois Tonton Paul qui faisait, comme toujours, mine de rien. Qui se réfugiait dans son air d'éléphant et menait la procession, le pas placide, l'œil humide, faussement indifférent ; mais qui, de temps en temps, branlait le chef d'un côté ou de l'autre et suivait tout ce qui se disait, malgré sa tête de gros animal indolent.

Il y a peut-être eu, à cet instant-là, derrière les rideaux de crochet blanc, des silhouettes qui ont bougé, épié, car la tête de mes parents s'est figée, leur dos s'est redressé comme chaque fois qu'ils voulaient dire : on est des petits, mais faut pas croire, on sait qui on est, on sait se taire, ne pas gêner, on se tient. Et c'est comme ça qu'on a contourné la maison et qu'on a débouché par-derrière sur une allée de ciment.

La maison était sur la gauche, je me souviens bien. Sur la droite, des petits appentis en bois, couverts de tôle qui commençait à rouiller. Au bout, quelques marches de pierre, une barrière qui donnait sur un verger. Ses herbes étaient encore plus hautes, ses arbres encore plus foisonnants qu'au jardin — lui aussi semblait ne pas avoir de fin. Mais, dans l'allée de ciment, ça ne sentait plus le foin, rien que le rôti en sauce et les pommes de terre rissolées. Il y avait même de la fumée qui sortait d'un appentis — c'était là que Grande-Marraine cuisinait.

Ensuite, je la vois, elle, dans l'allée, émergeant de la vapeur, toute propre, toute nette malgré son tablier, bien poudrée, bien coiffée, une fourchette à la main, et pas une perle de sueur, pas du tout l'air d'être importunée. Ça a fait comme le jour où elle était venue à la maison : nous, on pouvait être en dimanche et elle en tablier, c'était elle la première, et nous les rien-du-tout, les gros benêts. Nous les nigauds et elle la reine, absolument.

Le soleil tape fort dans l'allée. Elle plisse les yeux autant que la bouche ; puis lance : « Allons donc, ne restez pas là à vous brûler, entrez donc, entrez ! »

Elle ressemble aux femmes en maillot qui habitent

dans les villas, elle parle comme dans les livres d'école ou la maîtresse, en ne faisant pas de faute, élégamment ; et elle nous désigne une petite porte sur la façade de la maison, fermée d'une moustiquaire à demi relevée.

On distingue un escalier. On lui emboîte le pas, moi la première. L'escalier est raide, étroit, de bois ciré. Ma mère remarque que mes sandales y laissent des marques, elle lance : « T'as pas des patins ? On va tout te saloper ! »

Depuis le sommet de l'escalier, Grande-Marraine jette : « Allons donc ! » d'une voix aigrelette — c'est peut-être sa façon de plisser la bouche. Elle ajoute, toujours sur le même petit ton acide : « Des patins, comment veux-tu, avec les marches ! En haut, oui, je vous en donnerai ! » Puis elle s'amuse à nous regarder émerger l'un après l'autre de la cage d'escalier.

En haut, les volets étaient tirés. On n'y voyait rien, sinon le plancher qui luisait et les quelques lignes de lumière lâchées par les persiennes. J'ai bien docilement placé sous mes semelles les patins de feutre que Grande-Marraine me tendait ; et, comme j'avançais en vacillant sur le miroir du parquet, elle a éclaté de rire : « Allons donc, tu vas t'habituer ! »

Je me suis habituée, en effet, je n'y ai plus pensé, j'ai seulement regardé les objets émerger un à un de l'ombre, lente, paresseuse apparition de reflets, de figures, comme au fond d'une eau trouble la cargaison d'un navire échoué. A chaque nouvel objet découvert, la pénombre s'éclaircissait. L'œil alors repoussait les murs, on oubliait qu'ici, comme partout, on était à l'étroit. On se laissait faire par la pénombre, la fraîcheur, ces vagues indolentes d'objets, les épaves du monde qu'avait connu Grande-Marraine par-delà le jardin, loin, très loin, là où commençait et finissait la mer, là où ça s'arrêtait de sentir le foin.

*

* *

Je les revois, ces objets, je pourrais en dresser l'inventaire, certains d'ailleurs m'entourent dans la pièce où j'écris, je les replonge dans le clair-obscur qui les noyait dans les pièces où vivait Grande-Marraine — cette ombre qui transformait en villa sa maison qui ne l'était pas.

Alors comment faire autrement que les reprendre dans l'ordre où ils ont émergé de l'ombre, le masque africain, pour commencer, qui m'a tellement effrayée. Il était de bois roux, Grande-Marraine l'avait fiché entre les deux fenêtres, il souriait, j'avais l'impression qu'il me fixait, qu'il me voulait quelque chose, mais quoi ? Je ne voyais pas.

Il y avait son nez, bien sûr, légèrement arqué, un peu dur. Et ses yeux très aigus, en relief, deux lunules de moquerie. Mais le pire, c'était son sourire, un arc de cercle bien franc, bien large. Dès qu'on l'avait vu, même si on détournait les yeux, il restait suspendu dans l'ombre comme celui du chat d'Alice sur son arbre, au Pays des Merveilles. C'était lui, pas les yeux, qui vous fixait, dépistait dans l'instant votre secret. Ensuite il vous narguait. Sans jamais vous dire ce qu'il vous voulait.

Mais c'était moi, peut-être, qu'il voulait, pour me faire revenir vers le dedans de la pièce. Vers ces objets qui avaient tous, à l'intérieur, aurait-on dit, une vie de gens. Et qui en étaient sans doute, pour Grande-Marraine, depuis la mort et l'empaillage du chat siamois.

Peut-être qu'ils étaient ses enfants. En tout cas, moi, c'est comme ça que je les ai vues venir à moi, les choses de Grande-Marraine. Comme des gens. Du reste, à mesure que je les découvrais, elle ou Tonton Paul me disaient d'où ils venaient, comment ils s'appelaient — en somme, ils me les présentaient.

Ainsi ce petit siège sans appui où j'ai eu le droit de m'asseoir. Il venait du Maroc, il s'appelait pouf et il a fait « pouf » quand j'y ai posé mes fesses — jamais vu ça. Jamais entendu, non plus.

Et cette grande armoire blême, égarée entre le cosy-corner et un vaisselier breton. Ma mère, dès qu'elle l'a aperçue, a hoché la tête avec respect. Grande-Marraine elle-même en était si fière qu'elle a lâché : « Le Friddd-gidaire ! » comme s'il s'agissait d'un roi. Ensuite, pour qu'on mesure bien le raffinement de la merveille, elle l'a ouvert. Sitôt la porte entrebâillée, l'armoire s'est éclairée, le plafonnier du Friddd-gidaire a nimbé d'un rayon fugace nos traits déjà béats. Puis Grande-Marraine l'a refermé et a apporté devant nous un plateau en ailes de papillon.

Tel en tout cas était son nom. En fait, ce n'était qu'une grande plaque de verre sous laquelle était collée une collection de lépidoptères aux reflets fluorescents. Grande-Marraine y a déposé avec un soin religieux des verres de cristal rosâtre où elle a versé, selon les goûts, du banyuls ou du Cinzano ; et, pour mes sœurs et moi, de la citronnade, « faite maison, a-t-elle précisé, au moins c'est sain et ça ne coûte pas autant que toutes ces cochonneries gazeuses qu'on vend maintenant » — allusion sans doute aux bouteilles de limonade que ma mère nous achetait quand on allait à la plage. Puis elle nous a présenté, à même la boîte en fer-blanc où elle les conservait, mais tout aussi cérémonieusement, des boudoirs glacés de sucre et des gaufrettes fourrées qui étaient toutes marquées, à l'envers, de mots différents — je ne sais plus ce que c'était, des plaisanteries peut-être, ou des prédictions.

Ça a fait un peu rire, mais pas longtemps. Mes parents se sont mis à parler du voyage, de l'heure à laquelle ils s'étaient levés, des gens qui avaient vomi ou chanté dans le car, de ce qu'ils avaient vu en chemin : « Ah, mais partout ça se construit ! s'est exclamé mon père. Même ici, bientôt, on ne verra plus rien de ce qu'ils nous ont fait pendant la guerre, ça va de l'avant, hein, y a du nerf, du mouvement. Eh bien ! tant mieux, parce que, quand le bâtiment va, tout va ! c'est bien ce qu'on dit non ? »

Ils parlaient, ils sirotaient et resirotaient, et ils reparlaient, ils avaient faim, comme moi, mais ils attendaient — c'était la cérémonie, ça aussi.

Je ne disais rien. J'aurais bien demandé une autre gaufrette ou un morceau de pain, mais je savais ce qu'on m'aurait répondu : « Dis donc, toi, tiens-toi, et si t'as faim, mange ta main, et si t'es pas encore contente, mange ton poing ! » Alors je fermais les yeux, je plongeais doucement dans l'ennui. Puis je soulevais les paupières, je laissais venir lentement à moi le reste de la grande famille des choses qui ressemblaient à des gens. L'une après l'autre, comme de vieilles nageuses épuisées, elles achevaient d'émerger de l'ombre. Maintenant, sur l'étagère du cosy, c'étaient des presse-livres — encore des figures africaines. Celles-là ne souriaient pas. Elles étaient longilignes avec des faces dures, scarifiées, et sculptées dans une essence noire. « Bois d'ébène ! » a lâché Tonton Paul dès qu'il a vu mes yeux se poser dessus. De même qu'un peu plus tard il a jeté : « Acheté à Saigon ! » lorsque mon regard s'est arrêté sur un coffret à cigarettes marqueté de fleurs de nacre.

Il l'a tendu à mon père pour lui en faire admirer le mécanisme : une tirette qui permettait d'extraire une à une les cigarettes sans qu'on ait besoin d'ouvrir la boîte. Mon père s'est amusé un moment à faire jouer la tirette et l'a rendu à Tonton Paul : « Je ne fume pas, mais le système, chapeau ! Jamais vu ça ! »

Il avait son regard de joie, il se croyait, comme moi, dans la caverne d'Ali Baba. Et c'était un peu ça : il suffisait qu'on cligne les yeux pour voir surgir un nouveau prodige : des plats d'étain accrochés aux murs ; sur le vaisselier, un service à dessert en porcelaine chinoise ; à l'extrémité du cosy, la boîte à musique marocaine avec laquelle j'aurais le droit de jouer, m'a promis Grande-Marraine, si je mangeais de tout au repas : « Pas seulement le rosbif et les patates, ordonna-t-elle, la macédoine aussi, et le melon, et puis la salade de tomates à la vinaigrette avec les œufs durs posés dessus ! » Et, dans la seconde, on est passé à table, enfin.

J'ai obéi. J'ai mangé de tout, la macédoine, les tomates en vinaigrette avec les œufs durs dessus. Même le melon, même la tranche de rosbif — alors que *Bif*, à la fin de son nom, disait assez qu'il ne serait pas facile à avaler. Mais j'ai tout mangé. Vraiment mangé, sans recracher, par exemple, dans mon poing les bouchées de viande sitôt mâchées, sans les glisser à l'intérieur de mes socquettes ni derrière moi, dans le vase de cuivre rempli de glaïeuls. Non, je n'ai rien laissé. Et j'ai été récompensée : juste après le fromage, Grande-Marraine a solennellement rouvert Sa Majesté Friddd-gidaire et elle a sorti de sa partie supérieure, par la froidure tout enfumée, un long bac de métal qu'elle a posé tel quel sur la table en disant simplement : « La glace au café. »

Elle a saisi un petit appareil dans le tiroir du vaisselier. Il était identique à celui dont s'armaient les vendeurs de cornets sur la place de Larmor ; et, de la même façon qu'eux, experte et vigoureuse, elle a débité en boules la glace au café.

C'est à cet instant-là, où je l'ai vue sculpter les parts de glace, puis les déposer une à une, avec son soin habituel, dans des assiettes de porcelaine chinoise endragonnées de monstres rouges, verts et dorés, que j'ai su que Grande-Marraine, indiscutablement, et ce, malgré l'espace exigu qu'elle occupait dans la maison au toit d'ardoise festonné de fleurs de bois, appartenait aux gens des villas.

A cent pour cent, comme aurait dit mon père. Et si une seule seconde j'en avais douté, il y eut la proclamation qu'il fit sonner devant sa part de glace au café : « Dans les règles de l'art, Marie, vous faites toujours tout dans les règles de l'art ! »

Ce qu'étaient les règles de l'art, je n'en avais aucune idée. Quelque chose de supérieurement difficile, certainement. Quelque chose comme une multiplication à deux chiffres sans faute ou une ligne d'écriture sans pâté. Car Grande-Marraine s'est aussitôt transfigurée, elle a largement souri, pour une fois, elle n'a plus pincé les lèvres. Il y avait aussi de l'eau au fond de son œil, de l'eau heureuse.

Cependant, même dans le triomphe, elle restait Grande-Marraine. Droite, souveraine, le monde plié à sa baguette, pas une tache sur son tablier, impériale comme le Friddd-gidaire, impeccable comme sa glace au café, toujours en majesté, rien pour trahir qu'elle avait peiné ; ni que ce repas de fête, elle l'avait sorti, entre les cabinets et la buanderie, d'un minuscule appentis en bas de l'escalier ; et que cet escalier, dix fois, vingt fois depuis le matin elle l'avait monté, descendu, remonté.

Voilà d'ailleurs qu'elle recommençait. Aussi sec, elle est descendue, remontée, pour faire le café ; ensuite il y a eu, dans les règles de l'art aussi, le moment où ma mère a déballé son cadeau, un grand gâteau breton bien beurré. On l'a trempé dans le café ; on a fait un deuxième service pour les canards, puis est arrivé l'instant des cerises à l'eau-de-vie, celui où les enfants ont le droit de sortir de table, le temps qui se remet à durer longtemps, où les parents parlent entre eux, sauf pour dire qu'il faut se taire, ne pas embêter : « Ah non ! Tu ne descends pas dans le jardin, défendu ! Tu restes ici, dans notre vue. Tiens, puisque t'as bien mangé, tu peux jouer avec la boîte à musique. Chose promise, chose due ! »

Et me voilà rassise dans l'ombre sur le pouf qui fait pouf, à faire cracher à la boîte à musique sa grêle ritournelle, tandis qu'eux, autour de la table, reprennent aussi leur vieille rengaine. Nièces qui *fréquentent,* tantes qui *font construire,* caisse d'épargne, maladie, assurance-vie, cousins qui vont aux écoles, entrent dans la marine, la gendarmerie ou *font instituteurs* : « *Bara zur !* s'exclame Grande-Marraine, si joyeuse qu'elle en parle breton, une bonne paye tous les mois et la retraite au bout du compte, comme Paul, fonctionnaire, c'est ça qu'il faut dire aux enfants quand ils apprennent bien aux écoles ! » Comme d'habitude, mon père lui répond, raide de fierté : « Oh mais ça, je sais, ça fait belle lurette, regardez donc notre aînée ! »

Enfin, pour terminer, et parce que c'est Tonton Paul qui a mis le sujet sur le tapis, ils se retrouvent une fois de plus à parler des colonies, de ce qui se passe en Algérie.

C'est triste, ce qu'ils disent. Alors, toujours assise sur le pouf qui fait pouf, au fond de mon coin d'ombre, je recommence à ouvrir et refermer sans fin le couvercle de la boîte à musique. Barcarolle vide, vite fatiguée, comme la chaleur qui sourd par les rainures des volets, comme le soleil trop blanc qui monte l'escalier. Une fois de plus je m'ennuie. Je cherche une issue, un chemin vers l'inconnu.

Ces deux portes, peut-être, en face du Fridddgidaire. La première n'a pas de marque particulière. La seconde, comme le pan de mur entre les fenêtres, est frappée d'un masque africain. Comme l'autre il me toise, il rit. Même sourire suspendu. Il se moque de mon ennui.

Je lui tire la langue — un tout petit bout, on ne sait jamais. Mais non, il encaisse l'insulte, ne bronche pas. Je hasarde une moitié de langue. Il sourit toujours et ne bouge toujours pas.

Bref coup d'œil à la table. Ils parlent toujours de l'Algérie. Alors tout mon ennui, je le réunis dans ma langue et je la tire, cette langue, dans les règles de l'art, moi aussi, en la faisant bien dure, bien longue, bien pointue. Puis j'appelle en esprit tous les gros mots que je sais. Je le déteste, le masque, et le lui dis.

Et c'est là, au moment précis où je me crois bien tranquille dans mon repaire d'ombre, à l'insulter à voix basse, à cuire mon petit outrage, que la main rude de Grande-Marraine s'empare soudain de la mienne, me fait décoller du pouf — pouf ! — et m'emmène d'autorité jusqu'à la porte frappée du masque. Dans la pénombre s'élargit encore le sourire suspendu. Mais Grande-Marraine a déjà poussé la porte et me lâche : « Allez, toi ! Au lieu de t'embêter, viens donc visiter. »

*
* *

Je l'ai toujours appelé la chambre noire, l'endroit où elle m'a emmenée. Pourtant, en entrant, elle a allumé en pressant une poire qui commandait un petit lustre. Alors « chambre noire », je ne sais pas pourquoi. C'est venu comme ça, et j'ai mis du temps avant d'apprendre que c'était un mot de photographe. Quand j'ai su ce que c'était pour de vrai, j'ai pensé qu'on m'avait volé la formule ; et, de ce fait, dérobé mon secret.

Parce que chambre noire, ça n'avait rien à voir avec les vraies chambres. Ni avec le vrai noir. Ça voulait d'abord dire que cette pièce était faite pour un mystère, une énigme plus forte que la nuit, le sommeil. D'ailleurs, Grande-Marraine, pour moi, n'a jamais été une femme qui dormait, qui fermait ses yeux de chat. Non, elle les gardait tout le temps ouverts, elle ne s'arrêtait jamais, elle restait toujours debout, l'œil à tout. Avec, par-derrière cet œil, comme dans la chambre noire, inviolé, son secret.

De toute façon, je ne me souviens pas du lit de Grande-Marraine. Je ne revois qu'un crucifix au mur. Encore, c'est seulement parce qu'en dessous elle avait glissé du buis, et pas du laurier, comme chez nous. Et j'ai beau chercher autant que je veux, de la chambre noire je ne retrouve jamais que l'armoire, la coiffeuse et l'attirail qui s'y trouvait disposé : des brosses, des peignes, un poudrier, une houppette, un flacon géant aux reflets d'or, marqué de l'inscription : **N° 5**, précédée d'un mot inconnu, **CHANEL**. Enfin, sur les deux tablettes du meuble, une série de portraits.

Des photos, des photos encadrées ; des photos d'elle. D'elle à son apogée.

Grande-Marraine du temps de son second mariage, celui qu'elle fit en noir, aussi noir que la chambre, trente-neuf ans, dernier carat pour se remarier, comme n'a jamais cessé de répéter ma mère. Huit mois plus tard c'était la guerre, elle s'est mariée en plein hiver 38, dernier carat pour partir aux colonies — dernier carat aussi pour avoir des enfants.

Sur quoi la chambre noire, pour toujours, avait-elle été refermée ? Car la pièce tenait du tombeau, du caveau : ici les volets n'étaient pas tirés, mais hermétiquement clos. Pas un interstice pour laisser passer ne fût-ce qu'un trait de soleil. Sur quoi les avait-elle refermées, les persiennes ? Sur le zénith noir et blanc de cette année 38, sur les souvenirs de son triomphe, sur sa beauté, sur les enfants qui n'étaient pas venus ?

J'ai d'abord cru que le secret, c'était le parfum. Je me suis figée devant le flacon marqué **N° 5** et j'ai demandé où étaient les autres numéros. Grande-Marraine est partie d'un petit rire : « Mais ce n'est pas un jouet, ma pauvre, il n'y en a qu'un, c'est du parfum ! » J'ai cru qu'elle se moquait de moi. Elle a voulu me convaincre, elle a ouvert le flacon : « Sens. » J'ai respiré longtemps, longtemps. Ça sentait les fleurs, très fort, si fort qu'on en perdait par instants l'intensité de l'odeur. Il fallait fermer les yeux, puis les rouvrir, et respirer encore. Chaque fois que je les rouvrais, je tombais sur les photos ; et je respirais en les regardant, comme si le parfum était celui de leur noir et blanc.

Grande-Marraine a eu l'air flatté. Malgré tout, elle a fini par en avoir assez, elle m'a arrachée au flacon et l'a rebouché. Mais je n'ai pas voulu quitter la coiffeuse, même si j'étais intimidée par toutes ces nouveautés : les brosses et le miroir aux manches argentés, la houppette aux duvets qui frémissaient dans la pénombre. Ce qui me retenait, c'étaient toujours les photos. A cause des robes de Grande-Marraine.

Des toilettes comme je n'en avais jamais vu, ni dans les pages du *Petit Echo,* ni même dans les planches du dictionnaire Larousse. Mais c'était sûr, ça n'était pas de l'inventé, je reconnaissais bien Grande-Marraine. Ici dans un manteau de velours aux épaules surpiquées d'applications, là dans une longue tunique de satin brillant, retenue à la taille par une ceinture fermée d'un strass. Bien elle aussi, ce portrait au mur, ce grand décolleté voilé d'une résille noire à larges croisillons.

Evidemment, elle avait changé de coiffure : ses cheveux étaient plus longs, dans le temps, et tout crantés. Pas moyen de savoir s'ils étaient vraiment blonds ; sur le portrait fiché au mur — un buste détouré, placé au milieu d'un grand cadre ovale —, on avait passé une couleur un peu rousse sur sa chevelure et, sur les lèvres, un soupçon de rouge. Décoloré, à présent.

Grande-Marraine, une seconde fois, devine ce que j'ai en tête. D'autorité, elle m'arrache à la coiffeuse, me pousse vers un placard dont elle ouvre grand les battants. Elles sont toutes là, les robes des photos : la noire à décolleté voilé d'une résille, la noire en satin avec la boucle en strass et le manteau de velours. Celui-là, ce doit être son préféré, son trophée, elle le retourne, m'en désigne la doublure en chuchotant : « Tu vois, bleu glacier. C'était de la soie brochée. »

Je hasarde une main vers les robes. Contre toute attente, Grande-Marraine me laisse faire. J'enfouis mon nez entre les étoffes, je renifle. Ça picote. « J'ai mis des boules », me souffle-t-elle ; et elle déniche, sous les robes, un sachet d'antimites qu'elle rejette presque aussitôt entre les tissus. Elle soupire, me repousse ; et, avant de presser la poire qui commande le luminaire, elle referme sèchement le placard où dort sa beauté.

Pour donner un peu de jour dans la chambre noire, il n'y a plus eu alors que la porte entrebâillée sur la salle à manger, une mare de lumière jaune et floue arrivée de l'escalier — elle rejoignait, sur la coiffeuse, les parois du flacon doré. Ma mère est entrée. Grande-Marraine a eu une mine gênée ; elle a rallumé l'électricité. Elle a fait semblant de chercher des torchons dans son armoire à glace. Elles ont un peu parlé.

*
* *

Elles ont fait comme les femmes quand elles prennent le café dans la cuisine sur la toile cirée, elles ont jeté un coup d'œil à la pièce d'à côté où Tonton Paul et mon père continuaient à discuter, puis elles ont dit des choses comme *retour d'âge, fibrome, descente d'organe.* Je les avais déjà entendus, ces mots-là, au milieu des phrases que les vieilles prononçaient en breton pour que les enfants ne comprennent pas ; et, comme avec les vieilles, quand ce n'était pas ma mère qui lançait : « Faut faire attention, faut consulter », c'était Grande-Marraine qui le faisait. Puis ma mère a jeté un nouveau coup d'œil à côté et elle a soufflé à Grande-Marraine : « Enfin, maintenant t'es bien débarrassée, parce que moi, chaque fois, qu'est-ce que je danse, et pour les enfants, ç'a été pire, surtout la dernière, qu'est-ce que j'ai pu déguster... »

« On n'est jamais content de ce qu'on a », a abrégé Grande-Marraine ; et elle a aussitôt éteint l'électricité.

Je ne sais pas trop comment on s'est retrouvées dans la pièce aux masques, du côté du Fridddgidaire. En tout cas, après le passage dans la chambre noire, sa porte blême faisait l'effet d'un grand bain de clarté. Grande-Marraine devait être un peu énervée, car elle a sèchement lâché : « Allez, on sort, un peu d'air, c'est pas bon de prendre racine à l'intérieur ! » Et on est tous descendus au jardin, enfin.

Dans les herbes hautes, sous les arbres fruitiers, j'ai pu alors courir tout à mon aise, jouer, explorer. Sous le palmier, on m'a montré une tortue ; j'ai appris son nom, Sidonie, et comment la nourrir de feuilles de laitue. Avec le soir, dans les allées, par-dessus l'odeur du foin, ça a un peu senti la mer. Mon père a regardé le ciel avant de s'adresser à Grande-Marraine : « Ça sent l'iode, Marie. Vous ne croyez pas que le temps va changer ? » Grande-Marraine a pincé la bouche, puis lui a montré la lune qui pointait un gros disque bien rond et bien blanc dans le morceau de ciel bleu qui restait derrière le palmier : « Ça sent toujours comme ça à la pleine lune, vous savez. » A nouveau mon père a humé l'air ; il a réfléchi avant d'approuver : « Je ne suis pas d'ici, forcément, je sais pas comment vous marchez. » Grande-Marraine et Tonton Paul ont paru subitement saisis d'un doute. A leur tour ils se sont mis à renifler et à fixer le disque de lune par-derrière le palmier. Ils ont fait la moue en même temps, puis Tonton Paul a eu son sourire bonhomme et a dit : « On aura beau temps, faut pas vous inquiéter. »

Mon père a eu un geste de la main. Il a souri, lui aussi, l'air de dire qu'il leur faisait confiance, qu'on verrait bien demain, qu'on n'allait pas discuter. On a pris l'apéritif dehors, dans l'allée en ciment, sur une petite table de fer dressée au pied de l'escalier. Et moi, tout en sirotant ma citronnade avec mes gaufrettes, j'ai fait comme eux, je n'ai plus arrêté de renifler.

Mais ce que j'ai cherché toute la soirée, ce n'est pas le relent des algues, ni même l'odeur du foin pour savoir qui avait raison, s'il ferait beau ou non le lendemain. Non, celle qui me manquait, que j'appelais, c'était celle, mélangée, du placard et du flacon doré. La poudre, l'odeur de fleurs, l'antimites, la poussière sur le velours, le parfum de la soie brochée. L'arôme un peu piqué du vieux satin glacé.

*

* *

Pour la suite, pour les deux jours qu'on a passés là, dans le jardin au palmier et la villa qui n'en était pas une, rien à signaler. Rien que la grand-messe de la parenté, celle qui, de nuit en repas, de pousse-café en vaisselle partagée, de draps pliés et dépliés, rapproche les âges, les corps. On s'entasse, on se plaît à vivre à l'étroit, on met tout en désordre, les choses comme les habitudes. Voilà Grande-Marraine, par exemple, qui nous installe tous, pour dormir, dans la salle à manger. On déménage la table et les chaises, on étale des matelas à même le plancher, et, au beau milieu de tout ça, elle place avec une discrète solennité un grand seau d'émail jaune sur lequel, la bouche plus pincée que d'habitude, elle dépose un couvercle : « *Pour si jamais la nuit vous êtes obligés de vous lever.* »

Je me réveille tôt. Les deux masques me fixent, toujours aussi goguenards. Mais je n'ose pas bouger, même pas leur tirer la langue : qu'est-ce qui pourrait se passer si Grande-Marraine entrait ? A côté, sur leurs matelas, les autres, je le sais, ne dorment pas plus que moi. Mais ils font semblant. « C'est ça, quand on est chez les autres, a chuchoté hier soir ma mère, au moment de se coucher. Quand on est chez les autres, on fait pas ce qu'on veut, bien obligé. » Je meurs de faim, mais interdit de bouger et encore plus de réclamer. Donc, je ne bouge pas. Bien obligée.

Dans la pièce voisine, on entend enfin quelqu'un se lever — Grande-Marraine, sans doute, le pas est tellement décidé. D'un seul coup, sur les matelas, tout le monde s'ébroue. Un coup d'œil aux volets qu'on n'ouvrira pas. Entre les rainures coule une lumière bien claire, bien légère. Il fera beau, comme promis. Qu'est-ce qu'on va faire aujourd'hui ?

Comme hier : dire bonjour à la mère, à la sœur de Tonton Paul qui vivent à l'autre bout de la maison, du côté du jardin, du palmier. Ensuite, on ira au marché. Il y aura de la dépense, les porte-monnaie claqueront, mais on ne pensera plus à l'argent. « On fait ce qu'il faut », chuchotera ma mère quand elle surprendra sur elle le regard de mon père, « t'inquiète pas, je sais où on va ».

C'est comme ça, un après-midi, qu'on se retrouve à traverser la Loire, « à sortir de Bretagne ! » s'exclame mon père — il ne manque jamais de proclamer les passages de frontières. On se paye le car, le bac pour aller à la plage de Saint-Brévin-les-Pins. A la fin de la journée, en attendant de repasser le fleuve, à une terrasse de bar, on boit de la limonade, et, pour les hommes, des bocks de bière. « C'est ma tournée ! » dit mon père, et c'est lui qui paye.

Je revois aussi un paquebot en construction le long d'un quai ; et, pendant la traversée, des méduses dans les eaux de l'estuaire. « Signe de chaleur », prédit Grande-Marraine en rabattant sur son visage les bords de son chapeau de paille. Elle rit, toujours un peu pincée, avant d'ajouter : « Pour un peu, on va se croire à Djibouti ! » Tout le monde approuve. Je la regarde, histoire de découvrir en elle un peu des colonies. Mais rien, rien que cette façon de baisser la tête pour éviter le soleil. Et ces toutes petites gouttes de sueur aux tempes et sur le menton — c'est la première fois que je vois transpirer sa peau poudrée.

Il dut y avoir deux ou trois jours comme ça, à aller et venir de l'ombre au soleil, à cueillir des fruits au jardin, à visiter les pêcheries, le long de l'estuaire, à faire des vaisselles, à manger des civets, des rôtis, du melon, des cerises dans la pièce aux volets tirés. Les matins arrivaient toujours trop tôt. Quand on se levait, on cherchait chaque fois le bouton de l'électricité ; il fallait prendre son tour pour aller aux cabinets. Le pain du petit déjeuner n'avait pas le même goût qu'à la maison, le beurre non plus. Mais, comme chez nous, on faisait sa toilette devant une cuvette d'eau froide et une glace accrochée à un clou. Il n'y avait que les serviettes qui changeaient, elles étaient fines et brodées, comme les draps — « du linge de famille, répétait ma mère pendant qu'elle me débarbouillait, j'en ai vu comme ça, dans le temps, quand j'étais couturière, pendant la guerre et que j'allais travailler chez les gens ».

Pour finir, je revois le jardin, un soir, au moment où tout devient jaune entre les herbes et les arbres fruitiers, l'heure où on branche les tuyaux d'arrosage. L'averse artificielle crache au-dessus des rangs de légumes des petits arcs-en-ciel ; on est tous réunis devant le portail vert avec nos sacs et nos valises. Mon père se penche vers Grande-Marraine et lui dit, un peu grave : « Marie, les meilleures choses ont une fin. » Tout le monde s'embrasse. Les yeux de Tonton Paul sont aussi mouillés que ses rangs de haricots verts sous l'averse du tuyau d'arrosage. Ceux de Grande-Marraine, eux, restent au sec. Mais on voit qu'elle se force : sa bouche se pince, elle fait semblant de remettre en place les mèches de sa permanente. Le car pointe son capot au bout de la route. Ça y est, on est repartis.

Ensuite, je ne sais plus rien de l'été, j'ai l'impression que je l'ai laissé là, en plan, devant le portail vert, 134, route de Pornichet. Je me rappelle seulement qu'ensuite, brutalement, j'ai été pressée de grandir, de voir mes robes trop courtes, de sentir mes chaussures trop serrées au bout du pied. Je me revois obliger ma mère, tout le temps, à les changer. Et je m'entends répéter tout bas, sans m'arrêter : « Ça va bouger, ça ne va pas rester comme c'est. » Ce qui n'a pas manqué d'arriver.

V

CIEL

Après je ne sais plus. Sur la plage mouvante et interminable des jours, je vois seulement l'imagination et la mémoire cheminer ensemble. Comme avant. Mais, c'est curieux : maintenant, c'est la mémoire qui va devant.

Se souvenir, rêver, rêver, se souvenir, il n'y a pas à en sortir. Et je n'en sors pas. Va-et-vient où je me sens bien. Roulis du temps qui bat.

Quelquefois, l'oscillation s'arrête. On est à l'école, il faut comprendre des règles, des lois, des choses qui ne bougent pas. Entre les caractères tracés au tableau par la craie sûre de la maîtresse, surgissent des mondes immobiles. On croirait la naissance des étoiles, le soir, au fond du ciel sans fond. Puis les lois et les règles s'enfuient du tableau pour se loger dans la tête. Alors la maîtresse, d'un coup d'éponge, engloutit dans le néant ses chiffres, ses phrases de craie. Le pouls du temps reprend.

L'endroit où je capte le mieux sa palpitation étrange, c'est chez moi, au grenier. Depuis qu'on est revenus de chez Grande-Marraine, c'est mon endroit préféré, j'y passe plus de temps qu'au jardin. On dirait qu'après ma visite à la chambre noire quelque chose s'est rompu entre la terre et moi.

Je ne sais pas encore quoi. Mais, pendant plusieurs jours, à notre retour, je me suis mise à chercher si notre maison avait des racines, comme les plantes.

J'ai voulu trouver le chemin secret qui mène à cette souche, une trace de la force puisée par nos murs, notre plancher, notre cheminée, notre fourneau, notre toit, dans l'humus qui, à deux pas de là, à l'endroit où s'arrête le ciment, engraisse les fleurs, les légumes, les arbres de mon père.

Sous la fenêtre de ma chambre, ces racines, j'ai bien cru être sur leur piste, un soir. J'ai glissé les doigts entre les barreaux d'une minuscule grille encastrée sous la fenêtre, près de la bassine où on recueille l'eau de pluie, au ras du ciment. Mais ma main n'a tâté qu'un terreau pauvre et froid.

Voilà pourquoi la force de la maison, je crois désormais qu'elle vient du ciel. C'est par là-haut qu'elle se remplit, qu'elle se nourrit du monde. La preuve : le grenier.

J'ai pourtant peur d'y aller. Je ne m'engage jamais seule dans l'escalier raide et étroit, j'attends que ma mère y monte pour étendre du linge ou y empiler, avec mes sœurs, nos vieux cahiers, des chutes de tissu, des journaux périmés. Je les suis dans l'escalier, me poste près de la porte et les laisse s'affairer.

Elles ont des mouvements tranquilles, l'œil serein, inconscient du danger. A moins qu'elles le connaissent mais qu'elles ne s'estiment pas assez grandes, assez fortes pour l'affronter. Moi, repliée sur la dernière marche, je frémis du culot que j'ai eu à les suivre. Raidie, tout hérissée, prête, à la première alerte, à redégringoler l'escalier.

Mais je lorgne aussi de l'autre côté du grenier, vers les recoins du fond, là où le jour ne donne jamais. De minute en minute, mon regard dompte les formes que l'ombre drape d'énigmes : valises, bonbonnes de verre, valises, cartonnages, et, derrière un mannequin de couturière dont ma mère prétend qu'elle l'a relégué ici quand je suis née, un fouillis d'objets rouillés. C'est le repaire des monstres, les puissances du grenier. Que j'entre seule ici et je serai foudroyée.

Comment je le sais, qui m'a prévenue des dangers du grenier ? Personne. C'est la cave qui est une punition, pas le grenier. Lui, c'est une liberté, chacun y monte à son gré. Alors pourquoi des monstres, si près du toit, du ciel qui nourrit la maison ? Et comment ils sont ?

Tout ce que je sais, c'est qu'ils ont attaqué le plancher : entre la fenêtre et les recoins du fond, il porte comme une longue écorchure, une blessure mal cicatrisée. Après l'attaque du plancher, c'est moi que guettent les monstres, moi et moi seule, parce que je suis la seule à savoir qu'ils me veulent. Jour et nuit, par-derrière le mannequin, les valises, les cartons, les bonbonnes et le capharnaüm de ressorts et tubulures, les monstres attendent leur heure ; si je commets l'erreur de franchir seule le seuil du grenier, ils vont me dévorer.

Mais rien après l'instant où ils vont se jeter sur moi : là non plus, je n'imagine pas. Je suis tout entière à ma peur, à ces minutes où nous nous observons, les monstres et moi. Eux, tapis et immobiles dans leur repaire de ténèbres, moi, prête à m'enfuir, tremblante, dans le reste de jour qui éclaire le haut de l'escalier. Dans la morne existence que mènent les monstres par-derrière les bonbonnes, le mannequin, les valises et les machines rouillées, rien d'autre que cet espoir : faire enfin leur métier de monstres, bondir sur moi. La suite, il n'y en a pas.

Car moi, en face d'eux, je fais aussi bien qu'eux mon métier de petite fille : je regarde les étranges granules qui hérissent mes jambes, mes avant-bras. Je les frotte et voilà que je reprends souffle, que ma peau palpite, vivante et claire ; peu à peu, entre les monstres et moi, je dresse un rempart vivant : le corps de mes sœurs, de ma mère.

Elles étendent des draps sur un fil tendu entre deux poutres ; disposent des pommes sur des feuilles de journal, à même le vieux plancher blessé. Ou bien elles rangent, elles furètent, toujours maîtresses de l'espace entier du grenier. Elles vont, elles viennent, sereines, aisées, du noir à la lumière, de la lumière au noir, seulement arrêtées ici et là par des objets qui les encombrent. Muraille mouvante mais puissante.

Par son indifférence à ce que, dans l'ombre, les monstres manigancent.

Vient aussi le moment où c'est leur tour de trembler, de ne plus oser bouger. Depuis mon poste en haut de l'escalier, je sens qu'ils rapetissent, rabougrissent jusqu'à n'être plus rien, ou presque — cette poussière sans force, par exemple, qu'emporte dans sa valse, sous la lucarne, un jeune rayon de soleil.

Alors je peux à mon tour m'avancer, me mettre à aller et venir sur le vieux plancher blessé. Commencer à fouiner en attendant que mon rempart vivant quitte les lieux et me laisse seule à jouir du grenier.

*
* *

Ça finit toujours par arriver. On s'en va sans un mot, sans chercher à m'emmener. Car telle est la loi du grenier : chacun y entre et en sort en toute liberté, au gré de l'envie, de l'ennui. Pour faire ce qu'on a à faire, mais aussi pour ne rien faire. Pour chercher de l'air.

Air qui filtre et siffle à travers les ardoises, air par la lucarne assoiffée de soleil, air par la fenêtre aux volets écartés sur les lointains de la ville. Air dans la tête, espace infini de la rêverie.

Le contraire de la cuisine, si étroitement jointoyée au jardin, à la terre, à tout ce qui bouge, coule, réchauffe et rassemble : le café, le fourneau, la vaisselle sur l'évier, le journal, le cabas rapporté de l'épicerie, les lettres qui arrivent. Au grenier, ce qu'on écoute, c'est la maison qui parle, pas les gens. Le toit, le soleil, le ciel, le vent, la pluie, la nuit, les oiseaux dans leur nid. Parole du temps, depuis le *dans le temps*.

Dès que les pas s'éloignent, dès qu'ils ont frappé les dernières marches de l'escalier, je me mets à l'affût de ce que dit la maison. Tempête siffleuse, averse en joie tout au long des gouttières, il pleut, il mouille, c'est la fête à la grenouille. Un train, un avion qui passent. Une poule de Maman Ec qui fanfaronne pour l'œuf qu'elle vient de pondre. Le carillon du voisin. Un pigeon du maraîcher d'à côté, venu pousser la sérénade en griffant la faîtière. Enfin, comme d'habitude, la sirène de l'arsenal, le salut des bateaux au dernier quai du port ; et la ville qui n'arrête pas de forger, pilonner, maçonner, goudronner.

Ou rien. Rien que la maison qui fait comme moi. Qui, de son ennui, se nourrit.

*

* *

Et voilà que, d'un coup, je me recule vers la fenêtre, voilà que je prends mon élan. Je vais voler, je vole.

D'un bond je saute pile au cœur de l'édredon de finette grenat placé sur le sommier de crin et le matelas de coutil aux rayures blanches et bleues qu'on a placés près de l'entrée.

La couette ne manque jamais de saluer mon plongeon : dès que je m'y suis effondrée, elle crache autour de moi une averse de duvets. J'éternue ; je sais alors que je viens d'entrer dans le pays que je cherchais : là où la maison se souvient.

A moi le ventre du grenier qui promet tant d'avenir, avec tout son passé. A moi le monde oublié, sa parole cachée. Pour trouver le chemin que je prendrai quand je m'en irai.

Parce que c'est sûr, maintenant : je vais faire comme Grande-Marraine, je vais partir, prendre le train toute seule, un jour, une voiture peut-être. Et l'avion.

Cependant, quand j'abandonne l'édredon, quand je vais m'installer sur le rebord de la fenêtre pour me chercher un coin de ciel, ce n'est pas celui du terrain d'aviation — la *base,* comme on l'appelle. Je prends toujours l'opposé : la région claire qui s'étend de l'autre côté du toit par-dessus la maison du vieux maraîcher — il a le plus grand terrain du quartier, et un palmier.

*
* *

Elle n'est pas belle, pourtant, la maison du maraîcher. Haute, grise, façade richarde, sévère, comme lui, mal lunée.

Cependant le matin, quand le beau temps vient, c'est toujours par-dessus chez lui qu'arrive le soleil, avec de longs rayons bien jaunes comme sur les affiches qui parlent du futur ou de la bonne santé ; ou encore sur les dessins qu'on voit sur le journal du voisin, celui qui fait tout le temps de la réclame pour les Russes.

Le même soleil aussi que sur les portails des maisons neuves, chez les gens qui ont trouvé assez d'argent pour *faire construire*. Un soleil qui a l'air d'aimer son travail. Comme un bon ouvrier bien solide et guilleret. Hardi, ardent, qui promet ; quand il pointe le nez par-derrière le toit, il n'a pas l'air de peiner à soulever sa livraison de joie.

Et lorsqu'il s'est montré dans toute sa gloire d'ouvrier, allègre, exact et compétent, pareil à mon père en tricot de corps quand il fait du ciment, l'été, et qu'on voit les muscles de son torse et de ses bras, le soleil va se reposer un petit moment. Il se poste au-dessus du palmier. Puis il reprend le collier, il monte encore ; il laisse ses rayons, pour une bonne partie de la matinée, aller se vautrer sur les semis, les serres, les longues plates-bandes en pente du vieux maraîcher.

Ce que fait ensuite le soleil, je m'en fiche, ça ne m'intéresse pas. L'endroit où il se couche, je ne regarde jamais par là. Ce qu'il faut à mon élan, à mon envol, à mon avion à moi, c'est du début, de la naissance. Le secret pour grandir, monter, m'élancer, m'envoler. Sans personne derrière moi. Sans personne pour me regarder. C'est tout ça, rien que ça, que je demande au grenier.

*
* *

Souvent, à ce moment-là, je m'avançais sur le plancher écorché, je m'asseyais au bord de la fenêtre, je me penchais, j'avançais les bras, à la recherche de l'air, du ciel. Aussitôt, j'avais le vertige, je me reculais, je m'enfuyais, effrayée de ce que j'avais fait, filais au jardin, tout au fond, derrière le puits, parfois même plus bas, pour qu'on ne me voie pas. Je cherchais un muret, je m'y juchais, toute raide ; et j'écartais les bras.

L'air, alors, je le battais comme j'avais vu faire aux mouettes, à coups pressés, violents. Je savais bien que je ne m'envolerais pas. Mais c'était juste pour voir, pour appeler le ciel qui m'avait laissée là, si bas.

Rien que de l'avoir fait, je me sentais heureuse. Comme portée par une promesse, une prière. Je baissais les bras, sautais du muret et retournais au grenier.

Plus aucune peur des monstres. Je grimpais l'escalier quatre à quatre, je traversais en trombe le vieux plancher sans interroger l'ombre, entre les bonbonnes et les machines rouillées. Là, je me retournais, je reprenais bien mon élan pour être sûre d'atterrir en plein dans l'édredon.

Quand je retombais dedans, il n'avait pas changé, il sentait toujours la poussière, le vieux, le monde d'avant. Il y avait bien sûr la petite averse de plumes. Je m'y abandonnais sans réserve, comme à la jouissance de l'éternuement ; et je redevenais aussitôt, entre ciel et poussière, sous la lente pluie blanche, l'enfant qui cherche le secret du temps.

Oui, le passé, c'était une poussée ; et le grenier un appel d'air dans la poussière. D'ailleurs, la poussière, elle faisait comme moi : elle prenait son élan, elle partait vers le ciel, les jours de soleil, elle montait, montait au lieu de descendre ; et, d'un seul coup, elle n'était plus là. Evanouie, partie. Comme, un jour, moi.

Dans la poussière, dans le soleil qui m'aspirait par la trouée de la lucarne, mon œil se fixait sur une étoile miniature dérivant dans le ruisseau de lumière ; et la suivait. Je voulais voir jusqu'où elle monterait, jusqu'où elle pourrait. Jusqu'où elle oserait.

Voir aussi si elle allait réussir à *gagner le cocotier* — c'était le mot de ma sœur quand elle parlait des gens qui avaient de la chance, qui réussissaient. Ou qui faisaient ce qu'ils voulaient.

L'ombre finissait toujours par engloutir mon étoile miniature. Ou bien elle se laissait agripper par une poussière plus grosse, elle ternissait, tournoyait, chutait ; puis sa dérive, en un rien de temps, s'arrêtait net, elle s'était laissé renvoyer au néant. Mais moi, je ne voulais pas y croire, je secouais la tête, je me répétais : « Non, j'te jure, elle s'est envolée, elle s'est sauvée, j'te jure qu'elle a gagné le cocotier ! » Et, une fois rassurée, je retournais fouiner.

Parce que c'était ça aussi, le grenier : le temps sans queue ni tête, en pagaille, sans heure, sans saison, sans loi. Penser, ne rien faire, fixer la lucarne, le soleil et sa pluie de poussière dans la lumière, se laisser aller au milieu de l'édredon qui sent le *dans le temps* ; et, d'un seul coup, se lever, se mettre à tout soulever, déranger, bousculer, fouiller. Chercher.

Oui, sans savoir quoi ni pourquoi. Chercher, rien que ça.

*
* *

Je fouine, je furète, je scrute et sonde, je me balade, je bourlingue, le passé est comme la mer, comme les lettres sur l'océan des pages, il y a des rivages, des ports, des balises, des archipels, des escales, c'est un voyage ; et il mène loin.

Comme les noms des villes et villages sur la carrosserie du car qui nous a emmenés chez Grande-Marraine, voici que je reprends le chapelet des destinations du grenier. Je les répète exactement comme ma mère chaque fois qu'on monte et qu'elle se met à fouiller, je les dis comme elle les nomme, stances des choses qui ne sont pas encore mortes, qui ne vivent plus la vie sans être déjà dévorées par l'oubli :

> COFFRET DE FER — LANDAU NOIR — BARBOTEUSES — CHAUSSONS DE BÉBÉ — VIEUX LIVRES À PAPA QUAND IL ÉTAIT JEUNE HOMME *(La Bonne Chanson, Les Diaboliques)* — VIEUX LIVRES À PAPA, MAIS CEUX-LÀ C'EST APRÈS *(Einstein, L'Astronomie populaire, L'Enigme des pyramides d'Egypte enfin élucidée)* — CATALOGUES — *(Guérir, Historia, Jours de France)* — HABITS DE PAPA QUAND IL ÉTAIT À LA GUERRE — FORMULAIRES DE FACTURES, C'ÉTAIT DU TEMPS QUE JE FAISAIS LA COUTURE POUR LES GENS, DEPUIS QUE T'ES NÉE, PAPA VEUT PLUS — CARTES DE VISITE PÉRIMÉES

— Chutes de tissus — Robes et corsages usagés, j'ai mis de l'antimite, ça bougera pas — Lampes tempête — Lampes à pétrole — Bouteilles vides de pétrole pour les lampes à pétrole — Quart à papa quand il était à la guerre, il l'a eu tout le temps avec lui depuis le début — Encore des catalogues *(Petit Echo, Bonne Soirée)* — Patrons-modèles — Modèles pour les broderies mais maintenant j'ai plus le temps — Journaux d'enfants *(Bibi Fricotin, Pif, Les Pieds Nickelés, Lisette)* — Vieux albums de *La Semaine de Suzette* — Jokari fichu, l'élastique il suffirait de le remplacer — Boîte à bigoudis — Tire-lait, laisse donc ça, tu sauras ça plus tard, t'as assez le temps, c'est pas pour les enfants — Vieux cahiers aux grandes — Photos de quand on était réfugiés — Vieilles agrafes de porte-jarretelles, y en à de tous les genres mais on les garde ensemble dans la même boîte, on sait jamais, ça peut toujours resservir pour moi ou pour les grandes — Boîtes de lait Guigoz pour les fleurs à mémère — Vases que pépère a fabriqués avec les obus pendant l'autre guerre, c'est lui qu'a fait les dessins, mais maintenant c'est plus de mode — Catalogue sur le pape qu'on a gagné à la loterie de la kermesse des curés — Bonhomme-tirelire avec des vieux sous qui valent plus rien, mais faut pas la casser — Bols ébréchés, je sais pas pourquoi on les garde, pour le souvenir, probable — Cafetière et casseroles percées, on les donnera au rétameur quand il passera — Pillots pour le marchand de pillots, lui aussi quand il passera — Vieilles couvertures percées mais ça peut servir quand on va se promener dans les champs — Bouteilles pour le cidre — Bouchons — Bouchons encore — Machine à mettre les bouchons — Radio

DE LA GUERRE, ELLE MARCHE PLUS — CANTINE À PAPA — CHIFFONS — VIEUX SACS À GRANDE-MARRAINE, CELUI-LÀ IL EST EN CROCO — VALISES...

Mille histoires éparpillées, mille morceaux d'un passé explosé à mes pieds, sur le plancher gris de poussière, le bois blessé.

*
* *

Mais moi je suis l'enfant qui recolle les histoires, qui rafistole et qui raboute, l'ouvrière cachée du grenier, la petite raccommodeuse invisible qui ne fait pas de bruit mais qui répare, qui fait beaucoup de choses avec rien, l'air de rien. Les guenilles, les choses mitées, c'est pour moi, avec les trous et les morceaux je fais du neuf, les bigoudis et les chiffons, les boîtes en fer-blanc, je prends tout, les brassières élimées, les couleurs passées ; même les bols ébréchés, même les casseroles percées. Je suis la petite ravaudeuse du passé, la silencieuse, la rétameuse qu'on n'entend pas, celle qui piétine l'oubli sous les ardoises du toit.

Oui, je prends tout. Les photos, les journaux, les cahiers, mais aussi les robes tachées, les pillots, les bouteilles vides, les papiers usés. Je m'en fous que ce soit cassé ou déchiré, je répare tout pourvu que ce soit des choses du grenier, la vieillerie je sais quoi en faire, j'ai tout ce qu'il faut pour ça : ma mémoire, le morceau de ciel par-dessus le toit. C'est comme ça que je recolle les histoires : un ciment qui n'est qu'à moi.

Aux agrafes de porte-jarretelles je sais attacher les bas de soie qui ne sont plus là ; dans le coffret de fer qui n'ouvre pas, inventer ce qu'y cachait mon père pendant la guerre ; et je fais pareil, même quand c'est difficile, avec le livre des Pyramides, le tire-lait-c'est-pas-pour-les-enfants-laisse-donc-ça. Dans les cabas troués, j'enfouis les bouteilles vides du cidre pour les promenades où je suis pas allée, forcé : j'étais pas née ; avec le bonhomme-tirelire aux sous impossibles à attraper, je m'achète les châteaux de la Loire et les bijoux des rois qu'on voit dans *Historia.* Sur le Jokari cassé, je replace l'élastique et le tour est joué, sans bouger : il suffit d'y penser et me voilà sur la plage d'avant les bombes, d'avant le coltar, à lancer la balle avec la raquette, à manger du chocolat qui fond sur des tartines au sable. Avec des crêpes de blé noir, sèches et grises comme la mer quand il fait froid ; et toutes salées comme la tasse qu'on boit dans les vagues ces jours-là.

Ça ne se fait pas tout seul, il faut penser très fort, mais je sais le faire, après tout je suis la fille du maçon et de la couturière, bonne ouvrière, quand je trouve pas je me laisse pas faire, je m'échine, je m'obstine, je m'use les mains dans la poussière, je ne lâche jamais mon ouvrage, je fais comme mon père et ma mère, je lutte, je m'acharne, je tiens, j'ajuste au petit poil, au petit point. Et puis, par la lucarne, il y a toujours le ciel, l'air qui m'appellent. Le palmier, le soleil.

J'y arriverai. Qu'est-ce que je ferai quand je serai grande ? Je ne sais pas, en tout cas pas couturière, ma mère veut pas ; de toute façon, à part dessiner et écrire, je ne sais toujours rien faire de mes dix doigts.

Pourtant on m'a dit que, du côté de mon père, dans les terres, le côté des tailleurs de pierre, il y avait aussi une couturière, sa mère, mon autre grand-mère, celle que je n'ai pas connue et qui est morte avant la guerre. Ils disent aussi que son aiguille, ses ciseaux et son fil, elle les avait toujours en main ; et d'ailleurs, dans le grenier, devant les bonbonnes, il y a son vieux mannequin. Il est tout blême, il n'a pas de tête, mais ce n'est pas un monstre, c'est une femme, une belle dame qui veille sur moi. Pas de dé, pas de centimètre, pas de patron, pas de crayon, pas de tête qui se casse au-dessus de la table pour *la réflexion.* Moi, mes histoires anciennes, je les travaille sans façon, à ma façon ; je ne suis qu'un enfant, un enfant qui coud le temps.

Je me contente de tirer le fil de la mémoire en soulevant les choses du grenier, tout le vrac, les choses qui se sont passées et qu'on a laissées ici sous les années entassées. Et je rattache ce que les autres séparent, le futur à ce qu'il y avait avant : les fusées dont parle mon père à la guerre qu'il raconte tout le temps, la radio du voisin à la Grande Pyramide avec ses Egyptiens. Les étoiles de *L'Astronomie populaire* aux robots qui m'ont fait si peur à la Foire-Exposition, le Friddd-gidaire de Grande-Marraine à la vie lasse de ma grand-mère qui est restée gratter les champs.

Et quand je l'ai bien couturée, mon histoire, je la rebrode, je la double, je fais les finitions ; et comme c'est long, tout ce fourbi, presque aussi long que de monter un patron, je copie encore ma mère : tout en fouillant les valises, les cartons, je fredonne des chansons.

Mais ma mère, elle, quand elle a fini son ouvrage, elle le lève dans la lumière — elle appelle ça *aller au jour.* Puis elle l'examine avec lenteur, précision. Moi, je ne peux pas : mon histoire, je suis seule à la voir. Alors j'interroge le mannequin, sa tête absente et muette, son œil pareil à celui que j'ai dans la tête. Celui qui voit, et que personne ne voit.

Le mannequin me répond toujours, et c'est toujours la même chose : que j'ai fini, que je suis une bonne ouvrière, même si je ne fais pas tout à fait comme ma mère. Un genre de couturière. Une petite ravaudeuse de temps.

*
* *

Edredon, fenêtre, fenêtre, édredon, je saute, je plonge, c'est ma manière de coudre à moi, de rattacher les histoires dans ma tête, je saute, je plonge, je saute encore, et je plonge, je n'arrête pas. J'évite avec soin la blessure du plancher. Malgré tout il craque, frémit. Quelquefois, d'en bas, j'entends monter un cri : « Irène, t'es folle, arrête, tu vas tout déglinguer, nous bousiller le plancher, tu vas nous tomber dessus, en bas ! »

J'obéis. Mais, dans ma tête, ça ne cesse pas. Même si je me fige dans le creux de l'édredon grenat, je continue, en esprit, à baguenauder entre les choses du grenier, du futur au passé. Mon corps est immobile et pourtant je tourne et vire et vole encore autour des choses vieilles, usées. Jamais je n'ai été aussi agile, je suis légère et libre, je marche sur l'oubli.

Je ne bouge pas, ce sont mes jambes qui rêvent, mes yeux qui avancent sur le plancher fatigué. Au chaud du ventre de la couette, je me choisis de loin un gros objet bien familier, bien éclairé. Aujourd'hui, voici le landau noir. C'est là que j'ai grandi, on m'a dit ; c'est là qu'on m'a poussée quand je n'étais qu'un bébé. Landau de bois à roues petites, trapues, bas placées, mal chromées. Ses rayons sont tordus. Landau épuisé, comme les hanches des vieilles, landau qui a trop porté, trop peiné. Landau noir comme la mouise dont parle tout le temps mon père ; landau qui vient du fond du temps — on m'a aussi raconté que pendant la guerre, il a passé le pont Saint-Christophe avec la charrette des meubles, ma sœur aînée et ma mère — un peu après, tout a sauté : les Résistants, ou les Allemands.

Mais ça ne me suffit pas comme morceau d'histoire à rabouter au landau noir. Il m'en faut un autre, pour qu'elle tombe bien, mon affaire, pour que je me trouve bien dedans.

J'appelle le vent par la lucarne, la promesse du ciel. Ça ne dure pas longtemps. Deux-trois nuages qui passent, un pigeon, trois hirondelles, et le voilà qui tombe sur moi, mon morceau, mon pillot : une autre histoire. Elle parle justement du landau.

Et, nom de nom, comme dirait mon père en plissant l'œil et en fronçant le nez de contentement : ça colle, ça s'ajuste au poil, c'est pas de la camelote, c't'affaire, mais de la bonne histoire qui tient, avec du début, du milieu, de la fin. Faut voir aussi d'où ça vient : de la cuisine, un jour de café, sous la toile cirée ; et c'est ma mère qui l'a racontée.

A qui ? A la Tante Maria, je crois bien, celle qui garde, en haut de son buffet, le chat empaillé de Grande-Marraine. La seule de mes tantes à ne pas porter de lunettes et qui en profite pour ficher sur tout le monde, comme le siamois, ses yeux pointus et narquois.

J'entends aussi sa voix acide et claire, comme son iris ; et, par-dessus, celle de ma mère, habile à la tenir suspendue au bout de la tenaille de son récit, ma mère qui lui raconte que ça s'était passé l'été juste après la guerre, il faisait chaud, mon père et elle étaient partis à la plage du matin, par les chemins : « Forcément, y avait plus rien, on trouvait encore des morceaux d'avion dans les jardins, et les blockhaus sur les plages, des chevaux de frise, tu te souviens bien, y avait encore des mines dans la terre, jusque dans les cours de ferme, des restes de bombe, tout le saint-frusquin... »

J'écoute ma mère et j'entre dans cet été, ce grand matin, dans la fraîcheur du chemin, avec les mûres qui noircissent sur les talus, et les champs de choux et de pommiers par-derrière les *baraques américaines.* Je vois les ouvriers qu'on vient d'y loger tâter leurs murs légers, se dire qu'au premier grand vent, ils s'envoleront ; mais qu'en attendant, c'est un toit, même s'il est plat. Et que la baraque est belle, quand il fait soleil.

J'entre aussi dans l'espoir du sable, du sel. Plus encore, à mesure qu'elle parle : j'entre dans l'espoir de l'espoir, en ce dimanche d'été qui se lève juste après la guerre. Dans l'air marin.

Et, tandis qu'elle enfile les phrases en tâchant de resserrer sur Tante Maria sa tenaille à histoires, je comprends aussi que je n'étais pas née mais qu'elle l'avait déjà, ma mère, le landau noir, avec un autre enfant dedans : une de mes sœurs, bébé ; je me dis qu'elle se souvient peut-être aussi du noir d'avant, ma sœur — qu'est-ce qu'il y avait dedans, de son temps ?

Mais pas moyen de rêvasser, hardi petit, ma mère

pousse son histoire avec la même vigueur que le landau noir entre les ornières du chemin creux :

« ... Il faisait beau, on allait à Larmor, là où il y a du sable fin. On était partis de Lanveur, du matin, on avait déjà dépassé le Ter et les baraques américaines, et voilà que Jean, qu'était sorti du chemin parce qu'il avait un besoin, revient en rigolant. Tu sais bien comme il est sérieux, Jean, il se met pas à rigoler pour un oui, pour un non, alors je lui dis : "Jean, qu'est-ce que t'as ?..." Mais me dire, il pouvait pas : rire, il arrêtait pas ! Et moi, fallait bien que je continue à pousser le landau avec la petite dedans. Alors j'ai attendu qu'on soit sorti du chemin, il pouvait pas me dire tout de suite, je sentais bien, fallait qu'on soit plus loin. Et j'avais eu le nez creux, parce que, quand on est sorti de là, il m'a tout lâché, il m'a dit : "Oyo, alors là, figure-toi, dans le champ, je suis tombé sur Mado et Lulu, oui, ces deux-là, sur un talus..." »

Là, ma mère s'est arrêtée et elle s'est mise à rire, elle aussi, elle n'en pouvait plus, comme si c'était elle qui avait vu Mado et Lulu sur le talus. Mais, comme elle n'avait pas tout dit et qu'elle voulait être sûre que Tante Maria ait bien compris, elle a ajouté plus bas : « Ils machinaient, quoi ! »

« Oyo ! » a tout de suite lâché Tante Maria. A cet instant, ma mère a su qu'elle la tenait toute crue comme un crabe au bout de sa pince à histoires, et qu'elle pouvait, quand elle voulait, l'écrabouiller dedans.

Seulement, Tante Maria, de son côté, c'était un bon crabe, de ceux qui se débattent ; et, puisque ma mère avait dit *machiner,* puisqu'elle avait parlé de choses qu'on ne peut pas trop dire comme ça, de but en blanc, sans prendre son temps, elle a réussi à lui montrer qu'elle voulait la suite, mais qu'elle ne se laisserait pas faire. Donc, à l'inverse de ce qu'auraient fait Maman Ec ou mes autres tantes, Tante Maria, quand ma mère s'est tue, s'est bien gardée de dire : « Et alors ? » Elle a été beaucoup plus maligne, elle s'est contentée de lancer : « Sur le talus ? Ayow-euta ! »

Sous la toile cirée, je me suis mise en boule pour mieux entendre, mieux comprendre, toute ramassée. Parce que *ayow-euta,* c'est beaucoup plus qu'*oyo,* ça se dit quand c'est du terrible, du douloureux, comme les *rhumatisses,* les hommes qui boivent, ceux qui ne sont pas sérieux, qui mangent la paye avant de la rapporter, qui la dépensent au café ou au jeu de boules, au jeu de cartes, quand ça n'est pas les trois à la fois. Ou encore quand on raconte que quelqu'un a été nettoyé, qu'il est mort subitement.

Mais, comme ma mère n'était toujours pas décidée à continuer, ma tante a bien été forcée de tailler dans le biais ; elle a lâché : « Mado, je vois plus trop bien qui c'est. » Ma mère s'est tout de suite récriée : « Mais si, Mado, Mado de Locmiquélic, la femme à Lulu le douanier ! De la côte, elle est. Comme lui, Lulu. Lulu de Groix, tu vois pas ? Tu les as bien vus, ils étaient à la noce à Jeanjean, celui qui allonge sa paye le samedi en faisant les bals, il joue de l'accordéon, c'est pas drôle pour sa femme, mais bien obligé, ils ont leur maison à payer, et puis l'accordéon, Jeanjean, c'est de l'or entre ses doigts... »

Tante Maria a laissé ma mère continuer sur sa lancée, elle savait que ça allait venir, qu'il lui suffisait de se taire tout en buvant son café. Et ça a marché, ma mère a enchaîné : « ... Lulu, là, tu vois, le grand, le tout blond, Lulu de Groix, un beau gars, rudement blond qu'il est, forcé, à Groix, c'est des mélangés, ils ont tout vu dans ce coin-là, dans le temps ils sont montés sur des vaches avec du goémon sur la tête pour faire peur aux Anglais, ça a marché, les Anglais ont décanillé. Les Allemands aussi ils ont eu du mal avec eux, forcé, c'est des marins, ces gars-là, dame, et c'est pour ça que Lulu, costaud comme il est, il a pu faire douanier. Il a bien fait, *bara zur*. Et serviable il est, chaque fois qu'il peut aider, il aide, dame oui. »

Là, Tante Maria a arrêté ma mère : elle tenait le moyen d'aller tout de suite au fond de l'histoire. Donc, l'occasion, elle ne l'a pas ratée. De dessous la toile cirée, je l'ai entendue lancer : « Lulu, il est sérieux ? » Ma mère a fait mine de ne pas comprendre, elle a répondu : « Oh, j'crois pas qu'il boit... » Et je n'ai plus rien entendu. La tenaille de ma mère n'avait plus prise, on aurait dit : Tante Maria se taisait. Ma mère aussi.

C'est là que j'ai su que Tante Maria était aussi fine que les yeux en verre du chat empaillé : elle s'est réfugiée dans la patience, elle a enduré le silence. Elle a bien fait, parce que ma mère, c'était trop tard pour qu'elle renonce à son histoire, elle l'avait déjà en bouche, en langue, dans les mâchoires, elle n'y tenait plus ; si bien que tout de suite, ou presque, on a tout su : « Lulu, c'est un gars de la côte, quoi. Il aime la java ; Mado pareil, forcé, une belle femme comme ça. Alors Lulu, quand il est revenu de ses cinq ans de prisonnier, en 45, comme les autres, il a trouvé Mado avec une petite mioche, elle était de 43. Oyo, Lulu, le pétard qu'il a fait ! Forcé, ça se comprend, tout de même. On a bien cru que ça divorcerait ; d'ailleurs, ça en parlait. Et puis, voilà, un dimanche, dans les champs, en allant à la plage, voilà Jean qui les trouve à machiner sur le talus. Il a filé, ils l'ont pas vu. Alors moi, quand Jean m'a dit ça, moi avec mon landau dans le chemin, je me suis mise à rigoler comme lui, et pourtant qu'est-ce que je suais à le pousser ! Et j'ai fini par dire : "Dis donc, peut-être que bientôt Mado sera comme moi, à pousser le landau, avec dedans un autre Lulu ?" Eh bien dame, ça n'a pas loupé ! Un an après, Mado, elle poussait un landau. Avec un autre Lulu ! Un beau gars, comme son père. Blond comme les blés qu'il est, le mioche. Et costaud, avec ça ! Forcément, les gens de Groix... »

Là, je me rappelle aussi que ma mère s'est arrêtée, parce que Tante Maria, après deux longues lampées de café qui ont fait « fuitt, fuitt » au-dessus de la toile cirée, lui a jeté : « C'est quand même bizarre qu'ils aient rabiboché. » Ma mère a soupiré — elle n'avait pas l'air d'y avoir pensé : « Dame, ça... » Puis Tante Maria a fait encore : « fuitt, fuitt » avec son café, et elle a ajouté — d'où j'étais, j'aurais cru la voir pincer la bouche et amincir encore ses yeux de siamois :

« Et d'autres enfants ils ont eus, je crois bien, ça s'est pas arrêté là. » Ma mère a répondu : « Probable. »

Il y a eu un silence. Tante Maria se demandait ce qu'il y avait dans le *probable* — avec ce mot-là, on ne savait jamais si les gens savaient ou ne savaient pas. Et elle était comme moi : elle ne voulait pas en rester là.

Donc elle a pris une voix encore plus acide, plus pincée, et elle a lâché : « Peut-être que Lulu, de son côté... Parce qu'il y en a eu pas mal, chez les doryphores, qu'ont laissé des souvenirs quand ils avaient été placés prisonniers dans les fermes, en Allemagne. Ça commence à se dire, maintenant, ces choses-là. Elles avaient pas leurs hommes non plus, les femmes là-bas, et puis, prisonnier cinq ans, faut bien dire, ça se passe pas comme ça, c'est pas pour ça qu'ils étaient pas de bons Français, de bons soldats... » Ma mère ne l'a pas laissée finir : « Dis donc, le mien aussi il a eu ses cinq ans ! Et moi aussi ! Et le tien, donc ! Et toi ? Nous autres, on a tous attendu ! On a souffert, ça s'est pas passé comme ça ! »

Ensuite il n'y a plus rien eu. J'ai seulement entendu ma mère, avec son café, faire « fuitt, fuitt », comme Tante Maria, mais en beaucoup plus vite — elle ne s'y prenait jamais comme ça.

Tante Maria a dû comprendre qu'elle ne voulait plus parler des gens qui *machinent,* ni de toutes ces choses-là, parce qu'elle est partie assez vite ce jour-là ; et je n'ai plus entendu reparler de ça.

Mais moi, je ne l'ai pas enterrée, cette histoire-là ; et si je l'ai un moment oubliée, c'était à la manière d'une chose montée au grenier : on la range là-haut sous les poutres, dans un coin, avec tout le reste qu'on ne jette pas, qu'on garde sans trop savoir pourquoi. Et puis, un jour, on remonte, on tombe dessus sans la chercher, on dit son nom tout haut et voilà : on retrouve toute l'histoire, la mémoire. Pour Mado et Lulu, elle tenait en deux mots : landau noir.

*
* *

A force de le fixer, ce landau, je finis par voir des gens et des choses qui étaient là quand je n'étais pas là : les débris d'avions entre les arbres des jardins en friche, les mines autour des blockhaus, les chevaux de frise sur les plages, ma sœur toute petite sous la capote de cuir noir qui chauffe, le cidre qui commence à s'aigrir dans la bouteille au fond du barda, ma mère dans le chemin, mon père dans le champ, il se sauve entre les ajoncs en se rebraguettant, puis il rit comme les mouches au plafond de la chanson de Brandérion. Et pour terminer, contre le talus, Mado et Lulu qui *machinent.*

Moi, machiner, est-ce que j'aurai le droit ? Je ne crois pas. C'est des trucs de gars de la côte, ces choses-là, c'est comme *frayer,* ça doit sentir la langoustine, la poiscaille. Machiner, Lulu et Mado, vu qu'ils sont de la côte, ils peuvent ; mais moi, mes parents ne me laisseront pas.

Sauf que mes parents, pour faire des bébés, en tout cas si j'en crois ce que j'ai entendu sous la toile cirée et ce que j'ai compris de l'arrivée de l'autre Lulu, le jeune, après l'affaire du talus, ils ont bien dû machiner. Comment ils ont fait ? Comme Mado et Lulu, sur un talus ? Est-ce qu'ils ont mangé du homard ? Est-ce que ma mère portait des rubans rouges qu'on ne pouvait pas voir ? Est-ce qu'ils ont dansé, le soir ?

Ça s'peut pas : mes parents ne sont pas des gens comme ça. Mais alors, quoi ? Je regarde le grenier de tous côtés. Il doit bien y avoir la réponse, ici. Une caisse, un livre, un journal pour me dire comment tout ça se fait.

Je quitte le matelas, je saute jusqu'à la fenêtre ; je me retourne et bondis encore sur l'édredon. Puis je recommence en calculant bien mon élan ; la précision du bond.

Le bois frémit encore, les planches tressautent, la poussière vole et valse. Mais ce n'est pas le plancher qui va se déglinguer, c'est le passé qui va craquer.

S'ouvrir, comme à l'automne les bogues de châtaignier ; sûr que, là-dessous, je vais trouver un secret bien verni, tout lissé.

En bas, ils ne crient plus sur moi. Ils se sont lassés. Ou bien ils pensent à autre chose : à leur travail, à la cuisine, comme d'habitude, à la lessive, au jardin, au vélo qu'il faut graisser, aux fenêtres qu'il faut repeindre, aux lapins. Mais moi je suis déjà loin.

Loin et pourtant si près d'eux, de leurs histoires laissées là, par lassitude, par ennui. Comme quand ils disent en soupirant : « Qu'est-ce que tu veux, c'est la vie... » Mais moi, justement, je veux autre chose. Une vie pour moi. Rien qu'à moi, à ma loi, sans oubli, sans fatigue. Une vie sans « c'est la vie ».

*

* *

Voilà pourquoi je saute, pourquoi je fouille, pourquoi je n'arrête pas. Ça se fait tout seul, je laisse aller, je ne réfléchis pas. C'est comme à mon poignet la petite veine qui bat, mes jambes qui grandissent, mes pieds qui n'arrêtent plus de repousser le bout de mes chaussures. Un élan qui vient de loin ; plus profond que toutes les choses profondes qui font peur par leur profondeur. Un mystère qui n'a pas plus de forme que les monstres cachés derrière les bonbonnes. Mais, malgré ses contours flottants, je le sens.

Il me porte, il m'apprend. C'est lui qui m'a dit, à force de jeudis, de vacances consumées au grenier, qu'un courant innerve la maison du toit au rez-de-chaussée. Une source invisible, en circuit fermé, unit les histoires et les choses, le matelas qui est ici et nos lits qui sont en bas. Le plancher du grenier répond au ciment de la cuisine, la lucarne au fourneau où l'on engouffre du petit bois pour faire chauffer la bouilloire ; la chambre au landau noir, les étoiles à la terre, l'air du ciel à l'eau du puits, le monde et la maison, le mystère qui me force à grandir et celui qui fait que les autres aussi sont là, à côté de moi : père et mère, sœurs, oncles et tantes, cousins, Grande-Marraine et ma grand-mère, Solange et ses frères, le maraîcher au palmier, le vieux voisin, Mado, Lulu et le petit Lulu qu'a été fait sur le talus. Et l'épicière qui vend le lait, et les maîtresses d'école. Même la ville, plus loin, qui n'arrête pas de panser ses blessures de guerre. Et les bateaux, la mer.

Oui, le monde, c'est comme ça : des paroles, questions et réponses, des histoires dites et écrites ; toutes finissent au grenier comme les récits de la toile cirée.

Autour de moi, à côté des vieux vêtements de bébé, des robes et des souliers que ma mère portait quand elle était réfugiée. Avec le landau noir ou la radio morte à force d'avoir attendu le retour de mon père prisonnier, toute une galaxie imprimée : livres, journaux. C'est là maintenant que je vais chercher.

Nuque raide, dos courbatu. Mais je n'arrête pas ; je n'y pense même pas. Ouragan de photos, de mots, de tableaux, de dessins. Ma toile de mémoire se déploie, prend son envol au-dessus du toit, déferle, envahit le ciel, ses quatre coins, s'en va plus loin que ce qui est loin. Là où naît le plus grand vent. Le vent du Temps.

En premier, je prenais toujours les livres de mon père, à gauche de la fenêtre, sous les ardoises qui laissaient filtrer l'air, parce qu'avec leurs histoires de nombres et d'étoiles j'avais l'impression de recommencer les choses en partant du fond, du noir.

Mais il y avait comme un verrou dans ses livres. Trop de signes inconnus, trop de chiffres. Même dans les volumes les plus attrayants, agrémentés d'illustrations, *L'Astronomie populaire, L'Enigme des pyramides d'Egypte enfin élucidée* (ce livre-là avait été écrit par un abbé, ce qui me surprenait : mon père n'aimait pas entrer dans les églises et disait souvent du mal des curés), je trouvais quelque chose qui rappelait son regard exact, la rigueur de ses gestes quand il fabriquait du mortier ou soignait son jardin, barricadé sur sa méthode, le culte sévère des *règles de l'art*.

Ce secret-là, je voyais bien qu'il s'ajustait à ce qui s'était passé quand il était garçon de ferme dans les terres, le temps de la *mouise* ; avant que son frère ne vienne le chercher, lui, le petit dernier, le *dixième de dix,* comme il disait, pour lui apprendre un métier au bout de la rivière, sur la côte, à l'estuaire ; et je sentais aussi que cette pièce de mémoire se raccordait avec ce qu'il racontait de la guerre, toujours le même chapelet de mots : *raus,* marche ou crève, le froid, la faim, l'attente, Dunkerque, l'Angleterre, les bombes, les barbelés — il continuait de les porter en insigne à sa boutonnière. Si j'avais vraiment voulu éclaircir cette peine-là, j'aurais pu aller fouiner dans ses vêtements militaires, conservés avec ses souvenirs de stalag, de chambrée. Je n'y touchais jamais ; c'était leur couleur, leur matière, du rêche, du kaki — un mystère trop sale, je trouvais, pour mon père.

Celui qui m'appelait, c'était celui que ma mère avait nommé « VIEUX LIVRES A PAPA QUAND IL ÉTAIT JEUNE HOMME », deux volumes sans chiffres, sans signes cabalistiques, ni photos, ni dessins. Deux livres *écrits petit,* au papier lisse et épais.

Mon père avait dû couper les pages avec un couteau : ici et là s'effilochaient encore des rognures de papier. Je ne les lisais jamais, je les feuilletais ; dès que je les apercevais sous les poutres de la fenêtre, j'entendais toujours, par-dessus les lignes que je ne lisais pas, la voix de ma mère avec ce curieux bruit de gorge chaque fois qu'elle énonçait : « VIEUX LIVRES A PAPA QUAND IL ÉTAIT JEUNE HOMME » — comme de la jalousie devant ces moments qui n'étaient pas à elle et ne le seraient jamais.

Je m'amusais souvent à faire l'innocente quand nous montions ensemble ; dès que j'osais m'avancer dans le grenier, dès que les monstres étaient apprivoisés, je lui présentais l'un ou l'autre des volumes : *Les Diaboliques* ou *La Bonne Chanson,* et je lui demandais : « Qu'est-ce que c'est ? A qui c'est ? » Chaque fois elle répondait — elle avait oublié que je savais. Mais chaque fois aussi, au fond de sa gorge, il y avait ce petit bruit qui vibrait.

*
* *

C'est ça que je cherche, avec ces deux livres : la vie de mon père sans ma mère, la vie sans mes sœurs, sans moi. Ce qui a fait que je suis là alors que personne n'en avait envie, n'avait l'idée qu'un jour je serais là. Parce que c'est sûr, il y a eu un temps où tout le monde s'en fichait bien, de moi, on ne savait même pas que je viendrais. Mais qu'est-ce qu'il voulait, lui, mon père, en ce temps-là ? Pourquoi sa vie a tourné comme ça ? Qu'est-ce que j'ai à voir là-dedans ?

Je repense toujours à mon prénom, quand je touche ces deux livres, à cet *Irène* qui surprend toujours, qui étonne — combien de fois j'entends les autres dire à ma mère : « Mais c'est plus de mode, ce nom, pourquoi donc vous l'avez appelée comme ça ? »

Sous la toile cirée, quelquefois, j'ai écouté ma mère expliquer qu'à ma place elle attendait un garçon. Elle dit qu'elle a été prise au dépourvu par cette fille de plus, qu'elle avait seulement prévu des « prénoms de gars ». Alors, comme il fallait bien trouver quelque chose pour aller me déclarer, cet *Irène,* elle l'a trouvé dans le journal, à l'hôpital — une princesse grecque, précise-t-elle aussi, née quelques jours avant moi.

Mais, d'autres fois, à la fin des grands repas de famille, quand mon père s'autorise quelques heures de bonne grosse joie (quand les murs commencent à cuver la graisse refroidie des frites et du poulet rôti, qu'on sort les bouteilles de fine et d'eau-de-vie de cidre, pendant que les femmes entreprennent la vaisselle en chantant et que les hommes défont deux crans à leur ceinture tout en racontant des histoires qui ne sont pas pour les enfants), je l'ai entendu plusieurs fois parler de ses trois filles et dire qu'elles portent le nom d'anciennes « connaissances » ; mais ajoutant toujours que, ces affaires-là, depuis qu'il est marié, « Garde à vous ! Rayé ! Terminé ! »

Impossible de ne pas le croire ; même s'il était en fête et qu'il avait pris de l'eau-de-vie, il avait son œil dur, son œil de vérité. Aussi, quelquefois, quand j'y repense, je me dis : est-ce qu'il y a eu une autre Irène du temps des deux livres écrits petit ? Ou avant, quand il était dans les terres à garder les vaches, à s'user le dos au-dessus des champs de patates et de blé noir ?

Voilà ce que je cherche dans les deux livres : ce qu'il ne dit pas, même quand c'est jour de fête et que les femmes n'écoutent pas. Mon père avec un désir qui n'avait pas encore trouvé sa forme de maintenant. Mon père sans femme, sans enfants.

Pourtant, ses livres de jeune homme, je ne les lis pas. Car je sais que le secret n'est pas là. Qu'il est claquemuré à l'intérieur de sa tête. Sa tête qui a une porte qu'il ouvre seulement quand ça lui chante ; sa tête qui pense tout le temps, qui doit rêver aussi — mais il ne le montre pas, ne veut pas.

Souvent, en caressant les pages, je me dis que son histoire ressemble à la poussière suspendue dans le soleil et que je cherche à prendre au piège de mon poing : j'arrive toujours à la saisir, mais elle a beau être là, dans ma main, je ne sens rien. Mon père est pareil ; je ne l'aurai pas. Il restera comme son vieux coffret de fer, venu lui aussi de ce temps-là, d'après ma mère, et qui finit de rouiller, près du bonhomme-tirelire, dans une encoignure de poutres au-dessus du matelas. Lui aussi, le coffret, je l'attrape parfois, le secoue pour l'ouvrir, je me dis qu'il dissimule un trésor caché, oublié. Mais, j'ai beau m'escrimer, il reste ce qu'il est : coffret de fer, verrouillé sans pitié.

Lui non plus, mon père, pas moyen de l'avoir pour moi. Le soir, même maintenant, alors que je grandis, j'arrive toujours à manœuvrer pour passer quelques minutes sur ses genoux, je me frotte à sa barbe qui renaît et picote avec la nuit. Mais malgré son plaisir, son sourire, il y a toujours une clôture sur son front. Une barrière qu'on ne franchit pas.

Peut-être par contagion du mot *barbe,* mes baisers glissent alors vers les barbelés qu'il porte à sa boutonnière. Mais, là encore, l'insigne hérissé de piquants me dit, comme avec Solange quand on s'est disputées et qu'elle déploie ses bras dans l'allée pour défendre son jardin : pas le droit de passer !

Il ne me reste, pour l'approcher, que ses deux livres, au grenier. Ses livres du temps où il était tout seul, sans ma mère, sans mes sœurs. Pourtant, j'en suis sûre, c'est de ces deux livres que je suis née.

Ce que je sens quand je les touche, ce n'est ni sa joue, ni sa barbe, mais son œil. Rien que son œil, un œil implanté dans le mien, l'œil du premier jour, incrusté, fiché. Avec ce rêve de femme qui l'avait habité.

Au fond de sa prunelle, une inconnue qui nous unit. La même aussi pour nous séparer.

Double tombé sur moi avec mon nom, il dort entre ces pages, ce livre sans images. Je le feuillette sans fin, petite chasseuse de mirages, petite liseuse qui ne lit pas. Mon œil fixe un autre œil.

Œil du père, œil du rêve. Souvenirs, désirs : tant d'attentes, tout au fond ! Bien obligée de faire avec. Seulement, qu'est-ce que c'est ?

Je recommence à chercher.

*
* *

Ça fait lourd dans la tête, c'est difficile à porter, mais le grenier m'aide avec toute sa liberté étalée sur le plancher. Je me laisse porter. Faire ce qu'on ne peut s'empêcher de faire, c'est sa loi. Laisser parler en soi le plus fort que soi. Dériver.

Après les lointains cachés au fond des livres de mon père, je m'abandonne à tout ce qui m'est familier, ce qui me rappelle la toile cirée, ce qui se dit en prenant le café. Tout ce que je n'arrête plus de ruminer, n'ayant toujours pas trouvé ce que c'est ; pas deviné.

Le courant m'emporte vers les journaux. Pas les *Populaire de Paris* ni les *Liberté du Morbihan,* ceux-là on ne les monte pas, ils servent à l'emballage des légumes et des ordures, au feu, aussi, ainsi qu'aux cabinets pour le papier à se torcher. On ne monte au grenier, pour les garder, que ceux qu'on appelle d'un nom qui raconte leur importance et leur épaisse couverture qui glisse sous les doigts : les *catalogues,* avec leurs photos de toutes les teintes. Des couleurs que je n'ai jamais vues nulle part, même dans la villa de Grande-Marraine. Du rouge plus rouge que le rouge, du bleu plus bleu ; et pareil pour le jaune, le rose, le violet, le vert. Jusqu'au noir et blanc qui est plus blanc et noir.

Mais peut-être qu'il en va ainsi quand on voyage au loin, qu'on prend le bateau, l'avion. Qu'on s'en va vers le soleil, les pays chauds, les choses faciles, légères, le pays des gens riches et des villas. Oui, c'est sans doute comme ça, là-bas.

Les catalogues sont parfois découpés. Ce sont mes sœurs qui les ont cisaillés pour illustrer leurs cahiers. Surtout ceux qui s'appellent *Historia.* On y trouve des dessins, des peintures d'autrefois, des photos de rois, de reines ; et bien sûr de guerre : ça ne change pas.

C'est ce qui fait que je les lâche vite, que je leur préfère les *Jours de France* et *Guérir.* Au moins là, en tournant les pages, je trouve des petits dessins qui me font rire ; et des pistes pour ce que je cherche, quelquefois. Pour les questions que je ne pose pas, celles qu'on ne formule pas. Au point qu'à part *machiner,* il n'y a pas d'autres noms pour ça.

C'est *Guérir* qui m'a mise sur la voie, avec une drôle d'histoire, une bizarre bande dessinée qui, je ne sais pourquoi, m'a fait repenser à Mado et Lulu, et à l'histoire du landau noir. A première vue, ça n'a rien à voir, ça s'appelle *Les Aventures du docteur Gaudéamus.* Une histoire de laboratoire : le docteur Gaudéamus a inventé un médicament pour rajeunir, il a décidé de l'essayer mais il s'est trompé et se retrouve transformé en bébé. Il est en maillot, on lui donne des biberons, il ne sait plus parler. Ensuite, c'est toute une affaire pour le détransformer et qu'il se retrouve comme il est, bel homme, grand et brun, costumé, cravaté, distingué.

Moi, qu'il devienne bébé, je m'en fiche assez. Ce qui me passionne dans son histoire, c'est qu'il a une amie au laboratoire — et heureusement qu'elle est là : dès qu'il est transformé en bébé, elle le prend sur ses genoux. Il se met à sourire, il a l'air tout en joie.

Ça se comprend : la femme est très belle, grande, avec une permanente sans faux plis ; elle porte des talons aiguilles, comme Grande-Marraine. Mais elle est allée à l'école, elle, c'est une *doctoresse,* comme dit Maman Ec qui connaît une femme qui fait le médecin.

Ça ne se trouve pas souvent, dit mon père. Il doit dire vrai, car dès que Maman Ec parle de sa doctoresse, dans la cour, tout le monde dresse l'oreille, surtout le vieux voisin.

Ces jours-là, ma mère chuchote que Maman Ec ferait mieux de se taire, de ne plus parler de sa doctoresse, parce qu'il est vicieux, le vieux voisin, que ça risque de lui donner des idées, déjà qu'il nous lance des regards appuyés, à Solange et à moi, depuis quelque temps, quand on joue sur son coin de ciment à la corde à sauter.

Elle ne doit pas avoir tort : moi aussi, quand je vois la doctoresse avec Gaudéamus, ça me donne des idées. Ça tient à pas grand-chose, seulement à la façon dont elle est habillée. Pas seulement les talons aiguilles et la belle permanente, mais aussi la blouse collante. On lui voit les seins.

Des boîtes à lait, dirait mon père. Je n'arrête pas de les regarder. De les caresser. Je voudrais savoir ce que ça fait, d'en avoir. De les toucher.

Il faut dire qu'elle sent la femme qui fraye, la doctoresse, elle sent la java dans les bals de la côte, Mado et Lulu sur le talus ; surtout quand le docteur, une fois de plus, a avalé son mauvais jus, qu'il se retrouve transformé en moutard et que la doctoresse, pour le calmer, le presse sur ses beaux seins. Oui, là, je trouve vraiment que ça sent Mado et Lulu. Parce qu'à ce moment-là Gaudéamus, tout docteur qu'il est, bien obligé d'en passer par ses quatre volontés. Rien que ça, ça donne envie d'avoir des seins comme la belle femme. Pour les montrer, les donner à toucher.

Quand je regarde et que je caresse la doctoresse, je sais aussi que je « brûle », pour ce qu'il en est, de *machiner.* Parce que ses aventures avec Gaudéamus, c'est dans *Guérir* que je les ai trouvées : un catalogue où je rencontre souvent les mots que les gens prononcent devant les enfants d'un air gêné alors que nous, on sait très bien de quoi il retourne.

Les seins, justement, ou les *organes,* des mots qui les contraignent à baisser la voix, à regarder ailleurs, comme s'il y avait à l'intérieur une force qui fait peur.

Ça me rappelle le jour où j'ai demandé à ma mère comment elle était sûre de choisir la bonne bête dans ses clapiers quand Maman Ec lui demande de lui prêter un lapin pour ses lapines. Ma mère a eu l'air turlupinée. Elle ne m'a pas dit grand-chose, sauf ce mot : *organes* ; avec une voix toute sourde, tarabustée.

Dans *Guérir,* j'ai l'impression que ça les tarabuste aussi : ils ne montrent pas les organes, ils sont comme tout le monde, gênés. Mais ils en parlent ; et ils se rattrapent sur les seins : dans tous les numéros, ils en collent des photos en veux-tu en voilà !

Rien à voir avec ceux de la doctoresse. Ils sont en couleur, ceux-là, très laids, avec des bosses, des déformations, du sang, des cicatrices. J'en cherche pourtant les clichés avec fièvre ; mais dès que je les ai trouvés, je tourne vite la page, comme dans le dictionnaire lorsque je tombe sur un dessin de serpent.

Parce que ça n'est pas ceux-là que je veux. Je veux les autres, ceux de la doctoresse. Ceux qui sont tracés rien qu'avec une ligne sur le papier, simplement dessinés. Ceux qui *donnent des idées.* Ceux-là seuls font rêver.

En fin de compte, ça doit être ça, je crois, la barrière, avec mon père. Les rêves, les idées.

*
* *

J'étais alors prise de panique, je retournais daredare au *Petit Echo,* je cherchais au plus vite les croquis qui faisaient la réclame pour la crème Oufiri. Facile, il y en avait dans tous les numéros.

Avec un petit texte sous le dessin. Là, au moins, je comprends ce qui est écrit : on raconte que la femme du croquis, une Africaine, a ces beaux seins parce qu'elle possède un baume secret qu'elle se passe dessus tous les matins.

Je gamberge un long moment. Mais bientôt la rêverie s'épuise. Les phrases de la réclame sonnent creux, le dessin se vide, il n'y a plus rien à mettre dedans. Il me faut plus de peur, d'impudeur.

Je cherche alors le récit illustré du martyre de sainte Agathe, toujours dans *Le Petit Echo.* Un régal : il tient sur toute une page ; et, comme je tremble qu'une de mes sœurs puisse le trouver aussi délectable que moi et l'arracher, j'ai bien soigneusement caché le numéro au bas d'une pile — un dessin pareil, ça ne se trouve pas deux fois, surtout dans *Le Petit Echo.*

En fait, c'est la situation qui me plaît : sainte Agathe est nue devant trois Romains. L'un porte une cape, il a l'air très important ; les deux autres posent chacun une pince bien ronde autour des seins de la sainte. Tout ce monde a l'air très content, même elle : elle sourit largement. Il est donc clair que l'affaire ne s'est pas terminée comme le raconte *Le Petit Echo.* Ces seins pris dans une pince, les Romains sont trop heureux de les voir pour les avoir arrachés. Il s'est passé autre chose. Seulement, quoi ?

Une fois de plus, pas moyen de deviner. Le dessin ressemble à ce qu'on trouve dans les pages illustrées du dictionnaire : on ne voit pas *le bas,* comme on dit avec Solange quand il fait très chaud et qu'on se déshabille près du lavoir sous une tente dressée dans le terrain du voisin, puisqu'il n'y cultive rien. Une tente pour jouer au docteur, édifiée en deux temps trois mouvements avec des chiffons et des branches de poirier faciles à casser. Quand on fait la tente, ce n'est pas pour nous regarder le bas ; nous non plus, on n'ose pas, le nombril, on ne va pas au-delà. Mais c'est là, tout de même, dans le nombril, qu'on cherche ce secret dont on parle partout en baissant la voix et qu'on ne montre pas.

Notre nombril, on essaie de l'écarter, de le dénouer. C'est toujours moi qui commence. Je gratte celui de Solange, je le pince de tous côtés, j'y enfonce des herbes, j'y introduis de l'eau, j'y appose des cataplasmes de terre, parfois j'y coince des gravillons, des brisures d'huîtres, de l'ardoise pilée, des lamelles de pomme de terre crue ou de tomate volés dans le jardin de Maman Ec, des groseilles, des cassis écrasés ; un jour, pour forcer le nombril à s'ouvrir, à montrer ce qu'il peut bien receler — on appelle ça *se démantibuler* —, j'y ai même placé une limace écrabouillée et un petit ver de terre que j'avais bien enroulé. Pour Solange, interdit de regarder, d'avoir peur, de rouvrir les yeux, c'est la règle ; sinon, on n'a aucune chance d'arriver à se démantibuler.

Ensuite c'est le tour de Solange, elle aussi me gratte le nombril, le pince, essaie comme moi de le forcer à se démantibuler. Comme elle, obligée de fermer les yeux, défendu d'avoir peur. Même quand je devine qu'elle y enfonce aussi des vers, des limaces écrasées.

Mais on a beau recommencer, chaque fois qu'il fait chaud, sous la tente en chiffons près du lavoir, on n'arrive jamais à se démantibuler. Le nombril demeure ce qu'il est : un secret. Cependant, on sait qu'on « brûle » car on se sent bizarres, quand on essaie ; et on se cache sous la tente, on fait bien attention à ce que personne ne nous surprenne.

Plus on se cache, plus on ressemble aux Romains sur le dessin du martyre de sainte Agathe : on est heureuses. Mais d'une drôle de façon, fiévreuse, nerveuse. Moitié envie de faire pipi, moitié comme si on avait le tournis.

Ça nous fait peur. On se rhabille en vitesse, on démolit la tente, on remonte sauter à la corde en faisant les innocentes, on croit qu'on a tout oublié. Mais ce n'est pas vrai : il nous poursuit, le secret. On continue à le chercher partout, l'oreille et l'œil aux aguets. Deux petites fouineuses hardies. Mais peureuses, aussi. Deux petits furets.

*

* *

Je replace donc fébrilement le journal sous la pile ; il faut, vite, que je passe à autre chose.

Il faut maintenant que je ressemble à mes sœurs, à ma mère, le jeudi, quand le facteur apporte *Le Petit Echo*. Me redresser, prendre un air sérieux, un air « dame ». Feuilleter ; juger.

Photos, dessins, patrons, réclames. Jupes droites, robes en vichy, talons aiguilles. Tailleurs serrés — ma mère dit « cintrés ». Bijoux, flacons de parfum. Permanente crantée, comme ma grande sœur. Permanente crêpée. Chignon crêpé. Bigoudis. Culottes. Collier de perles. Collier en diamants, ils appellent ça « rivière » et ils disent que c'est hors de prix. Yeux maquillés pour ressembler à ceux de Grande-Marraine. Ceintures bizarres, ils disent que c'est pour les « garnitures » — ce que c'est, je ne vois pas. Encore la crème Oufiri. Friddd-gidaire, machine à laver, Cocotte-Minute, robot Marie, grille-pain électrique, ici on n'a rien de ça. Vedettes de cinéma. Princesses et reines avec des couronnes. Vedettes de cinéma qui deviennent princesses. Mariages. Vedettes tristes, princesses tristes. Bas sans couture, bas avec couture. Tiens, Lollobrigida. Chanteuses ; une belle, Dalida ; une pas belle, Edith Piaf — il ne faudra jamais ressembler à ça. Bikinis. Gants qui montent jusqu'en haut du bras. Jupons gonflants. Remmailleuses de bas filés. Bébés très beaux, très propres, ceux de la voisine ne sont pas comme ça. Service à verres en cristal — ça non plus, ma mère n'en a pas. Landaus blancs ou bleu marine, avec de hautes roues qui ressemblent à celles des vélos. Maisons neuves. Villas sur la Côte d'Azur, Saint-Raphaël, ça s'appelle, quand est-ce que j'irai là-bas ? Une femme éclate de rire ; elle est en gaine. Un homme, par-derrière une porte, la regarde d'un air coquin pendant qu'elle attache ses bas.

Vite, des ciseaux. Je dévale l'escalier, je vais les chaparder sur la machine à coudre. Je remonte aussi vite et commence mes découpes. Tailleurs, bustes emperlouzés, têtes permanentées, bras gantés, tout y passe. Ensuite, je fais bouger mes figurines devant moi.

Histoires, comme avec les Djibouti, du temps de la boîte aux boutons. Je chantonne, je marmonne. Histoires de quoi ? Histoire de moi plus tard, quand je serai enfin moi ? Je ne sais pas ; mais, en basse continue sous ma voix, j'entends celle de ma mère, ce qu'elle dit chaque fois que je veux ouvrir la boîte aux vieilles agrafes ou au tire-lait-laisse-donc-ça : « C'est pas de ton âge, t'auras bien le temps. »

Et moi, condamnée à l'enfance, cherchant, tout en découpant, l'échappée, la trouée dans le ciel du grenier, je n'arrête pas de me demander : mais le temps de quoi ? Du plaisir ? De souffrir ?

Ou bien, comme sainte Agathe devant ses Romains au bas de la pile de *Petit Echo,* de souffrir et jouir tout à la fois ?

*
* *

Je trépigne sur le plancher du grenier, je me demande combien de temps ça va durer, tout cet ennui-là, à quel âge j'aurai enfin l'âge d'avoir assez le temps.

L'âge de posséder la panoplie des grandes. Pas seulement le sac à main, le béguin blanc, les gants qu'on m'a offerts pour ma petite communion, mais le reste, tout le reste, ce qui permet aux grandes de faire les compliquées — le soutien-gorge, la gaine, les jupes droites, les talons, les tailleurs cintrés, les bas sans couture, le foulard en nylon noué serré sous le menton ; et surtout, l'homme qui se cache derrière la porte pour regarder.

Pays plus lointain que Dakar ou Djibouti, et même que l'Indochine. Pays où règne Grande-Marraine, mais en grandissant on a le droit de l'explorer — d'ailleurs mes sœurs commencent à s'y enfoncer. Tandis que moi, j'attends toujours, je reste la petite. Celle qui n'a pas le droit, pas de hanches, pas de seins, rien.

J'en ai assez, je redescends l'escalier. Mais, cette fois-ci, sur la pointe des pieds. Je m'empare, au-dessus de la table de toilette, de la glace qui pend à droite de la cuvette et je remonte sans bruit au grenier pour me regarder.

Je me poste à nouveau sur l'édredon, je me déshabille, je demande au reflet ce que je deviendrai. C'est difficile : devant moi, je ne vois qu'une petite fille aux tétines de chat ; pour le reste, au milieu d'un gros ventre, ce nombril qui ne s'ouvre pas.

Je ne regarde jamais le bas. Je sais que ça ne se fait pas, je me rhabille très vite, terrifiée, comme avec Solange, quand on a joué à se démantibuler ; je cours remettre la glace en place et reviens tout de suite au pays des petites, au milieu de l'édredon, où je suis bien, dans le fond, avec ma poitrine de limande-sole et mes culottes blanches qui tiennent toutes seules. Talons plats, sans bas, sans élastiques, sans tout ce caoutchouc qui entoure la vie des grandes, je l'ai bien vu quand j'ai ouvert la boîte aux agrafes de porte-jarretelles et surtout celle du tire-lait-laisse-donc-ça : des choses bizarres, racornies, des tubes transparents, jaunis, qui m'ont fait penser, je ne sais pas pourquoi, aux lapines, aux nids qu'elle font avec leurs poils dans un coin du clapier avant d'avoir ces petits qui ressemblent à des souris.

Le tire-lait m'a rappelé aussi ce qui se passe dans les bals de noces, quand les gens dansent sur le plancher ciré et qu'ils se donnent des vertiges en mêlant leur sueur pendant que les autres, qui les regardent en buvant des chopines de muscadet sur leurs langoustines-mayonnaise et leurs coquilles Saint-Jacques gratinées, claquent des mains en braillant : *un-deux-trois-quatre-cinq / un-deux-trois-quatre-cinq / un-deux-trois !*

Pour ne pas crever de leur cuite, ou pour encourager les danseurs — je ne sais pas. En tout cas, moi, je ne veux pas de ça. Je ne sais pas encore comment je ferai, comment je passerai entre les mailles du filet, mais je ne veux pas de ça, sûrement pas ! Ce qui me plaît, c'est la femme qui rit pendant que l'homme l'épie derrière la porte : ils sont tout seuls et ils sont ensemble. Entre eux, rien que le rire, la joie.

Et puis ma mère a raison, j'ai assez le temps. La boîte au tire-lait, je ne l'ai ouverte qu'une fois.

Temps long que ce temps-là. Saisons qui passent. L'hiver, le linge et les pommes sèchent sous la lucarne, les averses cravachent le toit. L'été, le ciel crache ses poussières, ses pollens. Ou bien il crie, le soir, de toutes ses hirondelles.

Pour moi, toujours la même chose : devant la cachette des monstres, fouilles à l'aveugle, obscurs furetages. Tournicotages, pensées enfilées en collier. Le mannequin continue à me protéger, mon enfance à ne pas bouger.

Nuages qui passent et repassent. Soleil chaque matin par-derrière le palmier du maraîcher. Gouttières où stagnent l'eau de pluie, les chiures d'oiseaux, les plumes, les morceaux d'ardoise, tout ce qui fait le ciel ; parfois même du sable brillant tombé des étoiles ou des yeux de la lune, je crois.

Plancher qui craque, édredon qui crache, pluies et bruits de la source qui cherche son chemin en moi ; mais quoi ? Le grenier ne répond pas. Je continue pourtant à marcher sur l'oubli. Pendant qu'au-dessous, là où sont les autres, continue la vie, avec ses autres bruits.

La vie qui ne m'a pas laissé continuer, qui m'a arrachée au mannequin, aux journaux, au soleil, au ciel, au toit.

Il y a eu des morts, voilà.

VI

TERRE

Plus de grenier, plus de ciel, plus de toit. Je me retrouve dans la chambre en dessous, celle où je dors avec mes sœurs. Je suis au bord d'un lit. Il est neuf et parfumé de neuf, comme son nom : cosy.

Ma petite cousine joue avec moi au bord du lit. Depuis deux jours, elle habite à la maison et je ne comprends pas pourquoi. Il est six heures du soir, ma mère vient de rentrer.

Elle devrait préparer le dîner, nouer son tablier. Mais, là encore, il y a quelque chose qui cloche, elle ne le fait pas ; elle me tire par la main, m'attire à elle, me désigne ma cousine et me chuchote : « A l'hôpital, t'avais bien vu, son père. Le sang, tu te souviens. Le sang qu'il avait craché. »

Oui, le sang, je m'en souviens ; et, maintenant qu'elle en parle, en plus du crachoir je revois aussi les brancards dans le couloir ; et ce qui allait avec : le carrelage rouge et beige parsemé de sciure de bois, l'odeur de Javel et d'éther. Enfin, au rez-de-chaussée, dans l'entrée, les cliquetis de l'ascenseur, avec l'œil des gens en attente devant sa cage grillagée.

Oui, mieux que le sang, je revois surtout les gens, leur œil fixant les longs câbles qui allaient et venaient, oscillaient, hésitaient au-dessus du vide qui, par en dessous, les appelait.

Les gens, l'œil qu'ils faisaient. Celui du lapin au

moment où on le sort du clapier pour le tuer. Celui de la bête qui sait.

Qui sait comment ça va finir : assommée, pendue à l'arbre, éventrée, écorchée.

Oui, on aurait dit qu'ils avaient des idées comme ça, avant de monter voir leurs malades avec leurs petits cabas et leur cornet de papier journal où ils avaient glissé des fleurs. Mais ils n'en disaient rien. Quand ils ouvraient la bouche, ils se contentaient de parler de malheur, à voix basse, tout en fixant le vide sous l'ascenseur.

Et le malheur, il allait, il venait, ça ne l'empêchait pas de sortir de l'hôpital, la preuve : le voilà ici, maintenant, sur le bord du cosy ; avec ma cousine qui ne sait rien et ma mère qui chuchote : « Pauvre petite, dire qu'elle n'a que six ans. Je vais lui faire comprendre doucement. »

Elle frotte ses mains sur sa jupe pour se donner du cran — elle a oublié qu'elle n'a pas encore enfilé son tablier. Elle retarde un dernier instant le moment de parler, elle me houspille à mi-voix : « Après, toi, va falloir être gentille, va falloir la consoler, la faire jouer ; et pas te disputer, hein, pas de chamailleries, ni pour la dînette ni pour les poupées ! »

Ma cousine lève le nez. Elle continue à jouer, à triturer l'élastique qui pend à la cuisse de mon baigneur — on a trop tiré dessus, il a cassé. Elle n'a encore rien compris, elle ne bouge pas du bord du lit.

Ma mère répète : « Je vais lui dire doucement. » Puis elle s'approche d'elle, la prend sur ses genoux et le lui dit.

Elle ment, elle parle du Ciel. Ma cousine se met à pleurer. Ma mère essuie ses larmes, la berce, enfin m'agrippe et me pousse vers elle. Je prends à mon tour ma cousine dans mes bras, je copie : je la console, je mens aussi. Puis, ma cousine et moi, on pleure un peu ensemble sur le bord du cosy.

Pas longtemps. On s'en va presque tout de suite au jardin ; et on se met à jouer, on ne change rien.

On joue à l'eau, à la corde, à la balle, à la terre mouillée. Le lendemain, pendant l'enterrement, dès qu'on voit partir mon père dans la venelle avec sa veste à brassard, suivi de ma mère coiffée d'un chapeau entièrement voilé de noir, on recommence. On a oublié. Enfin, seulement à moitié : on sait. Mais, même si on sait, quelque chose nous appelle, nous soulève. On se laisse porter.

Ce qui nous soulève et nous appelle, maintenant qu'ils nous ont laissées, ce sont toutes les choses à portée de main, en liberté. Le seau d'eau qui nous sourit dans le soleil sous la gouttière, la savonnette parfumée sur la table de toilette, qui ne demande qu'à être frottée sur les robes de poupées ; et les boîtes à pastilles Pulmoll, lestées de sable, sur le ciment de la cour, qui nous crient qu'on les pousse à cloche-pied jusqu'au ciel, sur la marelle, en sautant, allez ouste, la première qu'arrive au bout aura gagné !

Aujourd'hui, on sait qu'on peut tout faire. On va en profiter, d'autant que plus c'est Maman Ec qu'on a chargée de nous surveiller.

On n'est pas les seules à l'avoir décidé, le vieux voisin aussi. Il vient de changer d'électrophone, il s'est acheté un gros Teppaz, ça fait des semaines qu'il grille de l'ouvrir à plein gaz. Il met son disque préféré, *Lakmé,* puis d'autres fragments d'opérettes. Ça le réjouit tellement qu'à chaque nouveau morceau il nous en annonce le titre par la fenêtre : *La Périchole, Les Cloches de Corneville, La Vie parisienne, La Fille de madame Angot.* Tout en les écoutant, il se verse une liqueur verte qu'il lape doucement : l'alcool de verveine qu'il sert rituellement à mes parents quand il les invite pour le premier de l'an.

La musique nous ruisselle dans les oreilles, aussi chaude, aussi verte, pendant qu'il sirote son alcool d'herbes. On court sauter dans les allées comme si on avait le gosier échauffé, comme si on était, nous aussi, grisées du petit bonheur de la liqueur ; et on crie.

Il faisait grand soleil, je me rappelle, le grand soleil de l'après-midi, qui tombait en pluie. Maman Ec avait installé sa chaise au-dehors ; devant elle, elle avait aligné sur le muret sa nouvelle passion, des cactus en pot — elle avait décidé qu'elle allait *faire collection*. Comme elle n'en avait pas beaucoup pour le moment, elle y avait ajouté tout ce qui, dans son jardin ou dans la pièce unique où elle vivait, portait piquants : des langues-de-belle-mère, des minuscules eucalyptus, qu'elle faisait pousser depuis longtemps. Et elle s'est mise à tricoter devant. Elle ne portait pas de tablier, à son habitude, et s'était mise en noir : il fallait tout de même qu'elle soit un peu d'enterrement. Enfin, comme elle venait de le dire à la mère de Solange, messe ou pas messe, cimetière ou pas cimetière, elle était de toute façon *aux premières loges* : après tout, c'était elle qui gardait la fille et la nièce du mort.

Du reste, mes parents n'avaient pas disparu qu'elle avait repris son vieux couplet sur les enterrements en ajoutant des petits détails inconnus — elle a dû penser qu'il fallait qu'on en prenne de la graine maintenant que ça nous était tombé dessus. Dès que mon père a eu claqué la vieille porte entre le couloir et la rue, elle s'est mise à nous seriner : « Mes pauvres cocottes, vous avez tout votre temps, maintenant ; avant la messe, y a la levée du corps, ensuite la mise en bière, après le convoi jusqu'à l'église pour la messe. Après la messe, c'est les condoléances ; après, de nouveau le convoi jusqu'au cimetière ; après le cimetière, ceux qui sont en deuil payent aux autres le casse-croûte au bistrot d'en face, avec le pain de quatre, le pâté de campagne, le saucisson, les cornichons... En tout cas, si on fait les choses comme il faut et de la bonne façon... »

Elle s'est arrêtée, elle s'essoufflait. Le soleil avait bougé ; elle a lâché son tricot, s'est levée pour replacer ses pots de cactées pile sous les rayons. Mais elle n'en avait pas fini, de son histoire, elle a enchaîné en se rasseyant : « Et, pour faire passer le tout, des chopines de rouge Sénéclauze, dame oui, mes pauvres enfants, en sortant du cimetière faut bien qu'on boive pour se remonter, on a bien besoin d'un bon coup, sinon on fait que pleurer, on peut pas parler.

Et puis, dans les enterrements, c'est comme dans les mariages, y a toute la famille, et de la famille qui vient de loin, faut en profiter. C'est aussi pour ça qu'on boit et qu'on mange. Et quand on a fini, on prend le café... »

Elle s'est remise à tricoter, à imaginer cet enterrement de plus où elle ne serait pas allée, toutes ces larmes, ces voiles noirs qu'elle allait encore rater. C'est à partir de là qu'on a vraiment commencé à profiter de la journée.

On a rameuté Solange et sa marmaille de frères et de sœurs toujours aussi sales et dépenaillés ; on a joué en haut, en bas du jardin, on s'est aventurées sur les terrains des voisins, on a descendu toutes les allées, en chantant nos petites chansons à nous, bien acides, même par-dessus *Lakmé*. Par exemple, de notre voix la plus haut perchée on a entonné : « *La mariée sans souliers / qu'a perdu son voile / la mariée sans souliers / qu'est forcée d'aller nu-pieds*. » J'ai posé un vieux rideau sur ma tête pour faire la mariée, j'ai chaussé des souliers à talons hauts qui appartenaient à ma mère ; les autres devaient courir derrière moi pour m'obliger à leur rendre le voile et les chaussures. Ensuite, on a découpé des guirlandes dans du papier journal, on les a accrochées entre les liserons, sur les grillages de la grande allée. Puis on est descendues au lavoir. On s'est penchées au-dessus des pierres glissantes et moussues ; avec une louche, dans l'eau saumâtre, on a pêché des sangsues et, là où les pierres se descellaient, on a cherché des trésors — on ne pensait même plus aux vipères. Comme on n'a rien trouvé, on est entrées dans le poulailler du voisin, où on a jeté tout ce qu'on avait pêché ; et on s'est amusées à passer un tisonnier à travers le grillage des clapiers pour voir si les lapins se laisseraient énerver. Ils sont devenus surexcités, on a pris peur et on leur a donné à manger.

Ça n'était pas vraiment des bêtises : quand on a joué avec les lapins, on a fait attention à ne pas laisser les bêtes se sauver ; et l'herbe qu'on leur a donnée, on l'avait triée en ne laissant avec le trèfle que le plantain jaune, en ôtant bien le mouron rouge et le mouron bleu avant de jeter l'herbe dans le clapier, pour qu'ils ne meurent pas d'une diarrhée. Mais, tout de même, on est sorties de la venelle. On n'est pas allées dans la rue, ma cousine le voulait mais j'ai refusé, j'ai dit : « Trop défendu. » On a fait mieux : on a exploré, derrière la maison, la longue tranchée où stagnait une eau verdâtre, gorgée, d'après mon père, des pires maladies, parce qu'y finissaient des bassines à vaisselle et des seaux de nuit — il n'avait jamais trouvé de qui.

Ça sentait très mauvais. Les jambes écartées au-dessus du petit ruisselet fétide et gluant, on a quand même recommencé à chercher un trésor. Mais, comme au lavoir, on a eu beau gratter les pierres, on est restées bredouilles. Alors on a voulu se venger et on est retournées dans le jardin de mon père ; on a jeté d'assez gros cailloux de l'autre côté du mur, sur le terrain du maraîcher.

Personne n'a bronché.

Le pick-up du voisin continuait à criailler ses *Cloches de Corneville,* son *Lakmé.* Le temps qu'il se choisisse un autre air, qu'il sorte le disque de sa pochette, qu'il le passe au chiffon, qu'il le pose doucement sur l'électrophone en ayant bien soufflé sur le saphir avant d'actionner le bras, Maman Ec en profitait pour chantonner *Davy Crockett* ou *Méditerranée,* histoire de lui faire comprendre qu'elle en avait assez.

Mais le voisin était comme nous, décidé à en profiter ; et il finissait toujours par reposer sur son Teppaz, devant sa fenêtre, un autre disque d'opérette, avec ses petits gestes avares et maigres, sans jamais se troubler. Ça a exaspéré Maman Ec. Elle a dû se dire qu'elle aussi, elle devait se tailler sa petite part de joie ; et, à partir de ce moment-là, chaque fois qu'on est passées devant elle, elle s'est mis en tête de nous consoler. Il fallait chaque fois monter sur ses gros genoux, nous laisser serrer contre sa poitrine qui bringuebalait des deux côtés, nous faire bercer pendant qu'elle répétait : « Pauvre cocotte, va, pauvre cocotte. » Nous, on voulait bien, mais pas longtemps. Parce qu'on avait envie de jouer ; et puis, sous les bras, elle sentait.

Elle sentait le malheur. Pas celui de l'hôpital, rien que du petit malheur de femme trop grosse, à la poitrine qui pend ; avec son mari qui ne lui parle pas quand il rentre le soir, et son fils, le beau garçon qui ne vient jamais parce qu'il est marin, quartier-maître, et qu'il navigue au loin.

Du petit malheur de maison, quoi, de la tristesse qui fait qu'elle s'installe souvent sur sa chaise, au soleil, en se collant sur les joues du concombre en rondelles. En riant, parce que c'est tout de même un peu gênant : « Faut souffrir pour être belle ! »

Mais, cet après-midi-là, elle n'osait pas, à cause de l'enterrement ; et comme nous, de notre côté, on avait autre chose à faire que rester à la renifler, elle s'est retrouvée toute seule devant ses cactus, les oreilles rebattues de *Lakmé*. A bout de nerfs, elle a lâché son tricot, elle est allée s'allonger sur son lit avec un roman-photo ; et là, vraiment, on a fait tout ce qu'on a voulu.

On se sentait de plus en plus légères. On allait où on voulait, dans la cave, la buanderie, aux cabinets, même pour ne rien faire. On poussait les portes rien que pour le plaisir, on entrait, on ressortait ; dans la maison, on ouvrait tout sans rien demander à personne : les tiroirs de la machine à coudre, ceux du buffet. C'est là, dans la cuisine, que j'ai eu l'idée d'un nouveau jeu. Dans la niche aux médicaments, derrière la petite porte vitrée du buffet, j'ai volé une boîte de pastilles pour la gorge. Il n'en restait plus que deux. On les a sucées, puis on est allées couper des fleurs. On est allées choisir une chute de tissu, un reste de doublure, que j'avais pris dans l'armoire de ma mère, parce qu'il était doux et qu'il brillait. On en a capitonné la boîte ; j'y ai délicatement déposé les fleurs coupées, puis rabattu sur elles le tissu doux et brillant. J'ai alors lesté la boîte de graviers, je l'ai refermée, placée sur une des planches de la barrière qui protégeait le puits ; et là, à toutes petites pichenettes, j'ai commencé à la pousser vers le vide.

J'ai pris mon temps, j'y suis allée doucement. Au bout d'un moment, la boîte s'est retrouvée au milieu de la barrière ; mais mon bras était trop court, je ne pouvais plus le faire avancer. J'avais trop le vertige pour oser m'étaler sur la barrière et continuer à la pousser.

J'ai regardé ma cousine. Elle m'a dit : « Vas-y ! » J'ai hésité, puis j'ai décidé d'aller couper une branche de poirier ; je m'en suis servie pour pousser la boîte, la jeter.

Elle a disparu entre les scolopendres. On s'est penchées pour vérifier qu'elle ne flottait pas. Mais non, au fond du puits, on n'a rien vu ; et c'est ma cousine qui a conclu — elle avait l'air très soulagée, je l'entends encore souffler, les yeux fermés : « Ça y est. Elle est noyée. »

*
* *

Voilà comment s'est terminée la journée. Peu après, mes parents sont rentrés. Il était tard, il faisait déjà noir. Quelqu'un — peut-être Grande-Marraine — a emmené ma cousine. Sans s'attarder, en tout cas, sans parler. Pendant ce temps-là, ma mère a ôté son chapeau et son voile, elle a renoué son tablier et elle a fait semblant de faire comme avant.

Elle a donc réchauffé le bouillon sur le fourneau ; mais, pendant qu'elle tranchait du pain pour la soupe, elle a lâché, le dos à la table, sans nous regarder : « Comment elle va faire, Annick, pour élever ses enfants ? Et sa maison à payer... »

Mon père n'avait pas envie de parler. Il était assis à sa place, à tâcher lui aussi de faire semblant — en parcourant au-dessus de son assiette les pages de *La Liberté du Morbihan*. Seulement ma mère, elle, elle n'était qu'au début de sa peur, elle tenait à sa conversation. Ses mots sur le malheur, il fallait qu'elle les vide, tous ; elle a donc enchaîné, toujours sans le regarder : « Trois enfants, trente-cinq ans, et, à part la couture comme moi, pas de métier dans les doigts... Mais voilà, les gens, maintenant, ils veulent du tout-fait, de la confection. Couturière à façon, ça se fera bientôt plus, alors qu'est-ce tu veux qu'elle fasse, Annick ? Et ses nerfs, par-dessus le marché, t'as bien vu, à la messe, la syncope qu'elle a eue ? En plus de ça ma mère, ma mère déjà qui se mangeait les sangs avant ce malheur-là, parce qu'elle avait compris depuis longtemps où ça allait c't'affaire-là... Ma mère, déjà qu'avant elle était patraque, même si ça se voyait pas... »

Là, tout de même, elle s'est retournée, pour poser la soupière sur la table ; et, pendant qu'elle y jetait les tranches de pain, elle s'est arrêtée. Sous ses lunettes, je devinais ses yeux gonflés — eux non plus, malgré l'enterrement, n'avaient pas fini de se vider.

Mais mon père, en face, il l'avait arrêté, le chagrin — lui, à force de volonté : il vissait les mâchoires ; de temps en temps, comme s'il y avait une guêpe dans la pièce, qui voulait le piquer, il agitait la main devant ses yeux à l'eau pour une fois brouillée.

Ma mère s'est tue. Sur le fourneau, le bouillon débordait ; il était grand temps de tremper la soupe. Elle a fait comme tous les soirs : posé la marmite sur la table, à côté de la soupière, sorti la louche, tassé le pain. Puis elle a trempé la soupe, l'air de rien.

Entre mon père et elle, il y a eu à ce moment-là un petit panache de fumée ; et quand le bouillon a commencé à gonfler les tranches de pain, tout s'est brusquement déréglé par-derrière la fumée, mon père a lâché : « J'ai pas faim, je mangerai rien. » Il a repoussé sa chaise, il est sorti au jardin.

Il est resté longtemps dehors. Quand il est revenu, il avait les yeux lavés. Encore un petit peu mouillés, mais précis, comme avant, et regardant droit. L'air de dire que les choses étaient en marche, que c'était comme ça : on pouvait pleurer autant qu'on voulait, on ne les arrêterait pas.

*
* *

Voilà sans doute pourquoi, la deuxième fois, lorsque l'oncle Lucien est mort, quand j'ai vu mes parents se remettre en noir, ressortir les crêpes, les voiles, les brassards, et, comme pour l'oncle Léon, me laisser à la maison le temps de l'enterrement, ça ne m'a pas fait grand-chose. Ni chaud ni froid. Je me suis contentée de mieux les regarder, mes parents, ce matin-là ; et je leur ai trouvé la même tête que lorsqu'ils évoquaient ensemble certains films dont on avait parlé dans *La Liberté du Morbihan.* L'article leur avait plu, le film passait tout près de chez nous, au *Paris* ou au *Celtic,* rue de Belgique. Ils étaient tentés d'y aller mais n'osaient pas, à cause du sujet ; ils concluaient : « C'est un film *dur,* on peut pas y aller avec les enfants. » Et ils renonçaient à sortir, la plupart du temps.

La seule différence avec l'enterrement, c'était qu'ils n'avaient pas le choix : avec ou sans enfants, bien obligés d'y passer et de subir tout ce qu'avait raconté Maman Ec, la levée du corps, la mise en bière, tout le tremblement.

Ce nouveau mort, tout de même, ça faisait longtemps qu'on le voyait venir. Longtemps déjà que j'avais entendu chuchoter, au-dessus de la toile cirée, qu'il buvait et mangeait trop, qu'il avait de la graisse autour du cœur, d'après le docteur. Il y avait même des femmes qui avaient dit : « Lucien, il est *cuit.* » Et voilà que, d'un seul coup, comme elles l'avaient promis, il était, comme le premier, *nettoyé,* mort subitement, rien que bon à enterrer.

A part les habits noirs qu'on ressortait des armoires, ça ne changeait rien : tout restait bien en place autour de moi — la maison, mes parents, le puits, le jardin, mes deux sœurs. Ma mère, avec sa machine à coudre, mon père avec ses légumes, ses arbres, ses murets de ciment, avaient dressé ensemble au fond de la venelle un rempart contre le malheur. Il n'osait pas entrer ici, il préférait frapper ailleurs. Donc, le jour du deuxième enterrement, ce n'est pas de liberté que je me suis goinfrée, mais de tranquillité. D'une paix pleine, ronde et juteuse comme les fruits que récoltait mon père chaque été. Oui, ce jour-là, il faut bien l'avouer, c'est de paix que je me suis régalée.

*
* *

Il faut dire aussi qu'il pleuvait, qu'il ventait — ça aidait.

Un de ces matins noyés où le ciel s'écroulait sur le jardin, avec de longues rafales qui sentaient la mer abrutie, les phares, les algues fouettées sur les rochers. Plus il y avait de tourment au-dehors, mieux le corps se sentait à l'intérieur, même malade comme j'étais, une petite angine qui ne pouvait pas mieux tomber : pas envie de bouger ; simplement, le désir de s'offrir deux ou trois petits plaisirs sous l'édredon de piqué. Couver ma chaleur, pour commencer ; puis, dès que mes parents ont eu le dos tourné, fouiller dans les affaires de ma sœur.

Je l'avais bien remarqué avant qu'elle s'en aille : elle avait oublié, pour une fois, de fermer son armoire à clef. Dès que je me suis retrouvée seule, je me suis donc précipitée, j'ai ouvert tous ses livres, tous ses cahiers — il y en avait un, je le savais, où elle notait ses secrets. Plusieurs fois elle me l'avait arraché des mains ; plus elle me l'avait interdit, plus j'avais eu envie de lire ce qu'elle y cachait.

Je l'ai trouvé, je l'ai lu. Je ne sais plus ce que j'espérais trouver dans son cahier, car ce que j'ai découvert m'a beaucoup déçue et vite lassée. Je me suis donc recouchée sous mon édredon, toute pelotonnée. En me demandant pourquoi ça durait si longtemps, ces enterrements. Je me disais que Maman Ec ne m'avait sûrement pas tout raconté, que ma mère le lui avait interdit ; et j'ai tâché d'imaginer.

Je n'y suis pas arrivée. Quelque chose en moi ne voulait pas. Quelque chose me disait que j'étais bien, ici, sous l'édredon de piqué ; et que ça ne servait à rien de chercher.

Et puis, je butais toujours sur le même mot, celui qu'employaient les gens, même mes parents, quand ils ne se fatiguaient plus pour mentir, parce qu'ils croyaient que les enfants n'entendaient pas. Ils ne parlaient plus du ciel, ils disaient *le trou* pour désigner ce qu'il y avait au bout.

Mais j'avais beau chercher et chercher, ce trou, je n'arrivais pas à le voir sous l'édredon, dans le chaud et le noir. Ça se passait comme chaque fois que je repensais à l'après-midi de Sainte-Anne-d'Auray, quand je me demandais ce qui s'était passé entre le moment où la lumière s'était éteinte dans mon esprit, au sortir de la fontaine, et l'instant où elle s'était rallumée devant ma mère — tout ce temps sans mémoire. Rien ne venait, aucune idée. J'ai laissé tomber.

Je me suis repliée sur la grande paix du lit, la fièvre qui va et vient, les pastilles à sucer, les jambes qui explorent les draps, découvrent des recoins ignorés ; l'œil qui suit sur la vitre les longues coulées des gouttes, dessinant avec elles des mondes nouveaux, mouvants, sans fin — des galaxies de pluie.

Croisières somnolentes de plage en plage de rêverie ; et le sommeil au bout, qui vient sans s'annoncer, lourd et noir, profond, impossible à imaginer. Un trou, lui aussi.

*
* *

Sauf qu'il y a eu le réveil — du bruit dans la cuisine. Mes parents étaient revenus et faisaient comme la dernière fois, s'obligeaient à rentrer dans leur lit d'habitudes : le tablier, le fourneau, le bouillon, le journal, la soupe trempée. Ils vissaient à nouveau leurs mâchoires, forçaient les choses à continuer.

Ils faisaient comme l'autre fois, parlaient de la veuve. Mais ils étaient moins tristes, ils avaient pris le coup, on aurait dit, ils étaient tout raidis de volonté au moment de répéter : « On fera ce qu'il faut pour elle, la pauvre, on se serrera les coudes, on fera comme avec Annick, on lui donnera des coups de main pour les bricoles à la maison ou au jardin, on l'aidera à garder les enfants dans le droit chemin... »

Et ils le feraient, je savais, ils s'y tiendraient, ils donneraient comme promis des coups de main, ils offriraient au mort des beaux chrysanthèmes pour la Toussaint ; pour lui aussi, ils porteraient du noir tout le temps réglementaire, avec le demi-deuil sur la fin. Le chagrin, ça, ce serait autre chose — ils n'en diraient rien, la peine, ça, c'était le secret de chacun.

Et un jour arriverait l'oubli. Sans même s'en rendre compte, on sortirait de ces deux morts-là, on continuerait à vivre dans le jardin bien clos, la maison seulement ouverte aux saisons et aux livres, près du puits ou sous le toit. A vivre dans le temps de la petite fille qui avait *assez le temps*.

Le temps de regarder son père, chaque soir, revenir du travail en sautant à bas de son vélo dès qu'il apercevait la venelle, pressé qu'il était de surveiller ses semis, suivre les quartiers de la lune, guetter les nuages, nourrir ses nichées de lapins, bâtir ses petits murets de ciment. Le temps de faire comme ses sœurs qui lisaient du matin au soir, le temps d'épier sa mère qui faisait du pareil au même quand elle n'était pas à laver ou à coudre, quand elle ne chantait pas.

C'est du moins ce que je me disais. Seulement voilà.

Seulement voilà : c'est aussi la chanson de ma mère quand elle parle de cette année-là ; et, quelquefois aussi, quand elle entrevoit l'autre face des choses, quand elle se dit que l'époque, au bout du compte, lui a aussi apporté des joies, elle ajoute en regardant les photos : « Finalement on a été heureux, dans ce jardin-là. »

Elle ne dit pas « cette maison-là », elle ne parle que du jardin, souvent du puits ; et elle reprend aussi parfois (mais je crois qu'elle parle pour elle seule, à cet instant-là, car elle ne soupire pas) : « Oui, le temps de ce jardin-là. Le temps des trois filles que nous avons eues si longtemps... »

Oui, elle aussi avait dû penser que ça continuerait comme ça, malgré tout. Que ça ne bougerait pas.

Il faut dire que tout allait dans ce sens-là : la maison payée, les arbres qui grandissaient ; et, en plus du salaire à la fin du mois, les allocations familiales qui augmentaient quand elles tombaient, le facteur sortait maintenant de sa sacoche des gros billets que ma mère montrait le soir à mon père, quand il rentrait ; et il lui disait à chaque fois : « Garde-les pour la cagnotte, c'est ta paye à toi. Et tu vois, ça grossit, ça sert à quelque chose, le syndicat ! »

C'est vrai que les choses ne marchaient pas si mal que ça. Ma sœur aînée commençait à faire l'institutrice ; elle disait des mots nouveaux que je répétais, comme *formid'* ou *sympa*. Pour peu que le voisin ait poussé la radio, elle se mettait aussi à danser avec ma mère à la cuisine, elle connaissait tous les pas, le paso doble, le boléro, la valse. Avec sa première paye, elle avait acheté un pick-up et trois disques, mais, comme on doit se tenir, même chez soi, quand on est institutrice, elle n'avait pris que du classique, *Le Concerto de l'Empereur, La Petite Musique de nuit* et *Les Ballets Moïsseïev*. Il fallait les écouter en fermant les yeux ; même sur les ballets russes, on ne dansait pas. On les écoutait toute la journée, en changeant l'ordre, jusqu'à ce qu'on en ait assez et qu'on se remette à chanter.

A l'école aussi, les choses avaient pris aussi un petit coup de jeune : tous les jours, sur le coup de quatre heures, on nous servait du lait dans des petites bouteilles de verre qui sortaient sûrement d'un Friddd-gidaire, tellement elles nous gelaient les doigts. On les avalait goulûment, à la paille ; on rentrait à la maison le ventre calé, on tenait jusqu'à la soupe sans réclamer de tartines beurrées.

Et nous, les trois filles, c'est vrai, on grandissait exactement comme les légumes de mon père dans les plates-bandes du jardin, bien rangées, bien ordonnées : la grande d'abord, puis la moyenne, enfin la petite. La grande qui s'en va déjà ; la moyenne qui est toujours là ; et la petite qui va comme ci, comme ça, capricieuse, celle-là, ah ça ! compliquée, une princesse, toujours à chinoiser, qu'est-ce qu'on a pu faire au Bon Dieu pour avoir ça, encore des jours où elle mange pas, où elle prend pas sa viande, où elle veut rien que de la bouillie de tapioca — mais, au bout du compte, personne de malade, personne en sana. Et le mari qui est sérieux, pas coureur, pourtant bel homme, ah ça ! Jean, depuis le début, un beau gars, il change pas, et à part ses cheveux qu'il perd, il vieillit pas. Pourtant il travaille dur, il rend sa paye tous les mois. Et, par-dessus le marché, il boit pas.

Seulement voilà : il était déjà usé, ce temps-là. Mais ça ne se voyait pas.

Ou bien on ne voulait pas que je le voie.

*
* *

J'ai longtemps cherché comment ça a pu se faire. Comment j'ai pu me mettre dans la tête que ça allait arriver, mais, en même temps, que ça n'arriverait pas.

Jusqu'au jour où m'est revenue, à un moment où je ne m'y attendais pas, une petite scène comme ça. Rien qu'avec elle, j'ai compris pourquoi.

J'ai passé la nuit chez ma grand-mère. Mes parents ont dû aller au cinéma voir un film *dur*, ou bien ils sont partis dans les terres, rendre visite à la famille de mon père, là où ma mère s'était réfugiée pendant la guerre ; il y a peut-être un mariage, un baptême, un autre mort.

Ou c'était, tout bêtement, pour revoir la campagne ; maintenant, mon père, ça le reprenait de temps en temps, il disait qu'il fallait qu'il aille sur la tombe de mon autre grand-mère, retrouver son village, les bois, les fontaines, la source qu'il avait découverte pendant la grande sécheresse, quand il avait six ans et qu'on avait mis tout le monde à chercher de l'eau dans les champs.

Ou bien il a voulu revoir la dernière de ses sœurs à n'être pas partie à Paris, celle qui habite le hameau de Bonne-Espérance et que, par conséquent, tout le monde appelle, comme si elle était princesse ou reine, Marie de Bonne-Espérance.

Ou c'était rien que pour se promener, se souvenir en silence. Contempler le lac de Guerlédan qu'il aimait tant.

En tout cas, moi, je suis restée là à dormir chez ma grand-mère dans le petit lit de fer que je n'aime pas plus qu'avant. Elle, elle se prépare pour la messe, elle est debout devant sa fenêtre tandis que j'attends.

Je revois la scène, et d'abord la lumière qui tombe de la fenêtre : quand on a fermé la porte, ici, pas d'autre jour. Ma grand-mère est comme Maman Ec, elle vit dans une seule pièce à tout faire, manger, se laver, prendre le café, dormir, se laver — les murs ont peut-être vu aussi des enfants naître et des vieux s'en aller.

Un morceau de ferme, sa maison, comme la nôtre. Mais plus basse, plus petite ; et par terre c'est de la terre — je ne sais pas ce qu'elle a fait au monde, celle-là, pour qu'elle soit comme ça et porte le nom qu'elle a : terre battue, on l'appelle. Ça non plus, ça ne me plaît pas.

Parce que c'est de la terre malheureuse et ça se voit : elle est toute dure, toute grise ; de toute façon, c'est de la terre de *chez les autres*. Comme le jardin au-dehors. Ma grand-mère n'a pas de maison, elle loge chez un de ses patrons, et le prix qu'elle paye pour ça, elle le gagne à la sueur de son front.

Aussi, après la lumière, ce qui me revient, c'est la longue odeur de la terre. Avec un relent de feu, par-derrière ; quelque chose qui sent le vieux.

Mais ce matin-là, pour tenter de l'éteindre, il y a aussi le frisson de la lavande : ma grand-mère finit sa toilette, se frictionne le cou à grands jets d'eau de Cologne ; et le parfum ne file pas par la fenêtre, il s'obstine ici, maraude. C'est avec cette odeur qui vagabonde sous la lumière que la scène me revient en son entier.

Il n'y manque que mon grand-père. J'ai beau faire, je ne le revois pas, je ne saurai jamais s'il était là.

Je le place donc au café où il va si souvent, rien que pour jouer aux boules, rien que pour taper le carton — il y file à la première occasion. Ou bien il est assis dans un coin de la pièce à se rouler une cigarette avec du papier qui s'appelle Job, comme lui. A rêvasser, épaules cassées, dans son bleu de travail bientôt blanc à force d'être lessivé.

Ma grand-mère, son mari c'est sa plaie, sa croix, comme elle dit. Il n'est pas méchant mais il n'a pas beaucoup d'énergie ; quand on lui demande, il ne refuse pas de donner un coup de main mais il ne va jamais de l'avant, il n'est jamais d'attaque, ça remonte à loin, paraît-il, à la guerre, la première, quand il a reçu un coup de baïonnette, qu'on l'a cru mort et qu'il a été porté disparu. Mais, deux ans plus tard, il a réapparu. Son frère, après avoir encaissé son livret de caisse d'épargne, avait entre-temps épousé sa fiancée, la Tante Fine, « la petite pomme de reinette » comme on l'appelle parce qu'elle n'a pas beaucoup de cervelle, simplement une tête très jolie, rose et ronde, et qu'elle sourit tout le temps. Alors mon grand-père, même quand il a trouvé à se marier, il s'est mis à rêver, forcé ; et depuis, il est resté comme ça, entre deux mondes. A penser. A fumer.

Et il ne revient vraiment de ce côté-ci des choses que lorsqu'il se met à tousser, ou à la fin des grands repas de famille, pour déclamer des poésies tristes et longues, *Oceano Nox, Le Retour du pêcheur* ou *La Bérézina,* il dit toujours le titre avant de commencer, le même que dans mon livre de lecture, à l'école, et le nom de l'auteur : Victor Hugo. Autour de la table, tout le monde se tait, c'est le seul moment où on l'entend. De loin en loin, il y a un oncle ou une tante pour dire tout bas que ça se comprend ; ce brave Job, dans le fond, il est comme ces gars-là, pas beaucoup de chance, rien que de la souffrance ; d'ailleurs il a la tête de Jean Valjean.

Ça me fait plaisir, parce que c'est vrai. L'histoire de Jean Valjean, je la connais, je l'ai lue dans *La Semaine de Suzette,* en bande dessinée ; et Valjean, c'était mon grand-père tout craché. Maintenant qu'il le sait, bien sûr, il fait peut-être un peu exprès pour qu'on le lui répète. En tout cas, dès qu'il entend parler de lui, il redresse ses épaules cassées ; et, malgré le mégot qui lui colle à la lippe, il sourit, avant de retrouver sa voussure et de repartir naviguer dans les tours et détours de sa fumée — son monde à lui.

Donc, peu importe l'endroit où il se trouve ce matin-là : même s'il est assis sur sa chaise devant la cheminée, il est encore à habiter son rêve, connu de lui seul. L'autre monde, celui d'ici, c'est ma grand-mère qui le fait tourner — comme d'habitude, aussi.

Pour qu'il reste monde, le monde, en état de marche, bien huilé, ce dimanche, il faut qu'il voie ma grand-mère aller à la messe dans sa robe noire à bande de velours, avec sa chaîne d'or, son tablier de finette bien lavé, sa coiffe amidonnée — pas moyen d'y couper. Et pas la coiffe ordinaire, pas seulement le petit bonnet aux deux ailettes, non, la coiffe droite, aujourd'hui, la complète, la grande, qu'on pose sur la première et qui se bat si bien contre le vent qu'on la surnomme *l'aéroplane.* Même si elle est patraque, ma grand-mère, depuis quelque temps, elle fera comme d'habitude, ce dimanche : elle se présentera dans la rue en bonne personne bien nette et bien lavée qui sent fort l'eau de Cologne dans le cou, comme toutes les vieilles du quartier. En serrant ferme son sac sous le coude, avec son nécessaire à messe, chapelet, missel, mouchoir propre ; et, pour la quête, un sou.

Parce que c'est ça, son métier de vieille : se placer entre Dieu et nous pour empêcher le malheur de nous tomber dessus. Tout ce qu'elle connaît de bon au Ciel, sainte Marie, sainte Anne, saint Joseph, saint Jean, saint Christophe, le mettre de notre côté.

Mais on ne se présente pas n'importe comment devant tout ce beau monde-là, il faut être bien propre et bien lavé, avec du noir, quand on est vieille, forcé, on a eu tant de malheurs. Il n'y a que sur la tête qu'on ait droit au blanc : la coiffe, qu'il faut porter bien droite ; et qui ne doit pas bouger, même par grand vent.

Alors elle se bat contre sa fatigue, ma grand-mère, contre ses bras qu'elle peine à lever. Au-dessus de la cuvette à toilette et de son broc d'émail, près de la fenêtre, elle a quand même réussi à passer sur son cou et son visage un gant gorgé d'eau savonneuse ; elle les a frictionnés à l'eau de Cologne ; et réussi à enfiler, par-dessus sa longue chemise, son jupon de coton, puis la robe noire et le tablier de finette qui porte si bien son nom, avec ses fines rayures gris foncé. Voilà : elle est maintenant presque prête, face à sa glace à chaînette. Elle dispose sur la petite table les instruments du rite qui va commencer : les peignes et les épingles. Parmi celles-ci, les unes, pour les cheveux, dorées et ondulées, les secondes comme pour faire la couture, sauf qu'elles sont beaucoup plus belles : elles ont un bout perlé.

Elle se retourne vers moi, elle me fixe ; elle a encore les cheveux détachés. Je détourne les yeux : ma grand-mère, je veux la voir en grand-mère et elle ne l'est pas avec ses cheveux-là, maigres et pendants, tout blancs. Je ne la reconnaîtrai que lorsqu'elle aura noué son chignon et posé sur sa tête la broderie qui gît au milieu de la pièce, précieuse et blanche, au centre de la grande table, sur une planche en bois.

J'ai vu tout à l'heure combien elle s'est démenée pour la raidir, l'aplatir, presque autant que maintenant où elle tente d'attacher sur sa nuque ses cheveux encollés par trop de fatigues anciennes, de maladies négligées. Elle a chauffé trois fers sur la plaque du fourneau ; le plus gros, en riant, elle l'a appelé « la grand-mère » ; le moyen, c'était « la mère » ; et elle m'a dit : « Tiens, c'est toi ! » pour le plus petit. Chaque fois qu'elle en a saisi un, elle l'a tâté du bout de l'index en grinchant « *Gacht !* » puis a retiré très vite son doigt. Juste après, pour le refroidir, elle a craché dessus. Rien qu'un petit jet de salive, mais si vif que je ne sais plus si c'est son *gacht* qui a rafraîchi le fer, ou bien le petit crachat.

Elle s'est mise à repasser la coiffe. Pas de rechange, elle n'en a qu'une, pas le droit de se tromper. Au-dessus de la planche et de la dentelle blanche, à chaque coup de fer, ça s'est échiné, ça a grinché ; et, pour peiner, il n'y a pas eu que ses bras : son dos aussi, et ses hanches en balance ; quand elle ne disait pas *gacht* ou *ayow-euta,* elle marmonnait : « Ah, de la vieillerie, de la vieillerie, tout ça... »

Vieillerie partout, c'est vrai, et je n'aime pas ça. Vieillerie de ses os, de ses cheveux épars sur son dos. Mais vieillerie aussi de sa cuvette, de sa cafetière, de ses fers, presque partout, rien que ça, de l'écorné, de l'usé, du rapiécé, laiton, émail, édredons, sommiers de balle, elle n'a jamais rien changé, suif dans la cheminée, fourneau harassé de rougir dans sa pauvre gueule les boulets de charbon, les tisonniers ; et pardessus le tout, la fumée du bouillon de poule qui mijote sur le feu, et s'en va se perdre, à travers les rubans tue-mouches, contre les murs bistre et encollés de salpêtre, en longues traînées.

Car c'est d'abord ça, le monde de la terre battue : les couleurs qui finissent leur temps, comme les choses. Même les dessins roses en sont là, sur le plat de faïence ovale où elle a placé, avant sa toilette, des alignements d'œufs mimosa. Même le tissu à fleurs froncé au-dessus de la cheminée. Tout ce qu'il y a de clair, dans la maison de ma grand-mère, ce sont ses rêves éparpillés. Ici, sur un coin de table, les feuilles où elle colle les timbres à ristourne qu'elle rapporte dans son porte-monnaie chaque fois qu'elle a fait ses courses à la Coop. Dans un angle, l'horloge qui baratte le temps avec son balancier sculpté de montagnes neigeuses et d'un petit chalet. Près de la porte, un guéridon comme chez le docteur ou le coiffeur, avec une grosse pile de *Jours de France* et de *Match* — un de ses patrons qui les lui donne, sans doute, où est-ce qu'elle trouverait l'argent, dites-le-moi, pour le monde en teintes de cinéma, le Spoutnik qui danse au cœur du ciel, par exemple, sur le numéro du dessus, avec à son bord la chienne Laïka ?

Jamais cependant ma grand-mère ne parle de ça. Quand elle ouvre la bouche, c'est pour parler des morts, des maladies, des bons du Trésor, de la caisse d'épargne, de ce qu'il y aura bientôt comme réclames à la Coop ; et moi, je n'ose pas lui demander pourquoi elle a un chalet sur le balancier de son horloge. Encore moins pourquoi elle a accroché au-dessus de son lit, à côté de son crucifix, un chromo bleu, *Nice, Côte d'Azur, la Plage* — c'est ce qu'il y a de marqué dessus.

Palmiers gras, grosses villas : je n'y crois pas. La Côte d'Azur, c'est comme le ciel des morts, *ça s'peut pas.* Ça n'existe pas.

Pourtant ma grand-mère l'a accroché là, son rêve, à côté de sa croix. Et Grande-Marraine, un jour, en regardant le chromo, a dit qu'elle, elle était allée là-bas.

Mais ma grand-mère, comme nous, ne sortait pas.

Le plus loin qu'elle était allée, c'était Paris, avant guerre ; et elle n'y était pas retournée depuis. Alors si elle garde ce tableau à côté de son crucifix, c'est peut-être pour être fidèle à un rêve, un rêve qu'elle a fait un jour en pensant à sa jeune sœur si belle qui s'en allait partout, jusqu'aux colonies. Peut-être qu'elle s'est dit ce jour-là, rien qu'une minute : et moi, alors, pourquoi pas ? On ne sait jamais, si je gagne à la loterie ? Et puis, tout arrive, dans la vie...

Oui, sûr qu'elle se l'est dit. Parce que ce tableau de la Côte d'Azur, ma mère m'a raconté qu'elle l'a sauvé des Allemands, comme son horloge, son armoire, son lit, son crucifix. Maintenant, si ça se trouve, quand le froid des murs lui rentre dans les os, autant qu'à sa bouillotte elle se réchauffe à lui.

Même si elle sait que c'est trop tard. Même si elle sait qu'elle ne gagnera pas à la loterie. Même si elle sait qu'elle a perdu depuis le début. Qu'elle ne bougera jamais de la terre battue.

*

* *

Mais c'est moi qui le dis : elle n'a jamais prononcé ces mots-là, ma grand-mère, je n'ai jamais entendu les paroles de ses rêves.

Parce que la salive, c'est plus précieux que les trois sous gagnés à laver le linge des autres ou à gratter la terre. Ça s'économise, surtout pour parler de soi. On ne montre pas, on *garde* ; on travaille et on avance. Même quand on est malade, on ne dit rien. Sauf quand on a besoin.

Et puis l'argent, ça se regagne quand c'est perdu, tandis que les rêves, quand les autres se moquent, c'est fini, ils sont détruits.

Du coup je ne lui parle pas, je n'ose pas. Si je le faisais, ce serait la honte, la grande, la honte rouge, celle qui ferait crier sur moi, dehors, dans la cour, devant tout le monde, et j'entendrais s'élever le vieux cri de la colère dans les terres : « Honte, honte sur toi ! », les mots qui vous écrasent quand on n'a pas compris ou respecté la loi.

Mon autre grand-mère, celle que je n'ai pas connue et qui est morte avant guerre, elle a fait ça avec une de ses filles, à ce qu'on m'a dit. Il faut dire que sa fille voulait lui désobéir, partir faire la bonne à Paris. Elle lui a jeté le cri de la honte ; en y ajoutant une grêle de pommes — elle n'a jamais revu sa fille, qui s'est enfuie.

Et moi, ce cri de la honte, si j'avais été plus grande, je crois que je l'aurais pris le jour où j'ai demandé à ma grand-mère, la seule que j'aie connue, pourquoi elle n'avait qu'une petite bande de velours au bas de sa jupe tandis que les autres vieilles à coiffe, à la messe, en avaient de grandes qui montaient parfois plus haut que le genou — ces femmes-là portaient aussi des capelines de fourrure sur leurs épaules quand il faisait froid.

Elle est alors entrée dans sa plus grande colère, celle qu'on appelle *la colère rouge,* parce qu'elle rend rouge, si rouge qu'on est obligé, pour s'en débarrasser, de la jeter aussitôt aux quatre vents. Pas de cris, pas de coups, pas de volée de pommes — les pommes, de toute façon, c'était pas la saison. Mais c'est de mots qu'elle m'a cinglée, elle m'a même vouvoyée ; « drôlement saucée », comme a dit ma mère quand elle a entendu ça.

Ce qu'elle a dit, je ne me rappelle pas exactement quoi, sauf la fin, je l'entends encore, ses mots qui me tombaient dessus comme une fessée bien rythmée. Histoire sans doute que la leçon me rentre bien dans la tête, comme on faisait pour les bêtes.

Je revois aussi ses yeux plus bleus qu'à l'ordinaire, durs et secs comme son petit sermon en forme de chanson : « Petit ou grand, on tient son rang, pas plus haut, pas plus bas, faut pas péter plus haut que son cul, défendu, fera beau voir, c'est ça qu'elle dit la bande de velours, pas plus haut, pas plus bas, et moi je m'en vais vous apprendre ça ! »

Depuis ce jour-là, je sais qu'on ne parle pas à sa

grand-mère, que ça ne se fait pas. Qu'avec la mienne, la loi, c'est travailler, se tenir. Faire avec ce qu'on a.

Enfin se taire sur ses rêves, ses espoirs, ce qu'on a de plus précieux, de plus cher, ça vaut tout ce qu'on arrachera en mille vies à la terre. Une terre qui n'est pas celle de *chez les autres,* on l'a à soi, pour rien. Rien qu'à soi.

*
* *

Mais moi je possède mieux encore que ce trésor-là. J'ai un œil dans la tête, et il vaut beaucoup plus que le petit doigt de ma grand-mère qui lui dit tout. Il me raconte beaucoup de choses sur les gens — il suffit que je les regarde pendant un petit moment.

Un œil qui fait que je parle avec eux, même quand ils se taisent. C'est l'œil qui devine, l'œil du secret ; il me montre tout ce qu'on tait.

Alors, pendant que ma grand-mère essaie de monter son échafaudage de cheveux, de dentelle et d'épingles, et qu'elle n'y arrive pas, voilà ce qu'il devine, l'œil du secret — tout ce qu'elle se dit ce matin-là.

Elle pense : oui, les rêves, la Côte d'Azur, bien joli tout ça, mais fini, jamais tu n'iras, d'abord comment tu ferais avec tes jambes qui suivent pas ? Et puis, des *jamais,* de toute façon, dans ta vie y a eu que ça.

Tu n'iras pas, ça non, mais tu tiendras, dans ta maison, et jusqu'au bout, nom de nom, et ça se verra.

Ah, faudra beau voir, tu lâcheras pas, malheur ou pas malheur, douleur ou pas douleur, *ayow-euta !* Tu tiendras parce que t'as assez de quoi : ta coiffe, ton petit château d'épingles et l'aéroplane par-dessus, bien blanc, bien droit, allez, aye donc ! t'y arriveras ; et, dès que tu l'auras mis, tu sortiras. Droite et amidonnée, dans la rue, blanche comme ta coiffe, le temps de marcher jusqu'à l'église, de suivre la messe, de revenir, durcie à la force du poignet, durcie par tes prières, ton chapelet, ton missel, durcie comme tes dentelles, au petit pli, au petit fer.

Et ça suivra, nom de là, même si la hanche rechigne, même s'il y a des varices qui éclatent sous les bas, allez ouste ! secoue-toi, la terre est basse, c'est sûr, c'est dur la culture, mais si t'as les deux pieds dans le même sabot, mille malheurs, tu feras rien, t'avanceras pas, allez, justement, à propos de sabots, ôte-les, cire donc tes souliers, enfile-les, redresse-toi et marche droit, tiens-toi.

Et puis, mouche-toi, *gacht !*, prends ton sac et ton sou, et ta chaîne d'or, le tablier par-dessus, bien tiré, comme il faut, en triangle avec ses deux pointes fichées pile où il faut, pas ailleurs, *ayow-euta !* juste là, pile, sous la jointure des bras.

Le tablier qui tiendra lui aussi, comme le chignon : rien qu'avec ses épingles en fausses perles, château d'illusions.

Et, de toute façon, comment faire autrement, voulez-vous bien me dire comment ils feront, les autres, derrière, si tu te tiens pas ? comment ils tiendront ?

Les autres, les filles, le grand-père, et les maris des filles, et les veuves, les jardins, les maisons, celles encore à payer, celles qui le sont. Sans compter tous les enfants qu'ils ont, sans compter les écoles, la croissance, les examens, voulez-vous bien me dire comment ils feront si t'es pas là pour aller à l'église, voulez-vous me dire comment le *bara zur*, ils y arriveront, tous autant qu'ils sont ?

Voilà pourquoi, malgré ses bras qui lâchent, elle essaie de mettre sa coiffe, ma grand-mère, pourquoi elle tâche de se grandir entre ciel et terre avec ses petites ailes bien gaies, bien fières. Comme en prières, déjà.

Pas pour lui réclamer le bonheur, au Bon Dieu, longtemps qu'elle sait que ça, elle l'aura pas, c'est pas écrit dans le contrat. Seulement pour Lui demander qu'Il se débrouille pour que le malheur n'arrive pas, y en a déjà trop comme ça. Qu'Il la lâche pas, quoi ; qu'Il se débrouille pour que le monde ne bouge pas. Il fait comme Il veut, Il se dépatouille, le détail ça la regarde pas. Elle, en attendant, elle sait ce qu'elle Lui demande ; de toute façon, à son âge, c'est pour ça qu'elle reste là.

Pour ça aussi qu'elle tiendra. Et il faut bien qu'ils le sachent, là-haut, nom de nom ! Pas seulement le Bon Dieu, les autres avec : saint Joseph, saint Jean, saint Christophe, sainte Maria et sainte Anne, ah ! surtout elle, *Santez Anna* : rien que son nom, voilà dans la bouche tout son cantique en breton...

Et tous les autres saints qui peuvent aider, elle les prendra ; tous ceux qui sont sur le calendrier des Postes, ceux qui ne sont pas d'ici, qui ont des noms qu'on ne donne à personne ou qu'on ne connaît pas.

Seulement ce matin, devant la fenêtre, il y a quelque chose qui ne va pas. Quelque chose qui lâche. Pas la tête, pas la nuque ; ni les jambes ni les bras. C'est caché, c'est sournois. Quelque chose qui ne suit pas. La coiffe, ce matin, ça n'avance pas.

*
* *

Elle tournicote, ma grand-mère, elle fait comme le vent de printemps quand il ne sait pas ce qu'il veut, la tempête ou les beaux jours. Elle recule le moment de finir sa toilette, de poser le bonnet sur le chignon et l'aéroplane, la chaîne d'or sur la finette du tablier avec son petit velours de fierté, le tablier qui reste comme la coiffe, abandonné, dans son bel apprêt, sur la planche de bois.

A terre, elle contemple un moment ses souliers qu'elle n'a pas non plus le courage de cirer ; elle jette un coup d'œil à l'horloge, elle se dit qu'elle a encore du temps, mais qu'il faudra qu'elle soit au net, quand ma mère arrivera ; et, comme elle est agacée de me voir l'observer, comme elle a deviné que j'ai un troisième œil aussi fort que son petit doigt qui lui dit tout mais qu'on ne voit pas, elle se déplace en boitillant jusqu'à la table, s'empare du gros pain de quatre, y taille une belle tranche, puis sort de son armoire sa motte de beurre aussi jaune qu'un trésor, qui sue sel et eau en attendant le couteau.

Mais pas de pitié : de la lame elle en détache une grosse lichée qu'elle étale sur la mie en tournant et retournant vivement l'acier, pour ne rien perdre. Elle ouvre enfin une boîte de fer-blanc, en sort une pierre de sucre et la dépose au cœur de la tartine en grommelant : « Moi, j'ai pas assez de sous pour nourrir les enfants au chocolat ! »

Pas le temps de protester, de dire par exemple que j'aurais préféré qu'elle prélève la lichée dans l'empreinte de fleur laissée par le moule sur la motte de beurre, que je n'aime pas ce qu'on prend sur les côtés. Elle me l'a déjà enfournée dans le bec et m'a jeté : « Va jouer ! »

Puis elle tombe en arrêt devant sa table et je la vois dresser en esprit l'inventaire des objets éparpillés qu'elle n'a pas eu le temps de ranger : les fers, les casseroles, le bol plein de saindoux, la bouteille de cidre ; sur le fourneau la marmite de fonte noire qui continue de crachoter sa fumée ; enfin, près du lit, le seau de nuit. Dès qu'elle le voit, elle se met à marmonner : « Ah ! nom de Toui, celui-là, je l'ai pas vidé, faut que j'aille au fumier. » Elle soulève son seau qui clapote ; par-dessus ses chaussons élimés, elle enfile ses sabots de bois et se dirige vers la porte qui donne sur la courette, puis sur le jardin.

Elle clopine en traversant la pièce, mais elle continue de tout voir autour d'elle, avec son œil bleu, l'œil Bouquin. Seulement sa paupière tombe, ce matin, au lieu de remonter vers les tempes. Plus le regard de la Chinoise narquoise, mais l'œil battu autant que la terre où elle avance à pas comptés, toute ramassée, rapetissée. Je trouve qu'elle se transforme comme les patates ou les pommes après l'automne, celles qu'on garde au grenier tout l'hiver ; elle s'est plissée, ma grand-mère, toute ratatinée.

Elle passe devant moi : « Toi, bouge pas de là ! »

Je m'empare de ce qu'il y a sur la petite table, *Jours de France* ou *Paris-Match*, je plonge, je nage, j'ouvre les yeux sous l'eau des pages, je tourne, je vire de surprise en surprise, monde inconnu, monde du silence, couleur de journal, chatoyant, changeant, éclaboussant — éblouissant.

*
* *

Bleu ciel, vert pistache, mauve, orange : beaucoup de réclames, de vedettes de cinéma ou de la chanson avec des noms qui dansent, Gilbert Bécaud, Luis Mariano, Soraya, Gloria Lasso, Grace de Monaco, Dario Moreno. Les voitures aussi portent des noms qui sentent les vacances, Dauphine, Ondine, Floride, Versailles, Chambord, Esterel.

La Côte d'Azur rayonne souvent entre les pages, mais pas lointaine comme sur le chromo de ma grand-mère. Elle a pris un coup de jeune, elle s'est faite fraîche, toute légère, elle a un parfum de parasol, d'huile solaire ; du Pschitt qu'on boit avec une paille ; de sacs en raphia.

La mer aussi est beaucoup plus vive, elle ressemble aux filles en bikinis et pantalons corsaires, prête à faire sa Martine Carol, sa Brigitte Bardot. A s'enfuir toute une nuit pour danser le calypso, le rock'n roll ou bien le mambo.

Ma grand-mère est maintenant sortie, avec son seau. Je lève le nez, je regarde tout autour de moi, je me demande comment les faire partir, les couleurs d'ici, tout ce brun, ces murs suiffeux que je n'aime pas.

Pas seulement le bistre de la terre battue qui sue l'eau et le froid, mais aussi la couleur du saindoux dans son bol, les traînées de lie sur les parois de la bouteille de cidre, les taches sur l'émail de la *grecque,* le lit de fer, le collier de gousses d'ail qu'elle me passe au cou pour la nuit quand j'ai attrapé des vers ; et le bouillon de poule du soir, avec ses yeux gras.

Odeurs, couleurs, formes et mots de la peine, bruits, gestes, choses que je déteste, comme tout ce qui va avec, tous les *gacht,* les *ayow-euta !* Je n'aime pas ça, voilà ! Et je sais pourquoi. Ça me rappelle *la mouise* dont parle si souvent mon père, le monde du *dans le temps* et des terres où les gens se cassent l'échine dans la boue et la caillasse, le monde des malheureux, des boiteux, des bossus, j'en ai déjà soupé — on a de la famille là-bas, j'ai un cousin comme ça.

Là-bas où les gens meurent de leur cuite au bas d'un talus, dans un chemin creux ; le monde des vaches au cul bouseux qu'on ne lave jamais. Le monde des grosses mouches bleues, celles qui viennent par grandes nuées, l'été, insolentes, obstinées, boire dans les cuisines de ferme le cidre, le lait caillé, la sueur sur le dos, en ondées.

Monde des os broyés, des vies comme la terre, cassées, battues, retournées. Seulement, c'est le monde de ma grand-mère, avec ses yeux Bouquin qui sont passés dans les miens.

Ma grand-mère qui cherche encore, ce matin, avec sa dentelle de prières, à dresser son petit corps en rempart entre le mal du monde et les siens. Qui relève encore une fois ses os fatigués comme pour élever un mur de pierres, une barrière entre le malheur qui tombe si vite de là-haut et nous, en bas, si fragiles, imbéciles, toujours à croire qu'on sera les rois.

Et ça me fait mal de penser tout ça.

*
* *

Elle est longue à revenir de son fumier. Moi, pendant ce temps-là, je m'englue comme les mouches sur le ruban qui pend au-dessus de la cheminée, je suis prise au piège de la vieillerie, je me laisse coller.

La vieillerie qui poisse même quand on rêvasse, la rêverie qui dit : tu ne sortiras pas de la nasse. Avec pourtant l'envie, dans la glu de l'ennui, de trouver la sortie.

Mais il faut que j'attende ; ma grand-mère l'a dit quand elle est partie : bouge pas, toi, reste ici !

Dans les journaux posés sur la table, rien que des catalogues de choses impossibles, avions, Dauphine,

Aronde, Floride ; et tout ce que je vois aussi dans les vitrines quand on va en ville, tout ce que ma mère regarde longtemps derrière le mur de verre, en soupirant souvent : « Manque d'argent. »

Les choses comme dans les villas, sans doute. Chez nous, la marmite à la place de la Cocotte-Minute, le moulin à café qu'on tourne à l'huile de bras, entre les genoux, alors qu'on en fait maintenant qui marchent à l'électricité. Pourquoi, pourquoi ?

Et pourquoi le lavoir au lieu de la machine, le Mirus et pas les radiateurs, pourquoi la pelle et le balai au lieu de l'aspirateur, pourquoi le lundi matin, quand on change de chemise, la grande toilette dans la cuvette alors que les autres, la preuve, c'est dans le journal, ont des lavabos, des baignoires avec de grandes salles de bains ?

Et ne parlons pas des Friddd-gidaires, ni des voyages au loin. Nous, tout ce qu'on a, comme dans les réclames, c'est le cinéma et le shampooing, avec ses grosses bulles qui éclatent en faisant « Dop-dop-dop » comme dans la radio du voisin ; et encore, le shampooing, on est obligés de le faire à deux, avec un broc et de l'eau chauffée sur le fourneau — elle finit toujours par couler dans les yeux et dans le cou pendant qu'on crie : « C'est trop froid ! », « C'est trop chaud ! »

Mais encore ça, c'est drôle. Ce qui ne l'est pas, c'est de se demander : pourquoi ? pourquoi pas nous ? pourquoi c'est comme ça ?

Mon idée, c'est que ça vient de la terre, la terre que je n'arrête plus de fixer, dans la maison de ma grand-mère. Tassée, déformée, bosselée, ravinée ; battue comme elle est.

La preuve qu'il est là, le mal : quand ma grand-mère se penche, elle met toujours la main là où ça la fait souffrir, sur la hanche, et elle grimace : « La terre est basse ! » Et quand elle pousse sa brouette dans la rue pour descendre au lavoir sa lessiveuse remplie du linge de ses patrons, ceux qui lui louent la maison, elle lui ressemble encore plus, à sa terre : toute grise, toute fatiguée. Jusqu'à ses varices aux jambes qui font penser au réseau de petites rigoles qu'à force de passer sous la porte la pluie a creusées.

Oui, la terre a mal et il est là, le mal. La terre est lasse et basse, la terre grimace, la terre est harassée. Assez de porter les gens, les meubles, les pieds ; tout ça pour se prendre trois coups de balai à la fin de la journée. Est-ce que ça va durer ?

Parce qu'avec toutes ces Ondine, ces Dauphine dans le journal, avec leur nom qui à lui seul met le monde en gaieté, et leurs couleurs si claires, et ces moulins à café, ces Cocotte-Minute, ces machines à laver, ces plages, ces avions qui s'envolent pour des voyages sans fin...

Mais ce matin, les pensées collent autant que les pages. Je suis engluée sur ma chaise, d'envie, de rêve, d'humidité, de colère sous les poutres enfumées. Dans ma tête, c'est comme le temps gris. Un temps comme à marée basse, dans l'estuaire, qui ne sait pas ce qu'il est, qui pèse, au-dessus des poteaux noirs. Du sans-soleil, mais du pas-froid ; du pas-franc, du sournois. Veut du bien, veut du mal, va savoir. En attendant, c'est là. Sans qu'on voie où ça mène, ni le comment, ni le pourquoi.

Et ça dure et ça dure, et ça colle et ça poisse. Et ça ne se décide pas.

*
* *

Mais comme il faut bien, sans doute, trouver une ligne de fuite pour ne pas la battre encore, la terre battue, ne pas chercher sur elle à me venger, je ferme les yeux, me laisse aller, je tresse au petit bonheur un long collier de pensées.

Ce qui me vient en premier, c'est le souvenir des jours de grandes fêtes, quand les sonneurs défilent au pas dans les rues qu'on vient de goudronner comme s'ils voulaient dire aux immeubles neufs, tout autour, aux derniers blockhaus, aux restes de murs branlants, que la ville a raison de se reconstruire, d'aller de l'avant.

C'est vrai, rien qu'à les voir, les sonneurs, avec la bedaine de leurs bombardes serrée contre leurs poumons puissants, le cœur fait comme leur ventre à musique, il enfle, il gonfle. Il a envie, lui aussi, de pousser un chant.

Même avec les tambours qui vont devant, on se sent fier. Pourtant elle est sévère, la chanson sèche qui roule sous leurs baguettes, qui arrive d'un *dans le temps* bien en ordre, avec des choses à leur place, heureuses, joyeuses comme eux. Peur de rien, ils avancent, vifs et fringants, contre la faim, contre le vent — contre la mort, ils seraient bien capables, on dirait. Car ils ne sont pas bossus, eux, ils ne sentent pas la terre battue. Ni les filles en coiffe par-derrière, toutes jeunes elles aussi, toutes droites, même celles qui viennent de loin, les bigoudènes, les kernousses, les pourlettes de Guémené, de Pontivy, les aéroplanes de Ploemeur, de Locmiquélic, de Port-Louis. Leur jupe est noire comme celle de ma grand-mère ; mais, par en dessous, elles ont un jupon de dentelle qui dépasse ; et par-dessus, un tablier de soie chamarrée avec de grandes fleurs aux couleurs peintes ou brodées.

Chaque fois que je les vois passer, je pense aux robes de Grande-Marraine, aux Chinoises qu'on voit sur son service à café. Ma mère m'a d'ailleurs dit, un jour de défilé, que c'était peut-être venu par les bateaux, cette mode-là, par le Quai des Indes, par les ballots de tissus qu'on rapportait de là-bas ; et elle a ajouté qu'autrefois ma grand-mère et Grande-Marraine avaient été habillées comme ça, avec des fleurs de couleurs brodées sur leur poitrine, et un tablier de soie.

J'ai aussitôt demandé pourquoi ça n'était plus de mode, j'ai dit aussi : « C'est tellement beau, elles pourraient recommencer, pas en semaine, peut-être, mais le dimanche, pour aller à la messe, ou quand il faut se montrer. »

Ma mère a fait la moue et soupiré : « Bon pour les défilés. » Elle a froncé le nez et ajouté : « Y avait plus que les jeunes pour porter ça, les vieilles se mettaient en noir, forcé : la guerre, et toujours un malheur pour tomber. Mais maintenant, pour les jeunes, c'est fini, même en campagne les filles s'habillent comme en ville. Les coiffes des vieilles aussi, un jour, ce sera fini. »

Elle continuait de faire la moue ; pas moyen de savoir si ça lui plaisait ou pas. Ce n'était pas facile de lui parler, dans ces cas-là. J'ai quand même insisté : « Toi, la coiffe, tu l'as portée ? » Elle continuait à fixer les femmes qui défilaient, elle a eu un geste d'agacement : « Mais non, nous on était déjà en ville. Ici, pour les jeunes filles, c'était déjà plus le temps. »

Je ne comprenais pas. J'ai donc jeté un « Pourquoi ? » — c'était plus fort que moi. Ma mère a haussé les épaules, j'ai cru qu'on allait partir, cesser de regarder le défilé. Mais elle aimait trop ça ; on est restées et elle a enchaîné tout en continuant à détailler les femmes en coiffe avec leurs tabliers chamarrés : « C'est compliqué, je t'ai déjà raconté. Grande-Marraine, par exemple, la coiffe, quand elle vivait en campagne, elle l'a portée, avec le beau tablier. Mais, quand elle est venue travailler en ville, elle a lâché, forcé : elle était bonne à tout faire chez un mareyeur, c'était le gratin, ces gens-là. Après, elle s'est mariée, et elle a vite monté, elle a pris un commerce, une épicerie. C'était pas là qu'elle allait la reprendre, la coiffe ; pour elle, c'était fini. Surtout que son premier mari, c'était pas n'importe qui : il était courtier-receveur aux Nouvelles Galeries. »

Ma mère ne regardait plus les coiffes, elle avait maintenant l'œil absent, je suis sûre qu'elle voyait le *dans le temps,* car elle avait la voix qui se déchirait tout en parlant : « ... La coiffe, qu'est-ce tu veux, ma sœur et moi on n'a même pas commencé, on aurait dit qu'on était arriérées ; c'est comme le breton : pour vous, on vous a pas appris, mais nous, déjà qu'à l'école si on disait un mot, c'était dehors au piquet et la honte par-dessus le marché... Seulement, parler breton, entre nous, on pouvait. On peut encore, d'ailleurs. Mais la coiffe, qu'est-ce tu veux, faut des cheveux longs, ça se porte bien qu'avec un chignon, et nous on les a coupés maintenant, on a les bigoudis, les permanentes. Et puis la coiffe, *oyo !*, l'amidon, le repassage tous les matins, quel tintouin ! Alors quand on travaille, quand on a un patron, quand il faut être à l'heure et prendre le vélo par tous les temps... »

Elle s'est reprise à ce moment-là, elle a cessé de parler avec sa voix déchirée ; et comme c'était le tour des tambours de passer, qu'il n'y avait plus ni kernousses, ni pourlettes, ni bigoudènes à regarder, elle a continué, plus assurée : « Et puis, regarde ta Tante Maria. Avant guerre, au début de son mariage, elle portait la coiffe, elle s'est même mariée avec. Mais, après la guerre, quand elle a eu ses enfants, elle a lâché. Faut dire qu'en ville, jeune comme elle était, ça faisait drôlement *paisant* ! Parce que tout ça, ça va plus avec la vie de maintenant, regarde Mme Madec, la veuve, la femme de service à l'école maternelle. Elle avait la coiffe, tu te souviens, quand t'es arrivée à l'école ; et qu'est-ce qu'elle la portait bien, belle comme elle est ! Mais, au bout d'un an de boulot, qu'est-ce tu veux, elle a fait comme les autres : elle a lâché. C'est bien beau, la coiffe, le tablier, dans les défilés. Mais c'est fini, ça se fait plus ; même à la campagne, ça s'en va. C'est fini pour tout le monde, c'est parti. Et quand c'est parti, ces choses-là, ça revient pas. »

Pendant qu'elle parlait, d'autres tambours sont arrivés avec leurs baguettes sèches et sévères ; ce qu'elles roulaient, maintenant, c'était la même chanson que ma mère, noire comme un enterrement : *c'est-parti-ça-revient-pas-c'est-fini-ces-choses-là.*

Et tandis qu'ils s'éloignaient avec leurs tambours qui grommelaient sous leurs doigts, je me répétais, comme ce matin : mais alors, ma grand-mère, quand ça sera parti et que ça reviendra pas, ma grand-mère, où elle sera ?

Je ne trouvais pas.

*
* *

Pourtant ce matin, je recommence, j'y pense et j'y repense, me demande et me redemande, mais ça ne vient toujours pas, ça ne veut pas ; pour une fois je n'imagine pas, je n'arrive pas.

Et puis, brutalement, devant moi, sur la terre, voilà une pluie qui tombe, une averse de lumière, de grand jour bourru qui déferle par la fenêtre où la glace à chaînette est restée pendue. Sur la table, tache franche, trop blanche, la coiffe, toujours.

Je m'approche de la fenêtre. Elle est basse, comme la terre. Je suis assez grande pour me hisser dessus. Regard à la ronde : je suis toute seule. Je vais passer par la fenêtre, m'offrir ce plaisir défendu.

Je bondis, je cabriole, je saute, je bats la terre battue ; et me voici d'un seul coup dehors, à essayer de voir ce qu'elle trafique, ma grand-mère, dans le jardin offert à la lumière crue.

Mais je ne le distingue pas très bien, il m'est dérobé par le muret qu'on a dressé, comme devant toutes les maisons basses, face au lit des vents. Un petit barrage de pierres pour tenter de contrer cette calamité d'humidité qui flanque le mal partout : le salpêtre dans les murs, dans les os les *rhumatisses*. Une guerre qui n'arrête jamais. On voudrait l'oublier ; alors, dans une rigole large et profonde qu'on creuse au cœur des pierres, on jette des pelletées de terre et on plante des fleurs.

Chez moi il n'y a pas de muret, ça fait beau temps que mon père l'a cassé. Ma grand-mère, elle, l'a gardé, et, dans la rigole, elle fait pousser des fleurs douces, au cœur velouté — des pensées.

Jamais rien touché d'aussi tendre. Jamais vu non plus des couleurs aussi rares, sauf dans les yeux du chat qui vit ici et qui n'a pas de nom : on l'appelle Le Chat, tout bêtement, quand on le regarde laper son assiette de lait ; ou Le Chat-Viens-Ici-Toi, quand on veut l'attraper. Mais les couleurs des yeux du chat, jamais réussi à les caresser, jamais pu vérifier qu'elles étaient aussi douces que le cœur des pensées — pas faute pourtant d'avoir essayé.

Justement, le voilà, Le Chat. Toi, viens ici, montre

tes yeux, montre ta queue, ah cette fois-ci je vais t'avoir, toi et tes couleurs de pensées cachées sous ta paupière plissée.

Mais Le Chat m'échappe, je n'arrive qu'à lui frôler la queue. De terreur elle se met en panache, il file sur un arbre et voilà, maintenant il me défie. Alors, comme tout à l'heure ma grand-mère, de rage je lui siffle *gacht !* mille malheurs, nom de nom, sale bête, je te déteste, maintenant tu craches, mais fais gaffe, je vais te couper les moustaches, et puis moi aussi je te crache, voilà, sale chat plein de crachat, *gacht, gacht, gacht !*

Je me blottis à l'abri du muret aux pensées. Pourvu que ma grand-mère ne m'ait pas vue, pourvu qu'elle ne m'ait pas entendue ; *gacht* est un mot défendu. Elle me traiterait d'enfant-diable, me crierait dessus, je me ferais incendier en breton avec les mots de la honte, ceux qui sentent le vieux beurre et la boue des charrues : *minaouët, lagadu !*

Je me cache, j'attends. Mais non, rien ne vient. Le chat lui-même a disparu. Je sors la tête, j'avance par-derrière le muret, je gravis sans un bruit les marches qui conduisent au jardin.

Et je me fige : voilà ma grand-mère, debout, au beau milieu d'un rang de choux. Mais immobile, avec l'œil absent d'un épouvantail. Partie loin, déjà, elle ne voit rien, pas même le soleil. A croire qu'elle est déjà au ciel.

*
* *

Tête et mains crevassées, dans la nasse de lumière piégées. Corps qui n'existe plus, déjà. Traits étoilés d'éternité.

Elle pose le seau à terre. Elle fixe son rang de choux, essaie de se pencher. N'y arrive pas. Elle se redresse alors, se fige à nouveau, bras ballants, yeux absents.

Elle doit penser.

Penser à quoi ? A ses jambes qui ne veulent plus

marcher, à sa hanche qui ne la suit pas ? Aux vers qui sont dans la terre, qui vont se flanquer dans ses choux, ses poireaux en rangées ? A ses salades, là, tout à côté, qui sont montées, maintenant rien que bonnes à arracher ?

Elle pense peut-être aussi : encore un coup de la nouvelle lune, encore un tour, l'autre nuit, de la tempête sèche, pendant la grande marée.

Mais non, elle a les yeux qui pleurent. Alors c'est à ses fleurs qu'elle pense, les fleurs, ses préférées.

Les fleurs qu'elle aime plus que Le Chat, même si elle les fait pousser pour les vendre tous les samedis au marché. Il faut dire que les fleurs, c'est son honneur. C'est comme l'apprêt de sa coiffe, le blanc de ses lessives au sortir du lavoir, elle les réussit encore mieux que le linge, et pas seulement les fleurs faciles, myosotis ou jonquilles, narcisses, primevères, capucines, muguet, œillets, lupins, roses de rien. A sa loi plient aussi toutes les fleurs que les autres appellent « les difficiles » et qui portent d'ailleurs des noms à ça : les gypsophiles, les chrysanthèmes, les arums, les lys, les dahlias.

Et surtout les glaïeuls, sa gloire, si hauts, si beaux que, pour les acheter, on vient de loin. Rien qu'à regarder leurs grandes tiges, avant de les couper, juste avant de partir les vendre, elle se fait haute elle-même, ma petite grand-mère, elle n'est plus cassée ni voûtée. Ensuite, sur son morceau de bitume, au marché, elle ne les dispose pas, comme les arums ou les roses, dans les vieilles boîtes de lait Guigoz. Pour les glaïeuls elle prend ce qu'elle a de plus cher, les vases étroits que mon grand-père a sculptés dans les obus de la guerre ; ou, au milieu de l'été, quand ses fleurs sont au plus beau de leurs couleurs, elle les présente dans un pot fragile, au nom aussi précieux que son verre ciselé, le demi-cristal — elle n'a jamais peur de le briser malgré la foule qui se bouscule dans l'allée du marché.

Oui, les fleurs c'est sa joie. La récompense de ses mains patientes, appliquées d'un bout à l'autre de l'année sur le terreau, les feuilles, les calices, les racines, les mauvaises herbes, le fumier ; car son offrande, patiemment, dans le même silence concentré, le monde la lui rend. En argent, en beauté.

La beauté, c'est ça qui fait sa joie. Et l'amitié, par-dessus le marché ; surtout avec mon père, du pareil au même, ces deux-là. D'ailleurs c'est elle, ma grand-mère, qui lui a appris le jardin, après la guerre. Lui, il ne savait rien de ça, forcé, là-bas, dans son coin, rien que des pierres, de la lande, des champs d'avoine, de blé noir, quelques chevaux, des vaches égarés entre les ajoncs et la caillasse. Sûr, ça aide à comprendre la terre, tout ça. Mais ça ne l'apprend pas.

Ça n'apprend pas le gel, la lune rousse, les semis, les châssis, ça n'apprend pas le fumier, les greffes, les fosses à blanchir les endives, les boutures, les graines à conserver. Ni comment faire rougir les fraises, les plantes à sortir et à rentrer, selon les ondées, les gelées ; ni le bien que font la neige, le crachin.

Le message est passé, la leçon de belle ouvrage. Mon père a saisi tout de suite, tout appris. Pas seulement parce qu'il était né dans les terres, d'abord parce qu'il connaissait l'honneur : ça, quand on sait ce que c'est, pas de peine à comprendre pourquoi, autour des rangs de légumes, il faut planter de longues lignes de fleurs, même celles qui ne servent à rien, les pivoines, les pavots qui s'évanouissent dès qu'on les a pris dans la main. La petite bande de velours, en somme, comme sur la robe de messe ; la petite coiffe du jardin — ça n'est pas parce qu'on a trois fois rien qu'on ne sait pas ce qui est beau, ce qui fait bien.

Mais alors, pourquoi elle reste comme ça, maintenant, ma grand-mère, sans rien faire, au beau milieu de son jardin qui se tient si bien, seule et debout dans la grande lumière, les bras ballants, entre deux rangs de choux ?

Et pourquoi toute cette eau dans ses yeux bleus et vieux, pourquoi ça coule, pourquoi ça la secoue, pourquoi ça ruisselle de partout dans les rigoles de ses joues ? Pourquoi la terre, par terre, qui ne comprend pas qu'il pleut des larmes ? Pourquoi la terre qui fait comme d'habitude, qui réclame ; pourquoi la terre qui confond tout ; et, dès que les larmes sont tombées, les boit ?

*
* *

Non, *ça s'peut pas,* c'est la lumière qu'elle prend de face, la faute au soleil. Elle a mal aux yeux, ma grand-mère, j'ai entendu dire que les yeux bleus c'est comme les verts, plus fragiles que les autres. Oui, sûr, c'est le soleil ; une grand-mère, ça pleure pas.

Ou alors entre ses rangs de choux elle a vu une mauvaise herbe, du mouron, du liseron, elle s'est dit : nom de nom, cochonnerie de chiendent, jamais la paix, faut être toujours après ; et quand c'est pas eux c'est autre chose, les pucerons.

Oui, c'est ça, c'est d'énervement qu'elle pleure, de fatigue à voir qu'encore une fois il y a du mouron qui a poussé dans la nuit, du liseron rampant.

Et maintenant, sûr qu'elle va se baisser, se pencher, arracher la mauvaise herbe, un petit *gacht* entre la langue et ses vieilles dents de devant ; puis aller la jeter au fumier avec respect — ce merci qu'il faut rendre à la terre pour qu'elle continue à nous faire aller de l'avant.

Mais non, elle ne se baisse pas ; et même si la pluie a cessé sur son visage, même si ça ne la secoue plus, voilà qu'elle regarde l'intérieur de ses mains — on dirait qu'elle cherche quelque chose qu'elle a perdu. Et, de nouveau, elle ne bouge plus.

Elle se fige dans la lumière, ses cheveux coulent de son chignon ; sur ses hanches, il y a sa jupe qui pend.

Mais dans le grand jour, soudain, quelque chose en elle se réveille. A l'angle de sa mâchoire durcit et grossit une petite boule toute noire. Elle quitte son rang de choux, les joues sèches, raidie comme tout à l'heure sa coiffe : elle tiendra, elle y arrivera.

Elle se retourne, reprend son seau. C'est là qu'elle me voit, nom de Toui ! *lagadu !* mais qu'est-ce tu fiches là, tu vas prendre froid ! T'as même pas ton paletot, et moi faut qu'avant que ta mère soit là j'aie lavé mon seau, allez ouste, reste pas dans mon chemin, du balai, presse-toi, tiens, ça sonne les dix heures, et moi qu'ai pas mis ma coiffe, *ayow-euta !*

Et voilà que d'un seul coup, devant le muret de pensées, le monde se remet à tourner, ouste, *gacht,* bien réglé, bien rythmé, tout y va, ouste-li, ouste-là, à sa botte, à sa loi, l'air qu'elle brasse, Le-Chat-Viens-Ici-Toi, l'eau qui coule, la Javel qu'elle jette dans le seau, la pierre giflée par ses sabots. Elle est redevenue rempart entre ciel et terre, barrage de volonté ; ma poitrine s'ouvre, ma gorge se desserre, ouf, la voilà revenue, ma petite grand-mère, celle qui boitille mais reste devant. Toujours d'attaque, toujours de l'avant.

Oui, je me souviens, j'avais bien cru que c'était la fin, ce matin-là, au jardin ; j'avais bien cru qu'elle n'irait pas plus loin.

Mais, un peu plus tard, au premier de l'an, je pense, en arrivant chez elle, avec dans la bouche tous les mots appris par cœur pour souhaiter la bonne année, elle m'a montré la petite table aux journaux. Par-derrière, un tableau noir m'attendait. Un tableau sur un chevalet, avec une boîte de craies.

A côté, dans un carton, à même la terre battue, reposait un carton rempli de copeaux ; sous les épluchures de bois, on a découvert un service à café. Pas pour moi, pour ma sœur aînée : avec ses feuilles de timbres à ristourne, ma grand-mère l'avait acheté à la Coop. Elle en était si fière qu'elle s'est écriée : « Comme ça, ta sœur sera parée le jour où elle sera mariée ! »

Au-dessus de la terre, ça sentait comme toujours le vieux, le feu éteint ; et comme l'autre jour, sous le plafond suiffeux, l'eau de Cologne vagabondait. Mais, ce matin-là, ma grand-mère avait déjà mis sa coiffe, elle était bien droite. Son tablier était net, parfaitement épinglé. Jusqu'à ses yeux qui avaient perdu leur voile, transparents et clairs, comme au lavoir l'eau du bac à rincer.

A mon autre sœur, je ne sais plus ce qu'elle a donné, je n'ai pas remarqué, j'étais toute à ma surprise : ce si gros cadeau, le tableau sur un chevalet, avec son paquet de craies. Je n'avais pas eu l'idée d'en rêver, jamais osé. Donc, pas eu le temps de l'attendre, de le convoiter.

Je me suis dit, tout bêtement : « Tiens, il y a des sous, ça change ! », puis j'ai aussitôt saisi une craie et je me suis mise à écrire sur le tableau un petit début d'histoire que je me suis forcée à croire, comme je faisais autrefois, dans mon lit, sous mon drap, dans le noir. Et j'ai tout oublié.

J'étais tranquille, personne ne me regardait, les autres me fichaient la paix, ils s'occupaient du pot-au-feu de poule, du service à café. Moi, sans rien dire, j'alignais mes petites lettres, j'avançais, sur la route du tableau, je poussais, comme ma grand-mère le linge, ma petite brouette de mots. Ça a fini par faire trois quatre phrases. Je ne regardais pas ce que ça donnait, j'allais de l'avant où ça m'appelait.

Et je poussais, poussais, j'avançais, j'inventais, je me disais : pourquoi pas, après tout, c'est toujours ça de gagné ; et, de toute façon, personne dans mon dos à regarder.

Lavoir du tableau noir, avec la craie pour chasser la crasse, pour dire au monde les choses en face. Petite lessive de vie. Petit bout d'espoir en forme d'histoire. Et les autres n'ont pas besoin de savoir ce que je fais avec ma craie et mon tableau noir : dès qu'elle est finie, vite, j'efface mon histoire. Puis la réécris dans ma tête, au fond du lac noir immobile, celui qui, sans jamais bouger, engloutit tout ce qui passe.

Histoire de continuer — ce qui m'est arrivé.

*
* *

Parce que j'allais la perdre, la source douce entre toutes, source de toute source, encore plus ancienne que le puits de notre jardin.

La source des choses cachées loin, plus loin encore que les plus loin — l'autre côté de la mer et du soleil, les pays où était allée Grande-Marraine ; et même plus souterraine, plus enfouie que le *dans le temps.*

La source du fond du fond du monde, des secrets et magies destinés à protéger les gens. La source où s'abreuvait la vie — surtout celle des enfants.

Car je l'avais bien entendu, sous la toile cirée, ou dans les banquets lorsqu'à force de plats lourds et de vin, les femmes ne savaient plus trop ce qu'elles disaient : c'était ma grand-mère qui, depuis le début du début du commencement de tout, avait tiré la charrue de la famille. Elle qui avait arraché Grande-Marraine aux champs, elle qui lui avait trouvé un patron, le mareyeur chez qui elle avait appris à se tenir, s'arranger, cuisiner, s'habiller comme on faisait en ville ; encore elle qui, pendant la guerre, la première, avait fait à genoux le tour du chemin de croix, à Sainte-Anne-d'Auray, pour que son frère Joachim se sorte des tranchées. Et ça avait marché.

De toute façon, ça marchait toujours avec elle, elle n'arrêtait pas de vouloir, d'aller de l'avant. De la force pour tout, tout le temps — d'abord pour protéger les enfants, c'était une femme pour tous les commencements, pour les choses à faire grandir, la vie petite, rien qu'en espoir : elle faisait tout germer.

A l'hôpital, par exemple, quand j'étais née, elle s'était dit que ça n'était pas possible, que si on ne faisait rien, j'allais passer de l'autre côté. Alors elle avait voulu qu'on m'administre en cinq sec une sorte de petit baptême avant le vrai afin que je n'aille pas griller chez le diable pour l'éternité ; elle avait voulu que je sois *ondoyée.* Rien qu'un peu d'eau sur la tête, m'avait expliqué ma mère, de l'eau et de la volonté. Et voilà, j'étais restée dans le berceau, du bon côté.

Mais elle ne s'était pas arrêtée là, c'était toujours elle, depuis, qui me poussait à boire l'eau des fontaines qui bénissent et qui soignent, près des églises ou des chapelles ; elle qui me traînait dans les pardons, elle encore qui chantait à pleine voix derrière les bannières brodées des processions, en français, en breton et même en latin qu'elle ne comprenait pas, ça ne l'empêchait pas de chanter à pleine voix

Veni creator, Agnus Dei, Ave maris stella ; et moi je chantais comme elle sans comprendre — moins je comprenais, plus j'aimais ça.

Elle toujours, qui m'emmenait en grommelant « *voir le Bon Dieu pour que tu pousses* » à la chapelle de saint Christophe, au-dessus du Scorff, même quand la fête tombait un jour de semaine. A chaque fois, en sus d'un petit moulinet de celluloïd multicolore, elle m'achetait sur le parvis une médaille bleue pour qu'elle me garde bien les prières sur le corps, avec les signes de croix, la musique des cantiques, les bénédictions.

Même si ça n'était pas dans les idées de mon père, il laissait faire, c'était comme pour les colliers d'ail contre les vers, il ne disait rien, ou bien il soupirait : ça ne fait pas de mal, même si ça ne fait aucun bien ; et en fin de compte, curés ou pas, il doit bien y avoir quelque chose, là-haut, pour qu'on soit là.

Et puis, mon père sentait aussi que les femmes des terres, en prenant de l'âge, avaient souvent dans la tête et les mains quelque chose que les autres n'avaient pas, elles trouvaient si souvent le mot, le geste qui savait y faire ; même ici, avec elles, en lisière de mer, il y avait toujours de la magie qui rôdait. Des riens, pas de la sorcellerie. Seulement des petits tours d'esprit ; des choses apprises des choses, à force de les fréquenter, de les toucher.

Car les toucher, c'était leur parler, les écouter, leur faire en somme le coup du café sur la toile cirée — c'était comme ça qu'elles avaient appris, les vieilles, qu'elles savaient.

A force de faire le feu, traire les vaches, presser les pommes, boucher le cidre, tourner la bouillie de seigle, cuire le pain, parler aux chats, aux chiens, aux lapins, aux chevaux, aux brûlures, aux blessures. A force de baratter le beurre, de le saler, à force de cuire les ratas de choux, à force de lessives, surtout. Elles avaient presque tout appris du lavoir, pas seulement le linge ou le blanc. Les corps, aussi ; et les rêves qui vivent dedans.

C'était peut-être parce que, là-bas, dans les terres,

il y avait beaucoup d'eaux vives, de rivières, de ruisseaux, et partout des fontaines, même au fond des landes ou des forêts ; chacune avec son saint ou sa sainte, son secret. Elles les connaissaient toutes. Et ces fontaines, comme les lavoirs, les avaient faites ce qu'elles étaient.

Quand elle était venue ici, ma grand-mère, puisqu'il fallait bien vivre, puisqu'elle avait voulu sortir, toute jeunette encore, de sa mouise de Languidic, pour mettre ses bras aux enchères à la foire aux gages d'Hennebont, là où les filles comme elles, solides et fières, pouvaient au mois de janvier se trouver un patron (toute seule, elle, personne pour lui montrer le chemin, personne pour lui dire ce qu'elle devait faire ou ne pas faire, rien que la faim pour la pousser), elle avait trimballé dans son baluchon tout ce qu'elle avait appris dans les terres. A commencer par l'art ardent du blanc. Son honneur de femme, la science de l'eau, descendue avec elle le long de la rivière jusqu'à la mer, tant qu'elle avait trouvé de la terre sous la semelle de ses sabots.

*
* *

C'est comme ça que je la revois, la dernière fois, poussant sa brouette de linge dans la rue qui descend au lavoir ; avec ses sabots qui claquent sur la pierre, comme sur les joues le vent froid.

Le ciel est bleu lessive, couleur des yeux qu'elle a. Couleur aussi de la petite boule qu'elle ne va pas tarder à jeter dans l'eau bouillante quand elle débordera.

Elle a une jambe bandée — encore une varice de claquée ; mais elle avance quand même, elle soulève, elle pousse son plein de linge sale, et ses brosses, son battoir, son trépied, son charbon de bois, ses allumettes, un sac rempli de cendres du fourneau — ça, pour le blanc, c'est excellent ; et, bien sûr, la lessiveuse, la boîte à caler ses genoux, le pain de savon de Marseille. Enfin le plus précieux, la petite boule bleue.

Rien pour l'arrêter, pas même sa jambe blessée. Simplement, à mi-pente, là où les cèdres laissent voir l'estuaire barré par le pont qui ne tient qu'à ses filins d'acier, elle s'accorde un répit pour respirer — mais pas long, faut se méfier de la suée.

Elle souffle, suspendue comme le pont entre les rives de ses respirations ; et, comme elle a besoin d'un petit plaisir avant de reprendre le collier, elle contemple son endroit préféré, la chapelle de saint Christophe, sur le petit éperon, au loin, sur la rive droite, là où elle me conduit quand c'est le pardon.

Saint Christophe, la seule histoire qu'elle m'ait vraiment racontée ; elle m'a dit que c'était un passeur et qu'il n'avait pas eu peur de porter Jésus par-dessus les eaux de la rivière — c'était un temps où il n'y avait pas de pont. Qu'il l'avait bien tenu, même dans les tourbillons, que Jésus n'était pas tombé, qu'il ne s'était pas noyé et que c'est pour ça que, maintenant, on lui confie les enfants.

Elle doit encore penser à lui, ma grand-mère, entre deux souffles, deux petites plaintes tout bas — encore un *ayow-euta*. Mais ça y est, déjà fini, le répit ; elle soulève à nouveau sa brouette et recommence à la pousser tandis que ses sabots font claquer le froid.

Nous voilà au lavoir où on laisse la brouette, où on descend les marches avec dans les bras tout le linge, le barda. Ma grand-mère prend sa place, se mêle aux autres femmes, celles qui portent une coiffe et celles qui n'en ont pas. Puis elle entonne avec elles la longue messe du linge, à coups de brosses, de battoirs, de savonnages, de rinçages, de commérages. Pendant que le blanc dégorge dans la lessiveuse ses derniers restes de crasse, on étend dans un coin, sur un morceau d'herbe verte, les pièces de couleur qui n'ont pas droit d'aller au feu ; et comme ça dure et ça dure, on jacasse et on jacasse — ça n'arrête pas.

Voilà, c'était la dernière fois. Mais je ne le savais pas. Elle faisait tout dans l'ordre, avec force, comme d'habitude : le battoir, les brosses, la lessiveuse sur le trépied ; elle a regardé avec moi, en soulevant le couvercle, les draps s'enrouler et se dérouler dans l'eau bouillante avec les voluptés d'une danseuse qui se déhanche en cadence ; et elle a mis son grain de sel dans tous les commérages — un tout petit grain, oui, mais elle avait toujours fait comme ça, je crois bien.

Moi aussi j'ai fait comme les autres fois, j'ai lavé des mouchoirs sur les pierres du bord avec un petit caillou en guise de battoir, et une brosse qui ressemblait aux vieilles femmes en face de moi : tout usée à force d'avoir frotté ; toute moustachue, déplumée.

Ensuite, comme ma grand-mère avait fini d'appliquer sur la saleté du monde ses mains crevassées, comme elle avait terminé de battre, de tordre, de bouillir, de rincer, elle s'est levée et elle m'a emmenée devant la fontaine. Là, sans être prévenue, je m'y suis retrouvée les mains plongées. Profond.

Il n'y a eu rien d'autre, ma grand-mère ne m'a pas dit un mot, même quand elle m'a tiré sur les poignets pour les sortir de l'eau, puis les sécher. Sous la statue de saint Christophe, entre le frisson vert des herbes, je revois seulement, en image inversée, ses traits asiates, ses pommettes hautes, ses yeux effilés et fripés. Puis je sens le froid qui, bizarrement, réchauffe mes doigts, mes paumes. Comme une force subitement remontée du fond de la fontaine ; le mot de quelqu'un qui ne pouvait pas parler.

C'était peut-être le fond de la terre, sous l'eau, que je venais de toucher. Là où vivait encore le temps caché.

Le temps usé qui, comme elle, se préparait à passer.

Ensuite je ne sais plus trop. Ma mère est allée la voir souvent. Elle ne m'emmenait pas, elle disait qu'elle partait l'aider à mettre sa coiffe. Que ce qu'elle avait à faire là-bas, ça n'était pas pour les enfants.

Ce que je revois, pour ce temps-là, ce sont des bureaux sombres dans des baraques. C'est là qu'on allait se faire rembourser quand on avait été malade. On disait ces jours-là : « J'ai eu le docteur, faut que j'aille à la Sécurité. »

Donc la Sécurité, ses lampes jaunes, son plancher qui craque. Je revois aussi le numéro du guichet : 90-95, les numéros des années de naissance, les numéros des vieux, de la souffrance, des feuilles de maladie qu'on tend à l'employé qui n'est jamais content derrière sa vitre marquée en rouge et en grand :

HYGIAPHONE

comme à la SNCF, comme à la Gare routière, comme partout où il y a des guichets.

Maintenant, c'est toujours là qu'on va quand on descend en ville. Jamais plus pour acheter, ma mère est débordée, toute souciée ; et on attend longtemps, sur le banc de bois, avant de toucher les billets. Il faut montrer beaucoup de papiers, les employés n'en ont jamais assez ; et, ici, je ne sais pas pourquoi, personne n'est aimé.

Ils finissent quand même par donner l'argent, mais ils restent ronchons, ils le comptent plusieurs fois avant de le glisser sous la vitre, ils vérifient encore les papiers. Puis on repart très vite, on sort comme on se sauve de la baraque aux lampes jaunes et au plancher gris qui craque sous les pas.

Quelques jours plus tard, ça recommence : retour à la Sécurité, à attendre sur le banc de bois. Rien à faire, rien à lire. Rien qu'attendre les billets qui ne viennent pas ; et les employés qui lisent et relisent les paperasses ; qui les tamponnent, les agrafent pendant des heures avant de nous appeler.

*
* *

Ça finissait toujours par être notre tour, on avait les billets, on repartait en marchant vite, sans regarder les employés. Quand, sur la route du retour, on trouvait des gens qui demandaient à ma mère comment ça allait, elle répondait, exaspérée : « On fait avec ce qui vient, on prend comme c'est, qu'est-ce que vous voulez ! » — en ce temps-là, je me souviens, elle était toujours pressée.

Et quand on était rentrées, on faisait comme elle avait dit : *avec*. On prenait comme c'était et on y arrivait.

On y arrivait puisqu'elle était encore debout, ma grand-mère, entre deux varices qui claquaient. Puisqu'elle ne voulait pas aller à l'hôpital, puisqu'elle tenait encore et qu'il n'était pas encore là, le *seulement voilà*. Mais ma mère partait de plus en plus souvent chez ma grand-mère. Quelquefois, le soir, elle n'était pas rentrée pour tremper la soupe ; et, quand elle arrivait, je voyais bien qu'elle avait l'œil de l'hôpital, celui qui regarde ailleurs. L'œil du malheur, devant l'ascenseur. L'œil du trou.

Tout le monde le voyait, mais personne n'en parlait, on faisait *avec,* on bricolait chacun dans son coin.

Ça n'était pas si difficile : la paye continuait d'augmenter. Le monde des journaux, on commençait tout doucement à y entrer ; surtout le jour où ma sœur aînée nous a annoncé qu'au lieu d'aller travailler en car et en vélo, avec les économies qu'elle avait faites sur ses premières payes, elle allait s'acheter une auto.

Ma mère aussi s'y est mise, au changement. Un matin, elle a dit en regardant la cuisine et notre chambre : « Ça sera bientôt trop petit, ici. » Je n'ai pas compris. Changer de maison, changer de jardin ? Tout de même, c'était tellement gros, comme morceau. Beaucoup plus gros qu'une auto.

Du coup, j'ai pensé : *ça s'peut pas.* C'est rien qu'une phrase comme ça. Pour dire comme les autres. Pour parler, pour rêver tout haut.

Parce que changer, maintenant, c'était le refrain de tout le monde, même ici, dans la cour. Avec les allocations qu'ils avaient touchées pour leurs deux derniers garçons, les parents de Solange s'étaient acheté une radio. Quant au vieux voisin — pourtant il était tombé malade, il ne sortait presque plus dans la rue —, il voulait acheter des choses encore plus neuves. Il s'accoudait à tout bout de champ à la fenêtre avec son *Humanité* et, pendant que mon père sarclait et binait, il l'apostrophait : « Allez, faut suivre le mouvement, le progrès, rester dans le coup ! C'est comme ça, la vie, la roue tourne ; si on veut rester d'attaque, faut tourner avec. »

Moi je l'écoutais en continuant de tracer sur mon tableau mes petites phrases à la craie. Et je me disais : non, il se trompe, le vieux voisin, c'est le monde qui tourne. Peut-être bien comme le lait quand il n'est plus frais.

Bien sûr, cette affaire-là, le changement, ça s'était passé comme partout, ç'avait commencé avec la chienne des Russes, la petite Laïka qui était montée dans le Spoutnik, l'« héroïne de l'espace » comme l'appelait la radio. Des mois après, on en parlait encore, surtout dans le journal du vieux voisin, et si d'aventure on passait à autre chose, le voisin savait comment remettre l'affaire sur le tapis : il allait aux cabinets découper son *Humanité* et la suspendre au clou du papier à se torcher. Puis, en sortant, il avisait mon père au milieu du jardin et lui lançait : « Je vous ai découpé du papier, je vous l'ai pendu, ça m'a permis de relire l'histoire de la petite Laïka, vous vous rendez compte : une chienne de rien, mais une chienne russe, et c'est ça qu'a suffi à piler les Américains ! »

Un de ces soirs, mon père était à biner les betteraves, je m'en souviens ; il a fait comme les autres fois, il a changé de sujet. Ce jour-là, il avait largement de quoi, pas seulement la nouvelle lune ou la pluie qu'on aurait le lendemain. De derrière ma cachette, le mur à la petite vigne où j'étais une fois de plus à couper des fleurs pour les ranger avec des cailloux dans une boîte de Solutricine, je l'ai entendu : « Justement, monsieur Gourriérec, vous faites bien de me parler des cabinets, j'ai acheté du Crésyl, samedi dernier, en ville. Parce que, vous avez bien remarqué puisque vous en sortez... La baille elle est pleine, va falloir la vider... »

Le voisin a été pris de court : la baille était pleine, c'était vrai. Tellement vrai qu'avec les premiers soleils elle commençait à sentir mauvais. Seulement, la baille, le vieux voisin en avait besoin et il ne pouvait pas la vider, pas même donner un coup de main. Il était donc bien forcé d'écouter mon père et d'arrêter de parler des Russes et des Américains.

Bien forcé aussi de se taire jusqu'à la fin de la cérémonie de la baille, jusqu'à ce qu'elle soit hissée, la barrique, avec toutes les vieilles pisses et les étrons mélangés, pour être calée sur une brouette ; puis conduite au fumier où il faudrait la renverser, ensuite la passer au jet sans laisser dedans un seul souvenir de merde, l'enduire de Crésyl pour la désinfecter, et peut-être même la regoudronner.

Donc, le voisin rabat son caquet, il fait « oui, oui » d'un air gêné ; mais, comme son histoire de Russes continue de lui trotter dans la tête, il ne peut pas s'empêcher d'ajouter : « Vous verrez, un jour, la baille, avec nous, ce sera fini, tout le monde aura des cabinets modernes avec la chasse d'eau, le tout-à-l'égout. »

Mon père s'est baissé vers la terre, il a arraché deux ou trois mauvaises herbes qu'il a jetées dans l'allée ; et il a ri : « En attendant, tous les jours, on se vide dans la barrique ! Et c'est le fumier qu'est content ! » Puis il a arraché une grosse betterave qu'il a montrée bien fièrement au voisin : « C'est de la belle, hein ! Bien rouge, presque violette ! Ça, c'est le travail du fumier ! »

De son côté, l'autre connaissait par cœur le couplet de mon père sur le fumier. Seulement, toujours à cause de la baille à vider, bien forcé de s'incliner. Il a vérifié sa braguette, rajusté sa ceinture ; puis s'est contraint à afficher un air impressionné.

Du coup, mon père a redoublé de fierté et a enchaîné : « Notre purin et celui des lapins, rien d'autre comme engrais ! Pas de cochonneries chimiques, seulement les ordures de la maison. Mais attention, faut veiller à enlever tout ce qu'il y a de métal et les saloperies de plastique, ils en mettent de plus en plus, vous n'avez pas remarqué ? Ensuite, j'ajoute du sable et des algues, mais je vais les chercher à la plage, en douce, hein, faut pas se faire prendre, les flics sont à cheval là-dessus. De temps en temps, je mets aussi de la terre de bruyère, je vais dans les bois du côté de Pont-Scorff... »

Rien qu'à la détailler, sa recette pour l'engrais, il était tout en joie ; et, pour bien montrer le résultat, il a arraché une autre betterave qu'il a tendue avec la première au vieux voisin : « Allez, tenez, prenez. Une petite vinaigrette et du persil par-dessus, vous allez voir, rien de tel pour la santé ! Le persil, voilà, lui aussi fabriqué au bon fumier, allez, tenez, prenez. »

Le voisin s'est laissé faire, il est descendu dans l'allée, comme il faisait toujours, à pas menus, comptés. Il a pris le persil et les deux betteraves, puis s'est mis à les examiner sous toutes les coutures, mi-satisfait, mi-contrarié.

Toujours à l'abri de ma vigne, avec ma petite boîte de Solutricine où je rangeais côte à côte mes fleurs coupées, j'ai pensé que le voisin se posait la même question que moi : comment, par la seule grâce de nos merdes et de notre purin, mon père, en y ajoutant un peu de goémon, de terreau et de sable, parvenait à faire sortir de la terre ces gros tubercules violets ?

Mon père n'en savait rien au juste, même si je l'avais parfois vu se plonger dans de petits manuels sur les engrais ; et, de toute façon, il n'était pas encore décidé à lâcher son histoire de baille et de purin, ça l'amusait trop, il enfonçait le clou et répétait : « Rien que la baille ! Pas de phosphates ! Rien que le purin, le seau du matin ! Et celui des lapins ! »

Il s'est enfin tu et s'est remis à biner. Le voisin a continué à le regarder, puis a essuyé la terre qui couvrait les betteraves ; et il a grommelé : « Quand même, ça va changer. »

Mon père n'a pas bronché, il s'est entêté à biner.

Mais l'autre aussi s'est obstiné : « Ça va changer parce qu'il passera pas, le Grand Charles, il aura contre lui le vote des ouvriers ; et nous, quand on sera à l'Assemblée, vous allez voir, on va faire monter la paye, et même les retraites. D'ailleurs moi, voyez, j'attends pas le vote, je vais aller tout de suite à la Coop, je vais changer ma table en bois et en prendre tout de suite une neuve, en Formica. »

Formica : c'est la première fois que j'entends ça. Pas mon père. Il lève la tête, il a une petite grimace, je sens qu'il est contre, qu'il préfère le bois. Mais qu'il fera comme lorsque l'autre a parlé du Grand Charles : il ne le dira pas.

Parce qu'il a pris sa décision. Depuis qu'on en parle, de celui-là, il votera pour lui. Il l'a dit un soir à la cuisine en refermant le journal ; et ma mère a répondu qu'elle ferait exactement pareil, ajoutant : « Et puis c'est normal, c'est lui, les femmes à l'isoloir. » Mon père a éclaté de rire : « A l'isoloir, je veux bien, tant que c'est pas à l'urinoir ! »

Dans la cuisine, ça a fait de la gaieté. Ma mère a souri à mon père qui lui a dit : « Allez, à chaque jour suffit sa peine, viens donc te coucher. Assez travaillé. » Elle avait à peine fini la vaisselle, mais ils y sont allés.

Moi aussi, par la même occasion, au lit tout de suite, sans chinoiser : « Allez, zou, fais pas ta capricieuse, reste pas dans nos pieds, faut obéir, t'es grande maintenant » — c'était ça aussi, le changement.

*
* *

Le vieux voisin a tenu parole. Avec sa pension et ses timbres à ristourne, il s'est acheté une table à la Coop. Elle était jaune vif, du vrai moderne, exactement comme sur les catalogues ; et, avec ça, pas besoin de toile cirée, il nous a fait voir : sa table se nettoyait d'un coup d'éponge. Du coup, ma mère a dit qu'il ne s'était pas fait rouler, que c'était du vrai Formica.

Le voisin ne s'est pas arrêté là. Il a pris aussi un poêle à mazout pour remplacer son vieux Mirus. Elle a bien fait rire ma mère, cette dépense ; comme l'autre, il l'avait engagée en disant qu'il prenait de l'avance sur le vote. Ma mère s'est esclaffée à mi-voix : « C'est pas possible, il devient sourdingue ! Dans sa radio, du matin au soir, ils disent tout le contraire de ses idées, ils jurent que c'est le Grand Charles qui va gagner le cocotier, parce que, justement, il va avoir le vote des ouvriers ! »

Le voisin était peut-être sourdingue. Ou bien il ne voyait plus que ses aises depuis qu'il baissait ; maintenant qu'il avait la table jaune et son poêle à mazout, il n'arrêtait plus de changer de femme de ménage. Souvent, au bout d'une semaine ou deux, elles s'en allaient. Jamais on ne les revoyait. « Paraît qu'il leur demande des choses », chuchotait Maman Ec qui continuait de tout avoir à l'œil dans la cour. A présent aussi, quand le vieux me demandait d'aller à l'épicerie lui acheter son journal et son lait, ma mère me recommandait, si je le trouvais au lit au moment de lui rendre la monnaie, de poser les pièces sur le coin de la table en formica, dans la cuisine, en lui faisant simplement un petit signe. Et de faire vinaigre en sortant, sans jamais pénétrer dans sa chambre, même s'il le demandait.

Je faisais comme elle disait. Mais ça n'était pas le vieux voisin qui me dégoûtait : c'était son poêle à mazout qui sentait tellement mauvais.

Et puis de toute façon, il y avait Maman Ec, dans son coin de cour, l'œil constamment aux aguets, même pendant qu'elle amignonnait sa collection de cactus devant son mur, en chantant *Julie la Rousse*, *Gondolier* et *Buenas noches, mi amor.* Elle voyait tout, même pendant qu'elle se passait du vernis sur les ongles de pied, même quand elle enfilait des graines de melon pour s'en faire un collier qu'elle tartinait ensuite au même vernis vermillon ; même quand elle était toute à sa teinture au Régé-Color.

Il n'y en avait qu'une dans la cour qui s'en fichait, c'était la mère de Solange, en face, qui venait d'avoir un autre marmot. D'après Maman Ec, qui prétendait savoir ça au linge que la voisine pendait au jardin, elle allait recommencer, je l'avais entendue chuchoter à ma mère un matin : « Il y en aurait bien un nouveau dans le tiroir, dire que son homme est complètement plein un soir sur deux quand il descend de vélo, complètement noir... »

Ma mère a hoché la tête sans rien dire. Ça avait l'air de la fâcher que Maman Ec soit tout le temps à épier le linge pendu sur les fils du jardin. Mais Maman Ec ne s'arrêtait jamais ni de surveiller ni de parler ; quand elle était lancée sur ce sujet-là, on ne pouvait plus l'arrêter. Elle a donc continué sans regarder ma mère en face, l'air seulement d'essayer de distinguer, au fond du jardin, ce que son coq trafiquait derrière le grillage du poulailler, et elle a enchaîné : « Mais on peut pas leur donner tort, remarquez, parce que, sur *La Liberté,* ils ont dit que les allocations, ils allaient encore les augmenter. »

Ma mère a coupé, à son habitude : « Qu'est-ce que vous voulez, faut prendre ce qui vient. »

Comme les autres fois aussi, Maman Ec a compris qu'on n'irait pas plus loin. Elle a soupiré : « Hé oui, faut bien ! Mais moi, maintenant, je suis débarrassée, j'en aurai jamais qu'un. »

Débarrassée de quoi, et comment ? Elle ne l'a pas dit, ça avait sûrement à voir avec ses visites chez sa doctoresse ; et, tout en poussant sur ses grosses jambes et en caressant son ventre, elle est retournée soigner ses cactus, à l'intérieur du petit muret, puis feuilleter sur sa chaise, au soleil, sa pile de romans-photos tandis que nous, on s'est tous remis à penser à la seule chose qui nous intéressait — enfin, je croyais : la commande que ma sœur aînée venait de passer.

L'auto. Une Dauphine mauve, mauve clair, exactement, c'était plus chic et il y en avait pour des mille et des cents. Mon père avait lu et relu le bon de commande pour bien voir si le compte, avec toutes les embrouilles écrites en petit tout au bas du contrat, n'allait pas dépasser ce que ma sœur avait à la caisse d'épargne. Mais non, c'était bon, elle pouvait même payer comptant. Le seul ennui, c'est qu'au garage tout le monde en voulait, des Dauphine, et qu'avant de pouvoir s'installer au volant, même si on ne prenait pas de crédit, il fallait attendre longtemps.

Mais ça n'avait l'air de gêner personne, on aurait dit que ça faisait partie du plaisir, du bonheur promis. Le nom de la Dauphine n'arrêtait pas de revenir dans les conversations et, pour un peu, ma mère et mes sœurs l'auraient mis dans leurs chansons.

Il n'y avait que mon père, dans cette affaire, pour n'être pas très gai. Il pensait à autre chose, c'était clair. Le soir, avant de faire son jardin, il regardait longuement ses murets, ses plates-bandes. Il avait l'œil inquiet ; je sentais qu'il réfléchissait.

A quoi ? Pas moyen de savoir, dans ces cas-là, il ne parlait pas. Et, à vrai dire, je m'en fichais : je passais mon temps à tracer sur mon petit tableau noir mes histoires à la craie, avec des dessins maintenant. J'étais tranquille, personne ne me regardait, personne ne s'occupait de moi.

Enfin, quand j'en avais assez de dessiner et d'écrire, je reprenais mon petit jeu, celui de l'enterrement de l'oncle Léon : je chapardais une boîte en métal, j'allais tuer des fleurs au jardin. Je recommençais mon petit rite, les fleurs alignées dans la boîte, un bon lest de cailloux, la boîte en équilibre au-dessus de la paroi tapissée de scolopendres. L'espace de quelques secondes, je regardais l'œil de l'eau me fixer entre les fougères. D'une pichenette sur le bord de la boîte, je la précipitais alors dans le puits et repartais en courant — ça avait le don d'arrêter le temps.

Mais elle a bien fini par arriver, la nuit où ma mère n'a pas dormi à la maison ; le matin où c'est mon père qui m'a servi mon chocolat.

Moi, je ne pensais à rien devant mon bol, seulement aux petites peaux de lait qui dérivaient à la surface du Banania : quand mon père avait versé le lait bouillant sur le cacao, il avait oublié de poser une passoire au-dessus du bol. Le lac de chocolat était pollué par une armada de minuscules pellicules blanches — j'avais horreur de ça.

Je le lui ai dit. J'ai ajouté qu'il fallait reverser le chocolat dans un autre bol, avec une passoire, cette fois. J'ai même eu le culot de grogner, tellement j'étais agacée par les peaux qui dérivaient sous mes yeux : « Tu ne sais pas faire le Banania » ; mais, au lieu de se mettre en colère, il m'a répondu avec une pauvre voix — il était à bout, je crois : « Mémère est morte. »

Rien de plus.

J'ai aussitôt repoussé mon bol. Il a cru que c'était à cause de ma grand-mère. En fait, c'était toujours à cause des peaux blanches qui flottaient sur le chocolat. J'ai pleuré un peu ; pas de grandes larmes, et pas longtemps. Mon chagrin, je l'avais eu avant. Et il coulait ailleurs : au-dedans.

Et puis, très vite, presque tout de suite, je me suis dit : ma mère, maintenant je l'aurai toute à moi. Elle ne se mangera plus les sangs, on n'ira plus à la Sécurité, elle sera tout le temps à la maison ; on reprendra notre petite vie tranquille, tous serrés ici, près du jardin au puits, avec moi comme petite dernière, et mon père devant.

Et c'était vrai : ma mère est revenue, bien sûr. Mais, avant, il y a eu l'enterrement.

Ils m'ont laissée chez Maman Ec, ils ont recommencé, sorti le brassard, le grand voile noir, ils sont tous partis sans moi, avec la même chanson que les autres fois : trop petite, la petite dernière, trop sensible, trop fragile. Et trop compliquée, on peut pas savoir, après, ce qu'elle nous fera ; de toute façon, c'est pas pour les enfants, ces choses-là.

Ils avaient oublié une chose : elle était toujours à l'affût, la petite, avec son troisième œil qu'on ne voyait pas et qu'ils ne connaissaient pas. Et pas si compliquée que ça.

Ils sont donc allés célébrer en paix leur grand et long mystère. Sans se douter que j'allais en découvrir un autre, ce jour-là.

*

* *

Il pleuvait, il faisait grand vent. Maman Ec avait rentré ses cactus et ses petits pots d'eucalyptus, elle les avait alignés sur un morceau de journal, au pied de sa fenêtre. Je ne savais que faire, j'étais un peu déboussolée : je n'avais pas mon tableau, pas mes craies, et, chez Maman Ec, il n'y avait rien pour jouer. Je me suis donc assise devant les plantes, je leur ai chuchoté leurs noms, j'ai essayé, comme avec les vivaces de ma mère, de les caresser sans me faire piquer — comme jeu, c'est tout ce que j'ai trouvé.

Je me suis vite ennuyée. Il faisait sombre dans la pièce de Maman Ec, un peu comme chez ma grand-mère ; c'était aussi une pièce unique avec un gros fourneau, des rubans suiffeux sous les poutres, où les mouches allaient se coller. Mais ça ne sentait pas le vieux, chez elle, plutôt les frites, et tout était beaucoup plus mélangé : la bassine à vaisselle et la cuvette pour la toilette, les ustensiles de cuisine et les aiguilles à tricoter, le vernis à ongles et la boîte à farine ; je découvrais aussi des objets qui faisaient plus riche, plus moderne. A la place de l'horloge, un beau carillon pour sonner les heures, de grandes photos encadrées, elle le jour de son mariage, un cliché de son fils en uniforme de quartier-maître. Il y avait aussi un cosy, un buffet à vitres gravées assorti à son lit et à son armoire à glace. Enfin, par terre, c'était du plancher.

En me voyant détailler un à un ses objets, Maman Ec a pensé que j'étais triste, qu'il fallait me consoler. Elle m'a donc offert une tartine saucée.

Ma mère aurait été là, j'aurais dit non. Bien obligée, il y avait les principes de la famille : rien entre les repas, jamais de bonbons, c'est mauvais pour les dents, deux carrés de chocolat seulement, à quatre heures, au milieu de la tartine de beurre. Quant à la graisse cuite, d'après mon père, rien de tel pour foutre en l'air l'estomac, plutôt crever de faim que d'avaler une saloperie comme ça.

Seulement ma mère n'était pas là ; et moi, j'étais celle qui venait de perdre sa grand-mère, la pauvre petite. Une tartine saucée, ça ne se refuse pas dans ces cas-là.

D'autant que la sauce, elle venait de la cuisiner exprès, Maman Ec, c'était pour ça que, dans la pièce, ça sentait si fort le gras. Sur le morceau de pain, elle avait renversé tellement de beurre roussi qu'il ruisselait par tous les trous de la mie.

J'ai donc lâché les cactus, j'ai pris la tartine et je l'ai engloutie. Contrairement à ce que prétendait mon père, je n'ai pas eu mal à l'estomac ; simplement, après, je me suis ennuyée plus fort. Et pas moyen d'aller jouer dehors : la tempête enchaînait averse sur ondée.

Maman Ec avait l'air de ne plus savoir où me mettre ; et comme elle n'y allait jamais par quatre chemins, elle m'a lancé : « Qu'est-ce que je vais pouvoir faire de toi, mon pauvre coco ? »

Je ne savais quoi lui répondre. De toute façon elle ne m'aurait pas écoutée, elle avait déjà repris sa chanson des autres fois : « Parce qu'elle est pas près de revenir, ta maman, après l'église y a le cimetière, après le cimetière, y a le repas au bistrot, c'est ta mère qui l'a commandé, forcé : cette fois-ci, c'est à elle de payer. Et y aura de tout, tu peux être sûre, la charcuterie, le saucisson, les cornichons, le pâté de campagne, le café, le vin, tout le tintouin, et comme dans ta famille, y en a beaucoup qui sont venus de loin, tu peux être sûre que ça va durer jusqu'à la nuit, probable, en tout cas longtemps... »

Je me suis retournée vers les cactus et j'ai recommencé à les caresser. Mais ils m'ont piquée, cette fois. Alors je lui ai répondu ce qui me venait : « Je voudrais lire. »

Elle a froncé le nez, posé les mains sur son pull noir tout sale — c'était son honneur à elle, de cuisiner sans tablier. Puis elle a rajusté sur son cou son collier en graines de melon et elle m'a dévisagée — ça a duré un bon moment.

Moi, de mon côté, je voulais qu'on en sorte vite fait, j'étais pressée, c'était comme pour l'histoire des peaux de lait sur le chocolat. Donc je ne l'ai pas laissé réfléchir et j'ai enchaîné : « T'as pas la clef de chez moi ? Parce que les livres, ils sont là-bas. »

Elle a secoué la tête, elle m'a encore bien regardée, puis elle a ôté, sur deux de ses doigts, des petites écailles de vernis, avant de soulever un pan de sa jupe noire pour se gratter un bourrelet de peau grenue, juste au-dessus du genou, du gros élastique qui tenait son bas. Enfin, tout en rajustant sa combinaison sous son pull, elle a répondu avec une moue : « J'ai pas la clef. »

Puis elle a encore réfléchi et elle a repris, tout bas : « Si je te montre quelque chose que tes parents veulent pas, mais qui te désennuie... Tu leur diras pas ? »

Je l'ai coupée tout de suite : « Quoi ? »

Elle a souri : « Ma cocotte... »

Cocotte, avec Maman Ec, c'était encore meilleur

que dans la bouche des autres personnes qui s'intéressaient à moi ; avec elle, ça faisait toujours comme un œuf qui vient de sortir de la poule, un mot bien chaud, tout rond, tout content, avec sa promesse de plaisir par en dedans.

Je n'ai pas hésité, je me suis aussitôt dressée, comme à l'école, quand j'avais trouvé avant tout le monde la réponse à une question ; et je m'entends encore trépigner : « Non, non, je dirai pas ! »

Parce que je savais ce qu'elle allait me montrer, même si elle n'avait pas dit le nom. Et comme elle n'attendait que ça, elle est tout de suite allée ouvrir son armoire à glace, de son pas qui traînait mal sa graisse ; puis, à côté de la collection de cactus, elle est venue déposer à mes pieds une grande pile de papier qu'elle portait comme si ç'avait été le vase en demi-cristal de ma grand-mère, avec componction, précaution : rien que des romans-photos. A gogo.

*
* *

Ils s'appelaient *Nous Deux* ou *Confidences*, je les ai presque tous ingurgités, jusqu'à la nuit je n'ai presque pas levé le nez.

Car, ainsi que Maman Ec l'avait prédit, ils sont rentrés très tard, mes parents, à cause du repas au bistrot, après le cimetière ; ils avaient fait, comme elle l'avait compris, les choses dans l'ordre, avec tout bien comme il faut.

Mais moi, grâce aux romans-photos, je n'ai rien senti, pas un moment d'ennui ; il faut dire qu'à chaque page, c'était comme dans la chanson des Lorientaises qui sont comme les homards : ça s'embrassait sur la bouche, et pas seulement le soir.

Pourtant, les femmes ne ressemblaient pas à celles d'ici. Même si elles faisaient moins chic que celles du *Petit Echo de la Mode*, elles avaient des tailleurs qui tombaient bien, des talons aiguilles impeccables ; le fil noir, à l'arrière de leur bas, était tiré parfaitement droit, elles avaient les ongles faits et qui ne s'écaillaient pas.

Il y avait beaucoup de brunes, je l'ai aussi remarqué ; mais aussi quelques blondes dans le genre de Grande-Marraine. Seulement celles-ci étaient beaucoup plus jeunes et portaient des talons aiguilles encore plus hauts. Elles avaient aussi des permanentes et des chignons plus compliqués ; souvent, comme la doctoresse de Gaudéamus, elles se montraient en grand décolleté.

Ce qui me plaisait, c'est qu'on ne les voyait jamais à la cuisine ou au jardin. Le plus qu'elles faisaient, c'était taper à la machine ou s'occuper des bébés d'un jeune veuf. Le reste du temps, elles montaient dans de belles voitures ou s'asseyaient sur des canapés où des hommes essayaient de les embrasser.

Quelquefois, elles se laissaient faire, d'autres pas. Mais ça se passait toujours mal, même quand ça se passait bien : il y avait des disputes, des larmes, des colères. Puis des baisers, encore, des voitures qui s'en allaient, toujours des canapés ; et elles continuaient d'être joyeuses ou heureuses, selon les cas.

A l'arrière, on voyait quelquefois la tour Eiffel, l'Arc de triomphe, ça me faisait penser au parfum de ma mère, *Soir de Paris,* en moins bien ; et aussi des plages, la Côte d'Azur, des voyages comme dans *Match* ou *Jours de France.* Mais, là encore, ça faisait moins d'effet, il n'y avait pas de couleurs, rien que du noir et blanc.

Pourtant, j'ai lu tous les *Nous Deux* que Maman Ec m'a donnés, les *Confidences* aussi. Je me régalais. Assise en face de moi, Maman Ec faisait la même chose. De temps en temps, elle me montrait la page à laquelle elle était arrivée, elle partait dans une petite tirade, sans lever le nez de ses images, me disant par exemple avec une lippe triste : « Regarde donc cette vedette, tous les malheurs qu'elle a. Tu sais, c'est à cause des hommes. Parce que les hommes, même si on les garde, c'est pas ça. Tu verras, même s'ils rentrent dormir tous les soirs et qu'ils boivent pas, Bon Dieu non, les hommes, c'est pas ça... »

Comme j'ai dû la regarder avec l'air de ne pas comprendre, ou plutôt comme elle a vu que j'avais parfaitement compris qu'elle parlait de son mari, elle a ajouté : « Qu'est-ce tu veux, ma cocotte, c'est comme ça, la vie. Il m'en aurait fallu un autre, mais voilà, c'est la loterie. Tu verras un jour, toi aussi. Le numéro qu'il me fallait, je l'ai pas sorti. » Puis elle s'est remise à lire son *Confidences*. J'ai fait pareil.

Elle a peut-être eu peur, ensuite, que je raconte tout à ma mère, car à un autre moment elle a encore levé le nez de son journal et m'a dit : « Faut pas en parler, tu me jures ? Mais quand même, c'est pas du mal, ce journal. C'est pas des choses vicieuses, même si des choses vicieuses, un jour ou l'autre on doit en passer par là, nous les femmes : t'as bien vu les lapins dans les cages. Mais les romans-photos, c'est pas si vicieux, c'est mieux que ça. »

Elle devait en avoir gros sur la patate, car elle s'est levée, elle a chauffé à nouveau du beurre qu'elle a fait roussir, et elle l'a étalé ensuite sur deux tartines, une pour elle, une pour moi ; et elle a continué : « Là-dedans, qu'est-ce que tu veux, c'est la vie des femmes, le sentiment. Nous les femmes, on est comme ça. Solange, déjà, elle sait ça, elle vient souvent les lire, les *Confidences,* chez moi. Mais Solange, c'est vrai que ses parents la laissent tout faire. Toi, t'es bien cocotte, avec les parents que tu as, tu sais pas les choses. Elle, elle est beaucoup plus dégourdie que toi. Je suis sûre qu'elle sera formée avant toi. Et même, j'te dis, dégourdie comme elle est, j'te dis qu'elle fraiera avant toi. »

Moi, je ne disais toujours rien, j'écoutais, tout en lisant et mâchonnant mon pain, la grosse bonne voix de graillon dégouliner sur moi, cette voix qui me faisait le même effet que la tartine saucée : des mots qui fondaient, bien salés, bien gras, qui me calaient sans me rester sur l'estomac. Maman Ec continuait ; elle se régalait, elle aussi, à me raconter, en tournant les pages de ses *Nous Deux,* ce qu'elle appelait *la vie des femmes* : les hommes qui font rêver, les bals, les baisers, les canapés ; les sentiments tristes qu'on a après, le cœur qui se brise à mesure qu'il bat. Parce que, d'après elle, ça finissait toujours comme ça. Même avec les bas à couture, les talons, le vernis à ongles, la teinture rousse ou blonde, et même si l'homme reste là : au bout du compte, c'est toujours pareil, il y a le rêve qui s'en va.

Mais elle s'est tenue, tout de même, Maman Ec, cet après-midi-là. Elle a fait comme dans les romans-photos : ce qu'il y avait entre le canapé et les sentiments tristes, elle ne me l'a pas dit. Je sentais bien que, si j'avais voulu, j'aurais su — elle ne demandait que ça. Mais ç'aurait été pire que la tartine saucée ; et, comme elle ne le proposait pas, moi, je n'ai rien demandé, je n'ai pas osé.

Il y a eu aussi ce mot qu'elle a toujours évité de prononcer, et que je trouvais pourtant à toutes les pages, c'était *amour*. Est-ce qu'elle en avait peur, est-ce qu'au moment où on l'articulait, il chauffait trop la bouche, comme l'eau-de-vie sur le sucre des « canards » ? A aucun moment, en tout cas, elle n'a répété ce mot-là ; et, de mon côté, j'avais l'impression que je ne l'avais jamais lu ni même entendu, que c'était la première fois.

Si bien que j'ai fait comme elle : je l'ai gardé pour moi. Je me suis contentée de le répéter tout bas, je trouvais qu'il ressemblait à du velours. Qu'il faisait riche, orné, bien habillé. Il me rappelait aussi le cœur jaune et violet des pensées ; et la crème à la vanille qui m'avait procuré jadis tant de plaisir — celle que j'avais gardée en bouche jusqu'à la rue Emile-Zola.

Je l'ai gardé aussi en bouche, ce mot-là. Mais il était meilleur que tout : chaque fois que je le répétais, il avait toujours autant de goût — il ne s'usait pas.

Du coup, jusqu'à ce que mes parents reviennent, je m'en suis goinfrée, comme des baisers qu'on voyait à côté, autant que des tartines saucées. Quand ma mère est arrivée, elle n'a rien remarqué, elle était très fatiguée — et nous, dès qu'on avait entendu claquer la porte de la venelle, on avait caché les romans-photos derrière les pots de cactées. Avant de m'emmener, elle a seulement pris le temps de dire à Maman Ec que l'église avait été archipleine, car ma grand-mère était très estimée ; et elle a ajouté, exactement comme à l'issue des deux autres enterrements : « Allez, c'est pas le tout, le plus dur, c'est pour ceux qui restent ; maintenant, on trempe la soupe et on va se coucher. »

Evidemment, je n'ai pas voulu manger ; et on m'a flanquée au lit sans savoir que j'avais le ventre gonflé de tartines saucées, la tête lourde d'images de baisers, avec des rêves tout frais agglutinés à ce mot neuf, *amour,* que je me chuchotais sans me lasser de ses deux syllabes douces comme le cœur des pensées.

Tandis qu'au-dessus de ses cactus, par-derrière sa fenêtre, Maman Ec, en caressant ses gros seins flapis et son collier de graines de melon, devait se dire qu'en se remettant une deuxième couche de vernis à ongles l'amour finirait, malgré la tempête, par entrer dans la venelle et frapper chez elle pour l'embrasser ; pour l'emporter.

Je n'ai pas su tout de suite ce qui s'était passé, pour ma grand-mère. On ne m'a rien dit, on a attendu que je pose des questions.

Ça a pris du temps : tous ces romans-photos à digérer, plus long que les tartines saucées. Mais ça a fini par arriver, j'ai bien fini par me rendre compte que, pour voir mon grand-père, maintenant, on allait chez ma tante, à Lanester, de l'autre côté de l'estuaire. J'ai donc demandé pourquoi il avait déménagé.

Ma mère m'a répondu que, dès que ma grand-mère avait été morte, ceux qui leur louaient la maison l'avaient fait raser, qu'ils en avaient profité. Ils avaient tout de suite vendu le terrain. Et tous les autres autour, par la même occasion, avec les poulaillers, les baraques, les cabanes à lapins. Elle a ajouté qu'il n'y aurait bientôt plus là-bas que des HLM avec, pour les voitures, des terre-pleins goudronnés. Qu'on allait supprimer le lavoir, c'était prévu par la mairie, jeter du ciment dedans. Qu'on garderait peut-être la fontaine, quand même, mais qu'on ne la ferait plus couler. Qu'on assécherait tout par en dessous, qu'on allait mettre le tout-à-l'égout.

J'ai voulu alors savoir de quoi ma grand-mère était morte. Elle m'a simplement dit : « La contrariété. »

Je l'ai regardée sans comprendre. Elle a ajouté : « Et puis le travail, trop de travail. Ses varices qui claquaient. Un jour, il y a eu un caillot, il est remonté au cœur. »

Elle disait vrai, je le savais. Ça n'empêchait pas que l'essentiel m'échappait : je n'arrivais toujours pas à la voir morte, ma grand-mère ; je voulais savoir où elle était et surtout comment elle était.

J'ai donc demandé où étaient passés sa coiffe, sa robe à bande de velours, son tablier. Ma mère m'a répondu qu'elle était partie en terre avec, que c'était sa volonté, sa fierté. Mais qu'il ne fallait pas être triste, qu'elle ne souffrait plus, ni de *rhumatisses,* ni de varices, ni de rien. Qu'elle était maintenant au ciel et qu'elle nous voyait de là-haut. C'était de là-bas, derrière les nuages, qu'elle continuait à s'occuper de nous, à nous protéger.

Là, j'ai eu un petit doute. J'ai eu l'impression que ma mère se forçait. Mais j'ai préféré la croire ; et, à force d'y penser, à ma grand-mère, j'ai fini par la voir.

Comme ça, dans ma tête, comme pour mes histoires : surgie du noir. Elle était en même temps sous la terre, en costume, avec sa coiffe sur la tête et sa petite bande de velours comme dernière majesté ; et, de l'autre côté, au ciel, sous la forme d'un œil bleu qui jouait à cache-cache avec les nuages et discutait avec le Bon Dieu.

Elle était bien avec lui, comme avec ses patrons ou les femmes du lavoir. En le regardant de son œil Bouquin qui était très bon mais aussi très malin, elle lui demandait tous les matins qu'il ne nous arrive rien. Et, comme elle continuait de mettre sa coiffe très droite et son tablier parfaitement épinglé, comme elle était aussi estimée là-haut que dans son quartier, il ne nous arrivait que du bien.

J'ai recommencé à monter au grenier, je me suis remise à lire, à fouiner, à sauter sur l'édredon. J'y ai aussi installé le tableau noir, j'ai continué à pousser ma petite brouette de dessins et d'histoires. De temps en temps, je regardais par la lucarne, je guettais les nuages, je tirais sur mes yeux pour mieux voir, je faisais la Chinoise ; et quelquefois je croyais l'apercevoir, ma grand-mère, avec ses ailettes blanches sur la tête et, au bas de sa robe, son petit velours de fierté ; mais je ne la voyais pas vraiment, ce n'était plus qu'une idée.

Un soir que je commençais à en avoir assez, comme j'avais faim et que je descendais l'escalier, j'ai découvert ma mère, dans sa chambre, allongée sur son lit ; et, à côté, ma deuxième sœur qui lui murmurait en me regardant : « Faudrait quand même lui dire, maintenant. »

Ma mère a soupiré, elle s'est retournée sur le lit, elle a approuvé d'un petit signe. Ma sœur s'est alors avancée vers l'escalier du grenier. Je me suis arrêtée sur une marche ; et, sans attendre, elle m'a parlé.

Trois-quatre phrases en bas de l'escalier, trois-quatre phrases englouties par le silence : c'est comme ça qu'elle s'est finie, l'enfance, le temps du grenier et de la poussière qui danse, le temps du puits, du lavoir, des chansons, du jardin, des lapins, des voisins, celui de la maison qu'on a eue si longtemps. Quelques mois plus tard, au-dessus de la toile cirée, mon père annonçait fièrement : « C'est décidé, maintenant ça y est, on va partir, faire construire. De toute façon, pas moyen de rester ; pas moyen de faire autrement. »

C'était vrai. Dans la chambre à côté, entre le lit et l'armoire à glace, entre la table de nuit et la machine à coudre, avec les chutes de tissu et la boîte à boutons, on ne pouvait plus bouger : un berceau occupait toute la place ; et, dedans, un garçon.

VII

LUMIÈRE

Et voilà, je reviens.

C'est fait, j'ai repassé l'estuaire, j'ai retrouvé la maison. Plus de sortilège. En un éclair la femme rejoint l'enfant, rien à faire, seulement vivre, légère, sans âge, sans heure et sans saison, sans poids, le passé enfin noué, ligoté au présent, je cours, je vais, je viens dans le jardin de l'instant, amnésie dans le grand soleil, je bois à la source du temps.

Et la joie joue comme la lumière : elle saute, danse, cavale par les allées de la mémoire, du souvenir du grenier à celui du lavoir — plus de lavoir, pourtant, plus de voisins non plus, plus de fond du jardin, rien que de vieux murs, le puits et ses fougères, la barrière, un poteau, une plaque de ciment ; et, sous le toit, une fenêtre qui s'entête à appeler les grands vents.

Tout a changé, et tout est si petit. Mais les mots, eux, que je prononçais quand je jouais, sont restés ici. Intacts, vivaces, nourris à la lumière en pluie. Je regarde le jardin et, comme si c'était Solange, je lui crie *: Et puis même !*

Oui, *et puis même.* Le monde, c'est ici que je l'ai construit ; et emporté quand je suis partie, gardé, choyé, partout il m'a suivie. Dans la vie au loin, la vie au large, même dans la vie qui n'était plus une vie. Le revoilà devant moi, vivant comme l'eau du puits, là où je recommence, en me penchant, à chercher ce que sont les choses. Et qui je suis.

J'écarte ses mâchoires, la margelle aux lichens gris. Là encore, le soleil luit. Il joue, il danse, il sourit. Il me parle, aussi.

Il reprend avec moi l'inventaire du monde. Terre, ciel, mer, barrière ; je répète après lui. Roses bleues, sable, enterrement, vipère, fumier — la comptine me revient sans hésiter, sans trébucher. Plage, sel, villas, lavoir, car, landau noir, vanille, plaisir : la voilà presque en entier, je l'ai retrouvée, promesse tenue, rien oublié. Pêcher rose, cactus, Djibouti, reine des boutons, monstres du grenier, je sais tout, même le chat siamois, même Youki le chien assassiné. Tiens, voilà les parents, et Mado, et Lulu, Maman Ec, Grande-Marraine, mes sœurs, mes cousines, ma grand-mère, et les gens, par-dessus le marché, avec tous les détails, fichés dans la mémoire comme dans la dentelle de la coiffe l'épingle à bout perlé.

Et puis, voici les mouches au ventre secoué de rire sur les plafonds de Brandérion, voici le Z qui zèbre le jardin de son éclair de folie, voici mes jeux au grand jour, toutes mes petites loufoqueries, voici même en plein soleil la maladie, la nuit, l'amnésie — la vérité toute nue, toute crue, juste remontée du puits.

Où je me vois, enfin.

Je ressemble à Grande-Marraine, celle qui revient de voyage. Sauf que moi, je n'ai pas encore tiré les volets sur ma chambre, pas d'antimites sur les souvenirs, pas de photos qui disent que c'est fini. Le monde recommence ici, avec ce gros soleil de midi, toujours gaillard, toujours réjoui, à pousser dans mon ciel son plein charroi de vie.

Allez, vas-y, grouille-toi, repousse-moi encore les limites du monde, donne-moi tout de suite un aujourd'hui ! Et plus gros qu'hier, s'il te plaît, et meilleur, je veux ! allez, vite, j'ai pas assez, je veux tout, donne-moi et t'inquiète pas, je jetterai pas, je laisserai rien — pas une miette pour demain.

Oui, rien que du présent, maintenant. Engloutir

sans réfléchir le vif-argent de l'instant. Celui où le temps fait comme avant.

Saute, piaille, crie, rit, joue, rêve, fouine, pigne, hurle, tremble, palpite le soir dans le silence du lit.

Alors sa fin comme son début : l'ondée de soleil sur le jardin de midi, le sang qui bat contre la nuit. J'écris ; il vit.

Du même auteur :

Quand les Bretons peuplaient les mers, Fayard, 1979.
Les Contes du cheval bleu les jours de grand vent, Livre de poche Jeunesse, 1980.
Le Nabab, Lattès, 1982.
Modern Style, Lattès, 1984.
Désirs, Lattès, 1986.
Secret de famille, Lattès, 1989.
Histoire de Lou, Fayard, 1990.
La Guirlande de Julie, Robert Laffont, 1991.
Devi, Lattès/Fayard, 1992.
Quai des Indes, Fayard, 1992.
Vive la mariée, Éditions du May, 1993.
La Vallée des hommes perdus, Éditions D.S., 1994.
L'Homme fatal, Fayard, 1995.
La Fée chocolat, Stock, 1995.
Le Roi des chats, L'Archipel, 1996.
Le Fleuve bâtisseur, Presses universitaires de France, 1997 (hors commerce).
L'Inimitable, Fayard, 1997.
À jamais, Albin Michel, 1999.

Composition réalisée par JOUVE

IMPRIMÉ EN ALLEMAGNE PAR ELSNERDRÜCK
Dépôt légal Édit. : 20755-04/2002
LIBRAIRIE GÉNÉRALE FRANÇAISE - 43, quai de Grenelle - 75015 Paris.

ISBN : 2 - 253 - 15272 - 2 31/5272/5